Azul Venezia

Si me matas, mi madre vendrá a por ti

Marina G. Torrús

Azul Venezia
Si me matas, mi madre vendrá a por ti

Papel certificado por el Forest Stewardship Council®

Primera edición: febrero de 2019
Primera reimpresión: mayo de 2019

2019, Marina G. Torrús
© 2019, Penguin Random House Grupo Editorial, S. A. U.
Travessera de Gràcia, 47-49. 08021 Barcelona

Printed in Spain – Impreso en España

ISBN: 978-84-9129-248-7
Depósito legal: B-28905-2018

Impreso en Rodesa
Villatuerta (Navarra)

SL 9 2 4 8 7

Penguin
Random House
Grupo Editorial

A mi marido y a mi hijo,
amor y luz de mi vida.

A mis padres,
por su abrazo infinito.

A las mujeres que van despertando.

Venecia está construida sobre una mentira.
Un suelo que no existe, un océano que no es del todo salado,
unos habitantes que se ocultan bajo sus máscaras...
Llamémosla Venecia, sí, pero hablamos de un fantasma.
Marina G. Torrús

«El amor no varía con sus breves horas y semanas,
sino que se afianza incluso hasta en el borde del abismo.
Si estoy equivocado y se demuestra,
yo nunca nada escribí, y nadie jamás amó».
Soneto 116, William Shakespeare

PRÓLOGO

Si me matas, mi madre vendrá a por ti —dijo la joven de largo cabello negro antes de morir en manos de la bestia.

—Tú no tienes madre —contestó.

—Todos tenemos una, hasta tú —replicó ella desafiante.

Pero aquel demonio desoyó su advertencia y, sentado encima de ella, sujetándola con todo el peso de su cuerpo, le ató una cuerda al cuello y volvió a golpearla con sus nudillos, aún con más saña si cabe, salvando su cara para que estuviera perfecta. Continuó unos minutos hasta que la dejó inconsciente. No se movía. No reaccionaba. Ya. Cogió el cuchillo afilado que solía utilizar en casos similares, clavó la punta en la espalda de la muchacha dibujando un rectángulo perfecto de uno por dos palmos.

—Dile adiós a tu piel…

A continuación depositó el fragmento sobre un bastidor. Se volvió a ella. Con emoción, solemne, la cogió en brazos y salió de la casa dejando un reguero de sangre sobre la arena hasta llegar a la laguna que ese día estaba especialmente hermosa en Venecia. Subió con ella a una góndola. Metió su mano derecha en el bolsillo interior izquierdo de su chaleco plateado, empapado de sudor por el esfuerzo, y sacó una pequeña bolsa con pigmento azul.

Había llegado el momento de ser artista.

PRIMERA PARTE

EL AMOR DE UN PADRE

1

Venecia, septiembre de 1716

Luna llena sobre las aguas de Venecia. La calma envolvía el anochecer azul de la ciudad flotante. El mar estaba sereno. Apacible. Sin embargo, una extraña brisa con aroma a miedo y sal comenzó a inundarlo todo como si los dioses quisieran alertar de que algo malo acechaba en la laguna.

Fue aquel día y en ese momento cuando la joven Caterina Sforza y su padre, don Giovanni, el lector de cadáveres más prestigioso de la Serenísima, atravesaron el camino de plata que dibujaba la luna en el canal a bordo de una góndola destartalada y enmohecida. El médico había sido avisado de urgencia por el colapso de la anciana señora Treviso en el barrio de Cannaregio y, como siempre, acudía con su mano derecha, su hija.

—¡Han matado a mi madre! —sollozó el hijo tremendo y sesentón de la difunta derramado sobre un sillón Luis XIV color vino.

Estaba junto a la cama con dosel en la que yacía la vieja. Muy vieja. Tan flaca y diminuta que parecía imposible que aquel ser gigantesco hubiera sido hospedado en sus entrañas. Lloraba como un niño, y los cuadros de santos lánguidos que cubrían las paredes lloraban de pena con él. Al frente, otro tipo de lágrimas aún por catalogar. Las de un joven y atractivo sirviente y las de un ama de llaves rechoncha y bobalicona. Aguardaban acontecimientos.

—¿Qué le hace pensar que la asesinaron? —quiso saber don Giovanni, el *dottore,* examinando la boca y la piel de la anciana.

—¡Mi madre era muy joven!

—Sí, si la comparamos con una pirámide —susurró Caterina.

—Shhh. Baja el tono, pequeña loca —musitó el médico con una mirada cómplice.

—Gozaba de una salud de hierro —prosiguió el hijo—. Acudía a misa a diario, frecuentaba teatros, conciertos, casinos… Y, por encima de todo, mi madre era muy, pero que muy activa.

Un tremendo golpe de tos cercano al atragantamiento se apoderó del criado guapo. Aquello, junto al rubor de sus mejillas, funcionó como un dos más dos son cuatro en la mente de Caterina, que tuvo que llevarse la mano a la boca para contener la risa imaginando a la abuela en plena pirueta amatoria.

—Cattuccina, no —masculló don Giovanni firme, luchando por no reír él también.

Cattuccina. Así llamaba su padre a la joven por su aspecto de gatillo flaco y despeinado. En realidad, era inquietantemente hermosa. A sus diecisiete años tenía una belleza salvaje que pasaba inadvertida por los ropajes amplios y pasados de moda que le compraba con torpeza don Giovanni. Su pelo caoba se encendía brillante cada vez que le daba el sol. Pero la mayor bendición eran sus ojos. Grandes y rasgados. Pigmentados de un insólito azul violeta. El mismo color mágico que envolvía la ciudad al atardecer. Por eso a su padre le gustaba decirle: «Tienes Venecia en la mirada, Caterina». Y ella sonreía y le abrazaba fuerte, muy fuerte, sintiendo el valor de aquel halago tan grande.

—Mi madre, mi pobre madre... —gimoteó el hijo gigante, diminuto ante la inmensidad de su tragedia.

—Niña, mira el vómito y la postura de desvanecimiento del cadáver —indicó don Giovanni en un tono apenas audible—. Huele a almendras amargas.

—Me hablan de intoxicación y desmayo, padre. ¿Crees que se la cargó el criado?

Don Giovanni buscó la respuesta con una pregunta.

—Caballero, ¿me permite observar el plato que hay junto a la mesita de noche de la difunta?

El hijo asintió y el doctor cogió la pieza de porcelana blanca con dos dedos. Sobre ella reposaban varios pinchos largos con restos de manzana tostada que, con seguridad, habían pasado por algún tipo de brasa o fuego antes de ser ingeridos. El huérfano se sintió obligado a comentar.

—Son ramas de laurel con fruta ensartada que le trae cada noche nuestro criado...

Falso. No era laurel. Y la mentira convirtió los ojos de padre e hija en una serpiente que se deslizó rápida por la sala hasta llegar al criado.

—... preparada con esmero por nuestra ama de llaves...

El reptil de miradas giró como una flecha hacia la sirvienta con aspecto de idiota.

—... que yo mismo recojo de nuestro jardín para mi madre.

Y la víbora se clavó en el hijo enorme.

Una pregunta de Caterina deshizo el encantamiento.

—¿Tiene usted adelfas en su jardín?

—Pues creo que sí, aunque no entiendo mucho de plantas.

Padre e hija se quedaron sin dudas.

—Caballero, ¿de verdad quiere usted saber quién ha matado a su madre?

Era realmente extraña aquella noche. Y así fue como se sintió ese hijo, extraño y miserable, al saber que él mismo había provocado la muerte de su madre al confundir las ramas del inocente laurel con la adelfa tóxica. Al quemarse, habían liberado ácido cianhídrico provocando la arritmia que dejó a la vieja tiesa.

Minutos después, el médico y su aprendiz estaban de nuevo en la góndola en dirección a su modesto palacio en la isla de la Giudecca. La brisa se había transformado en viento. La muchacha comandaba la nave, algo infrecuente para una dama veneciana, pero no para el rayo hecho mujer que era Caterina, quien, desde la cuna, había tenido una vida singular.

Baste decir que su primer sonajero fue un fémur. No el suyo propio, a Dios gracias, sino el de una cabra —o eso dijeron—, cuya extremidad apareció flotando en el mar a la deriva. Tras despojarlo de carne y piel y desinfectarlo meticulosamente, don Giovanni hizo gala de su particular sentido del humor —así como del ahorro— tallando el hueso con diminutas flores de lis, pues, pensó, ¿para qué gastar dinero en muñecas? Le añadió cascabeles y cintas de diferentes colores creando un instrumento como mínimo curioso que mecía sobre la cuna de la niña para calmar su llanto.

Así, mientras otras ricas patricias venecianas crecían en lujosos edificios, rodeadas de sedas orientales y brillantes terciopelos, Caterina lo hacía en una fría sala de autopsias jugando entre cuerpos rotos y vasijas de alcoholes conservantes. Arropada, eso siempre, por el inmenso amor y las tiernas excentricidades de su padre.

Ah, el *dottore*. Un gran hombre de ciencia que caminaba proyectado hacia adelante, como si soportara una carga pesada e invisible. Eternamente con el mismo abrigo verde pardo, austero y elegante. Preocupado a todas horas por su trabajo, pero sobre todo por su única hija.

Con cuatro años le enseñó a leer en sus libros de anatomía. Con siete jugaba con ella a diseccionar muñecas. Con diez la adoctrinó para reconocer y localizar los doscientos seis huesos del cuerpo humano con sus seiscientos cuarenta músculos. Al llegar a los catorce, Caterina pidió ver su primera autopsia. Todavía era una niña, y una mezcla de orgullo y horror invadió a don Giovanni.

Para probar su vocación, puso ante ella el cadáver de un marinero holandés tan descompuesto que, para saber de él, habría sido mejor preguntar a sus gusanos. Lo colocó sobre una mesa en decúbito supino; con un carbón dibujó entre su cuello y el pubis una perfecta línea recta y lo abrió con un bisturí siguiendo la marca. Miró a su hija… Cayó redonda al suelo. Corrió a levantarla. Al volver en sí, la niña pidió que le trajera perfume de azahar de su alcoba. Caterina lo vertió en un pañuelo, envolvió con él su nariz atándoselo en la nuca y volvió frente al difunto con gran dignidad. «Adelante, padre. Seguimos».

El *dottore* guardó ese momento en el alma. Había engendrado a otra apasionada de la medicina y, desde aquel día, los dos se pusieron de acuerdo para soñar que Caterina iría a la Universidad de Padua, que llegaría a ser una de las primeras mujeres doctoras; que podría, como él, descifrar los secretos que esconden los muertos.

Su madre se habría sentido orgullosa de verla, pero la vida quiso que le faltara desde la cuna. El padre asumió el doble papel con entrega y se convirtió en todo para Caterina. Con él, la niña tomó la medida del mundo y aprendió a amar Venecia. Él le enseñó a admirar sus palacios de piedra de Istria, grisáceos y enmohecidos, pero dignos y majestuosos, construidos sobre una superficie de tierra inventada, en constante lucha con la naturaleza. De su mano blanca y delgada aprendió a guiarse por las estrechas callejuelas y a mirar por los ojos de sus más de cuatrocientos puentes, aparentemente iguales pero todos distintos. Con él se santiguó más de mil veces frente a la Virgen y los santos de las pequeñas capillas —*tabernacoli*— excavadas en la piedra de numerosas esquinas de la ciudad. Envuelta en la risa de su padre descubrió cómo sortear las gotas de agua jabonosa que caían sobre sus cabezas procedentes de la ropa blanca recién lavada que las mujeres colgaban en las ventanas más altas de las casas y a tirar divertidos de ella provocando la furia de quienes las habían tendido. Apoyada en su hombro supo cómo dejarse embriagar por el aroma agridulce de la música veneciana, a cantar sus arias de cristal.

Pero también el *dottore* le mostró el mundo de las sombras que habitan la ciudad. Le previno de los hombres y mujeres que esconden sus almas tras las máscaras de un carnaval infinito y aún más de los que no las llevaban jactándose de no ocultar nada, pues esos —le dijo— son los peores. Le advirtió de la envidia que se filtra por las piedras y se extiende por el agua de los canales y los pozos de los que beben cada día los venecianos. Y le habló de lo poco que vale la vida de alguien cuando hay dinero, no mucho, de por medio. Había visto demasiados cadáveres como para no saberlo.

Por todo esto, aquella noche Cattuccina no gritó al contemplar el descubrimiento siniestro. Doblaban una esquina del canal para dirigirse a su palacio avejentado, de fachada rojiza, cuando les sorprendió un resplandor confuso. Procedía del interior de una góndola encallada en el amarre de la entrada. Era una luz extraordinaria, casi sobrenatural. Caterina detuvo la embarcación y se volvió hacia su padre.

—¿Qué demonios hace eso ahí? —soltó deslenguada reproduciendo el vocabulario vulgar aprendido de su vieja y fiel criada la Morattina.

—Prudencia, hija —contestó don Giovanni echando un rápido vistazo a los alrededores para calcular respuestas.

—¿Serán amantes?

—Demasiada luz para los que no quieren ser vistos. Tampoco crepita como un fuego. Es extraño. Acércate despacio, Caterina.

La muchacha, educada en el arte de la navegación como un varón por voluntad de su padre, puso la *fórcola* de la góndola —el punto de apoyo sobre el que gravitaba el remo— en posición lenta. La nave se deslizó sobre el agua con sigilo y cuando llegaron a la distancia que les permitía ver el interior, sintieron que se les helaba el alma.

Rodeado por decenas de pequeñas velas encendidas yacía el cuerpo desnudo y empolvado de blanco de una hermosa joven clavada de pies y manos al negrísimo suelo de la góndola como un Cristo crucificado. Su belleza y la delicadeza de su expresión eran inmensas. Habían tapado su vientre con un trozo de terciopelo bermellón y una guirnalda de orquídeas amarillas recorría su largo cabello negro. La puesta en escena de este asesinato estaba muy trabajada y resultaba extraordinaria a la vez que deplorable. Un detalle coronaba la estampa: tenía los pezones teñidos de azul.

—*Santo Dio* —suspiró el médico frotándose los ojos incrédulo, como si este acto reflejo fuera un conjuro capaz de cambiar la realidad.

—Padre, no llames a Dios, que esto ha sido obra del diablo —sentenció Caterina furiosa sin apartar los ojos ni un instante del cuerpo—. Pero ¿a qué fin?

—Esa no es la pregunta. La cuestión ahora es saber si ese diablo del que hablas ha sido torpe y no ha sabido terminar su trabajo. Rápido, a la orilla.

Caterina sacudió con precisión la *fórcola* de su nave para bordear la góndola de la muerte e impulsó la suya contra el amarre. Padre e hija saltaron al agua sin esperar tan siquiera a llegar a tierra y en un instante ya estaban comprobando el pulso en el cuello de la joven.

—¡No siento nada, padre!

—Puede que el latido sea muy débil. Mejor miremos sus heridas; si sangran es que vive. ¡Fuera esas malditas luces!

Como dos locos quitaron a brazadas las velas que les impedían el paso y las arrojaron por la borda quemándose las yemas de los dedos. Ni se dieron cuenta. Empapados y sobrecogidos se dirigieron con inmenso respeto al cuerpo desnudo de la criatura y la recorrieron buscando un soplo de vida. Al remover los polvos de arroz que la cubrían, pudieron ver que tenía moraduras por todo el cuerpo.

—Padre, mire el suelo. Esa sangre no procede de los clavos, una vez que entraron, taponaron la herida. ¿De dónde, pues?

—De la espalda, pero no podemos verla si está clavada a la madera. Criatura —musitaron los labios del médico—. ¿Qué clase de monstruo ha sido capaz de hacer esto?

Escucharon un ruido en la maleza cercana.

—Padre, algo se mueve a su derecha.

Don Giovanni apuntó con la lámpara en esa dirección y descubrió a un pescador que sostenía tembloroso un cordón manchado de sangre.

—Maurizio, ¿tú? —preguntó incrédulo don Giovanni.

—¡No, *dottore*, deje que le explique! —suplicó acercándose el hombre.

—¡No toques a mi padre o llamaré a la guardia! —amenazó Caterina.

No fue necesario. La suerte o la desgracia hicieron que *Messer Grande* Verucchio, un temido oficial de la guardia veneciana, estuviera en una casa de juego lo suficientemente cerca como para escuchar los gritos. Era un hombre enjuto con capa de paño oscura —*tabarro*— y pelo grasiento. De sobra conocido por los ardides y pruebas falsas que preparaba con astucia de zorro y apariencia de fariseo para acusar a los ciudadanos con la intención de prosperar en mérito ante el gobierno de la República. Iluminó con su lámpara de aceite a la muchacha de la góndola y después, sin pronunciar palabra ni alterar el gesto, dirigió su luz al pescador que aún llevaba en sus manos la cuerda ensangrentada.

El marinero cerró los ojos y sus labios le supieron a muerte. De nada valieron las excusas ni las súplicas. Ni tan siquiera el argumento obvio de que no intentó huir. *Messer Grande* tenía una muerta y un asesino. No necesitaba nada más.

Dos guardias, obedientes *sbirri*, salieron de las sombras. En un pestañeo, el pescador ya estaba con la cabeza en el suelo, como era costumbre con los detenidos, y maniatado. Solo restaba llevarse el cadáver de la joven, pero al estar clavada a la madera, la tarea no presumía ser fácil. —No perdáis tiempo —ordenó *Messer Grande*—, cortadle manos y pies.

—¡Ni se le ocurra! —gritó Caterina—. ¡Puede estar viva!

—Criatura, ¿tú la has visto? ¿Quién puede sobrevivir a semejante tormento?

Con una mirada ordenó a uno de sus *sbirri* desenfundar la espada. Este la elevó sobre su cabeza para tener fuerza en el corte, pero en ese momento, como por milagro, la crucificada emitió un lamento. Su cuerpo se estremeció y miró a Caterina. Al instante se volvió a desvanecer.

—¡Está viva! —gritó don Giovanni—. ¡Vamos, agente, cumpla con su deber y ayúdeme a liberarla!

Verucchio dudó. Su trabajo parecía muy fácil hacía tan solo un instante. Si hubiera estado solo, la habría rematado con sus propias manos. Pero el médico y su hija eran dos testigos que prometían ser latosos. No le quedó más remedio que claudicar.

—Quítenle los clavos golpeándolos por debajo de la barca —decidió.

Al soltarla, padre e hija pudieron ver la herida aún sangrante de la espalda. Faltaba un trozo de piel en forma rectangular de uno por dos palmos. Caterina respiró hondo; sacó vendas de la bolsa que siempre portaba su padre y ató con ellas las muñecas y tobillos de la joven. La laceración de la espalda era demasiado grande, así que arrancó un trozo de sus enaguas blancas y la presionó con él para detener la hemorragia.

—Están perdiendo el tiempo —afirmó *Messer Grande*.

—Déjela diez minutos, solo diez minutos, por favor —rogó el *dottore*.

El guardia resopló y dio un paso atrás. Entonces don Giovanni cogió a la muchacha en sus brazos con extrema dulzura. Caterina, al mirarlos, pensó cuánto sufriría el padre de aquella criatura si la viera malherida y en lo afortunada que era ella de tener al *dottore*, pues cualquier pena de una hija se empequeñece en los brazos de su padre.

Después la llevaron a toda prisa a su palacio, situado a tan solo unos metros de la orilla. Querían salvarle la vida.

2

Un lugar mágico

Varias torres de libros, cuadernos de notas ilegibles y hasta algún resto de comida de la mañana fueron derribados con violencia por Caterina del enorme escritorio de caoba francés en la biblioteca del palacio para que su padre depositara encima a la muchacha. No era el lugar más adecuado para hacerlo, pero era la estancia más cercana a la entrada del embarcadero y no era cuestión de perder tiempo.

Iban casi a tientas, su lámpara de aceite se apagaba. Una corriente de aire frío procedente de una ventana rota que daba al canal se clavó en la carne de don Giovanni como un estilete.

—¡Condenado sea el momento en que confié en mi estrafalario invento a base de trapos y algas peguntosas para tapar el agujero!

—Padre, le dije que se gastara unos cequíes y llamara a un ebanista, pero no sé si tiene más duro el oído o el bolsillo…

—¡Debiste insistir más a este pobre viejo testarudo! Ahora la sala está helada, y por Dios que lo último que necesita esta muchacha es que le baje aún más la temperatura. Ayúdame a acercarla al fuego.

Padre e hija empujaron con fuerza la mesa donde reposaba la joven hacia la chimenea de mármol blanca decorada con dos amorcillos situada en la pared norte del despacho. Ella estrelló su farol contra un puñado de brasas y eso fue suficiente para que el fuego comenzara a calentar e iluminar la sala. Se creó un juego de reflejos ocres y sombras rojizas que, poco a poco, fueron quitando el velo a la oscuridad. Estaban en un lugar mágico y espiritual donde ambos pasaban horas entregados a la lectura y el estudio. Tenía las paredes cubiertas por damascos de seda oro y verde arañados por el tiempo. Los rodeaban corpulentas librerías de nogal donde convivían tratados de anatomía y cirugía de Morgagni, Vesalio, Fabrizi d'Acquapendente, Franciscus Sylvius o Harvey con alguna espantosa porcelana china. Los grandes clásicos de la antigüedad griega y romana como Virgilio, Esquilo y Homero aguardaban, como Penélope, a ser leídos una y otra vez por padre e hija.

Salpicaban los muebles algunos textos bíblicos y vidas de santos —pocos—. Copérnico y otros astrónomos gritaban desde sus páginas silenciosas para ser oídos desde la luna. Y en una esquina, como el pasajero que llega con retraso al embarque reclamando su lugar, había una vitrina de cerezo insultantemente roja con decenas de partituras para las clases de canto de la muchacha. Porque no solo de abrir tripas vive el hombre, y la música era, sin duda, la otra gran pasión de Caterina.

—Dime qué ves —ordenó el *dottore* mientras intentaba dar de beber un cordial a la moribunda para reanimarla.

La hija tomó papel y pluma para anotar los hallazgos como había hecho siempre, pero su padre la reclamó.

—¡No hay tiempo! Lee su cuerpo y anótalo en tu mente.

Caterina asintió. Se apartó el pelo de la cara con el antebrazo derecho y sus cinco sentidos se convirtieron en un halcón invisible dispuesto a sobrevolar el cuerpo de la muchacha.

—Golpe con objeto no afilado en la sien derecha. Marca de cuerda en el cuello. Piel encallecida en la parte inferior derecha del mentón. Sufusiones de sangre por todo el cuerpo. Quemadura en el hombro izquierdo, clavos en…

Instantes después, la víctima dejó de escuchar la retahíla de atrocidades que sabía perfectamente que habían infligido a su cuerpo, y su corazón se detuvo.

—¡Reza hija, la perdemos!

Caterina apretó con angustia una de las manos ensangrentadas de la niña mientras suplicaba misericordia. «Dios te salve, María, llena eres de gracia, el Señor es contigo…».

En vano. El alma de la muchacha había decidido marcharse agotada de tanto dolor. Abrió los ojos para mirar agradecida a padre e hija y los dejó.

La aprendiz dio una patada a la mesa con rabia y decepción.

—¡Maldita sea! ¡No es justo, padre!

El *dottore* disfrazó su desaliento y la abrazó.

—Hija, esa criatura estaba rota. Mejor en brazos del Señor.

—¡No lo entiendo! ¿Esto es lo que hacemos los médicos? ¿Conformarnos cuando la vida se derrama entre nuestros dedos?

Una nueva corriente de aire apareció en la sala. *Messer Grande* acababa de traspasar la puerta flanqueada por largos y pesados cortinajes de terciopelo verde con guardamalleta de borlas. Aquel hombre era el magnífico retrato de un buitre acudiendo al olor de la muerte.

—Ya es cadáver. Me la llevo.

Se hizo el silencio. La resignación empezaba a cubrir la estancia cuando el *dottore* sintió un impulso.

—No la toque —dijo don Giovanni—. Está viva.

Caterina levantó la cabeza del suelo y se volvió con preocupación a su padre temiendo que hubiera perdido el juicio.

—¿Está usted seguro, *dottore*? —recitó *Messer Grande*.

—Sí —afirmó tajante mientras miraba a los ojos de su hija con un gesto que solo ellos podían comprender—. Díselo tú.

—Está… viva —balbuceó Caterina confundida, no solo porque la información fuera absolutamente falsa, sino porque semejante mentira viniera de la boca de su padre, un hombre que le había advertido sobre los males del engaño hasta la saciedad.

—No le creo —replicó el guardia—. No se mueve.

—Porque su latido es lento y su respiración también.

—Bien —recitó incrédulo—, razón de más para llevármela.

—Pero solo mi padre puede mantenerla con vida —añadió la joven con rotundidad sumándose a la mentira.

—Déjemela unas horas… —insistió el *dottore*.

—¡No me joda, matasanos! ¿Antes diez minutos y ahora unas horas?

—¡Y así podrá contar a sus superiores que no solo detuvo a un asesino, sino que también salvó a su víctima!

Messer Grande dio con su puño en la pared y se aproximó tanto a don Giovanni que este pudo oler su aliento a tabaco y el sudor de varios días en su ropa.

—No juegue conmigo, señor Sforza. No sé qué se trae entre manos, pero le voy a dar la oportunidad de hacer algo bueno por mí. Voy a trasladar a ese pescador desgraciado a prisión, pero regresaré al amanecer y me da igual que haya vuelto el mismísimo Jesucristo a resucitar a la joven porque pienso llevármela. ¿Lo ha entendido?

—Sí, agente —contestó el médico sosteniéndole la mirada con respeto.

—Ah, y bajo ningún concepto se le ocurra abrir a la muchacha. No tiene permiso judicial. Ya sé que dice usted que no está muerta, pero, por si acaso…

El guardia abandonó la biblioteca y Caterina se dirigió brava a su padre.

—Ahora es cuando usted me explica por qué nos hemos jugado el cuello con semejante patraña.

Don Giovanni sonrió y la tomó suavemente por los hombros.

—Hija, antes me has preguntado qué podemos hacer mientras la vida de una víctima se pierde. Esta es la respuesta: leer sus heridas para encontrar al culpable. Después, que la justicia divina y los tribunales de la República se encarguen de castigarlo o no… Pero ayudar a descubrirlo, eso sí que podemos hacerlo.

Caterina iba a decir algo; sin embargo, decidió cerrar la boca y apoyar la cabeza en el pecho del *dottore*. Él siempre tenía una respuesta de esperanza. Era capaz de prender una luz en cualquier oscuridad; en este caso, una luz muy poderosa, pues la había hecho heredera de una misión universal y ella estaba a punto de aceptarla.

—De acuerdo —contestó firme.

—Entonces ayúdame a bajarla al *inferno*.

—Pero, padre, ¡esa alimaña de *Messer Grande* nos ha prohibido abrirla!

—No será necesario. Tápala con una sábana y sígueme. Vamos a abrir a su espejo.

Empezaron su descenso al *inferno*. Así llamaban ambos al sótano escondido tras una falsa pared donde el médico había construido una gran piscina. La había llenado de cadáveres que guardaba en una solución de alcohol para su estudio. Los había comprado con sobornos a guardianes de las prisiones y enterradores corruptos. Los primeros le proporcionaban prisioneros muertos y algunos ahogados de la laguna que nadie reclamaba. Los segundos le entregaban difuntos cuya familia no tenía dinero para pagarles cristiana sepultura. Entonces el *dottore,* como Caronte, el viejo barquero de Hades, escogía los cadáveres de su particular río Aqueronte; los abría en canal para estudiar las causas de su muerte y finalmente, en agradecimiento, los transportaba hasta la cercana isla de San Michele, donde un sacerdote amigo liberaba sus almas y les daba digno entierro.

Desde el techo, la pintura al fresco de Higia, la diosa de la curación, interpretada como una bella mujer semidesnuda que alimentaba con su mano a una serpiente, llevaba años siendo testigo silencioso de cuanto allí se hacía. A la derecha, bajo cinco lámparas de aceite, había una mesa de disección e instrumental médico. A la izquierda, numerosas vasijas de cristal con manos, pies, vísceras, fetos de diferentes edades y un sinfín de restos humanos más para experimentar, para aprender, para saber.

—Caterina, coge la red y ayúdame a sacar a la sirena del agua.

No era un eufemismo. Flotando en la gigantesca bañera y envuelto en algas grises estaba el cadáver de una joven no demasiado deteriorada, pues, afortunadamente, había pasado muy poco tiempo en el agua. Vestía un apretado traje de tela brillante en color verde esmeralda que simulaba la piel de un pez. De cintura para arriba se transparentaba su cuerpo. De cintura para abajo tenía cosidos diminutos trozos de tela verde y oro brillantes, superpuestos con ingenio para que, con el más mínimo movimiento, parecieran escamas. Seguro que aquel disfraz terminaba en una cola, pero quedaba poco de ella y solo unos harapos que colgaban permitían imaginarla.

—¿Ella es el espejo? —preguntó Caterina incrédula.

—Me la vendió un enterrador hace cuatro días asegurándome que era una prostituta —contestó el padre—. Provocó mi curiosidad la parafernalia de su muerte. Al parecer, la encontraron en el agua envuelta en una red de pescador. Es una muchacha muy joven, tiene restos de margaritas anudadas a conciencia en su pelo que me han recordado a las orquídeas de...

—No siga, padre. Confío en su intuición. Vamos a ver qué refleja este espejo muerto.

3

Los grilletes comenzaban a lacerar sus muñecas y su espalda se llenaba de sudor frío mientras Maurizio, que así se llamaba el pescador al que Caterina y el *dottore* habían descubierto en su amarre, era conducido a paso rápido por un *sbirro* entre el laberinto de pasillos de las cárceles de Venecia. El detenido era un hombre pequeño y compacto, de espalda ancha y cabeza diminuta, con una tez endiabladamente morena curtida por el sol cuya expresión desprendía bondad y nobleza.

Acababa de entrar en las Prigioni Nuove —Prisiones Nuevas— y, como rezaba un grafito dibujado en la pared por algún preso irónico: «Ponte cómodo, estás en la mansión del diablo».

Asesinos, violadores, ladrones y demás joyas oscuras de la sociedad convivían con hombres honestos acusados injustamente con la condescendencia de la República. A todos ellos les aguardaba una vida tan cruel y con tantas privaciones que más de uno habría firmado su muerte con tal de no pasar un día más en aquel lugar.

No habitaba la elegancia, por así decirlo, en sus aposentos. Celdas diminutas —*camerotti*—, algunas de ellas asfixiantes, donde solo podía entrar un hombre agachado, cuando no de rodillas, convivían con otras más espaciosas, pero a cambio debían ser compartidas por hasta treinta y tantos presos, muchos de ellos enfermos o moribundos. Allí las infecciones se propagaban como reguero de pólvora ante unos médicos escasos y unas medicinas prácticamente inexistentes, convirtiendo el lugar en el reino del tifus, la tiña, las llagas, la gangrena o la locura. Por no hablar de los tres interminables días que podía pasar un cadáver en una celda compartida hasta que se emitiera la licencia de sepultura para retirarlo.

La vida allí podría ser peor, pero era difícil.

Es cierto que estas Prigioni Nuove se habían construido hacía un siglo con el gentil espíritu de mejorar las condiciones de hacinamiento de sus antecesoras. En su diseño incluso había participado Zaccaria Briani, un condenado a cadena perpetua muy astuto que ofreció su propia experiencia para dar consejos y propuestas de mejora a cambio de obtener tres años de remisión de su pena. Pero el espíritu benevolente de la creación del edificio se fue al mismo agujero que las almas de los reos que murieron sin tan siquiera recibir la extremaunción, porque hasta para eso era difícil tener allí derecho.

A la vez, en las antiguas prisiones seguían funcionando dos grupos de *camerotti* de rigidez extrema para los detenidos que tenían el dudoso honor de ser juzgados por los *Inquisitori di Stato* —Inquisidores de Estado—. Se conocían como *Pozzi* y *Piombi;* ataúdes para vivos los primeros; hornos y neveras, dependiendo de la estación, los segundos.

Y pese a tanto dolor, el aspecto exterior de las cárceles era hermoso e imponente; en perfecta armonía con una ciudad donde se le daba tanta importancia a la belleza: por encima de todo, la presencia.

La fachada de las cárceles frente a la laguna estaba fabricada con bloques cuadrados de piedra blanca, y en el lado occidental, uniendo la prisión con el Palacio Ducal, se levantaba el puente de los Suspiros, un pasadizo hacia la muerte disfrazado, como casi todo en Venecia, de antifaz níveo. A través de sus ojos enrejados los prisioneros lloraban contemplando el mar y la libertad por última vez en mucho tiempo, o quizá para siempre.

Este era el aterrador paraíso por el que caminaba ahora el pescador. Aun así, su instinto de supervivencia luchaba por ordenar las imágenes desde su ingreso para construir una improbable fuga… *«Me han obligado a entrar por la entrada principal, frente al Canal. He pasado a un gran vestíbulo al que asomaba la escribanía, donde había un notario y tres capitanes de diferentes guardias, y un depósito de pan para los presos. El* sbirro *que me acompaña, corpulento y hastiado, me ha hecho subir varios peldaños y he podido ver un entresuelo con celdas y algunas salas de aspecto más noble.*

»Me he cruzado con dos miembros de la Fraternidad del Santísimo Crucificado de San Bartolomé, ángeles de los prisioneros pobres; uno ha susurrado al mirarme: "otro miserable" y se han santiguado. He subido otro tramo de escaleras equivalente a una planta…, aunque quizá fueran dos. No puedo recordarlo. He sido conducido por un pasillo oscuro lleno de celdas con grandes cerrojos de hierro oxidado y ventanas de doble reja, a través de las cuales se escuchaban blasfemias y lamentos de los presos. El hedor era repugnante.

»He sido informado de que estoy bajo la jurisdicción de los Signori di Notte —Señores de la Noche—. *Eso es malo. Son los magistrados más crueles de la República, los que, como vampiros hambrientos, toman Venecia cuando se pone el sol. Me han tenido más de una hora en uno de sus estrechos y oscuros calabozos, donde un funcionario me ha preguntado quién soy y*

quién es mi familia. Después me han hecho salir y caminar no más de veinte pasos.

»Ahora estoy frente al quicio de la puerta de una gran sala. Le pido a Dios que no sea la que me temo. Los contrabandistas y los rateros hablan de ella. Al fondo hay una mesa de tribunal en madera, con tres asientos vacíos. Hay muy poca luz, pero diría que en el centro hay una maroma unida a una polea clavada en el techo, y la misma sirga se une también tirante con una máquina que reposa en el suelo con forma de inmenso tornillo... Señor, ten piedad de mí. Es la sala de tortura de los Signori di Notte».

—¡Yo no he hecho nada a la muchacha, agente, déjeme que le explique! —suplicó el pescador sin apenas saliva en la boca resistiéndose a pasar adentro.

—Silencio —ordenó el *sbirro* que le custodiaba—. Entra.

La voz del pescador comenzó a perderse incluso antes de ser pronunciada. Entraron tres hombres que tomaron asiento. El primero fue *Messer Grande,* el capitán que le había detenido. El segundo fue el notario Piero Scarpa, un sujeto redondo y grisáceo con aspecto de búho por la asombrosa facilidad con la que giraba su cabeza, dispuesto a tomar meticulosa nota de todo cuanto allí iba a ser dicho o hecho. El tercero era el más duro, el que tenía su vida en sus manos. O eso creían. Se llamaba Piero Scarabella y pertenecía al temido cuerpo de los Señores de la Noche. Extremadamente delgado, se movía con la precisión de una garza huesuda. Ataviado con toga negra, ejercía la doble función de juez y fiscal del acusado. Un contrasentido que erizaba la piel del pensamiento lógico. Pero así era Venecia, un lugar donde todo detenido era culpable hasta que se demostrase lo contrario. Comenzó así la toma de declaración inicial previa al juicio, que se celebraría más adelante.

—Señor Isola, de nombre Maurizio, pescador de oficio —leyó en un documento el magistrado Scarabella—; hijo de

Francesco Isola, también pescador, y Marcellina Constanza. ¿Tiene usted algún protector u hombre noble que le avale?

—No, ya se lo he dicho antes al guardia. Solo me tengo a mí mismo.

—El Estado de Venecia le acusa de golpear y torturar a… —se volvió a *Messer Grande* Verucchio con la pregunta en el rostro.

—Joven de momento desconocida —contestó.

—Desconocida… —repitió en voz baja el notario a la vez que lo escribía en su libro de testimonios.

—Se adjunta la prueba de una cuerda ensangrentada que *Messer Grande* encontró en sus manos tras atarla el acusado al cuello de la dama.

—¡Pero yo nunca hice tal cosa!

—¿Tiene testigos de lo que dice?

—Pues… solo Dios nuestro Señor.

—Caballero, en este tribunal no acostumbramos a tomar testimonio al Altísimo. Sin otro testigo, el informe se queda como está.

—¡Un momento! —rogó—. No tengo dinero ni fortuna, pero conozco los derechos de los detenidos de la República de Venecia. Ustedes no me pueden acusar sin escucharme antes y el notario debe dejar constancia escrita de mi versión de lo ocurrido.

Messer Grande miró a Scarabella.

—Que hable —permitió condescendiente y, a continuación, se acomodó en el respaldo de su asiento, ahuecó las piernas y se quedó mirándole con el gesto de quien va a asistir a una representación teatral.

El pescador abrió la boca con la certeza de lo inútil. Pero tenía que hacerlo. En alguna parte de este mundo debía constar la verdad. Miró la cuerda que pendía del techo, bajó la cabeza y cerró los ojos recordando.

—No tenía que haber salido a faenar. Me habían avisado de que había mala pesca, pero tengo que mantener a mi familia, así que cogí la barca. Pasé toda la noche echando la red y solo conseguí una miseria. Cuando por fin decidí volver a casa, vi las dos góndolas en el canal.

—¿Dos? —preguntó Scarabella.

—Sí, señor. Una grande que empujaba a otra más pequeña de la que salía una inmensa luz. Me quedé quieto, sin hacer ruido por temor a que fueran contrabandistas. La barca grande se marchó y la otra encalló en la orilla. Acerqué mi nave con sigilo para ver su contenido y entonces…, que la Virgen ampare a esa pobre muchacha, ¡estaba crucificada en el suelo! Creí escuchar un lamento y, por si aún estuviera con vida, salté al agua y quité la cuerda de su cuello. En ese momento vi aparecer una barca a lo lejos, temí que regresara el asesino y me escondí en la orilla. Qué error. Eran el *dottore* Sforza y su hija… El resto ya lo saben.

El magistrado siguió con el protocolo.

—Bien. Venecia le ha escuchado. ¿Cómo se declara usted?

Un grito de mujer desgarrada los sorprendió a los tres. Era Annina, la esposa del pescador, embarazada, con su hijo adolescente.

—¡Suelten a mi marido inmediatamente! —reclamó con un tono más audaz del que correspondería a una mujer de su clase.

En efecto, Annina era la hija bastarda de un noble veneciano que por toda fortuna le había legado una cara delicada, un porte elegante y unos pequeños pendientes de perlas que llevaba a todas horas como para gritar al mundo que ella era algo más. Su determinación y algunas monedas como soborno la habían llevado hasta la sala donde tenían ahora a su esposo, pero nada de eso valía frente a *Messer Grande*.

—Fuera —ordenó el guardia.

—¡Padre! —gritó el muchacho al que la naturaleza le había dibujado como una réplica exacta de su progenitor mientras intentaba acercarse a él.

Un *sbirro* bloqueó el paso con el hombro e hizo caer al chiquillo.

—¡Deje a mi hijo! —suplicó el pescador.

—Todos aparecerán colgados mañana de una pica si la mujer y el muchacho no salen de esta sala ahora mismo —rugió Scarabella.

Se mordieron la rabia y obedecieron. La mujer ayudó a su hijo a levantarse. Su última mirada fue para el Señor de la Noche, al que maldijo.

4

VENUS DURMIENDO CON CUPIDO

E ntonces? —preguntó el *dottore*.

—Muerta por fractura de cuello —contestó Caterina mirando a la sirena que tenía delante, rajada *a capite ad calcem*, de la cabeza a los pies, sobre una mesa de disección construida en mármol de Carrara blanco y gris.

—¿Estás segura de que no se ahogó en el agua?

—¡Venga ya, padre! —le amonestó con ternura—. Usted no es tonto ni yo tampoco. Sabe que la sangre acumulada detrás de la laringe indica que fracturaron su cerviz cuando aún estaba viva. Pobre criatura, debió de oír el chasquido de su propio cuello.

—Bien. ¿Y el corte en la lengua?

—Limpio. *Post mortem.* Se ve porque apenas se derramó sangre.

—¿Y el de la carótida?

—*Post mortem* también —afirmó la joven mientras se quitaba unos finos guantes de tripas de cordero inventados por su padre para la disección de cadáveres—. Habrá que estudiar las heridas de alrededor. Parecen mordeduras de peces, pero hay que asegurarse.

—Bravo, hija mía —exclamó el médico—. Eres brillante y audaz. Cree en ti. No dudes nunca de tu juicio. Los enemigos vendrán y yo no siempre estaré a tu lado, mas siempre estaré en ti, Caterina.

—*Dottore*, no fastidie. ¿A qué viene ahora ese arrebato de epitafio?

—A que la vida es incierta; tan solo es seguro el presente y, aun así, es agua que se derrama en nuestras manos. Pero no me hagas caso —dijo a la vez que acariciaba la barbilla de su hija—. Volvamos con estas criaturas que nos necesitan. Y ponte de nuevo los guantes… Ya sé que mi amigo el *dottore* Santorini dice que soy exagerado en cuestiones de asepsia, pero ten presente que toda autopsia es un peligro potencial para los que intervienen en ella.

Minutos después, crucificada y sirena fueron dispuestas en la sala sobre dos mesas paralelas. Llegó el momento de ver si las víctimas eran o no espejo y reflejo. Ahora sí, don Giovanni pidió a su hija tomar pluma y papel para anotar cada una de las huellas que el camino hacia la muerte había dejado en las víctimas. Los ojos del médico serían para la primera; los de Caterina, para la segunda.

De esta forma anotaron que las dos habían sido quemadas por un pequeño hierro candente en el hombro derecho; que la joven de la góndola tenía un diminuto callo en la barbilla, mientras que la otra presentaba otro muy parecido pero en el muslo derecho. A las dos les había sido arrebatado un trozo de su cuerpo; un rectángulo de piel de la espalda a la crucificada; la lengua con la que ya no podría emitir sus cantos, a la sirena.

—Orquídeas —señaló el *dottore* acariciando el pelo aún brillante de su joven.

—Margaritas —pronunció Caterina extrayéndolas de la maraña de algas sucias que envolvían a la otra el cabello.

Sí, efectivamente, había similitudes, pero también diferencias.

—Violentada —afirmó el médico— con pesar.

—Virgen —dijo Caterina.

—Signos de ensañamiento y tortura —continuó el *dottore.*

—Muerte rápida. Mmm… —masculló la joven rascando su frente—. Pero ¿por qué una sí y otra no?

—Quién sabe lo que hay en la cabeza de un demente… Quizá la libró de la violencia la ausencia de belleza. Mira sus rasgos. Ya sé que la sirena ha estado cuatro días en alcohol, pero, qué caramba, sus ojos son pequeños, el mentón huidizo, la nariz prominente…

—Que sí, que es fea como culo de mono —afirmó Caterina.

—En cambio —continuó diciendo el padre—, observa ahora a la criatura de la góndola…

—Aun muerta y magullada es una diosa —resolvió la hija—. Su rostro, delicado y perfecto. Sus ojos, grandes. Toda ella desprende ternura y, a la vez, sensualidad. Me recuerda a un cuadro de Bordone, ¿cómo demonio se llamaba? ¡Ah, sí! *Venus durmiendo con Cupido,* ¿a que sí, padre? Me parece verla reposando desnuda pero llena de luz sobre una tela roja en algún lugar secreto del bosque. Ojalá que, como ella, solo estuviese en brazos de un profundo sueño.

Don Giovanni llevó la lámpara a los labios de la crucificada.

—Pero ¿qué cosa escondes en la boca? —dijo a la vez que la abría con mimo—. Observa, alguien le puso una diminuta rama de arbusto entre los dientes. Caterina, ¿la sirena tiene lo mismo?

—Nada de eso —contestó iluminándola—. Más bien parece estar llena de algas de la laguna.

—¿Y sus pechos? ¿Hay algo de pigmento azul?

—No, pero eso no significa que no hubiera. El agua pudo borrar la pintura. Dios, pobres muchachas —dijo acariciando la frente de la joven de la góndola—. ¿Qué podría hacer por vosotras?

Ese acto espontáneo rompió los muros del mundo visible y desencadenó una reacción. Caterina sintió frío y notó una presencia. Miró a todas partes sin ver nada extraño. Sobrecogida, se le nubló la vista. Buscó una de las grandes butacas de cuero algo rasgado que amueblaban la sala para sentarse y tomar aliento. Su padre acudió solícito con un vaso de agua y le beso la frente.

—Demasiada crueldad para una sola noche, ¿verdad, *cara* mía?

—Padre, ¿quiénes son estas mujeres? —preguntó con angustia—. ¿Por qué nadie se ha preocupado de buscarlas? ¿Quién ha podido asesinarlas de forma tan salvaje?

—Caterina, cualquier acto en este mundo, incluso el más depravado, tiene un motivo. Encuéntralo y tendrás a su autor.

La joven sintió que la invadía un sopor difícilmente controlable y se acurrucó en el asiento.

—Solo serán unos minutos —dijo.

—Descansa —añadió su padre mientras la tapaba con un paño de lana—. La noche avanza y no tardará en volver *Messer Grande*. Aprovecharé el tiempo examinando a la joven sirena. Hay algo que me ha llamado la atención.

Caterina cayó en un profundo sueño.

5

Caterina abrió sus ojos violeta a bordo de una góndola dorada que rielaba sobre aguas densas como el aceite. Ella, que siempre vestía de pardo u oscuro, iba cubierta por una capa de terciopelo amarillo abierta que dejaba ver un camisón blanco de encaje de Burano. Surcaba el Gran Canal a la altura del puente de Rialto, increíblemente deshabitado, como el resto de las casas que daban esa noche al canal. Vacías y huecas.

Sobre un cielo negro se vislumbraron dos lunas menguantes. No corría el aire y, aun así, la nave se desplazaba ligera. Hacía calor y olía a las peonías que tanto gustaban a Caterina. Iba ansiosa y con prisa, haciendo un gran esfuerzo por manejar el remo desde la popa para llegar a algún lugar. Pero no sabía adónde ni por qué.

Escuchó entonces una voz blanca cantando una melodía infantil.

Una niña quiere cantar,
pero la vieja le tapa la boca.
Lo que parece nunca es verdad,
busca su nombre escrito en el mar.

Desde lo más profundo de las aguas, como un ser de otro mundo, emergió poco a poco una joven pálida de largo cabello rubio, que tenía un hilo de sangre deslizándose por su boca. Sacó la cabeza del agua, la inclinó y extendió su mano suavemente hacia Caterina con expresión de súplica. La hija del médico tuvo miedo, pero no pudo resistirse a la petición de ayuda de aquel ser angelical y la cogió. Entonces, inesperadamente, la criatura agarró con fuerza y velocidad el brazo de Caterina y tiró de ella hasta casi hacerla caer al agua para susurrarle al oído.

—Protege a las demás.

—¿De quién? —preguntó con angustia.

Sonaron tres disparos en la orilla y Caterina sintió que había alguien más en su góndola. Miró a su espalda y vio a un joven soldado corpulento, de uniforme desgastado a quien no pudo ver el rostro porque mantenía la cabeza inclinada hacia abajo.

—Soy culpable, soy culpable… —mascullaba el caballero.

La joven del agua gritó. Caterina se volvió de nuevo hacia ella. La muchacha se había convertido en un cadáver monstruoso que abría desmesuradamente la boca para morderla en el cuello. El soldado se abalanzó sobre Caterina y la cogió en sus brazos para protegerla. Entonces el ser infernal salió del agua colérico, subió a la barca y metió su huesuda mano en la espalda del soldado hasta llegar a su corazón. Y lo apretó y lo apretó…

6

Madrid

Alfonso Guardi, capitán de la Guardia de Corps de su majestad el rey Felipe V, despertó bañado en sudor con un dolor punzante en el corazón. Se incorporó de la cama semidesnudo, como un resorte, aturdido por una espantosa pesadilla. Era un hombre que rozaba la treintena, de gran altura, anchas espaldas, pelo castaño algo rojizo, largo y ondulado que recogía en una pequeña coleta a la altura de la nuca. Tenía una mirada tierna de color azul nublado y una mandíbula angulosa y perfecta que su madre debió de robar a una estatua griega. Su barba, no siempre recortada, enmarcaba unos labios carnosos puestos ahí para ser besados por alguna dama ardiente, si no fuera porque siempre los llevaba apretados por la culpa, una culpa ancestral que le ralentizaba el corazón y la existencia.

—¡Capitán! —gritó el ayuda de cámara desde el otro lado de la puerta de su aposento espartano, situado en el Palacio de Lunablanca, en la calle Mayor de Madrid.

—Dime —contestó apartando con las manos su pelo sudoroso del rostro.

—Su majestad el rey Felipe V le reclama de inmediato.

El capitán miró su reloj de bolsillo fabricado en oro, obsequio del monarca, que había dejado en el suelo para ver la hora. Eran las tres de la madrugada. La mitad de la noche, pero ya estaba acostumbrado a las llamadas intempestivas del soberano. El caballero se puso en pie y buscó sus botas. Una vez más acudiría al servicio de su señor, de su rey, de su amigo.

—Voy.

Los cascos del caballo español del capitán Guardi rompieron la quietud de la noche bajando a galope tendido por el anchísimo camino de Alcalá que atravesaba la ciudad de Madrid. Con la poca luz de una luna creciente, el jinete —con impecable uniforme de la Guardia de Corps, esto es, levita y calzón azul con vueltas grana; sombrero de tres puntas y galones de plata; bandolera cruzando el pecho y pertrechado con espada— atravesó el puentecillo de piedra que salvaba el arroyo del Prado para después adentrarse en el inmenso recinto del Palacio del Buen Retiro de Madrid, rumbo al cuarto del rey Felipe V.

El palacio era, en realidad, una bellísima locura arquitectónica. Sus fabulosos jardines, las dos grandes plazas enmarcadas por multitud de aposentos, sus tres patios, los lagos, pajareras y ermitas habían sido construidos con improvisación desde su origen, cuando Felipe IV y su valido, el conde-duque de Olivares, decidieron ampliar el modesto *cuarto del rey* situado junto al convento de San Jerónimo para convertirlo en un fastuoso recinto palaciego con el que simbolizar la gloria de la casa de Austria. Un siglo después, con las posaderas del primer borbón en el trono, seguía faltándole unidad a aquel conjunto y, sin embargo, era una de las residencias favoritas del rey, apodado «el Animoso», pues le horrorizaba el aspecto de fortaleza oscura del Alcázar del que huía para vivir en este entorno versallesco sin necesidad de salir de Madrid.

Al capitán Guardi, estos asuntos de arquitectura y paisajismo le eran indiferentes. Solo quería llegar al encuentro de su señor, que le había llamado de urgencia. Una frase golpeaba en su cabeza: cuanto antes. Tras superar el arco de entrada a palacio, picó espuelas hacia la plaza Principal, dejando a la derecha los miradores del Prado. Pasó el primer recodo flanqueado por arbustos. Subió hasta la ermita de San Juan. Giró a la derecha y atravesó una primera plaza aminorando el aire del caballo al trote. No era cuestión de llevarse a nadie por delante. Así llegó hasta la plaza Principal o plaza de Fiestas, donde un gentilhombre del rey, pequeño, grueso y digno, le aguardaba, candelabro en mano, con expresión afligida.

—Hoy su majestad está —titubeó mientras se recolocaba la levita color vino— especialmente doliente.

—Comprendo —contestó Guardi.

Bajó del caballo y, siguiendo los pasos del cortesano, entró en el imponente edificio que encuadraba la plaza. Lo hizo por una sencilla puerta de piedra berroqueña. A continuación subió una escalera hasta llegar a la planta principal, donde aguardaba solemne el larguísimo Salón de Reinos, llamado así por los escudos de las veinticuatro soberanías de la monarquía española que había pintados junto al techo. De día o con más luz habría podido apreciar los arabescos dorados de la bóveda, así como el balcón de hierro también dorado que recorría longitudinalmente la parte superior de la estancia, construido para que los cortesanos observaran desde él los actos oficiales o fiestas. Pero hoy solo estaban ellos y sus sombras.

Las espuelas del capitán repiqueteaban a ritmo marcial sobre los más de treinta metros de aquel suelo construido por ochavos de terracota y azulejo vidriado cubiertos por una larga estera veraniega con bordados de la China. Aun siendo septiembre, el calor de los últimos días no animaba a cambiarla por la pesada alfombra de terciopelo azul que ponían en invierno. Nada que ver con los fríos que se habían adelantado en Venecia. Nada.

Siguió el camino que le indicaba el gentilhombre del rey avanzando por el salón mientras deshacía la oscuridad con las velas de su candelabro. El movimiento de su luz parecía dar vida a los personajes de los doce cuadros que llenaban las paredes con batallas victoriosas. Por eso al capitán le pareció oír el gemido del arcabucero herido en el pecho de *La recuperación de Bahía de todos los Santos,* obra de Juan Bautista Maíno. Creyó ver al general Ambrosio Spinola deteniendo a Justino de Nassau para que no se humillase al entregarle las llaves en *La rendición de Breda,* como se lo imaginó Velázquez. A punto estuvo de apartarse para dejar paso a los caballos de los retratos ecuestres del «rey planeta», Isabel de Borbón y el príncipe Baltasar Carlos colocados en uno de los muros frontales. Incluso tuvo el impulso de echar mano a la espada al sentirse amenazado por el garrote de Hércules, no fuera a ser que le arreara intentando acabar con la repugnante hidra de Lerna.

La imagen del semidiós aún le acompañó unos metros más, pues Zurbarán fue llamado a pintar otros nueve cuadros del héroe por ser supuestamente ancestro de los Austrias. Supuestamente.

Superado el Salón de Reinos y la habitación contigua, doblaron hacia la izquierda para remontar el lado oeste de la plaza Principal. Atravesaron hasta cinco piezas en enfilada. Todas decoradas con hermosas pinturas en las que el capitán no se fijó, pues llamó más su atención la visión sentimental de las luces centelleantes del lejano Madrid contemplándolas a través de las contraventanas abiertas en la pared derecha.

Por fin el gentilhombre se detuvo. Sacó una gran llave que solo le había dado el rey a él. Orgulloso por la confianza que significaba el objeto, lo introdujo en la cerradura de una estancia que resultó ser uno de los aposentos del monarca. Abrió la puerta con todo el sigilo que pudo.

El panorama era desolador. La habitación estaba en penumbra, con ropa, libros y restos de comida tirados por todas partes. Al fondo, a la izquierda, había una gran cama cubierta por cortinajes de plata de Florencia y matices de oro. La proximidad de unas velas reveló que el lecho real era un revoltijo de telas de seda con bordados de pájaros y jarras de flores. En las paredes, tapices con escenas mitológicas, entre las que parecía vislumbrarse a Pomona, diosa de la fruta y los jardines. Y un cuadro inmenso, *Nacimiento de San Juan Bautista,* pintado por una mujer, Artemisia Gentileschi, mostraba a un niño pequeño, indefenso y desnudo, rodeado por cuatro mujeres que le atendían solícitas.

Este era el marco donde el rey, de treinta y tres años, llevaba dos días yaciente sobre el lecho, vestido solo con una gran camisa abierta. Le cuidaba su esposa, la reina Isabel de Farnesio, de veinticuatro, con la ayuda de dos damas de compañía.

Atractiva y enérgica, de nariz y boca notables, la parmesana le susurraba palabras de aliento, algunas ardientes, mensajes que solo ellos dos conocían, mientras acariciaba el nacimiento de su pelo. Le amaba. Contra todo pronóstico. Más allá de las alianzas diplomáticas, por encima de los matrimonios de Estado blindados con cláusulas propias de mercaderes. Aquella italiana culta, apasionada del arte y la arqueología había decidido abrir los brazos al rey de ojos azules para sostenerlo. Hacía ocho meses que había dado a luz a su hijo Carlos y en los escasos dos años que llevaba en la corte se había convertido en su ministro, su amante, su compañera de lectura, de música, de pintura, de caza y, en días como hoy, en su madre.

E Isabel jamás se abandonaba. En los momentos de debilidad de su esposo, ella se sabía cabeza visible de la corona y por eso, pese al cansancio, lucía regia un vestido brocado en blanco y rosa con hilos de plata traído hacía dos años en su ajuar de boda. Llevaba el cabello empolvado recogido en un moño alto en cascada, algo deshecho, adornado con pequeñas cuentas y alguna flor de porcelana puesta ahí por la peinadora. Pendientes pendeloque con el broquel y la lágrima de diamantes. Collar corto de perlas. Manilla de varias vueltas, también de perlas, con el retrato miniado de su esposo. Ahora bien, estaba descalza.

La sala llevaba demasiadas horas sin ventilarse. El gentilhombre que acompañaba al capitán se tapó la nariz con un pañuelo pero Guardi aguantó el tipo. La depresión intermitente o, como decían algunos, «los vapores» que asolaban a su majestad desde muy joven, le habían golpeado con fuerza.

La reina, al ver al capitán, se incorporó del lecho de su esposo con ayuda de sus damas de compañía y le hizo un gesto con la mano indicándole que le acompañara con sigilo hasta una esquina de la habitación.

—Alfonso, gracias al cielo que habéis llegado.

—Siempre al servicio de sus majestades.

—Mirad a vuestro rey…, lleva así dos días. Se niega a salir y a que entre nadie. Ha caído en un pozo, pero yo sé cómo sacarle. Capitán, mi esposo necesita una causa; si no, se muere. Y mi pequeño hijo necesita un reino. ¿Comprendéis lo que quiero decir?

Guardi asintió.

—Él os dará los detalles. Obedeced al rey.

Y la reina salió de la estancia acompañada de sus damas.

Felipe, al oír la voz del capitán, pareció revivir. Levantó lánguidamente la cabeza y la mano.

—Guardi, ¿eres tú?

—Sí, su majestad.

—¡Dios sea alabado! Acudid a mi lado, amigo. ¡No, espera! Antes descorred la cortina de la ventana para que pueda veros con las primeras luces de la mañana, pero solo de modo ligero, pues un exceso de albor agravaría mi insoportable dolor de cabeza.

El capitán siguió con precisión las indicaciones.

—Me muero —susurró el rey.

—Me temo que esta vez tampoco, majestad.

—Demonio de capitán —le increpó torciendo el pescuezo para mirarle con una sonrisa—. ¿Te burlas de la muerte de tu señor?

—Hace falta mucho empeño para acabar con vos. Sois el rey fuerte y valiente con el que luché codo con codo en la guerra de Sucesión durante más de diez años.

—No, amigo, no soy nada. Me faltan las fuerzas para respirar, cuanto aún más para gobernar.

—Mi señor, vos lleváis dentro al joven impetuoso que olvidaba a menudo su condición real y colocaba su caballo en primera línea de fuego en la batalla.

—Calla. Eso a nadie le importa. ¿Qué clase de hombre es el que no pone en riesgo su existencia por la causa en la que cree? Pero tú tampoco quedaste atrás salvándome la vida en la batalla de Almenar.

—Era mi deber como guardia de corps.

—No disfraces de obligación lo que otros llaman arrojo. Pero escucha…, quizá puedan volver esos momentos de contienda y emoción. La reina y yo nos hemos propuesto una tarea.

El capitán arqueó los ojos en señal de pregunta. El rey se incorporó apoyándose en el brazo del capitán para hablarle.

—¿Y si Cerdeña y Sicilia volvieran a ser de España?

Se hizo el silencio. Guardi tomó aire, hinchó con él su pecho y, sin pestañear, exhaló un gran suspiro. Al menos eso es todo lo que se pudo ver desde fuera. El rey comenzó a caminar animado por la habitación.

—Necesito la colaboración de algunos nobles italianos que me ayudaron en la pasada guerra de Sucesión, entre ellos el conde Roberto Buonarotti, con quien hicimos gran amistad, ¿recuerdas?

—Majestad, con todo respeto, dudo que el conde quiera volver a la lucha. Lleva años establecido en Venecia con su familia y ahora vive retirado disfrutando apaciblemente de su fortuna.

—Te equivocas —dijo asiendo una carta arrugada que le tendió para leer—. Está desesperado. Han asesinado a su hija ilegítima, por lo cual me pide secreto, y me suplica ayuda para encontrar al culpable.

—Hacéis bien en asistir a un caballero que tanto hizo por vos —contestó mientras leía el documento.

—¡Yo no, majadero! —le increpó con confianza de viejo amigo—. ¡Seréis vos quien vaya hasta Venecia para ayudarle!

—Pero, mi señor…

El rey le mando callar con el gesto de una mano mientras se llevó a la cabeza la otra en señal de aturdimiento. Después se dejó caer sobre su cama como si fuera de plomo y le habló.

—Cada palabra que pronuncio se me clava en las sienes y agrava mi horrible dolor de cabeza; así que escúchame porque solo lo diré una vez. Alfonso, bajo tu testa bullen los sesos más brillantes de todos los ejércitos europeos. Durante años has sabido anticiparte a cuantos sicarios y conspiraciones querían acabar con mi vida, que no han sido pocos. No sé cómo demonios lo haces, pero eres capaz de analizar y relacionar datos en apariencia insignificantes para extraer conclusiones pasmosas y sorprendentemente ciertas. Por eso te necesito a ti para hacer un *quid pro quo;* tú le darás a Buonarotti al asesino de su hija ensartado en una pica y a cambio él nos ayudará a reclutar partidarios en Venecia.

El pulso del capitán se aceleró como un caballo a galope, pero consiguió mostrarse inalterable.

—Mi señor, agradezco vuestra confianza, pero solicito declinar tal honor pues, como bien sabe, estoy retirado por enfermedad desde hace dos años, fecha en la que ocurrió…, lo que ocurrió.

—¡Precisamente por eso debes ir tú! —contestó el rey frenético incorporándose de nuevo de la cama—. ¡Por Dios Santo! ¿Sabes cómo apareció el cadáver de la hija de Buonarotti? Vestida de ángel con túnica blanca y alas doradas, en una pequeña capilla rodeada de flores y sin dos dedos de la mano… ¡Le cortaron los dedos, Alfonso! Esa imagen no te es desconocida, ¿verdad?

Por primera vez en mucho tiempo Guardi perdió la compostura. Se llevó la mano al pecho y pidió asiento. El rey, que hasta hace un instante languidecía sobre su lecho, se olvidó de su angustia y acudió alarmado junto a su amigo.

—¿Qué ocurre, capitán? ¿Os llamo a un médico?

—No. Se me pasará —contestó.

Las palabras del rey le habían devuelto al día en que le cambió la vida. El día en que se le rompió el corazón. Desde entonces, cada vez que vivía una situación de gran tensión, el músculo vital le dolía y le hacía sentir que se asfixiaba, como si debajo de sus botas reptara la culebra de la muerte. Pero aquella serpiente se marchaba y allí quedaba el capitán soportando un día tras otro una vida llena de dolor y culpa.

—¿Temes morir? —preguntó el monarca conmovido.

—Yo estoy muerto desde hace mucho tiempo —respondió el capitán.

—Entonces, ve, Alfonso. A ti, como a mí, solo la muerte te puede dar la vida.

7

NO MIRES CON LOS OJOS

Amaneció sobre la laguna y el extraño viento que cubrió la ciudad durante la noche había desaparecido. Un modesto grupo de nubes grises se aventuró a salir sin temor a ser barrido. El sol, que apareció por oriente, en la isla de Santa Elena, las tiñó de naranja, tiznando también las aguas del Gran Canal y cuantos palacios, barcas y puentes lo rodeaban. Así se fue iluminando la ciudad, pero de modo muy lento, pues Venecia había dormido mal y le costaba despertar.

No era la única. Caterina abrió poco a poco los ojos recostada en el sillón con el cuerpo entumecido y un extraño sabor salado en la boca. Escupió y su saliva tenía sangre. Examinó los labios con su lengua. Sí, era eso. Los había mordido durmiendo. No podía recordar los detalles de su sueño, pero sí el temor que los envolvía. Perdió unos segundos intentando hacer memoria sobre qué cosa tan extraña habría en su pesadilla.

—¿Cuánto he dormido, padre?

—No más de una hora. Ven. Tengo algo que mostrarte.

La voz del médico revelaba preocupación. La joven se levantó arrebujándose en el paño de lana que la había abrigado durante su sueño. Acudió junto a los cadáveres de las dos muchachas que seguían tumbados en mesas paralelas. Don Giovanni, agotado y ojeroso, le señaló con un punzón el cuello a la altura de la carótida de la joven crucificada.

—¿Qué ves?

—El corte limpio *post mortem* y las pequeñas mordeduras de peces a su alrededor. Ya se lo dije antes, padre —replicó casi con fastidio.

—No mires con los ojos, hazlo con los dedos.

La joven apartó su mirada del cadáver y, por llevarla a algún sitio, la elevó hasta los frescos pintados en el techo junto a Higia, la diosa de la sanación. Se fijó en una parte del dibujo hasta ahora ignorada en el que Asclepio, el anciano padre, le entregaba un cáliz mágico para la curación de los hombres. En ese instante, las yemas de los dedos índice y corazón de Caterina empezaron a leer la herida de la difunta. Las huellas eran más profundas de lo que pensaba y no eran aisladas; formaban dos semicírculos, dos arcos con hendiduras precisas y diminutas que en el centro eran rectas, flanqueadas por otras más puntiagudas.

Su padre tenía razón. No eran peces.

—¡Es una mordedura humana! —afirmó la joven.

—Así es. La Virgen nos asista…

Don Giovanni tomó asiento y se llevó la mano a la frente para sostener el peso de sus pensamientos.

—En realidad fuiste tú, hija, quien me puso tras la pista de esas huellas sugiriéndome que habría que seguir investigando. No sabes qué caja oscura he abierto, Caterina.

La aprendiz se angustió al verle. El *dottore* no acostumbraba a abatirse y menos delante de ella.

—¡Venga ya, papaíto! —le dijo la muchacha forzando una sonrisa mientras acariciaba su cara—. ¿No me dirá que un hombretón como usted se aflige por temor a un vampiro y otros cuentos de viejas?

—No temo a los muertos —contestó besando la mano de su hija—, pero sí a los vivos. Caterina, quizá yo conozca al ser que ha hecho esto.

La joven se acercó a la cara de su padre con expresión de incredulidad. ¿Sería posible que el *dottore* supiera la identidad del asesino?

Don Giovanni iba a explicarse cuando unos golpes en la puerta de la calle cerraron su boca. *Messer Grande* regresaba para cumplir su promesa y llevarse a la muchacha. Padre e hija se miraron con el mismo pensamiento: por nada del mundo ese guardia deshonesto podía descubrir la sala de disecciones y los cadáveres flotantes de su particular *inferno*. Si lo hacía, seguro que encontraba la forma de acusarlos de brujería, adoración al mal o quién sabe qué atrocidades más para ponerse la medalla de su captura. Caterina apagó rápidamente las lámparas mientras el *dottore* cogió a la muchacha de la góndola en sus brazos para subir por la escalera y dejarla de nuevo en la biblioteca.

—¡Abran inmediatamente o echaremos la puerta abajo! —gritaron los *sbirri* impacientes, acompañando sus palabras de fuertes empellones que dejaban poco lugar para la duda.

—¡Ya va, ya va! —pronunció el *dottore* cerca de la entrada mientras su hija le ponía la levita y peinaba a toda velocidad al tiempo que él le lanzaba un rosario de plata y nácar sacado del cajón de una cómoda para ilustrar el teatro que estaban a punto de representar—. Pasen caballeros, adelante —dijo el médico con calma fingida.

—A *Messer Grande* no le gusta esperar —advirtió hablando de sí mismo en tercera persona como hacen los altos mandatarios o los locos en curiosa coincidencia.

—Discúlpeme, caballero —se excusó el galeno mientras le acompañaba por el pasillo entelado en seda roja rumbo a la biblioteca—, pero estábamos rezando por el alma de la joven.

—¡Giovanni Sforza, le dije que estaba muerta! —puntualizó el guardia con rabia.

—¡Pasó a mejor vida hace no más de una hora! —corrigió el médico con cortesía mientras entraban en el gabinete—. ¿No es así, Caterina?

La joven asintió con la cabeza besando la cruz del rosario de plata y nácar mientras aparentaba rezar fervorosa ante el cadáver.

—Ya —contestó incrédulo—. Díganme, ¿vieron alguna barca acompañando a la góndola de la muchacha?

—No, señor, nosotros la encontramos encallada en nuestro amarre. ¿El pescador dijo que había otra?

—*Dottore,* soy yo el que hace las preguntas. ¿Ha encontrado alguna evidencia de que el pescador es el asesino?

—Más bien al contrario. Tengo la sospecha de que es inocente.

—Las sospechas no liberan a los presos en la República de Venecia —contestó *Messer Grande*—. Cuando encuentre una respuesta con nombre y apellidos, venga a verme. ¡Guardias! —gritó a sus *sbirri*—. Llévense el cadáver.

—*Messer Grande,* con todo respeto —irrumpió Caterina con audacia—, déjenos a la muchacha un poco más; si le hacemos la autopsia quizá averigüemos…

—¡No me hagan perder más el tiempo! —gritó amenazante—. Muchacha, piensa antes de hablar. En las cárceles de Venecia también hay celdas para las mujeres imprudentes.

Caterina lo miró furiosa, pero un gesto de su padre le hizo agachar la cabeza para dejar paso a los guardias.

Minutos después los intrusos se habían marchado. Caterina sintió inquietud por el trato que darían al cuerpo inerte de la joven. Después de todo, ya formaba parte de su vida. Entonces, un aliento invisible llevó una frase a su mente: «Tranquila, Caterina, poco daño ya pueden hacerme».

El día había ido despertando poco a poco, y con él una luz intensa que se coló por las ventanas de la biblioteca de los Sforza, frente al canal.

—¿Y ahora qué? —preguntó Caterina.

—La vida sigue, hija mía. Que los muertos no quiten la vida a los vivos. Cumplirás con tu tarea de los martes por la mañana y acudirás a tu clase de canto. Yo mientras tanto iré…

—¿… a capturar a un asesino? Padre, quítese ahora mismo esa idea de la sesera.

—No estoy tan loco como para hacer tal cosa. Sé que no soy Sansón, así que solo echaré un vistazo.

—Que sean dos, porque yo iré con usted.

—¡Loca testaruda! —dijo burlón—. Harás lo que yo te mande.

—¿Y permitirá que cruce yo sola la ciudad de Venecia? —preguntó exagerando su tribulación—. ¿Qué hay de mi fragilidad y de mi inocencia si me encuentro con algún enmascarado lujurioso? Es así como usted me advierte siempre, ¿verdad?

El *dottore* volvió a sonreír ante su desparpajo.

—Te acompañará nuestra criada, la Morattina —dijo colocándose el sombrero para salir a la calle.

—Está atendiendo el parto de su hija —contestó ella cortándole el paso.

—En ese caso mandaré llamar a tu padrino, mi viejo amigo Moisè, para que vaya con alguno de sus criados —añadió esquivándola.

—Imposible. Lleva más de dos semanas fuera de Venecia.

Y la joven volvió a ponerse frente a sus narices. El médico la miró a los ojos y la cogió de los hombros con ternura.

—Hija, déjame marchar.

—¡Pero dígame al menos a quién va a ver!

—No puedo. Antes he de asegurarme.

—Pero ¿y yo, padre?

—Tú eres mi alma y mi vida. Y ya no eres una niña, Caterina. Quizá hoy sea un buen día para que comiences a hacer las cosas sola —le dijo dándole un sentido beso en la frente—. Yo tengo que hacer lo que tengo que hacer.

8

No le torturaron. No es que le disgustara que no lo hicieran, obviamente, pero el pescador Maurizio Isola no comprendió por qué después del interrogatorio y toma de declaración inicial en la que no aceptó su culpabilidad le llevaban ileso a una celda.

—¿Ya estás de vuelta? —preguntó una voz al fondo de la mazmorra estrecha y profundamente oscura al recibirle.

—¿Quién está ahí? —interpeló el pescador alargando la mano—. ¿Quién eres?

La voz tenía un sonido grave, casi de barítono, con matices suaves de algodón, y era pronunciada con una seguridad ancestral, como el veterano guerrero que ya lo ha vivido todo en la batalla.

—Ahora soy tu compañero. Acostúmbrate a mí.

—Esto es muy pequeño —se quejó Maurizio—, casi no puedo moverme...

—Así son los *camerotti*, las celdas, de los *Signori di Notte*. ¿De qué te acusan?

—De intentar asesinar a una doncella, señor, ¡pero soy inocente!

—Y además eres idiota. Hijo, aquí la inocencia no importa. Lo relevante es que tengas dinero o amigos. ¿Posees alguno de ellos?

—No, señor, soy tan pobre como las ratas.

—No subestimes a las ratas. Son las reinas del lugar. Su palacio se halla bajo las tablas de madera de lárice cruzadas y clavadas a conciencia que cubren nuestras paredes, suelo y techos. Ellas les proporcionan un precioso escondite. Pero, cuidado, que comparten morada con pulgas, garrapatas, cucarachas y toda suerte de insectos de los que no recuerdo el nombre porque, sinceramente, no son dignos de recordar.

—Señor, no los veo…

—¡Ay, amigo! Pero ellos a ti sí. Esperan a que te duermas para acercarse y, cuando lo haces, se suben a tu cuerpo y te recorren para comer las escasas migajas de pan que han podido quedar en tu ropa. Se meten por tu cuello y las mangas de la camisa y no dudan en probar fortuna aventurándose a pasar por tus oídos, boca y nariz; cosa que, a no ser que estés muerto, te despierta y hace que tu cólera los espante a manotazos. Y entonces se van, sí…, pero ¿por cuánto tiempo? Ellos saben que el sueño te vencerá y podrán recorrerte de nuevo. Porque ellos vuelven, ellos siempre vuelven.

El pescador comenzó a notar el picor bajo sus carnes pero era más la angustiosa necesidad de saber su suerte lo que le poseía.

—Señor, ¿cuánto tiempo lleva usted aquí?

—Tanto que ya ni me acuerdo de por qué vine.

—¿Qué me va a pasar?

—Es una buena pregunta. ¿Qué te ha pasado ya?

—Me interrogaron y yo les grité mi inocencia.

—Y te han dejado marchar sin rasguño alguno. No me gusta.

—¿Hubiera sido mejor acaso que me descoyuntaran los brazos?

—Un hombre puede vivir sin brazos, pero no sin cabeza, hijo. Algo traman, y no tardaremos en saberlo.

Messer Grande cruzó de un salto el pórtico de entrada de las Prigioni Nuove con una noticia que inclinaría aún más la balanza a su favor y por lo tanto en contra del pescador: la muchacha de la góndola había muerto. Tenía el cadáver a buen recaudo y deseaba contárselo a Scarabella, el Señor de la Noche. Ambos formaban, desde hacía algún tiempo, un buen equipo de hombres malos. Arbitrarios y manipuladores, peleaban por medrar ante el gobierno de la República a costa de lo que fuese.

Pero a los ruines también les acontecen inconvenientes, así que *Messer Grande* quedó desagradablemente sorprendido cuando al entrar en la sala de los *Signori di Notte* su amigo Scarabella le contó que su magistratura había sido eximida del caso de la muchacha crucificada.

—¡No es posible! —vociferó golpeando con su puño la larguísima mesa de madera, ahora vacía, donde solían sentarse a deliberar los *Signori di Notte*.

—Calla, descerebrado y contén tu ira —le ordenó Scarabella—. Cuando tú saliste de patrulla vino a buscarme un emisario del *Consiglio dei Dieci*, el Consejo de los Diez, exigiéndome que devolviera al pescador a su celda porque debían deliberar si era de mi competencia.

—Pero ¿cómo se enteraron si no hubo tiempo material?

—¿Te extraña que haya espías en la casa de los espías? —dijo acompañándolo de una mueca.

Messer Grande pasó la mano por su pelo grasiento como dándose consuelo para tragar la amarga medicina.

—¿Qué pasó después? —preguntó el guardia.

—A la hora vinieron a dar su veredicto. Ya no era mía.

—¡Malditos viejos chochos! ¿Y te vas a quedar de brazos cruzados?

—¿Qué quieres que haga? —le espetó conteniendo el enfado—. El *Consiglio dei Dieci* es una jurisdicción mucho más poderosa que la mía. Tratan los delitos contra el Estado, crímenes atroces o en los que se involucran nobles o religiosos. Verucchio —le dijo mirándole a los ojos—, ¿quién era esa chica?

—¿Cómo lo voy a saber? —contestó—. Alguna meretriz de las que hay cientos, mejor dicho, miles en Venecia...

—¿No había nada en ella que te hiciera sospechar?

—¡Todo hacía sospechar! Por el amor de Dios, estaba desnuda y clavada a una góndola de pies y manos, rodeada de velas. ¿Cuándo has visto tú algo así?

—¿Y estás seguro de que lo hizo el pescador?

—¡Se escondía con una cuerda manchada de sangre en las manos! ¿Quién debía pensar que lo había hecho? ¿El *dottore* chiflado y su hija raquítica? Además, me da igual quién lo hiciera. Esa muerta es mía y no voy a dejar que se lleve el mérito el *Consiglio*.

—Te estás jugando la vida.

—Scarabella, no voy a parar hasta que consiga el lugar que merezco...

Minutos después Maurizio, el pescador, ascendía por los pasillos húmedos y malolientes de las prisiones hasta llegar a la penúltima planta donde le aguardaba la nueva magistratura. Definitivamente, no era bueno para él, pues si los *Signori di Notte* eran crueles y despiadados, al menos existían, no como el Consejo de los Diez, que era una institución fantasma a la que no se podía ver ni tocar y reptaba sobre el secretismo y la impunidad absoluta de sus decisiones, incluida la pena de muerte. Ahora comprendía por qué le habían dejado salir ileso, y Maurizio se sintió como el diminuto ratón que escapó de las garras del gato para caer en las del tigre.

En realidad, eran tres tigres con toga roja. Así vestían los *capi* —jefes— del *Consiglio* que le aguardaban en una sala oscura. Comenzaba un proceso tan tedioso como inútil en el que volvieron a leerle sus declaraciones «a mayor gloria de la verdad» —*ad majorem veritatem*— para que las confirmase, aunque daba igual lo que dijera. Aquellos tipos no iban a cambiar ni una coma de lo escrito.

Después, conforme al protocolo, llamaron a los testigos. Ocasión que aprovechó *Messer Grande* para promocionar su actuación estelar en el encuentro y detención del pescador, así como los intentos desmedidos por salvar la vida a la muchacha. Mencionó ligeramente la presencia de un médico y su criada o su hija, «no recuerdo bien», e insistió en su disposición para ayudar al prestigiosísimo *Consiglio* en lo que fuera menester.

Leyeron sus derechos al prisionero, y tras decidir que la acusación contra él tenía fundamento, le informaron de que disponía de tres días para preparar su defensa él solo antes de que se celebrara el juicio, pues los reos juzgados por los Diez no tenían derecho a un abogado.

Aquel hombre analfabeto tenía que demostrar su inocencia encerrado en una celda del tamaño de un pozo y sin luz; ahora bien, nadie podía decir que el Estado no le había dado la oportunidad de hacerlo. Venecia y sus apariencias...

Al poco, el pescador volvió a su mazmorra.

—Bienvenido seas otra vez —le dijo la voz desde la oscuridad.

—Ahora estoy en las manos del *Consiglio* —relató.

—Lo sé —dijo la voz tras un suspiro—. Me lo han dicho mis amigos.

—¿Le han dicho algo más? —suplicó Maurizio.

—¿De verdad quieres saberlo?

—Señor, debo estar preparado.

—Será como pides —contestó—. Muchacho, por alguna razón alguien quiere que aparezcas como asesino y se han propuesto cerrarte la boca.

—¿No tengo salvación?

La voz le contestó con un largo silencio.

—Comprendo —dijo el pescador.

Un llanto incontenible bañó sus ojos y la angustia se apoderó de su cuerpo doblegándole sobre el suelo, haciendo que se encogiera con las rodillas en el pecho como un infante en el vientre de su madre.

A continuación, y siguiendo con la falsa benevolencia de la justicia veneciana, se abrió de nuevo la puerta de la celda. Le cegó la luz y, cuando se disipó, pudo distinguir la figura de su hijo, un muchacho asombrosamente parecido a él mismo. Le permitieron salir unos minutos al pasillo para estar con él. Le abrazó como si llevara siglos sin verlo y, haciendo un ejercicio de serenidad, contuvo la angustia y le habló con firmeza.

—Vincenzo, esta gente viene a por mí. Cuida de tu madre y del hermano que viene en camino. Y ahora, óyeme, te contaré algo que deberás utilizar en el momento oportuno.

El pescador susurró unas palabras al oído que el hijo escuchó con atención sacramental. Cuanto le dijo era sin duda su testamento. Un legado de información sonora. Esa era toda la fortuna que depositaba en sus manos, además de la honestidad que le había inculcado desde la cuna.

—Y cuando todo acabe, si puedes, limpia mi nombre.

Terminó el tiempo de la visita e hicieron falta dos hombres para sacar al muchacho de allí, pues se aferraba con uñas y dientes a su padre. Entonces, la voz, que llevaba tiempo en silencio, quiso dar un hálito de fortaleza al pescador y le dio respuesta a la pregunta que clamaba en su cabeza.

—Le has criado bien, Maurizio. Eres un buen padre.

9

R abia. Dolor. Miedo. Caterina no podía comprender a su padre. ¿Por qué meterse en problemas? Maldita gracia le hizo tener que acudir ella sola a su clase de música. Solo quería descansar. Le pesaban las piernas como sacos de piedras bajo su sencillo vestido azul bajando los escalones del puente de Rialto en aquella mañana cenicienta. Cerró los ojos un instante y se apoderó de ella la imagen de la joven sirena varada sobre la mesa de disección. Los abrió de sopetón salvándose de caer junto a uno de los muchos puestos de terciopelos y brocados que se agolpaban en el viaducto. Bajo sus pies, el murmullo del agua del canal le susurraba un mensaje negro que le subía por las piernas: se acerca, algo se acerca…

¿Y ahora cantar? No podía.

—Vamos, querida, concéntrate —le repitió la profesora Zarelli, una mujer voluminosa de cincuenta y muchos años, de gran bondad y grandes pechos embutidos en un vestido de raso dulzón mientras la acompañaba al clavicordio.

Caterina carraspeó para apartar la saliva de angustia que le cerraba la garganta y repitió el fraseo. La Zarelli, inmensa y dulce, se enjugaba el sudor y los sofocos de su cara grande y redonda con un pañuelo de lino blanco que olía a rosas mientras luchaba por que aquella joven dispersa interpretara el aria de Agripina en la escena V de la ópera *Nerone fatto Cesare*. Una fantasía musical de Vivaldi, estrenada con gran éxito hacía un año en el teatro Sant'Angelo por carnaval.

Al cuerno Agripina. Al infierno con su hijo. El cuerpo de Caterina estaba en la sala de música de paredes pálidas y muebles decorados en *lacca povera* —laca pobre— de una casita modesta de la calle del Paradiso; pero su alma revoloteaba en círculos concéntricos sobre la identidad del asesino de las chicas y el paradero de su padre. Así era imposible meterse en la piel de una romana asesina e incestuosa, y le daba igual si proclamaban césar a Nerón o si le partía un rayo. Quería salir corriendo.

Harta, la profesora Zarelli dejó de tocar. Respiró hondo y se alejó unos centímetros del clavicordio. Miró con una sonrisa a la joven y señaló con su mano derecha una butaca que había junto a la ventana.

—Tráela y siéntate aquí, a mi lado.

La alumna aterrizó sobre un asiento duro y cojo, perfectamente tapizado en seda color ámbar.

—Querida —le dijo la maestra mirando de frente sus ojos violeta—, ¿sabes cuántas voces hay como la tuya? Yo te lo diré. Ninguna. Nuestro Señor Todopoderoso ha decidido regalarte una voz de contralto de coloratura; algo así como una perla negra de belleza natural en un mar de perlas blancas. Tu timbre es ligero, portentosamente ágil, capaz de llegar a notas agudas de forma sorprendente. Tu voz interpreta las florituras más complejas con la facilidad del que bebe agua de una fuente; salta y piruetea en la escala como una libélula enloquecida y sin embargo resuelta y poderosa. Pero este don no te pertenece, es propiedad del Dios que lo puso en tu garganta y de cuantas almas gentiles harás feliz al escucharte.

—Gracias, señorita, pero no creo merecer…

—Déjame terminar —le pidió cogiendo sus manos con delicadeza—. Los problemas existen, pero debes cantar con ellos puestos. Aprovecha las clases. Sé que cada vez son más complejas, pero te hacen estar más preparada. De hecho, había pensado proponerte que dieras un pequeño recital en la casa de una dama noble que conozco, si es que convences a tu padre.

El cuerpo de Caterina se echó instintivamente hacia atrás, preludio de su respuesta.

—Pues… es que tanto mi padre como yo pensamos que el canto es un complemento para el alma, pero usted ya sabe que todo el tiempo del que dispongo lo empleo en estudiar medicina y…

—Y eso es encomiable. Pero, querida, ten en cuenta algo de importancia vital.

La Zarelli tomó aire y sus pechos se hincharon brillantes por la sudoración. Su tono se volvió solemne. Le apretó las manos.

—Caterina, tu voz no se puede tapar, como no se puede tapar el sol. ¿De verdad nunca has soñado con estar sobre un escenario dando vida a un aria de Vivaldi o Gasparini para recibir después el cálido aplauso y el entusiasmo del público?

La joven se sonrojó. La maestra había sacado a la luz un sueño íntimo y secreto. Se sentía como si la hubiese visto desnuda.

—Quizá alguna vez —confesó tras unos segundos de inquietud—, pero solo de una forma excepcional —matizó enérgica—; la medicina es mi destino y…

—¡Ah, el destino! ¿Quién ha leído su libro? Lo que haya de suceder, sucederá, dijo el poeta. Hoy el don de tu prodigiosa voz está dormido, pero está. Procura que el próximo día te acompañe despierto a clase.

—Así lo haré, señorita.

A la hija del médico le faltó santiguarse. Se sintió perdonada por la sacerdotisa en su pequeño templo, una casita comprada con el esfuerzo de su trabajo como cantante, profesora y traductora de latín durante más de treinta años. Coraline Zarelli era una de las pocas venecianas que se había rebelado contra la disyuntiva de «esposa o monja», optando por vivir una eterna luna de miel con un amor secreto y correspondido con el que había recorrido Europa. Pero había más mujeres que habían cortado la cinta invisible de «lo adecuado».

En estos años finales de la República, cuando el león alado que regentaba la ciudad estaba próximo a expirar por la crisis económica y moral que carcomería la sociedad y las instituciones, mientras sus habitantes miraban para otro lado perdiéndose en fiestas, músicas y bailes, un puñado de venecianas alzaron su voz pareciendo locas descarriadas a los ojos de los hombres. Una pintora, varias poetas, algunas meretrices y ciertas damas nobles reclamaron con su conducta una mejor educación, mayor espacio y más libertad. Pelearon por construir lugares y ocasiones para salir de sus casas, como cuando crearon tertulias en las que debatir el conocimiento racionalista. Fundaron publicaciones. Compusieron música. Y todo eso lo hicieron con una verdad que les quemaba las manos y, por tanto, debían soltar: los sueños de las mujeres son importantes.

Acabada la clase, Caterina bajó las escaleras del hogar de la maestra figurándose en un escenario rodeada de público, imaginando cómo sería el sabor del reconocimiento. Al llegar a la calle, el azúcar se amargó. Su padre no estaba. No la esperaba, como era costumbre. Las dos muchachas muertas llamaron de nuevo a la puerta de sus ojos. Otra vez la realidad.

Definitivamente tenía que reunirse con el *dottore* cuanto antes.

Corre, estúpida, llegarás tarde… Eso creyó que le gritaban un puñado de chiquillos malnutridos y piojosos que jugaban entre los toneles de vino blanco del Véneto cuando caminaba por la Riva del Vin rumbo a Rialto. Sintió más frío del que había y se ciñó al cuerpo su capa de terciopelo negro, fantaseando que llevaba una armadura medieval contra la que no pudiera hacer nada ni el fuego de mil dragones.

Simuló unos pasos enérgicos para parecer más segura y se encaminó a la plaza de San Marcos, donde la esperaba una barca que la llevaría a casa. En su periplo, en el que apenas levantó la mirada del suelo, pasó por delante de la iglesia de San Salvador sin saludar al Redentor ni a las otras cuatro estatuas de evangelistas que contemplaban el mundo desde su fachada barroca. Cruzó el puente sobre el río de Baretteri. Tomó después las estrechas y concurridas calles de La Merzaria abarrotadas de comercios y puestos donde la empujaron varias veces, hasta que por fin llegó a una inmensa y majestuosa plaza abierta y llena de luz. Izó la cabeza. Ahora sí. No podía perdérselo. Vino a su mente la imagen de Moisés deteniéndose frente a la Tierra Prometida tras cuarenta años de tortuoso camino. Pero, al contrario que el profeta, ella sí entraría en Canaán. Y puso el pie en la plaza de San Marcos. Estaba pisando el corazón de Venecia.

Unos rayos de sol testarudos vencieron a las nubes iluminando para Caterina las cinco cúpulas bulbosas de San Marcos, el bellísimo templo románico-bizantino que funcionaba como capilla del palacio del *dux*. «El rey Midas debió de convertir este templo en oro», pensaba la muchacha observando cómo centelleaban los mosaicos dorados en la fachada principal. Sobre las cinco puertas de entrada al edificio, teselas de colores intensos reproducían imágenes simbólicas de la cristiandad veneciana. Las laterales mostraban la historia del traslado del cuerpo de san Marcos, así como el aspecto de la iglesia primitiva, mientras que el mosaico de la puerta central apabullaba al espectador con el Juicio Final. Pero el oro de verdad estaba dentro, como si una inmensa ola de ese metal fundido hubiera anegado cuantas paredes y techos del templo encontró a su paso. Su brillo casi se podía masticar a lo largo de ocho mil metros cuadrados decorados, además, con cientos de imágenes del Antiguo y el Nuevo Testamento. Aunque la joya de aquella corona era sin duda la *Pala d'Oro*, un espléndido retablo situado junto al altar mayor tachonado de perlas, zafiros, esmeraldas, amatistas y rubíes, cuyo aspecto actual y fabuloso había que agradecérselo a la imaginación y artes del orfebre Buoninsegna.

A la espalda de Caterina, las campanas de los Moros dieron el medio día, y había tal estallido de color y algarabía en la calle que a los cuatro caballos de bronce que llevaban cinco siglos sobre la terraza de San Marcos solo les faltó trotar guiados por su cuadriga invisible. La muchacha, sobrecogida, decidió cruzar la plaza sin perderse ni una gota de aquel espectáculo. Se encontró con toda suerte de venecianos: damas y caballeros escondidos tras una *bauta*, la máscara blanca o marfil que tapaba desde el nacimiento del pelo hasta la boca; comerciantes que habían situado sus puestos junto a la entrada de San Marcos sin que Jesucristo los viera, o les habría echado a latigazos; niños mendigos que correteaban esperando un descuido para arrebatar una pieza de fruta a los tenderos; abogados de solemne toga; prostitutas elegantes y seductoras —siempre sin perlas—; damas nobles que las miraban envidiosas paseando junto a sus criadas, aún más envidiosas que ellas...

Y en medio de todo aquel bullicio, su mirada se detuvo en un objeto oscuro. Un patíbulo de madera al fondo, junto al mar, entre las columnas de San Marcos y San Teodoro, vacío, que en breve se llevaría la vida de alguien.

Esa pequeña distracción fue suficiente para hacerla chocar, sin voluntad, con una fila de muchachas vestidas con hábito y capa roja que atravesaban la plaza como hadas flotantes. Creyó estar sumergida en un mundo de magia cuando las criaturas se deslizaron a su alrededor con sencillez y elegancia musitando una melodía. Eran las Hijas del Coro del Ospedale della Pietà; un orfanato, en realidad conservatorio, formado por cantantes y músicas huérfanas de talento extraordinario. Regresaban de actuar en la casa de algún príncipe o noble, escoltadas por sus maestras.

Se dirigían a su hogar situado cerca de allí, en la Riva degli Schiavoni —«la orilla de los esclavos»—, frente al Gran Canal. Todos se detenían para mirarlas. Su virtuosismo con el violín y sus voces eran conocidos en toda Europa, hasta el punto de hacer venir a príncipes y reyes de ciudades muy lejanas solo para escucharlas.

Caterina contuvo el aliento. Estaba tan cerca de las jóvenes que hasta podía oler su suave perfume a jabón de lavanda. Doblaron la esquina del Palacio Ducal y desaparecieron.

La imagen de las músicas huérfanas la acompañó durante todo el trayecto en barco. Pero al acercarse a la Giudecca, un humo color bronce y un olor a madera quemada la estremecieron.

10

Los dos cerrojos de hierro que atrancaban la celda del pescador se descorrieron con un ruido chirriante. Le despertaron del breve pero profundo sueño en que había caído víctima del agotamiento. Acostumbrado a la oscuridad más absoluta, la poca luz que entró del pasillo le deslumbró.

—¿Ya vienen a por mí? —preguntó Maurizio a la voz.

—Valor, amigo —le contestó.

Un carcelero al que no acertó a ver la cara le habló desde la puerta.

—Sácalo —ordenó.

—¿A quién? ¿A mi compañero? —preguntó el pescador.

—¡Que lo saques! —replicó de malos modos el guardián.

Maurizio se volvió al fondo de la celda.

—Quieren que salgas. ¿Acaso necesitas que te ayude?

—¡Estás loco! —increpó el carcelero—. ¿Cómo se te ocurre hablarle a un muerto?

—¿Cómo? Eso es imposible —se dijo desconcertado. Llevo horas conversando con él.

—Expiró un día antes de que tú vinieras a prisión, idiota. Te has vuelto demente o le has estado hablando a un fantasma. Vamos, cógele de los pies y tráemelo. No pienso entrar ahí para infectarme con vuestras pulgas.

El pescador, aturdido, obedeció las órdenes y se encontró tirando del cadáver de un hombre de mediana estatura y medio siglo de edad, vestido con una levita color grana elegante, sucia y rota. Le acercó a la puerta. Le hizo una cruz en la frente helada. Le envidió porque ya estaba muerto.

El carcelero se llevó el cadáver arrastrándolo por las piedras del suelo con la misma desidia que si hubiera acarreado un saco de estiércol. Y la celda se quedó sorprendentemente abierta. En silencio.

—¿Por qué no me has dicho quién eras? —preguntó el pescador a la voz.

—Porque quería ayudarte —contestó—. Pronto estarás conmigo.

Maurizio suspiró profundamente al tiempo que un nuevo preso entró en su calabozo. Su camisa desgastada y la larga barba fruto de años pasados en las prisiones no concordaban con el lustre de sus zapatos de hebilla. Llevaba una gran cadena de hierro entre las manos.

—Arrodíllate y reza —le dijo.

Y el pescador lo entendió todo.

Caterina, en cambio, no quería entender nada. Humo. Gritos. Gentío. Fuego. ¿En su casa? Imposible. Por Dios, su padre no. Pero allí, en el embarcadero de su palacio, estaba la vieja góndola del *dottore.* Era tan cruel que no aceptaba que fuera verdad.

Los dedos del viento arañaron la ciudad por segunda vez en menos de dos días, pero esta vez el aire sabía distinto. A tierra. A despedida. Le siguieron nubarrones grises que se apoderaron de la laguna con la promesa de una gran tormenta.

Los guardias protectores del barrio y los vecinos del palacio se apostaron en la orilla, junto a la entrada principal, y, como pequeños davides pretendían acabar con el gigante de fuego a base de cubos de agua. Ridículo. O no tanto. En realidad, habían dado por perdido el edificio y su principal preocupación era que el desastre no se extendiera a las casas colindantes.

Los oyó decir que querían crear cortafuegos e incluso se plantearon explosionar algunas casas. Pero dejar que el *dottore* pereciera sepultado entre piedras no era una opción para Caterina. Decidida, se acercó a un joven guardia.

—¡Por Dios, déjeme pasar, tengo que sacar a mi padre!

El muchacho rubio de cara blanca, enrojecida por el humo, estuvo a punto de ceder ante la súplica de la joven, pero otro guardia de más edad apartó de un empujón a la hija del médico.

—¡Fuera de aquí, criatura! No llevaré tu muerte sobre mis hombros.

—¡Pues yo sí llevaré la tuya si no me dejas pasar, hijo de mala madre! —gritó Caterina.

Sus palabras no sirvieron de mucho. El hombre cerró filas con otro individuo impidiéndole el paso. Pero si pensó que así la alejaría, se equivocaba. Terca como una mula, Caterina se alejó unos metros del terreno para estudiar la situación. Las llamas estaban en las habitaciones superiores; si el fuego sorprendió al médico en la planta baja, quizá estuviera a tiempo de salvarle.

Solo tenía un camino: el canal. Y no dudó. Se quitó la capa para sumergirse en el agua fría, a escasos metros de la fachada principal. Nadie la vio. No estaban para eso. Buceó bajo la entrada de barcas del sótano hasta el fondo del palacio, donde su padre solía guardar una góndola aún más vieja que la habitual y algunos aperos de pesca.

Salió chorreando del agua. La ropa se le pegaba a la piel, pero el calor sofocante del edificio le impedía sentir cualquier clase de frío. Rompió un trozo del faldón de su vestido y se tapó con él nariz y boca para sortear el humo amarronado que desprendía la madera presente en casi toda la casa. Subió una escalera de hierro desconchada y, tras comprobar que su padre no estaba en la sala de disección, accedió al primer piso.

—¡Padre!

Le llamó una y otra vez con angustia.

Creyó oír un ruido procedente de la biblioteca. Fue hasta allí. No se equivocaba. Estaba bocarriba desplomado en el suelo. Un aullido mudo se le escapó a la joven de la boca. Se agachó rápidamente para ver si estaba aún con vida. Pero el *dottore* no contestaba. Su pulso no latía. Le zarandeó. Le pellizcó. Le cogió la cara. Le vio la muerte.

Caterina quiso entregarse a un llanto incontenible, pero el humo era cada vez más espeso y las vigas de madera del techo empezaron a resquebrajarse amenazando con sepultarlos. Ni siquiera podía llorar. Para protegerse de las brasas que caían, se cubrió con el abrigo que el médico había dejado sobre la mesa. Al oler el perfume a limón, cuero y bergamota de su ropa, tan suyos, se derrumbó. Una brizna de aire procedente de la ventana rota que su padre arregló mal le valió para recobrar algo de aliento. Entonces, se preguntó qué había acabado con la vida de su padre.

Tomó la cabeza del *dottore* con cuidado; le abrió la boca y buscó rastros negros de humo. No había. Registró su nariz con idéntico resultado. Nada. Su padre no se asfixió. No llegó a inhalar el hollín. Ya estaba muerto cuando comenzó el incendio. ¿Qué le mató? ¿Quién le mató? Lo recorrió de arriba abajo buscando indicios mientras le maldecía por haberse ido a buscar al posible asesino, por no haber cuidado su vida. Por dejarla sola.

El humo dificultaba la búsqueda, aunque las tripas de Caterina le susurraban una palabra: veneno. Uno maravillosamente eficaz y discreto que no había dejado huellas, al menos en las primeras horas. Si hubiera podido analizar su hígado o su orina…

Intentó tirar de su padre, subirlo sobre sus hombros para sacarlo de allí, pero apenas si podía mantenerse ella en pie. Comprendió, finalmente, que tenían que separarse. Se acercó al pecho del *dottore;* tomó sus manos blancas, las besó y las puso sobre sus hombros para sentir una vez más su abrazo infinito.

—*Ti amo, padre* —le dijo—. *Tu sei la mia vita.*

Vio entonces que algo caía al suelo de la mano del médico. Un medallón de plata con el pequeño retrato de un infante. Lo retuvo en su mano, pero no pudo estudiarlo mucho más. Un trozo del artesonado del techo cedió y se desplomó sobre Caterina. El peso la dejó atrapada; el golpe, aturdida. Aun así pudo escuchar, como un eco, las campanas de los Moros de la plaza de San Marcos.

Las mismas campanas que oyó el pescador en su celda. Al instante, el prisionero metido a verdugo rodeó el cuello de Maurizio con las cadenas. El pescador cerró los ojos.

Caterina se abandonó a la idea de morir con el *dottore* y cerró los ojos también.

Ambos pidieron a Dios que fuera rápido el viaje.

Pero la muerte no estaba escrita aquel día para Caterina y, de repente, sintió que alguien la liberaba de las maderas que apresaban su cuerpo. La tomó en brazos y la sacó de allí.

En la calle, Caterina entreabrió los ojos lo suficiente para ver a Venecia llorando con una lluvia fina y abundante que poco a poco fue apagando el fuego.

Y ya no vio nada más.

SEGUNDA PARTE

CUANDO LA BESTIA ABRE LA BOCA

11

UN DERROCHE DE SENSUALIDAD

Venecia, octubre de 1716

E l sol se reflejaba chispeante sobre las aguas color esmeralda del Gran Canal al paso del mercante que traía al capitán Alfonso Guardi desde Siracusa, traslado posterior a su viaje desde Valencia. La primavera había decidido prestar uno de sus días cálidos y brillantes al otoño veneciano invadiendo la ciudad y su laguna con una deliciosa sensación de renacer.

La casualidad quiso que se deslizara ante la vista del capitán un cortejo de boda formado por tres pequeñas naves cuajadas de flores. La familia y amigos de los humildes recién casados cantaban con violas y laúdes melodías románticas y alguna picante a la que no dudaron en sumarse los marineros más arrojados del mercante, provocando un alud de carcajadas, el sonrojo del matrimonio y algo lejanamente parecido a una sonrisa en Guardi.

Convencido de que la felicidad no era para él, apartó la mirada de la estampa a la que se creía sin derecho. Sacó un catalejo de madera y bronce del interior de su sencilla casaca marrón

81

—mejor no viajar de uniforme— y lo dirigió hacia el *bacino* de San Marcos, el puerto situado en el corazón de Venecia. Buscaba al amigo que había reclamado su ayuda, el conde Buonarotti, al que se imaginaba en actitud de espera.

Una mujer apareció, sin embargo, interponiéndose ante el catalejo. Rápidamente abrió el ojo guiñado para toparse de frente con un derroche de sensualidad. La dama iba cubierta por un elegante y poderoso vestido brocado en blanco, acompañado por una chaqueta de seda roja bordada con pájaros negros en una combinación perfecta de elegancia parisina y estilo chino, dinastía Qing.

—Interesantes vistas las de Venecia, ¿no le parece?

Guardi descubrió a una mujer de rostro nacarado y ojos color noche. Sus pómulos sonrosados y sus labios pintados con el rojo intenso de la flor de cártamo usado por las *geishas* dibujaban un ser atrayente y misterioso. Era claramente europea, aunque llevaba una larga melena negra que la enfrentaba radicalmente a la moda veneciana del pelo corto y empolvado en blanco o gris. Completaba su atuendo con un pequeño tocado de altísimas plumas de faisán. Habría pasado por una joven de veinte años si el soldado español no se hubiera fijado en los minúsculos pliegues de la piel de su cuello. Buen observador, descubrió que sobrepasaba los cuarenta. Aunque carecía de importancia. Incluso con cien años aquella criatura habría resultado seductora para cualquier hombre.

—Soy *madame* Chevalier, esposa del comerciante Philippe Chevalier —dijo sonriendo, arrastrando las sílabas del nombre de su esposo con una coquetería intolerable. Después, en un gesto calculado, compensó su audacia bajando levemente la cabeza con candidez.

El capitán, inmune a sus hechizos, levantó su sombrero de tres puntas a modo de reverencia para volver a su catalejo con la esperanza de haber dado por zanjado el diálogo. No estaba para placeres mundanos. Él tenía una misión de sangre que cumplir. *Madame*, sin embargo, quería conversación.

—¿Qué espera ver, caballero? Si me lo dijera, quizá yo podría ayudarle...

—A un amigo.

—¿Y dónde lo busca?

—Entre dos columnas.

—¡Ah! Las de San Marcos y San Teodoro. Pues espero que no le encuentre en medio de ellas colgado del gaznate.

Guardi se volvió hacia la dama con desconcierto.

—No me mire así. Es una de las formas que utiliza la República de Venecia para castigar a sus culpables. Planta un cadalso entre las dos pilastras y, ¡zas!, se lleva por delante al reo. ¿Será que hoy tenemos, por así decirlo, regalito?

A través del catalejo, el capitán pudo distinguir junto a la orilla, entre las mencionadas columnas, varias gaviotas picoteando los restos de un cadáver. Frunció el ceño.

—Mmm..., por su expresión deduzco que lo hay. Pues esta es la bienvenida que los venecianos dan a los visitantes: «Si no sois buenos, las gaviotas se comerán vuestros ojos». Poco sutil, pero eficaz. ¿Usted es un hombre bueno, caballero?

—No —contestó con más pesar del que ella imaginaba.

—Menos mal. Los hombres buenos siempre resultan aburridos. Pero no se exceda en su maldad. Ya ha visto lo que puede ocurrirle. Y dígame, ¿qué cosa le ha tenido encerrado en su camarote los seis días de trayecto desde Siracusa y los ocho que hemos pasado en el puerto de Malamocco esperando a que el magistrado de sanidad confirmara que no portábamos ninguna enfermedad contagiosa?

—La reflexión.

—Por supuesto —contestó con ironía—. El diálogo de la conciencia es lo que nos separa de los animales. Pero yo me atrevería a decir que también pesa sobre usted la timidez.

Apuesto a que está deseando saber de mí, pero no se atreve a preguntar.

Antes de contestar, el capitán midió la distancia que le quedaba a su barco para llegar hasta la orilla de Venecia. Poca. La charla no sería excesiva. El capitán la miró arqueando las cejas y exhaló hondo.

—Tomaré ese soplido como un sí —contestó la dama burlona—. Desde hace algunos años, ayudo a mi esposo a distribuir en Europa la mercancía que él compra en Oriente. Telas, tinturas, pieles, especias, marfil, alguna que otra hierba del sueño… Este barco pertenece a mi flota, por eso conozco su nombre, capitán Guardi. Me gusta saber quiénes son mis pasajeros. Y ahora que ya conoce algo de mí, le toca a usted, ¿cuáles son los motivos de su viaje?

—Turismo.

—*Bravissimo!* La capacidad para improvisar una buena mentira es imprescindible en Venecia. Siga así y tendrá éxito en su empresa. Pero tenga cuidado. Cuando traspase las columnas de San Marcos y San Teodoro entrará en el reino de lo falso y lo invisible. Mentir, mentimos todos, pero descubrir la verdad es una habilidad que solo tienen unos pocos. ¿Es usted uno de ellos, capitán?

Un sonido similar a un gemido interrumpió la conversación. Procedía de la boca deforme y derramada hacia el lado derecho de un hombre grande con aspecto de retrasado que caminaba con el paso de un orangután. Tenía hundida una parte de la frente y vestía una camisa amplia con una levita negra. Hizo una señal a la dama para que le acompañara a la bodega.

—Ya voy, Armand, tranquilo —le dijo con la ternura y la firmeza del que habla a un perro fiel—. Tendrá que disculparme, capitán, mi trabajo me reclama. Espero que su estancia en la isla sea placentera y confío en que volvamos a vernos.

—Lo veo harto difícil, *madame*. Esta es una isla muy grande y yo estaré poco tiempo.

—Eso no puede saberlo. Venecia es una ramera embrujadora. Uno sabe cuándo cae entre sus piernas, pero no cuándo se va. En lo que respecta a nosotros, no tema. Nos encontraremos. Las plumas de mis sombreros son muy altas. Se me ve pronto.

Chevalier volvió a entornar los párpados y a inclinar la barbilla a modo de despedida para después perderse erguida y majestuosa con su guardián entre el maremágnum de tripulantes que se apresuraban en cubierta a preparar el desembarco de la mercancía.

El barco atracó en el puerto sin que el catalejo del capitán localizara su objetivo. «Calma —pensó—, aparecerá». Echó su bolsa al hombro y puso por primera vez el pie en el suelo de Venecia. Y el otro mundo lo supo. El espíritu de la laguna notó la presencia del militar de corazón cansado. Por fin. Había llegado. La dama invisible que habitaba en el canal suspiró esperanzada y movió su cabello de brisa, tanto que a punto estuvo de hacerle perder el sombrero al capitán. Y él notó el aire cálido que, como un saludo, le dio la bienvenida.

Miró a su alrededor y se sintió conmovido al contemplar una ciudad flotante en la que sus habitantes caminaban sobre un milagro de aguas con la indiferencia que daba la costumbre. Distinguió una extraña mezcla de herrumbre verdosa y luminosidad radiante. Y se planteó si Venecia sería el único lugar del mundo donde los opuestos fueran posibles.

Constató que, incluso antes de pisar tierra, varios ojos ya se habían clavado en él. Le habían advertido sobre los espías del Estado, quienes con apariencia de estibadores, marineros, clérigos, gondoleros o panaderas buscaban cada día nuevos datos que contar a sus señores a cambio de monedas y otros favores.

Ellos también sabían que él estaba allí.

A los pocos minutos, un hombre enmascarado con *bauta* blanca y capa negra se acercó a él dibujando con su sombrero una reverencia en el aire.

—¿Capitán Alfonso Guardi?

—Puede —contestó el español.

—Sígame.

—No sigo a quien no conozco.

—Soy el asistente de su amigo Roberto Buonarotti. Me ha pedido que venga a buscarle. Tenga la bondad de acompañarme.

—No insista. No acompaño a nadie a quien no pueda ver el rostro.

—Le comprendo, pero créame si le digo que lo hago por mi seguridad y la suya. Aquí estamos demasiado expuestos y perdiendo un tiempo valiosísimo.

—¿Cómo puedo saber que dice la verdad?

—No puede. Venecia es un riesgo constante; debe confiar en su instinto. Usted decide.

Le siguió.

12

Caterina estaba tendida en un camastro, sucia y pálida. Tras la muerte de su padre y el incendio de su palacio, cual mula testaruda, se había empeñado en permanecer en los restos de la planta baja que aún quedaban en pie, junto a la piscina de cadáveres que escondía el *dottore* para experimentación. Una piscina ahora vacía después de que fuera descubierta y vaciada por los guardias y los vecinos que entraron para acabar con el fuego. Caterina ya no solo era la huérfana de un médico. Oficialmente era la hija de un loco.

Llevaba más de veinte días con el mismo vestido azul ennegrecido por el humo, cubierta por el mismo abrigo verde de su padre que le quedaba inmenso. Apretando con la mano izquierda el mismo colgante que llevaba el médico cuando lo encontró. Su vieja criada, Maria la Morattina, acudió a su encuentro al conocer la tragedia y ya no se separó de ella intentando cubrir con el dedo un agujero del tamaño de un océano.

«Tú no puedes morir también, niña mía», le repetía la sirvienta que había ayudado a criarla desde niña. Quería a Caterina. Aunque en realidad quería a todo el mundo.

De piel oscura y cara arrugada por el sol, la Morattina era una mujer tierna y malhablada de manos pequeñas, vestida siempre con un mandil de tela blanca, impoluto. Sus ojos eran dos puntos negros, vivos y alegres. Contagiaba la risa cada vez que abría su boca mellada y sincera. Tenía un pelo gris, corto y ensortijado que no consentía en despeinar, hasta el punto de llegar a dormir sentada para no estropearlo cuando llegaban las grandes fiestas de carnaval. Olía a limón, a limpio. Trabajaba de sol a sol y todo le parecía bueno, pues lo comparaba con la vida de palos y humillaciones que le había dado su esposo hasta que quedó postrado por apoplejía. Como así ya no podía pegarla, la Morattina tomó la enfermedad como una bendición que agradecía a Dios todos los días. Le cuidaba abnegada y solícita, y eso que el animal le tiraba más de una vez jarras y platos con la poca fuerza que le quedaba. Aquel hombre era malo hasta para morirse. Todo lo contrario que ella, que solo pensaba en dar vida. Por eso estaba al lado de Caterina. Cuidándola, llevándole comida y bebida. Aturdiéndola con hierbas de sueño cada vez que la joven despertaba y gritaba que quería morirse al recordar su tragedia. Entonces la Morattina se las volvía a dar para que pasara el día entero durmiendo, con la esperanza de que su alma fuera cicatrizando mientras soñaba.

La criada se afanaba en preparar una sopa de pescado para su niña en un pequeño hornillo y quizá fuera el olor penetrante de aquel plato lo que despertó a Caterina.

—Maria, no quiero nada —dijo la joven aún mareada por el narcótico.

—No, niña mía. Esta vez comerás o me mataré aquí mismo —pronunció blandiendo un cuchillo con aires de mala actriz de teatro.

—Harás bien. Mátate tú y después me mataré yo.

—¡La madre que te alumbró! —gritó lanzando el arma por los aires—. ¡Ninguna de las dos haremos tal cosa! No podemos contradecir los planes de Nuestro Señor, que decidió enviar a un ángel para salvarte la vida en el último momento.

—Pues no pienso darle las gracias. Él permitió que asesinaran a mi padre.

—Niña mía, el *dottore* murió en el incendio —dijo en el mismo tono con el que se le habla a un bebé que no entiende.

—¡Mentira! —gritó incorporándose—. Cuando yo encontré a mi padre, él ya estaba muerto. No había restos de hollín en sus fosas nasales ni en su tráquea porque no hubo inhalación previa a...

Ahora era la sirvienta la que no entendía.

—¡Maldita sea! ¿Por qué estoy contando esto a una criada analfabeta? —dijo con enfado.

—Es cierto. Yo no entiendo nada de esos menesteres de medicina y destripamientos que os traíais tu padre y tú..., pero ten por seguro que esta podenca solo quiere ayudarte.

—Perdóname, Morattina, no sé lo que digo. No mereces que pague contigo mi rabia —reconoció la joven con pesar llevándose la mano que contenía el colgante a la frente. Entonces al observarlo entre ojo y ojo sintió el impulso de preguntar—. Maria, mira esta joya..., ¿soy yo el infante del dibujo?

—Si lo guardaba tu padre, ¿quién iba a ser si no?

—¿Y por qué no lo había visto antes? Todo esto es una locura. Morattina, ni te imaginas cómo empezó este infierno. La noche antes del fuego, mi padre y yo encontramos el cadáver de una muchacha crucificada en una góndola flotando en nuestro amarre.

—¡Alabado sea Dios y que su fuerza todopoderosa nos libre de la mano del Mal! —proclamó santiguándose.

—El *dottore* encontró coincidencias con otra joven muerta que tenía en su piscina. Esta, además, tenía la huella de una dentadura humana en el cuello y él, por alguna razón, pensó que podía conocer al asesino. Entonces se marchó a…

—¡No me digas que fue a buscar a un vampiro!

—Los vampiros no existen, Maria.

—¡Oh, sí que existen! —dijo mientras besaba la cruz de madera del rosario que llevaba bajo el mandil al tiempo que hacía cruces con los dedos índice y pulgar sobre la frente de Caterina, la cama, el aire y cuanto encontró en su camino—. ¡Habitan en los cementerios y descansan en paz hasta que alguien rompe sus ladrillos!

—¿De qué ladrillos hablas?

—¡Me cago en la leche, de los que hay que ponerles en la boca para que no resuciten! Con los miles y miles de cadáveres que se cobró la última plaga de peste, los vampiros acudieron a nuestra ciudad sedientos de sangre.

—Qué barbaridad…

—¡Escúchame, que no es broma! La Santísima Inquisición dio tormento y muerte a muchos de ellos y los enterró con un ladrillo en la boca para que no pudieran comerse la tela de la mortaja que cubre sus rostros, pues si lo hacen, esa tela les da ánimo y reviven.

—Maria, un muerto no resucitará por mucho que se coma su mortaja, cosa que me parece, de por sí, bastante improbable.

—¡Porque tú no lo has visto, pero mi madre si lo vio! —exclamó como si le fuera la vida en la frase—. Al poco de morir su padre, comenzaron a pasarle cosas muy extrañas. Oía voces en la noche, golpes, tenía marcas en el cuello y sentía como si le faltara la vida. Una amiga le sugirió que fuera al nicho de mi abuelo. ¿Y sabes cómo lo encontró? ¡Con la mortaja de la cara devorada por unos dientes afilados y la boca sangrante!

—Eso es por la descomposición cadavérica —explicó Caterina intentando imponer cordura.

—¡Ni descomposición ni leches! Mi madre se lo contó al párroco, que tomó interés en el asunto y no tardó en llamar a un inquisidor. Y gracias al ladrillo que le puso entre los dientes, el vampiro de mi abuelo nunca volvió a molestarla. Pero si ocurre algo y ese ladrillo u otro se rompen...

—Maria, querida, no tengo fuerzas para discutir. Piensa lo que quieras. Yo lo único que deseo es morirme como esos vampiros de los que me hablas. No puedo vivir con este vacío; dame láudano una vez más, pero esta vez con una dosis suficiente para matarme.

—¡Maldita sea esta vieja idiota que tienes delante, que no es capaz de convencerte para que luches! —gimoteó la sierva.

—No te sientas mal —dijo acariciándole el brazo—. Nada puedes hacerme.

—Aguarda, ¿y el señor Moisè, tu padrino? ¡Seguro que encuentra las palabras adecuadas para convencerte!

—No está aquí. Partió hace días a otras tierras. ¡Señor —pronunció con angustia—, enloquecerá cuando regrese y vea lo que nos han hecho! Con lo que quería él al *dottore*...

Una voz masculina interrumpió a las dos mujeres.

—¿*Signorina* Sforza...? —preguntó un hombre alto y joven que llevaba una ropa oscura, avejentada para su edad, con aspecto de pasar hambre por la forma en la que miraba el puchero de sopa de pescado preparado por la Morattina.

—Yo soy. ¿Qué quiere?

El hombre avanzó caminando sobre los escombros, mirando la estancia descompuesta con expresión de incomodidad y calculando el paso para no caer.

—Mi nombre es Giulio Minardi. Me envía el excelentísimo notario Alberto Negretti. Traigo el testamento de don Giovanni Sforza.

El testamento. Esas palabras cayeron como una losa sobre Caterina. Lo tomó como si el Estado quisiera tirarle a la cara que su padre, efectivamente, había muerto.

—Me da igual lo que rece ese papel —dijo girándose para darle la espalda, tapándose después con la manta que la cubría en el camastro—. Váyase.

—Oh, no puedo hacer eso en modo alguno. Mi señor, el notario Negretti, me obliga a entregar en mano el documento. Yo me tomo muy en serio mi trabajo y estoy dispuesto a llamar a los guardias si es preciso para...

—¡Lechuguino del demonio! —le increpó la Morattina—. ¡Usted no va a llamar a nadie y se va a ir con viento fresco por donde entró! ¿No ve que la joven no está para leer nada?

—Mmm —masculló el aprendiz deteniéndose a mirar a Caterina—, ciertamente parece moribunda. Muy bien, yo se lo leeré.

Sin dejar otra opción, el muchacho sacó varios papeles de su bolsa. Cogió una de las pocas velas que había en la sala y la llevó junto a una silla; se sentó encima y sin soltar la bolsa que apretaba con fuerza bajo el brazo —quizá por si hubiera que salir de allí corriendo— comenzó a leer inmisericorde: «*Sepan todos los que vean esta carta de testamento y última y postrimera voluntad que yo, Giovanni Sforza, médico de esta Signoria de Venecia, otorgo, ordeno y establezco mi manda en la forma y manera siguiente: dejo a Caterina Sforza, mi hija, todos mis bienes de toda clase presentes y futuros, en especial mi palacio con todas sus pertenencias situado en la isla de la Giudecca, el cual yo heredé de mi padre, Giuseppe Sforza. Dicho solar tiene veinte y tres varas por delante; y por el otro lado veinte y dos; y por los costados presenta otras veinte y tres varas*».

—Pues con una de esas varas le daré yo si no se marcha de aquí ahora mismo —amenazó Caterina.

—Aguarde. Aquí hay algo más: «*... y si algo me ocurriera antes de que mi hija cumpliera la edad de dieciocho años, dejo una provisión de ducados suficiente para que entre en el Ospedale della Pietà en calidad de alumna para que viva, coma y duerma en la categoría de* figlia in educazione...».

—¿Cómo? —exclamó Caterina incorporándose.

—Creo que se refiere al conservatorio musical para niñas huérfanas; todas cantantes e instrumentistas virtuosas que...

—¡Sé lo que es, caballero! —replicó furiosa—. Lo que no comprendo es cómo se le pudo pasar a mi padre por la cabeza que yo pudiera..., que yo quisiera entrar ahí. Pensaba que lo más importante para él eran mis estudios de medicina, que la música era algo secundario.

—Quizá, al fin y al cabo, lo que más le preocupaba a su señor padre era su seguridad. Tengo entendido que en el Ospedale tienen un régimen interno muy estricto, casi de clausura. Allí estará protegida porque, señorita, ya sabe usted cómo es Venecia...

—¿Y el dinero? —preguntó descarada la Morattina.

—Aquí no dice nada de dinero... —afirmó el muchacho releyendo las páginas—. Firma el documento Alberto Negretti, escribano público de esta ciudad a veinte y siete de...

—¡Busque bien, atontado! —le increpó la Morattina—. Tiene que haber una buena bolsa para su hija. Don Giovanni era persona importante. Debió de ganar una gran cantidad de ducados como médico en la isla y profesor en Padua, sin contar con que siempre ha llevado una vida..., ¿cómo se dice roñosa en elegante?

—Austera —apuntó el joven.

—Eso quiero decir.

El muchacho se encogió de hombros y tendió el manuscrito a Caterina para su lectura. Ahora sí lo cogió la muchacha.

Una vez concluida su tarea, el ayudante del notario se fue igual que entró, echando un último vistazo a la sopa que nadie quiso ofrecerle y él tampoco se atrevió a pedir por ese orgullo de los medio ricos, medio pobres que había en Venecia.

La hija del médico lanzó por los aires el testamento y volvió a dejarse engullir por el colchón y las mantas de su catre.

No iba a mover ni un dedo por acudir a semejante conservatorio por mucho que lo hubiera dejado por escrito don Giovanni. La vieja Morattina se puso a pensar rascándose la cabeza y, después de sorprender a un piojo furtivo que aplastó con su uña, llegó a una conclusión.

—Niña mía, no puedes seguir en este palacio derruido. El frío del invierno se acerca y no tienes dinero ni tiempo para arreglarlo. Sabes que todo lo que tengo y soy está a tu disposición, pero tú eres una dama y tu lugar no está en la granja de conejos en la que vivo junto al arroyo. Esta pobre analfabeta te aconseja con toda su alma que vayas a la Pietà.

—¡No quiero! —exclamó Caterina— ¿Es que no lo entiendes? No iré a ese conservatorio ni a ninguna parte porque no tengo razones para vivir.

—Yo te daré una —replicó solemne la criada—. Una única causa tan fuerte y poderosa que te hará luchar hasta la extenuación para mantenerte con vida: encuentra al asesino de tu padre.

13

La bestia cogió el trozo de piel que había arrancado de la espalda a la muchacha hacía ya más de dos semanas y lo recorrió con la palma de su mano. Con la sabiduría ancestral aprendida en una vieja tenería, se entregó en cuerpo y alma a su trabajo de encuadernador empleando varios días y muchas noches. Entre sus numerosas tareas tuvo que remojar la piel, descarnarla con un cuchillo curvo y sin filo, recortarla e introducirla en un pozo con taninos de roble para convertirla en la pieza de cuero incorruptible, jugoso, dúctil y extraordinariamente maleable que tenía ahora entre las manos.

Sobre una mesa de madera empalidecida y escrupulosamente limpia, colocó un libro sin pastas para encuadernarlo con el trofeo de piel. Se trataba de una recopilación de poemas de amor de autor desconocido.

«Qué perfecto destino para una mujer enamorada», pensó mientras se ponía manos a la obra.

La preparación de las páginas del texto no había sido fácil ni rápida, aunque, ciertamente, menos sangrienta. Se trataba de una copia reciente del libro original compuesta a la rústica, es decir, con los pliegos cosidos. Había invertido muchas horas en un delicado proceso que comenzó quitando al libro las cubiertas y la cadenilla de las costuras. Después de comprobar que los pliegos de papel estaban en el orden correcto, respiró su aroma para averiguar si el aceite de la tinta estaba completamente seco —un artista como él no se podía permitir ninguna mácula—. Procedió entonces a batir el libro golpeándolo con una maza de hierro sobre piedra caliza para igualar la altura de los cuadernos de hojas. Le sucedió el arte de aserrar, esto es, practicar delicados agujeros sobre el lomo para facilitar el cosido que, como una minuciosa costurera, realizó en un reducido telar. Aplicó engrudo para pegar las guardas blancas —detestaba las de color por parecerle poco serias— y a estas les pegó los cartones cortados a la medida precisa. Lo introdujo en una prensa de encuadernador junto con otros ejemplares y lo dejó dormir así unas horas; porque, a cada paso realizado, los libros necesitan descansar, como los animales y los hombres, que reposan para renovar fuerzas y asentar lo vivido.

En ocasiones, aquel extraño encuadernador hablaba con sus obras, llamándolas por el nombre de la mujer que las cubría, imaginándolas poseídas de nuevo por sus almas. Era otra forma de darles vida. Mucho más ordenada y bajo su absoluto control.

Esta se llamaba Angelica.

En los días anteriores, el asesino le fue explicando con detalle con qué cuidado y delicadeza había trabajado el lomo del fardo de papeles de su libro; de qué forma había recortado los pliegos para que fueran absolutamente armoniosos y simétricos y con qué habilidad había afinado el frente de sus cubiertas.

—Todo me parece poco para ti —le decía a Angelica mientras le colocaba el traje mágico y vistoso sobre los cartones.

Hubo que rebanar algo, porque la vida no es perfecta y aquella badana tampoco lo era. Sin excederse. Debían quedar diez milímetros de holgura por los cuatro costados, a fin de poder pegar las vueltas. Para evitar gurruños, chifló la piel. No se trataba de añadir locura —el hecho en sí era ya bastante demencial—. La chifla era una piedra franca muy fina y afilada que rebajaba los bordes.

Otros encuadernadores tintaban la piel después de unirla al libro, pero él prefería hacerlo antes para no correr el riesgo de manchar sus hojas. Y así lo hizo. Vertió sobre una vasija de vidrio ciento veinticinco gramos de ácido sulfúrico a sesenta y seis grados sobre treinta y un gramos de un insólito pigmento añil concienzudamente molido. El polvo fue poco a poco formando una amalgama con el ácido. Lo calentó algunas horas al *balneum Mariae* —baño María— y lo dejó enfriar añadiendo una parte de potasa en polvo. Agitó bien todo aquello y lo dejó reposar un día y una noche. Después lo metió en una bonita botella tallada que debió tapar convenientemente. El color del líquido resultante era bien oscuro, mas no se inquietó. El secreto estaba en añadirle más o menos agua a la mezcla y él sabía perfectamente cómo hacerlo.

Hoy, dos días después, con aquella piel bañada ya del azul más hermoso entre las manos, había llegado el momento de unir para siempre su suerte a la del texto. Cubrir el libro, le llamaban.

Aplicó engrudo sobre las pastas y no sobre el cuero por miedo a que la humedad lo dilatase. Esperó el tiempo necesario y, después, ambas partes se hicieron una con la ayuda de una plegadera de hueso de vaca. La piel quedó perfectamente adherida, ni muy floja como para que hubiera pliegues, ni muy tensa como para no poder abrir el libro.

—Angelica, eres maravillosa —le dijo—, pero ¿qué clase de monstruo sería yo si no agasajara tu belleza con oro, el más noble de los metales, sobre tu cubierta?

Y Angelica se revolvió en su tumba.

14

Un hombre de toga roja miraba desde la balconada de piedra blanquecina del Palacio Ducal los restos secos del reo colgado hacía un mes entre las columnas de San Marcos y San Teodoro. El patricio veneciano, alto y delgado, de cara rectangular, peluca blanca y mirada de saurio, nunca se asombraba por nada. Siempre inmutable en ese nido de víboras que era el palacio... «¿Palacio de qué? De la traición y la mentira —se decía a sí mismo—. De la justicia sería residencia o no; de la prepotencia del más fuerte y del poder del dinero, siempre».

El *nobil homo*, ilustre miembro del Consejo de los Diez por este año, apoyaba su mano derecha en una de las setenta y dos columnas que sostenían arcos en forma de punta de flecha en la fachada del palacio, mientras anhelaba un retiro en su villa de la ribera del Brenta. La razón: pasar más tiempo con sus hijos pequeños, aunque esta ternura no era incompatible con su frialdad para decidir sobre el encarcelamiento, la tortura o la muerte de cualquier alma veneciana.

«Debería plantar más rosas», pensaba mientras el viento caprichoso mecía lo poco que quedaba del muerto, de *Messer Grande* Verucchio, el hombre que quiso hacer méritos ante la República a cambio de apresar al desgraciado pescador. Ese que no se tomó nada bien que le arrebatara el caso el Consejo de los Diez. El imbécil que se atrevió a desafiar al órgano más oscuro y arbitrario de la República. Y claro, luego pasa lo que pasa —se dijo así mismo Christiano Galbo, que así se llamaba el patricio togado.

Una voz le sacó de su deliberación.

—Por Dios, ¿cuándo quitarán de ahí ese cadáver?

Preguntó con angustia Scarabella, *Signore di Notte,* amigo y compañero de atrocidades de *Messer Grande,* mientras retorcía el ala de su sombrero negro, nervioso, esperando una respuesta.

—Creo que será mañana —contestó Galbo—. A mí también me fastidia esa visión, amigo Scarabella. Sepa que en el Consejo al que pertenezco no todos estuvimos de acuerdo con su muerte. Pero fueron mayoría.

—Entiendo que condenaran al pescador, al fin y al cabo se le encontró una cuerda ensangrentada entre las manos. Pero ¡por Dios!, ¿a Verucchio?, ¿basándose en qué decidieron ejecutarlo?

—El término fue algo así como… «sospecha de crímenes contra la Serenísima República».

—¡Yo le pregunto por la verdad!

—Entonces váyase de Venecia —le dijo el patricio, condescendiente, mientras caminaba por la galería—. No obstante, me aproximaré un poco a eso que usted me pide. Digamos que a alguien muy poderoso no le interesa que se remueva el asunto de la chica crucificada. ¿Por qué? Esa es una buena pregunta que no me encuentro en condiciones de contestar.

—Todo el que tiene que ver con ella muere, señor —gimió Scarabella.

—Sí, curiosamente eso es lo que ocurre. Aunque es manifiesto que usted es la excepción.

—¿Y cuánto tiempo podrá mantenerme con vida? —exclamó.

—¡Vamos, Scarabella, sea optimista! —le dijo acompañando sus palabras con una expresión de aliento y una palmada en el hombro—. Dejemos que pase tiempo y todo esto se olvide. Hay que confiar. Y ahora, tenga la bondad de retirarse, otros asuntos me reclaman. Ah, y sea prudente. No le revele nada a nadie.

—¡Pero si yo no sé nada! —sollozó el hombre.

—Bueno, pero quizá alguien piense que sí. Dadas las circunstancias, yo que usted viviría cada día como un regalo. Buenos días...

Scarabella agachó levemente la cabeza con una reverencia y se alejó con más desazón que cuando había llegado. Christiano Galbo miró hacia su izquierda, pero esta vez no detuvo sus ojos en el cadáver, sino que los perdió en el mar, cuajado de góndolas, barcazas y falúas. Y habló.

—¿Qué le ha parecido la conversación?

Un caballero flaco de mediana estatura, que rondaría los cincuenta, pelo canoso, traje gris con levita ancha y pantalón abombachado de los que habían estado de moda hacía más de veinte años —pues no era él de darle mucha importancia a la ropa—, salió de detrás de la puerta que comunicaba la balconada con palacio, dibujando una expresión tan enigmática como su interlocutor.

—Me ha parecido previsible —contestó—. ¿Me encargo de él?

—No, ya lo harán los otros antes o después —contestó el togado—. Me preocupa más otro asunto que usted ya sabe, el de la financiación. Se avecina una crisis, no sé cómo no lo ven. En fin... Dígame, ¿alguna otra novedad?

—Sí, un capitán español enviado por su majestad Felipe V para ayudar a Buonarotti con el asesinato de su hija.

—¡Otra mosca más en el dichoso pastel de las muertas! —protestó con desagrado—. Y encima de España. A algo más le habrá enviado el rey chiflado. Averigua lo que sabe.

—¿Y después?

—Elimínalo. No queremos testigos.

El caballero del traje gris asintió y desapareció por donde había entrado.

15

Caterina caminaba con la cara y las manos recién lavadas y el pelo aún húmedo mientras avanzaba trabada del brazo de la Morattina por la Riva degli Schiavoni, la populosa orilla que recorría el Gran Canal desde el Palacio Ducal hacia el barrio de Castello. Ya se había ocupado la sirvienta de restregarla bien para hacer desaparecer toda huella de hollín en su persona. En el alma era otra cosa. Ahí, ni se había atrevido a intentarlo.

Húmedo también iba el abrigo del *dottore* que la joven no consentía quitarse, y a la sirvienta no le quedó más remedio que bañarlo en perfume de limón para disimular el olor a brasas. Así iba la hija del médico rumbo al Ospedale della Pietà, el orfanato que llevaba tres siglos acogiendo a recién nacidos abandonados por ser fruto de la prostitución, amores ilegítimos o de padres pobres de solemnidad. De todos los recibidos, solo las niñas con gran talento musical formaban parte de la élite: el coro de la Pietà. Recluidas en el edificio principal como monjas, pero sin vocación de siervas, la mayor parte de ellas pasaban toda su vida estudiando y perfeccionándose para actuar en la pequeña capilla del centro, a las órdenes de un puñado de *maestri di coro* excepcionales como Antonio Vivaldi. Caterina aspiraba a entrar en calidad de *figlia in educazione*, categoría reservada a las hijas de nobles o familias adineradas que pagaban fortunas para que sus niñas recibieran clases de las alumnas más aventajadas. Tras el periodo de formación, volverían con sus padres. Ella no, ella estaba ahí para tener un cuartel desde el que buscar al asesino del *dottore,* y esa idea le mordía las entrañas mientras sorteaba con su criada mellada toda una fila de bulliciosas tiendas de salchichas, vinos olorosos, sombreros y una botica, pues estaba en una de las calles más animadas de Venecia.

No muy lejos, en un pequeño apartamento entelado en cobrizo y amueblado con lo justo de la zona del Arsenale, en el extremo este de Venecia, el capitán Guardi sostenía el llanto incontenible de su amigo Buonarotti, abrazado a él como un niño. Llevaban más de dos años sin verse. Nada para una amistad verdadera. Luzzara, Almansa, Almenar y otras batallas de la guerra de Sucesión en las que lucharon codo con codo para defender la causa de Felipe V contra los austracistas vinieron a su recuerdo. Habían compartido muchos momentos de angustia, pero ninguna como la que ahora emanaba el conde por los poros. Parecía que el asesinato de su hija le hubiera matado a él también, pudriéndole su mirada chispeante y su sonrisa pícara, enmarcada hoy por una triste barba gris no muy cuidada. El capitán se había despedido hacía dos años de un soldado joven y poderoso. Hoy un anciano reclamaba su ayuda.

—Gracias, hermano, gracias por acudir —pronunció entre lágrimas Buonarotti—. Sé lo difícil que es esto también para ti, por eso lo valoro doblemente.

—Tú lo has dicho, soy tu hermano. Va en el cargo. ¿Dónde la tienes?

—Apartada de la isla. Fue un desliz de juventud y, por nada del mundo quisiera que mi esposa se enterase.

—Tu secreto está a salvo conmigo.

—Ven, te llevaré a·verla. Pero iremos dando un paseo hasta la barca que tengo más allá de San Marcos. Mi nave es demasiado conocida para que me vean saliendo de la isla en ella. La gente me haría preguntas incómodas. Aquí en Venecia siempre hay alguien que lo ve todo.

—Eres la segunda persona que me dice lo mismo. Voy a terminar creyéndomelo —contestó el capitán.

—Y toma, ponte esta máscara —dijo el conde ofreciéndole un sencillo antifaz blanco—. Ya sé que no te gustan estos chismes, pero vamos a callejear por la ciudad y me gustaría que, al menos los primeros días, pasaras desapercibido.

—Como eres mi hermano, voy a hacer lo que me dices. Pero no me pidas más rarezas de estas o pasaremos a entrar en la categoría de primos lejanos en la que te ignoraré convenientemente.

Roberto sonrió ante la respuesta. Hacía mucho que no sonreía.

El tejado rojo de la iglesia de la Pietà se barruntaba cercano cuando Caterina y Maria vieron interrumpido su paso. Una multitud de personas se habían detenido en medio de la calle y el acceso al Ospedale era imposible. Rodeada de gente, la joven se sentía muy mal.

—Maria, me ahogo...

—Tranquilízate, niña mía. ¡Me cago en la leche, que mala suerte venir a coincidir con el día y hora de las fanfarrias del condenado Vivaldi!

—¿Qué fanfarrias? ¿De qué me hablas?

—Tú, salir, lo que se dice salir, no lo hacías mucho, ¿verdad?

Una explosión de voces angelicales acompañadas por frenéticos violines golpeó con fuerza a Caterina. Aquella música la transformó borrando por un instante la angustia de su garganta. Como era costumbre, aunque ella no lo sabía, la pequeña capilla del hospicio había dejado sus puertas y ventanas abiertas para que el gentío que no había logrado entrar a su concierto pudiera escuchar la voz y la orquesta de las *figlie di coro* desde el exterior. Qué generosa era Venecia, a veces.

La muchedumbre escuchaba emocionada con un silencio sepulcral, y no solo se agolpaba en las calles cercanas, sino también a bordo de góndolas y barcas de mil colores, ofreciendo un espectáculo prodigioso de música y expectación sobre las aguas del Gran Canal. No había nada parecido en el mundo. Era el coro de la Pietà. Era la voz de Dios.

La misma voz que acarició el corazón cansado del capitán que, en ese momento, pretendía atravesar la misma orilla, pero por el sentido contrario. Su amigo Roberto le indicó que debían retroceder el paso para atajar por la calle dei Forni, pero Guardi se sintió atrapado por un deseo imparable de acercarse.

Caterina logró abrirse paso entre la gente hasta llegar ante la fachada de la capilla, que por su reducido tamaño —no más de diez metros de ancho y alto por veinte de largo— y su color rojizo parecía más una casa de muñecas. Tenía una puerta central, otra lateral y dos ventanas rectangulares simétricas. En el tímpano había un pequeño rosetón central bajo una ventana paladiana, de las que tienen tres partes con una abertura central y dos a cada lado mas estrechas, y en sus vértices habitaban tres estatuas alegóricas sobre la fe, la esperanza y la caridad.

La joven consiguió avanzar ligeramente y, desde la entrada, se puso de puntillas luchando por entrever con dificultad a las *figlie di coro* que estaban ocultas a las miradas del mundo tras una celosía, envueltas en misterio, actuando en el reducido espacio previsto para ellas que había justo sobre el altar. La muchacha percibió entonces una respiración a su espalda, la de alguien fatigado. Una mujer zafia la empujó para ver mejor el espectáculo. Cattucina, furiosa, abrió la boca para mentar a su madre, pero como no le sobraban las fuerzas, el empellón le hizo perder el equilibrio y cayó sin querer sobre el pecho del hombre que tenía detrás, quien la recogió en sus brazos.

Caterina sintió algo parecido a la descarga de un rayo. Se dejó envolver por una atracción difícilmente controlable que se extendía por su nuca y espalda, recorriéndole los brazos hasta enredarse entre sus dedos. Era insólito y, a la vez, algo ya vivido en algún lugar, en algún momento. Y cerró un instante los ojos deseando quedarse entre esos brazos para siempre.

Cuando la muchacha se volvió para identificar al caballero, solo pudo ver a un hombre corpulento con máscara blanca que se alejaba. Le llamó, pero fue en vano. La actuación acababa de terminar y una marea de gente que deseaba salir de la capilla los separó a los dos.

16

Madame Chevalier estaba prácticamente desnuda después de haberse desprendido de las ropas del viaje. Solo la cubría un *quipao* de seda azul pálido pintado con pájaros de mil colores, atado con un nudo flojo y por lo tanto inútil en la cintura, que dejaba su hombro derecho a la caricia del aire. Le gustaba el tacto de la seda sobre la piel; la sensación de fluidez, de sensualidad de aquella tela robada a Oriente, tierra a la que tanto debía, solo ella sabía por qué.

Estaba sentada tras su escritorio, junto a la ventana de la biblioteca gótica de su palacio frente al Gran Canal, próximo a Rialto. Había dejado los cristales entreabiertos en esa mañana de otoño caluroso, y el visillo de organza que los protegía rozaba seductor su hombro cada vez que había un golpe de brisa.

Terminó de escribir una nota con su pluma de halcón perfectamente rayada por la naturaleza con franjas color chocolate, regalo de un buen amigo árabe. Después, apuró el último sorbo de té de una curiosa taza de porcelana china esmaltada con hojas azules que tenía en el centro lo que, a un primer vistazo, parecía un campesino feliz. Sin embargo, una mirada más atenta revelaba que se trataba de un borracho con el culo al aire. Y la visión de este individuo en el fondo de la taza, como premio al acabar la infusión, siempre hacía sonreír a aquella mujer que tanto había llorado.

—¡Armand! —gritó la dama.

Al instante acudió solícito con sus andares de primate el ser grande de cara deforme que le servía de criado.

—Dile a la cocinera que esta noche no cenaré aquí —precisó ajustándose un poco el *quipao*, pero solo ligeramente—. Y ahora toma estas dos notas...

Puso dos pequeños sobres amarillos sellados con lacre en sus manos.

—Una es para mi amigo oriental, y la otra para... tú ya sabes quién.

El hombre asintió y se marchó por donde había venido. La Chevalier se sentó sobre la mesa y apoyó la frente en la ventana para ver a la gente que iba y venía por el canal. Le gustaba observar la vida de los demás sin que la mirase nadie.

17

L a capilla de la Pietà se había quedado prácticamente vacía. Como era costumbre tras sonar la última nota del concierto, los venecianos asistentes salían como aves en desbandada hacia otros destinos, podría decirse, más cálidos, propios de lo muy pájaros que eran. Paseos secretos en góndola con las cortinas cerradas; fiestas que acababan al amanecer con las damas tambaleándose y caminando descalzas —zapatos en mano— por las calles; casinos mágicos que con el poder de sus cartas convertían al rico en pobre y muy raramente al pobre en rico...

Es verdad que algunos asistentes permanecían unos minutos más en la iglesia con la intención de conocer a las artistas para ofrecer su rendida admiración, pero la estancia fuera del horario de actuaciones y la subida o acceso a las dependencias era algo que estaba absolutamente prohibido, teniendo en cuenta el particular sentido de la palabra «prohibido» en Venecia.

Caterina estaba pasmada en la entrada de esa tacita sagrada que era la capilla, sin atreverse a avanzar. Mareada por los ecos de los intensos perfumes que habían dejado las damas nobles mezclados con el olor a velas e incienso. Creyó que los cinco altares del pequeño templo daban vueltas a su alrededor, y que las cuatro estatuas de ángeles músicos del retablo mayor tocaban una sinfonía para ella. Se sintió partícipe de la alegría del encuentro entre María y su prima Isabel, ambas embarazadas, bellas y luminosas a los ojos de Carlo Loth —Carlotto—, autor del cuadro que cubría uno de los tabernáculos. Se apiadó de la circuncisión de Jesús niño, retratado en una pared por Jacopo de Palma. Despertó su curiosidad la pintura de *La disputa de Jesús contra los doctores*, de Giovanni Carboncino, y se creyó identificada con ese mesías que, pese a su juventud, poseía más conocimientos que muchos adultos que le rodeaban en el templo. Y hasta le pareció escuchar la voz del Redentor, ya adulto, llamándola desde el cuadro de Sebastiano Mazzoni para que entrara con ella en Jerusalén, a la colorida y bulliciosa fiesta de las Palmas.

Pero no se trataba del Altísimo. Era un ser mucho más terrenal, su criada la Morattina, quien le estaba haciendo gestos, señales y la chistaba desde la calle para que se dirigiera a la directora, la priora Agustina, la máxima responsable de los huérfanos en la Pietà.

La priora era una dama que siempre vestía de negro, el color de la aristocracia. Elegante y austera, en aquel momento soportaba con modestia las alabanzas y felicitaciones de un matrimonio de espectadores nobles de mediana edad, excesivamente esnobs y parlanchines, junto a la puerta que comunicaba la capilla con el verdadero hospicio.

A la hija del *dottore* la traicionó la costumbre y, sin darse cuenta, se puso a diseccionarla en vida. Treinta y muchos años, pensó, rubia, demasiado pálida. Mal alimentada. Ojos muy claros. Familia extranjera. Espalda torcida, le duele la pierna izquierda y por eso se apoya sobre la derecha. Caderas anchas, pecho caído. Fue madre hace tiempo. Sonrisa perfecta y perfectamente contenida. Cansada por el esfuerzo de organizar el concierto…

No. No era el mejor momento para abordarla con la entrada de una nueva alumna en el Ospedale, pero Caterina no estaba para elegir momentos. Se acercó a ella.

—¿Priora Agustina?

La dama de negro la miró durante unos segundos sin dejar su conversación. Al ver a la joven con el abrigo enorme de su padre y un aspecto deslucido, nada veneciano, volvió a su charla, ignorándola.

Caterina, angustiada, volvió la cara hacia la Morattina, que la observaba desde la puerta de entrada. La vieja sirvienta, lejos de compadecerse, le hizo un gesto directo, incluso ordinario, para que volviera al ataque sin contemplaciones. La obedeció.

—¡Señora, necesito su ayuda! —exigió en voz alta la hija del médico.

La priora y sus contertulios se volvieron a ella. No le supo bien que una cría le alzara la voz, pero se conmiseró de su cara agotada, de su tristeza. De verdad que estaba sufriendo aquella muchacha escuálida. Pidió un instante de receso a la pareja de interlocutores y se llevó a Caterina a un apartado.

—Hija, te has equivocado de Ospedale. El de los indigentes es el de San Lázaro.

—No soy ninguna indigente —proclamó con orgullo—. Mi padre, el *dottore*…, quiero decir, el difunto *dottore* Giovanni Sforza, ha dejado una suma de dinero conveniente para mi ingreso en este conservatorio. Compruébelo usted misma —afirmó tendiéndole una copia del testamento del notario.

La priora, con sorpresa mal disimulada, leyó el texto.

—Jovencita, comprendo la buena voluntad de tu padre, pero son los miembros del Consejo los que deciden a qué alumnas aceptamos.

—Por eso aquí tengo una carta firmada del puño y letra del *signore* Andrea Stampa, miembro notabilísimo del Consejo de la Pietà, en la que hace tres años se comprometía con mi padre a admitirme en el caso de que yo quedara huérfana antes de los dieciocho años, edad límite para aceptar a las *figlie in educazione.*

La priora arqueó las cejas y apretó los labios en un gesto parecido a una sonrisa deslucida.

—Señora —pronunció la joven con una combinación de orgullo y humildad—. He perdido a mi padre y mi casa ha sido devastada por el fuego. No tengo adónde ir.

La priora aflojó la tensión de su boca. Miró de arriba abajo a Caterina.

—Este no es ningún lugar de recreo. Aquí las alumnas privilegiadas viven bajo las mismas reglas estrictas que el resto de huérfanas. Pasan jornadas interminables ensayando con su voz o sus instrumentos; se levantan al alba, comen cuando yo doy permiso y cenan cuando yo lo mando también. No solo no pueden salir a la calle cuando les apetezca, sino que deben pedir autorización para pasar de una sala a otra a la correspondiente *portinara.* Cualquier desobediencia a las maestras o a mí está penada con amonestaciones, y las faltas más graves se pagan con encierros en celdas a pan y agua. Y ahora que ya conoces las condiciones nada amables que te rodearán, ¿de verdad quieres entrar aquí? —preguntó.

—No señora, no quiero. Pero no tengo otra opción.

La priora la miró pensativa. Finalmente le tendió la mano.

—Está bien, sígueme.

Y la sombra de las dos mujeres se proyectó sobre el largo pasillo de paredes blancas que comenzaba en la puerta contigua al altar, conduciéndolas hasta uno de los lugares más celosamente guardados de Venecia: las entrañas del Ospedale della Pietà.

La Morattina, desde la calle, miró a los ángeles del altar dándoles las gracias por haber acogido a su niña en el templo. Antes de marcharse, dedicó un último vistazo al edificio contiguo a la capilla, el verdadero Ospedale, una gran construcción de fachada simple y estricta que se extendía increíblemente hacia atrás e incorporaba decenas de casas y apartamentos, todos ellos dedicados a los huérfanos que se contaban en Venecia por cientos. Su pequeña estaría en el edificio principal que daba al canal, en la misma Riva degli Schiavoni, en el área reservada a las niñas músicas.

La sirviente desdentada sintió un escalofrío y le asaltó una idea oscura. Pero con la simplicidad de la gente de campo, desechó el pensamiento contra el que nada podía hacer y se fue a otra cosa.

El espíritu de Venecia que observó la escena revolvió sus aguas inquieto. Caterina estaba donde tenía que estar, desde luego, y, precisamente por eso, temió por su vida.

18

*A*llí donde las ninfas del mar que llaman nereidas baten el agua con sus piernas dibujando abanicos de espuma que prenderán como encajes las costureras; donde los pescadores pintan sus casas de mil colores para reconocerlas desde lejos cuando salen a faenar; donde todo es luz, trabajo y alegría, vivía Vincenzo, el hijo del pescador ajusticiado.

Burano se llamaba la isla, y cada día las aguas de sus canales reflejaban los intensos rojos de Persia, amarillos azufre o verdes limón de sus fachadas, encantando las aguas oscuras de los humedales venecianos.

El joven vivía con su madre, Annina, la bastarda de un noble. Aquella mañana de falsa primavera la viuda del pescador se había puesto a contar sobre una silla raquítica el dinero que les quedaba después de haber pagado el funeral de su esposo. No era mucho, pensaba mientras se acariciaba el vientre de casi nueve meses, a punto de reventar. Los ingresos de la familia se habían resentido sin la pericia en la mar del padre, aunque el muchacho era astuto y se las había apañado para mantener unos mínimos pescando según las artes secretas de sus ancestros, cosa imprescindible para moverse en las zonas lagunares de Mazzorbo y Torcello.

Aún con dificultad, había seguido haciendo negocio con los pescados jóvenes y los cangrejos en las principales plazas de Venecia. Pero sus ganancias no eran suficientes para cubrir los pagos de un pequeño terreno en Mestre adquirido por su padre días antes de su muerte con la ilusión de convertirlo en una pequeña granja que mejorara las rentas de la familia.

—Los pobres no tenemos derecho a soñar —se lamentó Annina analizando la decisión de su difunto marido—. Cuando lo hacemos, los anhelos nos pinchan los ojos y los convierten en pesadillas.

—Madre, sé que puedo hacer más —dijo Vincenzo.

—No. Ya haces más de lo que puedes. Tu padre se habría sentido orgulloso de ver cómo te esfuerzas por sacar adelante a esta familia. Eres noble y responsable, y eso entraña ser prudente. Pondremos en venta la granja.

—¡Madre, me niego!

—¿Acaso quieres que esta maldita República de Venecia busque la forma de quitarnos lo poco que tenemos? —preguntó severa Annina mientras aguantaba una punzada en el vientre.

—¡No podrán! —contestó el muchacho.

—Hijo, si han sido capaces de asesinar impunemente a tu padre, pueden hacer cualquier cosa. Y ahora escúchame: para vender el terreno necesitamos la escritura que demuestra que es de nuestra propiedad.

—La traeré presto si me dice de dónde la saco.

—No es tan fácil —dijo acariciando el coraje dibujado en la cara del joven—. La llevaba encima el día que le encarcelaron.

—¡Dios bendito, madre! —contestó con desamparo—. ¿Adónde habrá ido a parar ese documento?

—Debería estar cosido en el forro interior de su chaqueta. Sabía zurcir mejor que yo tu padre —añadió con una sonrisa copiada a la felicidad del pasado—. Como familia, podemos exigir las pertenencias del reo y, si hace falta, echaremos mano de las hermandades que ayudan a los presos.

—Como diga, madre. Voy ahora mismo.

—¡Aguarda, torbellino de hijo! —protestó con orgullo—. No es hora. Habrás de ir mañana. Además, en este momento debes acudir a ver a Michela la partera. ¡Sí, no me mires con esa cara de pánfilo! Tu hermano viene en camino.

Y una joven nereida que escuchó la conversación desde la orilla, saltó de gozo por el acontecimiento bateando el agua hasta dibujar una puntilla de espuma blanca con la que decorar un arrullo para el recién nacido.

19

Cómo dices que te llamas, muchacha? —preguntó con exquisitas formas Andrea Stampa.

Era uno de los nobles más poderosos de la Serenísima, heredero de extensos latifundios en el Véneto y rico comerciante. Se encontraba sentado en medio de un gran salón de muebles oscuros y sobrios, casi conventuales, de paredes de cal desnudas que la Pietà dedicaba a las visitas. Destacaban, en el entorno, un gran Cristo crucificado de cara dulce junto a un clavicordio oscuro con una escena pastoril pintada en el reverso de su tapa.

—Caterina, *signore* —respondió plantando su mirada violeta en aquel hombre que bordeaba la frontera entre lo mediano y lo pequeño, tamaño compensado con creces por una voz profunda, una tez morena de rasgos árabes y unos ojos verdes que formaban un conjunto poderosamente atractivo, coronado por una actitud elegante y un trato de delicadeza sublimes.

—Así que esta es la hija del médico loco que guardaba cadáveres en el sótano... —escupió burlón Rambaldo, un joven rubio de voz aflautada y belleza notable hermano del primero. Su cuerpo perfecto, más propio de un atleta, podía adivinarse debajo de una levita dorada y ceñida a la última moda de Francia.

—Respeto, Rambaldo —exigió Andrea con severidad—, esta criatura acaba de perder a su padre.

—Gracias, señor —le dijo mirando el mohín de indiferencia del rubio, aunque algo le decía que acababa de buscarse un enemigo.

—Caterina —prosiguió Andrea—, no he tenido el gusto de conocerte hasta hoy, pero, efectivamente, tuve la gracia de coincidir con el *dottore* Sforza; ilustre maestro en el teatro anatómico del colegio véneto, docente en Padua, autor de numerosos tratados y publicaciones... Un médico de juicio y olfato brillantes, como demostró asistiendo a mi hermana en una pulmonía que a punto estuvo de costarle la vida. Le dije sentirme en deuda con él y le pregunté de qué forma podría agradecérselo. No quiso dinero, reconocimiento ni bienes. Solo mi palabra de que, si le ocurría alguna desgracia, aceptaría a su hija en esta institución. Pues bien, lamentablemente para él, ha llegado ese momento. Soy un hombre que cumple. Estaré encantado de ayudarte.

La joven asintió conmovida por tanta palabra amable sobre su progenitor, comprobando que el viejo chiflado no solo era grande para ella.

—Caterina —prosiguió la priora— cada vez que recibimos una *figlia in educazione*, tenemos que hacerle una prueba de nivel a fin de saber cuál de nuestras muchachas puede ser su mejor profesora. En el pasillo me has comentado que estudiaste con la profesora Zarelli y que tu voz es de contralto. ¿Podrías cantar algo para nosotros? El profesor Rambaldo te acompañará en el clave.

—¿Ahora? —preguntó Caterina con angustia—. No, ni pensarlo.

«Si no me llega el aire a la garganta para respirar —pensó la joven—, menos aún para cantar».

—Al menos unas escalas para saber tu registro —insistió la dama.

—Vamos, niña —le espetó Rambaldo sentado impaciente al clave—, estoy esperando.

Caterina se vio acorralada. Debió haberse negado, pedir más tiempo. Pero se sintió débil y no quería defraudar a Andrea Stampa, el hombre pequeño de ojos grandes que le había tendido su mano.

«Que sea lo que Dios quiera», pensó mientras tomaba aire para entonar un do. Pero, lamentablemente, no salió ni un solo sonido de su garganta. «Decepción. Decepción. Decepción», resonaba en sus oídos. Al instante sintió que la habitación le daba vueltas, que el suelo se movía bajo sus pies. Cayó redonda al suelo. Y la araña venenosa de Rambaldo se frotó las patas y afiló los dientes.

—¡Bravísimo! —exclamó el rubio encantado—. ¡La Pietà va a cobrar una fortuna por dar clase a una muda!

20

S erían las cuatro de la tarde cuando la bestia volvió a su guarida con una pequeña caja de metal en las manos. La colocó en un lugar prominente de su mesa de trabajo. Se quitó la capa y la colgó en un perchero de hierro. Cogió una desechada silla de juego —*voyeuse* la llamaban en Francia— de terciopelo verde y se sentó en ella, justo en el centro de la sala. Su estrecho respaldo en forma de *t* dejaba sin protección ni acomodo gran parte de su cuerpo. Perfecto. Era lo que necesitaba. Cerró los ojos y se quedó en silencio; sintiendo las corrientes de aire, escuchando el susurro del viento en la habitación.

Torció el gesto. Demasiada brisa colándose por las ventanas y puertas. Calma. Todo estaba previsto. Tiró de un cesto de paja que guardaba junto a la mesa cargado con trapos limpios de diferentes tamaños y se dedicó a ir tapando uno a uno cuantos agujeros y rendijas filtraban el aire. Lo que iba a ocurrir en esa sala exigía una quietud absoluta. Incluso habría consentido en detener los latidos de su propio corazón para no hacer ruido si le hubieran asegurado que podría ponerlos después en movimiento.

—Angelica, ha llegado el momento de ponerte sobre la mordaza.

No, nada que ver con callar su boca. Mordaza era un almohadón cuadrangular, mullido y acolchado, forrado con fina piel de becerro, que usan los encuadernadores para depositar suavemente los libros y trabajar después con ellos. A continuación, respiró hondo, y acercó la silla a la mesa para sentarse.

Abrió la pequeña caja que con tanto cuidado había traído para contemplar su contenido: un librillo con finísimas láminas de oro separadas por papel de seda. Cada pliego mediría ocho centímetros de alto por otros ocho de ancho. Asintió y lo tapó de nuevo.

Miró el libro forrado con la piel de la joven, pero sintió que era el libro quien le miraba a él. No pudo resistirse a pasar la mano izquierda por encima de la piel azul rememorando momentos.

—Dime, ¿cómo quieres que te vista, Angelica?

El artesano infernal abrió un cajón de su mesa lleno de hierros comprados a los descendientes de un antiguo impresor llamado Aldo Manuzio, veneciano de adopción, a quien el asesino admiraba profundamente. Hacía doscientos años que Manuzio había peleado por salvar los textos clásicos griegos editando en su propio taller las obras de Aristóteles, Aristófanes, Tucídides, Sófocles, Herodoto, Jenofonte, Platón… Era curioso el anagrama con el que Manuzio firmaba las portadas impresas en su editorial: un ancla —esperanza— enlazada por un delfín —resurrección—, y aún más la frase latina que utilizaba como lema: *festina lente* —apresúrate despacio—. Algo parecido era lo que hacía aquel ser desposeído de conciencia con cada una de sus víctimas, resucitarlas con minuciosidad. Por eso se puso a elegir con cuidado la huella, es decir, el relieve de los hierros con los que doraría las cubiertas del libro. Los aldinos, con su característica forma de hoja triangular, se organizaban en tres grupos de piezas: macizas, huecas o azuradas —rayadas—. Los combinó con otros en forma de óvalos, guirnaldas y flores de lis comprados a diferentes encuadernadores. Avivó las brasas de un pequeño anafre. Comenzó la magia.

Dibujó un marco rectangular sobre la cubierta del libro pasando un hierro frío en forma de rueda con el relieve de diminutas hojas cordadas presionando solo para marcar el camino. Sobre él puso un mordiente —fijador— hecho a base de clara de huevo batida, reposada durante dos días y filtrada para eliminar toda clase de impurezas. Mientras, colocó el hierro sobre las brasas para que fuera tomando temperatura.

Se acercaba el gran momento. Tomó con la mano derecha un trozo de papel alargado —pajuela— y se lo acercó a la frente para impregnarlo de la grasa que su propia piel desprendía. Ese sebo natural era imprescindible para tomar del librillo una de las finas láminas de oro sin deshacerla, arrugarla o romperla. De forma certera, la pajuela engrasada atrapó su objetivo. Contuvo la respiración. La ausencia absoluta de aire era vital, pues cualquier leve movimiento podría arruinar el vuelo de la delgadísima lámina en su recorrido hasta el libro. El movimiento fue delicado y certero, y se depositó correctamente sobre las hendiduras. Fue entonces cuando la bestia retiró el hierro de dorar de las brasas y, tras comprobar lo adecuado de la temperatura, lo presionó sobre la lámina, dejando marcado un hermoso dibujo con pequeñas hojas de oro sobre la cubierta del libro.

Retiró el exceso de metal con ayuda de un cuchillo romo y comprobó el resultado. Extraordinario. El contraste del azul intenso de la piel con el amarillo brillante del oro resultaba muy hermoso.

—¿Te gustas así, Angelica?

Sin obtener más respuesta que la que él mismo se dio, continuó dorando el resto de su obra deteniéndose especialmente en las esquinas interiores del marco. Creó para ellas abanicos de filigrana no muy grandes, dibujándolos mediante la combinación de diferentes hierros con relieves de hojas, flores y arabescos. Después pasó al lomo, donde fijó el nombre de la obra. De su obra.

Y así permaneció varias horas hasta que se marchó el sol y tuvo que sustituir su luz por diferentes velas y lámparas. Cuando acabó su trabajo, lo puso en una estantería cerca de otros tomos igualmente trabajados con otros motivos y colores, aunque ninguno con la belleza de Angelica.

Fue entonces cuando, al observar terminada su obra, se apoderaron de él la angustia y el vacío.

21

Hemos llegado —dijo el conde Buonarotti al capitán Guardi deteniendo su caballo mientras señalaba un agujero en el suelo cubierto por una puerta de madera. Allí estaba su hija.

Por alguna razón, el soldado español sintió el impulso de contestar «Sí, ya estoy aquí», como si el cadáver que se escondía allí adentro le reclamara el tiempo que llevaba esperándole.

Estaban en una zona boscosa del norte de la provincia del Véneto, junto a la ladera del monte Grappa, poblada por altísimos abetos, hayas y tilos. Serían las diez de la noche. Habían llegado hasta allí tras ocho horas cabalgando a lomos de dos caballos salernitanos, sin contar con el tiempo que les costó salir en barca de Venecia. Una niebla baja comenzaba a formarse dando un aspecto embrujado, casi fantasmal al lugar.

Cuando el capitán echó pie a tierra, espalda y nalgas se le resintieron y su boca seca buscó el consuelo del agua. El perfume a musgo fresco y a madera del bosque le entró por la piel.

Nada más bajar a la cueva, notó el frío en la cara y un tacto crujiente bajo sus pies. Con la ayuda de una antorcha pudo distinguir que estaba en una nevera de montaña. De planta cuadrangular, con siete metros de anchura y diez de profundidad, había sido construida por los lugareños para guardar durante todo el año las nieves del norte. Le recordó a las que ya había visto en Sarjiñola y Urdiñegui, en Irún. Al avanzar unos pasos, en medio de ese océano blanco, vio que había un bulto envuelto en cuero ocre.

—Es ella. Es Meneghina —susurró Roberto con la voz quebrada.

El conde dejó su antorcha en una abrazadera de la pared muy cercana para iluminar lo más posible el cadáver. Deshizo las cinchas que sostenían la cubierta. Apartó con cuidado los lados de la bolsa dejando la muchacha al descubierto. El frío la había conservado bastante bien. La criatura era preciosa. Un ángel pálido de labios azulados, cabello rubio y rasgos suaves. Cubierta por una túnica blanca, parecía dormir sobre las nubes más que descansar en un sueño eterno.

Roberto no pudo más y rompió a llorar en los brazos de su amigo. El español apretó los hombros de Roberto compartiendo su dolor, pero consiguió contener la emoción; mal momento para ser débil. Después se apartó de él con un gesto amable. Sacó de su bolsa un carboncillo y un grupo de papeles atados con una cuerda. La deshizo y comenzó a dibujar a la niña a la vez que anotaba los hallazgos: «*Meneghina, no más de quince años, de aspecto débil, corte del meñique y anular de la mano derecha, no observo signos de ensañamiento…*».

—¿Aparecieron los dedos? —quiso saber el capitán.

Roberto movió la cabeza en sentido negativo y Guardi continuó tomando nota. «*Hay llagas en muñecas y antebrazos de posibles cuerdas*».

—¿Puedo ver el resto del cuerpo?

El conde asintió y el capitán levantó con cuidado la túnica que la cubría buscando la causa de la muerte. No encontró nada. Le pareció ver un brillo en sus pechos. Tomó la antorcha de la abrazadera de la pared y la acercó todo lo que pudo sin dañar el cuerpo. Rompió un trozo de papel para rascar el curioso polvillo que había alrededor. Después lo guardó en su bolsa con cuidado y volvió a tomar nota: «*Pigmento azul*».

Cuando salieron de la cueva, Roberto vomitó.

—Valor, hermano —susurró el guardia de corps—. Haré cuanto esté en mi mano para encontrar al asesino. Y ahora, escúchame, necesito que reúnas toda la fortaleza de la que seas capaz y me lleves al lugar donde apareció el cadáver.

—De acuerdo —contestó Buonarotti aún congestionado por el esfuerzo de la náusea—. Mañana te llevaré a la Pietà. Fue allí.

El conde secó su boca y el sudor de su frente con un pañuelo de lino blanco. A continuación extrajo una petaca de plata del interior de su abrigo y echó un trago de *grappa,* el aguardiente que se llamaba igual que el monte donde se encontraban, el que bebían los hombres del Véneto. Cristalino, con fuerte aroma afrutado, su alta graduación —cincuenta volúmenes de alcohol— entró como un rayo en su gaznate dispuesto a abrasar su pena. Después se la pasó al capitán, que quiso acompañarle bebiendo aquella *grappa* mezclada con saliva y dolor.

Un zorro y dos corzos fisgones observaron a los hombres con las piernas hundidas en la niebla del bosque. A más distancia, el agente del traje gris también los vio.

22

Madame Chevalier recibió a su invitado vestida con un seductor chaleco largo en color azul pálido, bordado con un precioso ave fénix de pico rojo que extendía sus coloridas plumas por toda la prenda. Cerrado por el frente y la espalda, el trapo lujoso se ataba a lo largo de los dos costados con alamares a la altura del pecho, cintura y caderas, dejando pequeños espacios de su piel a la mirada del extraño.

—*Madame...* —dijo el elegante caballero oriental besando su mano a modo de saludo—. Estás radiante.

—¿En serio? —preguntó con falsa modestia—. Será por el vestido. Obsequio de una amiga de la corte del emperador Kangxi al que tú conoces tanto.

—Será —contestó el hombre conteniendo la pasión que le quemaba los labios.

—Pero siéntate conmigo —le pidió la dama mientras le llevaba de la mano hasta un sillón doble y enfrentado, *tête à tête*, tapizado en seda color champán, separado por un respaldo en forma de s, como sensual forma de estar cerca y, a la vez, lejos.

Estaban en el salón azul, el más íntimo de su palacio, decorado con espesas alfombras persas de flores. Paredes y cortinajes de seda del color del mar. Lámparas turcas colgantes que, con sus mosaicos de cristal de mil colores, ofrecían una luz tamizada y sugerente.

El atractivo oriental, vestido y educado a la europea, peinado con una coleta que recogía tirante su cabello negro, la miraba aguardando la pregunta.

—Querido, gracias por acudir con tanta celeridad —le dijo la dama—. ¿Has traído lo que te encargue?

Esa era la pregunta. Pero al caballero no le gustaba la respuesta.

—Sí…, a mi pesar.

—Vamos, ¿no vendrás ahora con remilgos? Tú y tu padre sois hombres de mundo.

—¿Para qué la quieres, Mariana?

—¿De verdad lo quieres saber? —contestó retadora.

El caballero frunció los labios.

—Entonces, querido, no preguntes tanto y dámela.

Se trataba de una pequeña pistola de chispa, creada por un armero londinense, que el oriental sacó del interior de su levita sepia. De apenas quince centímetros de longitud y una bonita culata con incrustaciones de marfil, el arma poseía un alcance efectivo corto y, quien la empuñara, se lo jugaría todo a un solo disparo puesto que la recarga era muy lenta. Aun así, era lo suficientemente eficaz y pequeña como para esconderse en un bolso o bolsillo de mujer sin llamar la atención.

—Es perfecta —dijo *madame* Chevalier acariciándola para después apuntar con ella al pecho del invitado.

—No seas absurda —contestó este apartando con la mano el arma de forma despectiva—. Debes recapacitar y abandonar tu inconcebible comportamiento.

A la dama no le gustó el gesto y volvió a apuntarle, esta vez clavando la boca del arma en la sien del caballero.

—Nunca he necesitado tu aprobación y no voy a hacerlo ahora.

Al instante, la Chevalier se echó a reír volviendo a la dulzura y seducción al tiempo que apartaba la pistola.

—Vamos, Chow, no te pongas tan intenso. Llevábamos muchos días sin vernos; estás en mi casa y esto es Venecia. Aunque no puedas entenderme, seguro que se te ocurre algo interesante que podamos hacer esta noche.

23

No quieres las sopas de leche, Caterina? Pues para mí —dijo la *scrivana* Illuminata, eficaz secretaria, utilizando sus brazos como remos para atraer hacia sí el mar lácteo que habitaba en el cuenco sobre una gran mesa.

Mientras tanto, la hija del *dottore*, desparramada a su lado sobre un banco de madera del comedor del hospicio, miraba de reojo cómo engullía aquella joven rolliza vestida de castaño, por cierto, con envidiable mata de pelo. Ella, en cambio, no podía tragar, y solo pensaba en diferentes formas de morirse, incluso, si se descuidaba, zampada por aquella ogra.

Pese a lo avanzado de la noche, el comedor de la Pietà aún olía a pan quemado y a grasa de sopa; olía a calma, «a madre», aventuró Caterina, como si alguna vez ella hubiese sabido lo que era eso.

Su entrada en el Ospedale no había sido, por así decirlo, triunfal. Aún le dolía el chichón producto del golpe en la cabeza, pero le dolía más el orgullo. No había sido capaz de emitir ni una sola nota. Merecía desaparecer como las sopas, pensó Caterina frente a aquella escribana redonda que llevaba curiosas manchas de tinta en unos dedos despellejados, enrojecidos y llenos de diminutas heridas.

Caterina levantó levemente la cabeza para hablar, dejando salir a la anatomista que llevaba dentro.

—No sigas escribiendo —le dijo.

—¿Yo?

—No, la Virgen della Salute… ¡Pues claro que tú! —gruñó Caterina volviendo a su posición lánguida—. Mira las llagas de tus dedos…

—¡Ah, mis dedos! Es por el frío. Se me pasará —se excusó la muchacha retrayendo al instante las manos para esconderlas en las mangas de su modestísimo vestido verde oscuro en un gesto practicado muchas veces.

—No se pasará y lo sabes —insistió la hija del médico. Acabarás llenando lo que quiera que escribas con tu sangre.

La *scrivana* dejó de tragar en seco. Voló hasta la puerta para asegurarse de que no había nadie escuchando y se plantó frente a las narices de Caterina suplicante.

—¡Por caridad no lo cuentes! ¿Sabes lo que me costó estar con las selectas *figlie di coro* en vez de con la marabunta de huérfanos que habitan en todo el Ospedale? Aquí tenemos comida y mucha; cama, buenos médicos. Allí se tiene…, lo que Dios quiere. Yo poseo talento con el violín, pero no el suficiente. Sin embargo, me afané desde niña por hacer una caligrafía perfecta y entrené mi mente para el cálculo. Así conseguí estar en el grupo de las músicas, aunque la mayor parte del tiempo me dedico a llevar los libros de entrada de los huérfanos y sus cuentas. La priora confía en mí y el Consejo también; ahí afuera no tengo nada ni a nadie. De modo que aunque se me caiga la carne a trozos, mientras pueda seguir escribiendo con los huesos, no dejaré mi puesto. Por mucho daño que me haga la tinta.

Y rompió a llorar.

Caterina se incorporó al sentir conmiseración frente a aquella especie de mártir de la escribanía.

—A ver —le dijo—, que quizá no sea la tinta, sino el papel o algún elemento que haya en tus libros...

—¡Igual me da! —dijo enjugándose las lágrimas—. Me paso el día expuesta a ellos.

—¿Has probado a ponerte guantes?

—¿Tú no, verdad? —replicó angustiada la secretaria—. El trazo es imposible; la escritura resulta tosca e incontrolable.

—No me refiero a los de cabritilla forrados y gruesos —aclaró Caterina—. Yo uso unos de tripa de animal extremadamente finos para...

Detuvo su relato. A Caterina no le pareció oportuno comentarle que, entre sus numerosas aficiones, diseccionaba cadáveres. Optó por mentir.

—... para la costura. Cógelos —le indicó—, están en mi bolsa.

—Pero entonces tú ¿cómo coserás?

—No creo que vaya a coser mucho aquí. Además, tengo otros.

Illuminata sacó un par de guantes de la minúscula bolsa de Caterina. Probó uno sobre su mano. Le quedaba perfecto.

—¡Gracias, muchacha! Si esto funciona, estaré en deuda contigo. Y ahora sígueme, ya es muy tarde y te llevaré a tu nueva habitación —dijo tirándole del brazo para conducirla por el laberinto de pasillos de la Pietà—. Pero antes voy a presentarte a un caracol que te acompañará día y noche. Es un ser mágico que deberás alimentar con tus pasos. Será testigo de tus penas y alegrías porque, sin duda, es el alma de este Ospedale.

«Demonio, le he dejado mis guantes a una loca», pensó Caterina.

Pero Illuminata no estaba tan loca. Solo era una poetisa con un sentido espantoso de la metáfora. Esto se dijo la hija del médico cuando descubrió solemne la escalera de caracol que unía las tres plantas del edificio.

Nada que ver con un molusco, claro que, de ser así, la *scrivana* se lo habría zampado.

Caterina se agarró a la fina barandilla negra de hierro y miró hacia arriba contemplando los anchos peldaños de piedra que dibujaban abanicos hacia el infinito Comenzó a subir los escalones con la impresión de acceder al torreón de un castillo medieval, como los de las fábulas que relataba su padre. Las paredes de ladrillo, un escudo de armas con dos sables y el juego de sombras de las lámparas de aceite colocados estratégicamente sobre los muros semicirculares aumentaban la sensación de terror. La única duda era cuándo aparecería el dragón para asar con sus llamas a la princesa.

En vez de eso, al llegar al primer piso, un puñado de niñas curiosas salieron en camisón de sus habitaciones como ratoncillos de ojos parpadeantes para contemplar a la recién llegada. Hasta que la tremenda *portinara,* guardiana de la planta, embutida en su guardapolvo blanco, las espantó a escobazos haciéndolas regresar a sus madrigueras.

—Son las hijas del coro. Mañana las conocerás —le dijo Illuminata.

No hubo espectáculo de roedores en el segundo piso. La *portinara* correspondiente, vieja, seca y astuta, se adelantó colocándose de parapeto en el pasillo para que nadie saliera de sus habitaciones. Beatrice, sin embargo, una pequeña ciega de ocho años y pelo rubio, casi albino, se las ingenió para acudir al encuentro de Caterina y, aun a tientas, se le plantó en la escalera.

—¡Por fin has venido! ¡Te he visto en mis sueños! —dijo la niña aferrándose a su brazo—. ¡Tú harás justicia a las muertas, Cattuccina!

La *scrivana* casi arrastró a la hija del *dottore* para apartarla de la niña.

—¿De qué muertas habla?

—¡De ninguna! Aquí no se muere ni Dios —afirmó tajante la secretaria—. ¡Beatrice, a tu cuarto inmediatamente! Y tú —dijo a Caterina—, sigue subiendo y no le hagas caso. La pobre está ciega y un poco loca. Dice que le susurran los difuntos.

Caterina clavó sus dedos en el brazo de Illuminata.

—¿Y si no lo hacen cómo ha podido saber el nombre por el que solo me llamaba mi padre?

Illuminata abrió la boca, pero no pronunció respuesta porque, sencillamente, no la tenía. Volvió a tirar de Caterina.

Diez peldaños después, una alfombra corinto al comienzo del pasillo les anunció que habían llegado a su destino, la planta noble. La temperatura era más fría y el olor también diferente, porque allí cada piso tenía su aroma. La hija del *dottore* advirtió que la planta baja exhalaba olor a sopa e incienso. La primera y segunda, a lavanda, sudor y sueños. La tercera y última, a vainilla y jabón de fregar, porque allí se reunía el Consejo de la Pietà —los treinta hombres que comandaban la institución— y nada le parecía suficiente a la priora con tal de asegurar un ambiente agradable. En el último piso también se localizaban las habitaciones de las *figlie in educazione,* el lugar donde dormiría los próximos meses Caterina.

Aterrizó en una sala modesta de paredes blancas —como casi todo en la Pietà—, con dos camas y un armario de sencillo estilo castellano, heredados sin duda de las monjas que dirigieron antaño la institución. La única floritura permitida estaba en la tela de las colchas, brocadas en seda malva anémico a juego con el entelado de las cortinas. Y ahí estaba la verdadera joya porque, al apartar la tela para abrir las ventanas, descubrió que su alcoba daba al Gran Canal.

Desde allí, la noche parecía todopoderosa. Frente a ella, las estrellas se fundían con las luces de la isla de San Giorgio Maggiore; se esparcían sobre los pequeños farolillos de las barcas que atravesaban las aguas de la laguna para acabar bajo su ventana, en las lámparas de los venecianos que caminaban por la Riva degli Schiavoni a altas horas de la noche, entregados a la fantasía y los placeres de Venecia.

—Dámelo —le dijo la *scrivana* rompiendo el instante de ensoñación de Caterina.

—¿El qué? —contestó sin comprender.

—Tu abrigo —le indicó con un gesto de nariz que evidenciaba el mal olor a humo que aún desprendía—. Lo llevaré a que lo laven.

—¡Ni lo intentes o te haré tragar tu propia lengua, y te juro por Dios que sé cómo hacerlo! —contestó feroz Caterina haciendo retroceder asustada a la *scrivana*—. Es lo único que me queda de mi padre.

—Está bien…, pero ya lo puedes vigilar de cerca. La priora no será tan comprensiva como yo.

Illuminata se marchó y la lámpara de aceite se fue con ella. A tientas, Caterina se puso su único camisón de sencillo algodón blanco y, siguiendo la advertencia de la *scrivana,* entró bajo las sábanas con el abrigo del *dottore* puesto. Al acariciarlo volvió a su mente una palabra: «Cattuccina». ¿Cómo demonios había podido saber aquella niña ciega el apodo con el que la llamaba su padre? Tenía que preguntárselo. Pero eso sería mañana. Le podía el cansancio. Sin más dilación, se durmió.

El capitán Alfonso Guardi, por el contrario, luchaba por mantenerse despierto. En el camastro de una casa de postas extremadamente fría por la cercanía al monte Grappa, el guardia de corps redactaba una carta a la luz de una lámpara defectuosa cuya lumbre iba y venía. Se les había hecho muy tarde a él y al conde Buonarotti examinando a la joven conservada en nieve, y necesitaban descansar unas horas antes de regresar a Venecia.

Al tiempo que el amigo maldormía en una alcoba cercana derrumbado por el alcohol, Guardi debía rendir cuentas a su señor, Felipe V, de la llegada a Venecia. Pero, cuidado, sin ser demasiado explícito. Tenía por seguro que los espías de la República encontrarían la forma de leer su correspondencia.

Apartó el pelo de sus ojos azul nublado llevándolo hacia atrás con su inmensa y callosa mano izquierda y dio un gran suspiro que le salió de las entrañas. Todo lo visto y oído en el día le había traído recuerdos que llevaba tiempo intentando olvidar. Escribió las primeras líneas de su carta y, acto seguido, arrugó el papel porque, sencillamente, no había madre que pudiera entender aquella letra. Sintió otra punzada de nuevo en el corazón. Hoy habían sido tres. Era necesario tomar la medicina por mucho que la odiara, pues inmediatamente lo dejaba sin fuerza y dormido. Y así pasó. Tomó el brebaje y, al poco, se le cerraron los ojos y se perdió en un sueño.

24

El capitán no podía despegarse de su piel. Besaba una y otra vez los labios y el cuello de la mujer que amaba. Pero le había llamado el rey, debía partir y no encontraba fuerzas en su alma para separarse de aquella dama hermosa y dulce de largo cabello negro que lo miraba envuelta en las sábanas. Los pocos trastos que amueblaban la alcoba de la pensión madrileña de la calle del Vicario Viejo donde estaban fueron testigos de la lucha interior del soldado. Ganó el deber.

—Me marcho. Eres todo, ¿lo sabes? —le dijo el capitán.

Ella asintió sonriendo mientras veía vestirse al guardia de corps. Medias amarillas, calzón azul, levita también azul con vueltas grana... El capitán ciñó el sombrero de tres puntas a su cabeza y le habló antes de salir por la puerta.

—No me gusta dejarte sola. Quisiera acompañarte a tu casa.

—Tranquilo, ¿qué puede pasarme? Ya acabó la guerra.

—Lo sé, pero están apareciendo por Madrid algunas mujeres muertas en circunstancias extrañas que…

—Ve con tu señor. Nada malo a va pasarme.

Por obra y gracia de los sueños, el capitán ya estaba en la calle. El cielo se oscureció y, al ponerse a caminar, el soldado echó en falta su bandolera galoneada de plata. Giró su cuerpo hacia el portón de madera de la estrechísima entrada que hasta hacía un segundo estaba abierto e, inexplicablemente, lo encontró cerrado a cal y canto. Gritó, llamó y golpeó con el puño. Nadie salió a abrirle. El cielo se oscureció de repente y en el interior de la pensión se oyó el rugido de una bestia. El capitán intentó derribar la puerta con toda la fuerza de su cuerpo para salvar a la dama. Fue imposible. El grito desgarrador de la mujer anunció su final. El capitán sintió un dolor inmenso en el pecho. Se llevó las manos al corazón y las vio llenas de sangre.

Despertó de la pesadilla ahogado, bañado en sudor frío, con el corazón latiéndole en las sienes. Buscó a tientas su medicina hasta que la encontró en el suelo y pudo ponerla en su boca. Otra vez el monstruo. Por eso tenía tanto miedo a dormir, porque volvía. Acto seguido se derrumbó en la cama. A través de un ventanuco pudo ver que comenzaba a clarear el día allá en el monte. Escuchó pisadas en el pasillo y la voz de su amigo Buonarotti pidiendo al posadero que dispusieran sus caballos. Se acercaba el momento de volver a Venecia, pero antes quiso perderse en el sonido del bosque, percibiendo el aroma a montaña que se colaba por las grietas de la madera del albergue. Y poco a poco fue recuperando el aliento mientras se recomponían muy lentamente los latidos de su corazón.

25

Nuevo día en la laguna. La bestia se revolvía enjaulada en su cárcel interior aunque su cuerpo no había movido ni un músculo. Llevaba toda la noche mirando fijamente la orilla del mar sin ver. El recuerdo de los éxitos se iba desvaneciendo para dejar paso a un ahogo punzante.

La vida era tan aburrida sin una motivación…

El dios de los monstruos debió de escucharle y alguien sacudió la aldaba de la puerta de su casa. ¿De verdad podría ser lo que tanto quería? Corrió a abrir, pero antes escondió su cara bajo una máscara blanca.

—¿Quién va? —preguntó.

La respuesta fueron tres golpes con la cadencia acostumbrada. Sí, era él. Abrió la puerta. Ni rastro del mensajero, también era lo habitual. A cambio, encontró una pequeña bolsa en el suelo. Su corazón comenzó a bombear más rápido y se dilataron sus pupilas. Agarró la bolsa, entró en su casa y cerró la puerta. La abrió allí mismo, sin esperar a entrar en su taller.

La excitación era máxima. Deshizo el nudo del pequeño saco. Metió la mano derecha y sacó un puñado de pigmento azul. ¡Sí, esa era la señal convenida! Dio gracias al señor de los infiernos y su boca dibujó una sonrisa negra.

La bestia había recuperado la ilusión. Todo comenzaba de nuevo. Se envolvió en su capa negra y salió a la calle para localizar a su próxima víctima.

26

Si Caterina hubiera tenido un fusil, no habría dudado en dispararlo contra la desgraciada *portinara* que gritó su nombre en la Pietà para despertarla en aquella mañana tibia de otoño. Habría encañonado también al sol que se colaba como un perro juguetón mordisqueándola a través de su nueva ventana; esa que anoche le parecía un ojo maravilloso por el que mirar la grandiosidad de Venecia y que ahora quería cerrar con su puño para que la dejara tranquila.

No estaba de humor. Pero estaba. Tenía techo y comida, que debía de ser lo que le preocupaba a su padre y la razón de meterla allí. Contó el tiempo; faltaba menos de un año para cumplir los dieciocho en los que la Pietà le daría una elegante patada en el culo para que se buscase la vida afuera. Sin embargo, ella no esperaría tanto tiempo. Se había propuesto encontrar mucho antes al asesino de su padre, así como el dinero necesario para reconstruir su palacio. Aunque ahora, mientras se refrescaba la cara y el cuello con el agua fría de una jofaina de cerámica, no tenía ni la más remota idea de cómo demonios empezar a hacerlo.

Debía adecentarse para bajar a desayunar. No tuvo mucho problema para elegir vestido. Tenía dos. Hoy, pues, el que no se había puesto ayer. Color vino para más señas. En su bolsa de equipaje no había ropa, perfumes ni joyas. Sí cuatro voluminosos tratados de medicina y un pequeño papel con la partitura de un aria galante. Esa era la proporción que ocupaban las cosas en su vida. Hasta ahora.

Se guio por las voces y el estruendo que sonaba a batir de porcelana procedentes de la planta de abajo. Sin duda allí estaría el salón de desayunos. Descendió por las escaleras de su nuevo amigo el caracol siguiendo el rastro del aroma a pan recién hecho. Sus tripas sonaron como un orco furioso y es posible que ese ruido fuera el que alertó a una de las porteras que vigilaban las plantas del edificio.

—No, tú no.

«Yo no ¿qué? —pensó indignada—. ¿Acaso el desayuno no entraba en el precio que había dejado pagado su padre?».

—Las *figlie in educazione* no comen con el resto. Sígueme. Te llevaré con las *scrivana* y la priora.

Volvió Caterina a ascender por la gigantesca concha concéntrica. Era verdad que aquel bicho se iba a convertir en parte de su vida. La *portinara* enjuta de piel amarillenta y hábito casi monjil le habló por el camino con la arrogancia del que todo lo sabe.

—Las huérfanas del Ospedale se levantan al alba a desayunar.

«Cosa que tú no haces, zorra privilegiada», creyó leer Caterina en el pensamiento de la cancerbera.

—Almuerzan por turnos en el comedor cercano a las cocinas. siempre separadas de los varones, por supuesto, no queremos lujurias indeseables. —Aunque Caterina pensó que si alguien deseaba allí una lujuria, era esa arpía.

—Nuestro régimen de comidas consiste en pan blanco, vino más o menos diluido en agua, sopa de verduras y arroz. La variación está en el plato fuerte, que oscila entre carne bovina, oveja, queso o pescado. Todo ello asignado en porciones cuyo tamaño se adapta a la edad y jerarquía de las bocas que lo engullen. ¿Lo entiendes?

«Pues claro, estaré famélica pero no idiota», susurraron los sesos de Caterina.

—Así, hoy martes, mientras que a las maestras y *figlie di coro* les corresponde media libra de ternera, las muchachas grandes tocarán a un cuarto, las medianas a tres onzas y las pequeñas a dos; si bien es cierto que a las últimas se las compensará con una onza de queso. Tú comerás lo mismo que las maestras, aunque no tendrás la restricción de raciones y disfrutarás de algún bizcocho los días de fiesta.

«No me moriré de hambre —pensó la hija del médico—, aunque sí de aburrimiento». Y vinieron a su cabeza los sabrosos y variados guisos de la Morattina para, acto seguido, echar de menos la olorosa sopa atiborrada de gambas y pescado que no se quiso tomar el último día que pasó en su palacio medio derruido.

La escalera acabó a la vez que el discurso de la *portinara* y en un pestañeo estaba en una pequeña sala de paredes blancas donde la priora Agustina e Illuminata, la *scrivana* que la recibió el día anterior, terminaban de almorzar.

—Buenos días, Caterina —le dijo la rectora—. Llegas tarde. Hoy es tu primer día, pero eso no es excusa. En lo sucesivo, apresúrate o tu impuntualidad se verá castigada con el ayuno. Estaré abajo, en la Sala de Música. Búscame cuando llegues.

Dicho esto, la priora abandonó la sala envuelta en uno de sus elegantes vestidos negros de seda y encaje que movía con la naturalidad y distinción de las grandes damas que tienen el lujo por hábito. Siguió sus pasos la *scrivana*, ataviada, por el contrario, con un modesto vestido-bata del color del bronce y, antes de marcharse, guiñó el ojo a Caterina mientras se metía, glotona, varios panecillos debajo de las mangas.

La hija del médico se quedó en la pequeña sala con la única compañía de una reducida talla de la Virgen con el Niño en su regazo, policromada en oro y azul y colgada en la pared. Caterina estaba enfadada con Dios por haberse llevado a su padre, pero le produjo tanta ternura ver al Altísimo en su imagen de niño que se aventuró a pedirle ayuda. Quizá aquel ser indefenso y lleno de ternura pudiera escucharla.

Comió atropelladamente y bajó el molusco de piedra aún más rápido para no aumentar el disgusto de la priora. Se equivocó varias veces de pasillo hasta dar, por fin, con uno de los lugares más mágicos del Ospedale. Un recinto cargado con la poderosísima energía del sonido, de la armonía, de las emociones. La Sala de Música.

Larga y estrecha como una bandeja de dulces, la pieza transcurría en paralelo al río de la Pietà y de él recibía la caricia del agua. Precisamente en la pared que daba al pequeño canal, había seis grandes ventanas por las que entraba la luz del sol a raudales, iluminando los ensayos de las huérfanas, así como los conciertos que se celebraban para el público. Y aquí es donde la Pietà se subía la falda, pues mientras que la capilla solo ofrecía música religiosa para ser interpretada en riguroso latín, en la Sala de Música se celebraban conciertos y óperas mundanas, interpretados en italiano popular y comprensible.

Cuando Caterina entró en el salón, se hizo el silencio. Las casi treinta mujeres de diferentes edades que comenzaban en los ocho y terminaban en la edad de Matusalén —pues lo de «niñas del coro» solo era un apelativo cariñoso puesto por el pueblo— clavaron sus ojos en la hija del *dottore*. Todas con el mismo vestido sencillo en tonos oscuros. Todas con el pelo recogido y un ramito de flores sobre la oreja. Todas distintas y, para el mundo, todas iguales.

Un carraspeo de la priora las devolvió a su quehacer. Caterina quiso acercarse a ella para pedir instrucciones, pero la rectora le hizo un gesto con la mano para detenerla y señaló la puerta. Todas las mujeres se pusieron en pie a la vez cuando un hombre pelirrojo de mediana estatura y levita granate atravesó la sala tan rápido como una ardilla. Caterina observó cómo aquel ser acompañaba su paso del sonido silbante y chillón de una respiración agitada, dedujo, por un mal de pecho. Iba cargado de partituras que depositó nervioso sobre uno de los clavicordios decorados con una escena campestre. Saludó con una rápida reverencia que los asistentes devolvieron y miró a la priora con ansiedad por empezar a hablar.

—El *maestro di concerti*, Antonio Vivaldi, tiene algo importante que decirles —anunció Agustina con orgullo.

—Buenos días. Me complace informarles de que, después de un intenso trabajo, he concluido el oratorio *Juditha triumphans* para conmemorar la victoria de nuestra República sobre los turcos tras largos años de contienda. No tengo que decirles que Venecia entera estará pendiente de nosotros y no podemos defraudar.

Caterina contempló la emoción en el rostro de las mujeres y alguna gota de envidia en el semblante de los pocos profesores varones de violín y solfeo que había aquel día en la sala. Ellos no tenían su talento. Ellos no eran Vivaldi.

Con treinta y ocho años, el *prete rosso* —el cura rojo, como le apodaban por el color de su pelo— era un hombre de piel lechosa, labios puntiagudos y ojos vivos. Tocaba el violín con tal virtuosismo y velocidad que sus manos parecían poseídas por el mismísimo Satanás, en el caso de que el maligno se hubiese decidido a cambiar sus quehaceres de condenación por la interpretación del violín. Vivaldi llevaba ya trece años como *Maestro di Choro* de la Pietà enseñando a las músicas, dirigiéndolas, componiendo para sus capacidades e incluso adquiriendo los instrumentos más adecuados para ellas. Aquel maldito hombre de fuego sabía leer sus almas, aunque esto poco importó a los gobernadores de la Pietà cuando decidieron no renovar su puesto de maestro en 1709. La ausencia duró poco y dos años después le repescaron a fin de «garantizar una enseñanza instrumental mejor para las muchachas y aumentar así la fama del pío establecimiento». O eso dijeron.

Desde que se ordenó sacerdote en 1703, las misas celebradas por él fueron escasas, por no decir ninguna, escudado en su dolencia respiratoria. Esto, curiosamente, no parecía afectarle en su frenética producción musical. Un amigo benévolo habría dicho en su defensa que sus orígenes humildes le empujaron al sacerdocio, lo cual explicaría que su vocación no fuera, digamos, contundente. De cualquier forma, su creación de oratorios, sonatas, conciertos… fue imparable, siempre movido por esa energía sobrenatural y ese ritmo vibrante que impregnaba sus obras.

Caterina escrutaba a aquel hombre mientras se pasaba la lengua por los labios resecos. Estando cerca de él, pensó, algo le caería de su arte. Quizá aquello fuera un gesto del destino para considerar una posible reconciliación.

—Tienen apenas un mes para ensayar —afirmó Vivaldi entre sibilancias—. Poco es, pero confío absolutamente en sus capacidades. En dos días les comunicaré el nombre de las cantantes y músicas solistas que, les avanzo, no serán las de siempre. Y ahora les pido que contengan su ardor e ilusión y que se centren en practicar la misa conmemorativa de San Lucas que se celebrará el próximo domingo, 18 de octubre, en nuestra capilla, Dios mediante.

Al garete la contención. Se extendió un murmullo. ¿Quiénes diablos serían las solistas? Hasta Caterina, que día y medio antes desconocía la identidad de aquellas mujeres, tenía curiosidad por saberlo.

Las veinte cantantes, ocho instrumentistas de cuerda, dos organistas, otras dos maestras, más las catorce auxiliares y suplentes se repartieron por grupos. El maestro Vivaldi fue adoctrinándolas para la misa.

—Y yo ¿qué hago, priora? —preguntó Caterina.

—Nada.

—No parece gran cosa —contestó la joven.

—Te equivocas. No entorpecer ya es mucho. Después de la clase del maestro te asignaré una profesora para que sea tu guía. Hasta ese momento, sé invisible y mira, que mirando también se aprende.

Caterina obedeció y clavó sus ojos en Beatrice, la niña ciega que se permitió el lujo de llamarla Cattuccina, el nombre que solo usaba su padre.

27

EUNICE

El joven Vincenzo calafateaba su barca una y otra vez inquieto en el amarre situado frente a su casa mientras aguardaba la llegada de su hermano, que se prolongaba ya más de un día. Demasiado tiempo, pensaba, aunque la partera le decía entre trago y trago de *grappa* que podía ser normal, aunque no era corriente entre las ya paridas. En fin, que no le aclaraba nada.

Bajo el agua estaba Eunice, hija del dios Nereo, hermana de otras cuarenta y nueve ninfas repartidas por el Mediterráneo para ayudar a los marineros en sus travesías. Nada que ver con las malvadas sirenas, mujeres con cola de pez que atraían a los hombres con sus cantos hasta provocar su perdición.

Eunice y su dulzura contemplaban la desesperación de Vincenzo. Le dolía la tristeza de aquel muchacho, así que pensó en un pasatiempo para mejorar su ánimo. Deshizo el nudo que ataba su barca al amarre, retiró los remos y, muy despacio, le fue apartando de la orilla.

Minutos después Vincenzo, que permanecía con los ojos tapados con las palmas de las manos como contraventanas que le separaran del mundo, los abrió de golpe. Al descubrir que estaba siendo arrastrado tan lejos de la orilla, soltó toda suerte de maldiciones y patadas en medio de la barca.

—¿Quién anda ahí? —preguntó el joven mirando al agua. No obtuvo respuesta.

—¡Haga el favor de detenerse, no me gusta esta broma!

La nereida traviesa, lejos de amedrentarse, jaló con más fuerza la sirga y arrastró la barca con la misma velocidad que una ballena arponeada alrededor de la laguna, haciéndole pasar por la esquina de la isla de Torcello, donde la leyenda cuenta que se guarda el trono de Atila. Continuó su frenética carrera por la calmada isla de Mazzorbo y de ahí prácticamente voló hasta Murano, la tierra de los cristales, cuyos secretos de fabricación eran celosamente guardados por los maestros vidrieros. El aroma de sus hornos, junto con los centenares de árboles frutales y los tumultuosos jardines, traspasó el alma del pescador. Poco a poco su boca fue dibujando una sonrisa que llegó a la carcajada cuando la criatura marina comenzó a arrastrarlo formando círculos concéntricos, como un remolino.

Cuando la ninfa le vio reír, se detuvo. Con cuánta luz sonreía aquel joven apuesto.

—¡Sal, seas quien seas! —gritó el pescador— ¡No te haré daño! Por Dios que he disfrutado mucho de este viaje.

A Eunice le daba miedo obedecer. Su identidad, dentro de lo posible, debía permanecer en secreto. Pero llevaba tantos días siguiendo a aquel pescador sin que él lo supiera...

—Adelante —le susurró el espíritu de Venecia, que también reinaba en los seres mágicos de su laguna.

La nereida se acercó lo más que pudo a la superficie hasta que solo les separó un velo de agua transparente. Así fue como él pudo admirar la belleza de su piel desnuda y blanca, la diadema de coral que cubría su melena dorada, sus largas piernas torneadas, su boca roja y pequeña.

—Que me muera ahora mismo si no eres el ser más hermoso que he visto jamás —dijo Vincenzo.

El pescador metió su mano lentamente en el agua para tocarla y ella, no sin temor, avanzó también la suya cuando un sonido la detuvo. El llanto de un recién nacido le estalló en los oídos. Por fin había nacido el hermano del pescador. Era el momento de regresar.

28

A Caterina le dolía el culo. Normal, llevaba varias horas sentada en una silla, tiesa como un palo, observando desde una esquina los ensayos de las músicas, y ni un segundo había apartado su mirada de Beatrice, la ciega. Se la sabía de memoria. Ah, pero qué impresionante era aquella niña, con su sonrisa extraña y sus ojos perdidos. Aprendía de oído las melodías gracias a la ayuda de una mujer alta, morena y bonita, una tal Francesca, de treinta y tantos años, que había creado para ella un sistema de enseñanza dibujando signos en su mano con resultado prodigioso.

Cuando el maestro Vivaldi acabó su clase magistral, la hija del médico vio cómo él y su pelo de fuego se marchaban con la misma velocidad con la que habían llegado. Todos sabían en Venecia que el *prete rosso* nunca perdía el tiempo. Cada segundo que pasaba sin escribir sus obras era dinero perdido, y eso era algo que le importaba y mucho.

Se dibujó en la cara de la priora Agustina un gesto de «ahora sí, Caterina, ahora iré contigo» y la joven suspiró esperanzada.

Mas no pudo ser. La *scrivana* Illuminata llegó presurosa con un mensaje.

—Señora, el conde Roberto Buonarotti y un capitán español la aguardan en la capilla.

—¿Un capitán español? ¿Quién?

—Un tal señor Guardi.

—Diles que iré lo antes que pueda.

—Con todo respeto, exigen su presencia inmediata. Parece algo importante sobre… ya sabe usted qué.

—Malo —pensó Caterina—. Esta se va y me vuelve a dejar en la estacada.

No se equivocó.

—Jovencita —le dijo la priora— se ve que los astros no me permiten buscarte destino al menos de momento. Sé paciente y volveremos a hablar cuando regrese de mi reunión, que, deseo de todo corazón, sea muy breve.

Agustina se marchó dejando la sensación de que iba a algo que no le gustaba, y esa ausencia de autoridad fue aprovechada por algunas jóvenes para acercarse a Caterina.

—¿Esta es la nueva adquisición a la que tengo que dar clase? —preguntó despectiva Camelia, una muchacha de belleza fría y estilo perfecto. Dieciocho años. Cabello teñido de rubio veneciano, es decir, con matices oro y ámbar—. Pues me niego, es espantosa.

«¿Qué me está diciendo esta zorra?», se indignó Caterina entre dientes.

—Y muda —añadió rápidamente Rambaldo en referencia al incidente del día anterior—. Pero tendrás suerte si te asignan para darle clases, necesitas su dinero desesperadamente. Aunque —comentó mirando a Caterina— en verdad que parece insoportable.

«Bravo —ironizó la hija del médico para sus adentros—, ahora son dos las alimañas que se disputan mis pedazos».

—Necesito el dinero porque yo no tengo un rico papaíto que me pague los vicios —escupió divertida Camelia a su aliado.

—Eso es muy discutible. ¿O te crees que no sé a qué jugáis mi padre y tú cuando te acogemos las vacaciones de verano? —lanzó Rambaldo con una sonrisa cómplice.

«Increíble —pensó Caterina—. Ahora estas dos serpientes encuentran encantador atacarse entre sí».

—No sé de qué me hablas —añadió con sarcasmo Camelia—, pero deberías callarte. A ver si la nueva se va a hacer una idea equivocada sobre mi persona. La virtud de mi alma y mi cuerpo pertenecen solo a un caballero, mi prometido, que, por cierto, tiene una gran fortuna.

—¡Pues vete ya con él y déjanos en paz! —saltó Francesca, la maestra de la ciega Beatrice, harta de la conversación—. ¿O es otra de tus fantasías, Camelia? —preguntó guiñando el ojo a Caterina, estableciendo al instante una línea de simpatía y complicidad.

—¿Sabes lo que mi imaginación me dice que puedo hacerles a tus pelos? —respondió Camelia desafiante.

—¡Calla por favor, vas a asustar a Caterina! —imploró la pequeña ciega—. Muchacha, dame tus manos y ven conmigo.

La hija del médico creyó encontrar por fin respuesta a sus súplicas y se acercó a la codiciada fuente de información, pero Camelia empujó a la pequeña apartándola de su lado.

—¡Lárgate, ciega loca! —le dijo perversa—. Qué manía con meterse en las conversaciones de los mayores. Debería tirarse en la misma laguna donde se ahogó su madre, a ver si, como dice, le cuenta cosas.

Esta última humillación rebosó el vaso de Caterina. Levantó a la niña, la puso a su espalda y se situó frente a Camelia, retadora.

—Vuelve a tocarla y te lanzo de cabeza al canal.

—¡Se acabó! —exclamó Doralice, una corpulenta y rubísima mujer con aspecto de valkiria que no tendría más de veinticinco años, interponiéndose entre las muchachas—. Camelia, vete. Yo me ocuparé de la nueva.

—¿Y eso quién lo dice? —preguntó la del pelo teñido.

—Yo. Tu maestra. La siguiente en autoridad después de la priora. Pero si tienes alguna duda, ve a comentárselo. Estará encantada de saber que es la segunda vez en esta semana que protagonizas un escándalo.

—No será necesario —sentenció Rambaldo con una sonrisa prepotente que enmascaraba desprecio—. Vamos, querida —dijo llevándose del brazo a Camelia—, no todo el mundo sabe apreciar el sentido del humor saludable.

A Caterina, sin embargo, toda aquello le pareció muy podrido, y el sentido común le aconsejó permanecer en alerta hasta saber quiénes eran todos los arqueros y por dónde podían venir las flechas.

—Te presento a las *figlie di coro* de la Pietà —le dijo Doralice con resignación—. Mentiría si dijera que estos altercados no suceden con frecuencia, pero también lo haría si te ocultara que pasamos buenos ratos. Somos alrededor de cuarenta, como los ladrones de Alí Babá, y créeme si te digo que podemos ser mucho más pendencieros. Vivimos y morimos en esta cueva, donde solo es posible entrar con tres palabras mágicas: huérfanas con talento. Somos proscritas en un mundo donde no tenemos derecho a apellido. En su defecto, nos conocen por nuestro nombre y el instrumento que tocamos. Así yo soy Doralice, maestra de canto; ellas son Beatrice del órgano, Francesca del bajo…, y la serpiente que acaba de marcharse es Camelia contralto. Al resto las irás conociendo poco a poco.

La mente de Caterina devoraba la información que le trasmitían sus ojos y oídos de anatomista: Francesca tenía problemas de circulación por el color de sus manos, Doralice sufría dolores de espalda por su postura ligeramente torcida, Camelia padecería sífilis por las ulceraciones típicas que veía en su lengua…

—Y ahora —prosiguió la joven valkiria—, te detallaré las reglas básicas. No podrás salir del edificio, salvo permiso sellado de la priora Agustina. Solo puedes tener contacto con nosotras en las clases de música y se supone que jamás deberás contarnos nada del exterior.

—¡Por si nos gusta demasiado y nos queremos largar! —añadió Francesca con gracia.

—Cosa que nunca se nos ocurrirá hacer —pronunció una voz con sorna a sus espaldas—, a no ser que afuera nos aguarde un caballero cuya entrepierna merezca la pena.

—¡Giovanna, deslenguada! —amonestó Doralice a una joven morena y pecosa de aspecto pillo que acaba de colarse en el salón mordiendo una manzana—. ¿Dónde has pasado la noche? —le preguntó.

—Si te lo contara, tendría que matarte —contestó guiñando el ojo a Caterina—. Bienvenida.

—Gracias— respondió la hija del médico sacando consecuencias de la señal roja de succión que llevaba Giovanna en el cuello.

—No hagas caso de las reglas —le susurró la recién llegada quitándose algunas briznas de paja del pelo—. Esto es Venecia; si mantienes las apariencias y pagas lo necesario, no existen. Y tú, pequeño murciélago —le dijo a Beatrice—, no la asustes nada más llegar…

Doralice se llevó a Giovanna a un apartado para recriminarle su conducta, aunque no con demasiada firmeza, y Caterina aprovechó para preguntar a la joven ciega.

—Por caridad, dime cómo sabías el nombre con el que me llamaba mi padre —le imploró agarrándola del brazo.

—Él se lo dijo al espíritu de mi madre —contestó la niña incómoda.

—¡Maldita sea mi sombra, vas a estar loca de verdad! ¿Acaso has hablado con mi criada la Morattina, o con mi padrino Moisè?

—Pero ¿por qué no te crees que me hablan los muertos?

—¡Porque es imposible! —gritó—. Es imposible —repitió sollozando.

—No lo es. Es que tú no los sabes escuchar… —afirmó la niña acariciándole la cara—. Las almas buenas están en otro lugar donde cantan y ríen. Allí, si Dios les da permiso, pueden ver la luz y la oscuridad de los hombres. Por eso sé que la bestia se acerca y que tú eres nuestra única salvación.

—Pero…

—Shhh… No debemos seguir hablando. Los ojos del mal nos miran. No quieren que te cuente.

—¿Qué es lo que no quieren que me cuentes? —preguntó con angustia Caterina.

—Que han asesinado a tres niñas y vienen a por la cuarta.

29

L a bestia regresó a su guarida invadida por la excitación. Se dirigió con paso atropellado hasta un arcón del que sacó una botella de un jerez exclusivo. Lo vertió sobre una pequeña copa azul tallada con motivos estrellados. Lo bebió paladeándolo. Bravísimo. Había localizado su próxima víctima.

Comenzó su cacería al amanecer, en esa hora bruja entre el día y la noche donde los que disfrutaron del cobijo de la oscuridad regresaban al hogar agotados de la fiesta veneciana. Raro era el que llegaba con los cinco sentidos intactos.

Vio a la mujer de esta forma: en los brazos de un idiota que la besaba. Prolongando caricias a cada esquina. Con los hombros descubiertos, sin chal ni chaqueta pese al frío de la madrugada. Despeinada y hermosa, muy hermosa. Ya la conocía, pero jamás le había gustado tanto. La siguió por media Venecia con prudencia. Finalmente observó por dónde regresaba a la Pietà sin llamar la atención.

Iba a ser ella sin duda. Pero él, animal obsesivo y preciso, necesitaba muchos datos más. Su debilidad. Su fortaleza. Lo que odiaba. Lo que amaba. Sus costumbres. Lo que le daba miedo. Sus sueños...

Tenía ocho horas hasta que llegara la noche en la que volvería a salir con la esperanza de reencontrarse con su presa. Ocho horas para vibrar trazando un plan de caza lleno de astucia.

Demente, se acercó hasta la mesa donde reposaba el libro de Angelica. Ninguna como ella. Rozó la base de su copa con la cubierta adornada de su piel a modo de brindis y le habló.

—Por ti, querida. Pronto tendrás una nueva compañera.

30

OBRA DEL DIABLO

Rompió a llover en el mediodía de Venecia y el repiqueteo fino de las gotas contra el agua de los canales invadió la ciudad. Sus habitantes corrieron a guarecerse mientras los comerciantes recogían sus tenderetes entre maldiciones, poniendo la mercancía a salvo de una tormenta tan rápida como inesperada.

Dos hombres y una mujer que estaban en el interior de la capilla de la Pietà vieron que la luz natural que hasta hacía unos minutos entraba por las altas ventanas se apagaba por momentos. Los truenos y relámpagos del exterior reforzaron su sensación de angustia, de soledad y desamparo, cada uno por sus propios motivos. Pero esto era Venecia, así que pusieron una máscara a sus sentimientos.

—¿Podrían decirme cómo encontraron el cadáver de la muchacha?

Esta fue la pregunta que hizo el capitán Guardi con su pequeño fajo de papeles y un carboncillo entre las manos.

—Por supuesto —respondió la priora asintiendo repetidamente con la cabeza como para tomar fuerzas antes de hablar—. Estaba frente al altar; vestida con túnica blanca y unas alas de plumas doradas atadas a la espalda, como un ángel.

—¿Sería posible precisar más su posición?

—Sí. Estaba volando.

—¿Cómo dice…? —preguntó el español confundido.

—Se encontraba suspendida en el aire —contestó Buonarotti cerrando los ojos para volver a ver la imagen en el reverso de sus párpados—, sujeta con algún sistema de cuerdas que la asían de la cintura y los brazos y acababan atadas en las esculturas de ángeles músicos de piedra que rodean el sagrario desde lo alto, sobre un lecho de flores.

—Narcisos, de aroma penetrante —añadió la priora.

Guardi asentía mientras trazaba un bosquejo de la insólita escena en sus papeles. Un ángel sobre flores. Qué belleza. Cuánto trabajo para el asesino.

—¿Así? —preguntó el capitán mostrando el dibujo a Roberto.

—Sí —contestó el conde asombrado—. ¿Cómo has podido… con esa precisión?

—Es la forma en la que lo habría hecho yo —afirmó el capitán—. ¿Conserva las cuerdas, priora?

—No, las tiramos. Estaban manchadas de sangre —respondió consternada—. ¿Podrían ser importantes?

El capitán no contestó. Por supuesto que lo eran, cualquier elemento que rodeaba a un crimen lo era. En sus muchos años de guerras había aprendido que la forma en que un soldado dispara un mosquete o clava una bayoneta lo dice todo de su alma. No es el mismo hombre el que revienta nervioso una cabeza a cincuenta metros que el que sabe aguardar lo suficiente hasta hacer un disparo certero al corazón. Tampoco es el mismo ser el que rebana un cuello en un acto rápido de defensa que quien se ensaña clavando la punta afilada una y otra vez en el cuerpo de su enemigo; e incluso aunque lo fuera, su juicio en ambos casos sería bien distinto. Aprendió de esta forma a saber del autor en las heridas, y ese arte de observación lo llevó de la inmensidad del campo de batalla al reducido cuartel, y de ahí a los sitios reales donde ya no bastaba con analizar las muertes consumadas, sino que debía adelantarse descifrando los indicios —asomos, los llamaba él— de cualquier intento de acabar con la vida de su majestad.

Pues claro que podían ser importantes esas malditas cuerdas. Pero en vez de decirle todo eso, Guardi preguntó otra cosa. Esa evitación también decía mucho del capitán.

—¿Cuándo la encontraste, Roberto?

—A primera hora de la mañana. Era domingo, el día en que nos reunimos los treinta miembros del Consejo de la Pietà para hablar de lo acontecido durante la semana; y lo hacemos muy temprano, antes de que comience la misa. Suelo llegar el primero porque soy bastante madrugador.

—Doy fe —dijo Guardi con cariño.

—Entré por la puerta del Ospedale, y al pasar por la capilla para saludar al Santísimo antes de la reunión —se quebró su voz—, allí estaba.

—Y usted, priora, ¿cuándo la vio?

—Debió de ser pocos minutos después, cuando bajé a abrir la puerta de la capilla para dejar entrar a los fieles. Escuché un sollozo a mi espalda. Me volví y entonces fue cuando encontré a la criatura muerta de esa forma tan horrible y a su lado al conde, devastado por la pena… Yo no podía creerlo.

Guardi tomaba notas a una velocidad endiablada.

—¿Dónde pudo matar el asesino a la niña sin que nadie lo advirtiese? —quiso saber el capitán.

—Quizá aquí, en la capilla —afirmó la priora—, es el lugar menos visible y más apartado de los dormitorios comunes de las niñas.

—¿Encontraron restos de lucha o muestras de algún tipo de resistencia en este lugar o en cualquier otro del Ospedale?

—Dudo mucho que Meneghina tuviera fuerzas para oponerse a nadie. Estaba muy enferma. Tuberculosis.

—Me consta que hicieron todo lo que pudieron por ella —afirmó Buonarotti.

—Ya… —añadió Guardi—, menos protegerla de su asesino. Me pregunto cómo pudieron sacar de su cama a una muchacha tan grave sin que lo vieran sus compañeras de cuarto.

—En realidad estaba en la enfermería, aquí, en la planta baja —afirmó Agustina—. En cuanto a la forma, la hubo y fue sencilla; el criminal debió de aprovechar un momento en el que la cuidadora se había dormido.

—Se lo pregunto a los dos, ¿quién podría tener interés en asesinar a la niña?

—Por Dios, capitán, esa criatura no podía…

—¿Tener un enemigo? —interpeló Guardi—. Señora, todos podemos, hasta Jesucristo lo tuvo. Quizá hubiera una compañera celosa de su arte, o algún profesor de música enamorado al que no quisiera corresponder…

—Soldado, no puedo poner la mano en el fuego —contestó la priora—, pero según mis informadoras, que las tengo, la respuesta a ambas preguntas es negativa.

Guardi dirigió la mirada a su amigo y este movió la cabeza de izquierda a derecha. Tampoco.

El puzle, difícil de construir de por sí, iba además perdiendo piezas. El capitán caminó hacia la entrada principal y se detuvo a observar la puerta.

—¿Rompieron la cerradura para entrar? —preguntó señalándola.

—En absoluto —contestó la priora.

—¿Notaron algo extraño en las otras puertas o ventanas del edificio?

—No, yo me encargo de supervisarlas día y noche. Somos casi ochocientas almas en todo el orfanato. Esto solo funciona porque tenemos un absoluto control de las entradas y las salidas.

—Haga memoria, ¿cuántas personas tienen las llaves, además de usted?

—Mi *scrivana* Apollonia. Las guarda en su armario. Pero no piense en ella, duerme junto a mi alcoba y tengo un oído muy fino. Además, esa muchacha es una pusilánime, no tiene fuerza, pesa casi menos que la muerta. Si hubiera sido su compañera, Illuminata…, esa sí que es grande y forzuda aunque igual de descartable; glotona, sí, pero buena mujer. Mire, capitán, si no fuera porque es imposible, le diría que esto ha sido obra del diablo.

—Eso es algo poco probable —afirmó Guardi—. En los últimos días de vida de Meneghina, ¿vino a visitarla alguien diferente?

—No, excepto su padre, aquí presente. Nadie quería correr el riesgo de contagiarse.

—Comprendo. Y, además de nosotros —dijo el capitán observando techo y paredes de la capilla—, ¿quién más está enterado de esto?

—Que yo sepa, solo un reducido número de miembros del Consejo —contestó Roberto— que han ordenado prudencia y silencio. No quieren que un escándalo así ahuyente al público.

Pero aún faltaba una pregunta.

—Priora, ¿han ocurrido más muertes de este tipo en el Ospedale?

La dama tragó saliva. Inconscientemente, llevó los ojos al techo para luego bajarlos y mirar con ellos de frente al capitán sin un solo parpadeo.

—Ninguna hija de este Ospedale ha sido jamás encontrada muerta en este edificio, capitán.

—¿Y en otro?

—No me consta, caballero —respondió ella.

—Ya... —contestó el español. Anotó unas palabras en su fajo de papeles y lo recogió—. Gracias, priora, no la entretendré más, al menos de momento.

Agustina y su vestido negro inclinaron levemente la cabeza para despedirse, pero algo la detuvo.

—¿Le puedo preguntar una cosa, capitán?

—Adelante —contestó el soldado.

—¿Por qué dibuja y anota todo lo que le contamos? ¿Es que no tiene usted memoria?

—La memoria es traicionera, y la mía más —dijo con sarcasmo.

En realidad, Alfonso no mentía. Desde hacía dos años tenía olvidos absurdos y sentía a menudo que su cabeza era un lodazal espeso por el que era imposible ver ni avanzar. Los dibujos y las notas le ayudaban a recordar, pero, sobre todo, a poner voz a su intuición, a resaltar detalles que su consciencia no había visto y que, sin embargo, habían sido descubiertos por una parte de su cerebro.

Cuando la priora desapareció por la pequeña puerta situada a la derecha del altar, Roberto lanzó al capitán una mirada de interrogación.

—Fue alguien de dentro —contestó Guardi a la pregunta que pesaba en el aire—. Alguien que está a la vista de todos, por eso no llamó la atención. En cuanto al motivo para matarla, claro que había uno, lo que ocurre es que aún no lo sabemos. Y sobre la falta de fuerza de la *scrivana,* estoy de acuerdo en que le resultaría difícil, aunque no imposible, colgarla a ella sola..., pero sería muy ingenuo no considerar que pudo hacerlo con ayuda de un cómplice o incluso varios.

—La priora no tiene tu pericia, amigo.

—¿Confías en ella, Roberto?

—Nunca me ha dado motivos para lo contrario. ¿Tú no?

—Me faltan datos. Mi opinión sobre esa mujer está aún por construir —dijo rastreando las esculturas de los ángeles músicos del altar sin encontrar absolutamente nada fuera de lugar.

Escucharon unos pasos. Un hombre acababa de entrar en la capilla. Se santiguaba frente a uno de los altares. De gris. De espaldas. No pudieron verle el rostro.

—¿Le conoces? —preguntó Guardi.

—Será un devoto. Si ven la puerta abierta, es normal que entren.

El capitán, que tenía poca fe en las casualidades, bajó el tono de voz. Piadoso o no, nada de lo que hablaran interesaba a aquel hombre.

—Hermano, ¿tu hija llegó a saber que eras su padre? —preguntó el capitán.

—Sí, viéndola tan enferma, se lo dije unos días antes de morir.

—¿Y por qué decidiste traerla a este Ospedale?

—Conocí a su madre un poco antes que a mi esposa. Ella era una cantante muy joven que no tenía intención de hacerse cargo de la niña. Si yo hubiera reconocido a la criatura, mi familia política me habría impedido el matrimonio. Así que nadie supo nunca que era mi hija. Ni la priora hasta hace unos días. Traerla aquí me pareció la mejor opción. Qué equivocado estaba…

—No te culpes. Qué distinta sería nuestra vida si tuviésemos un cristal para ver el futuro.

Buonarotti dio un gran suspiro de asentimiento y se atrevió a exponerle la duda que llevaba tiempo rondándole.

—Hermano, ¿tú crees que el asesino de Meneghina es el mismo que acabó con la vida de tu amante hace dos años en Madrid?

Guardi detuvo su búsqueda. Se acercó al conde.

—No debería. Lo apresé y le extraditaron a las prisiones de Venecia. Tendría que estar cumpliendo cadena perpetua.

—Pero tú ya sabes, Alfonso, que las paredes de estas cárceles se vuelven de papel cuando el reo es inmensamente rico.

—Ya. En ese caso lo haré —le dijo el capitán.

—¿Harás… qué? No te he pedido nada.

—Con tu boca, no. Pero con el pensamiento, llevas haciéndolo desde que llegué, puede que antes. Y es razonable. Soy una de las pocas personas que puede identificarlo. De manera que, sí, iré a esas prisiones. ¿Cómo llamabais a las celdas gélidas donde muere la gente hacinada como chinches? Ah, sí. Los *pozzi*. Creo que están especialmente húmedos en esta época del año.

Cuando salieron de allí, el caballero que rezaba ante un altar ya no estaba. En la calle, había dejado de llover.

31

Cuando Vincenzo, el joven pescador, llegó a su casa, salió de un salto de la barca y corrió a abrazar a su madre y a su nuevo hermano. Su corazón latió muy rápido al ver a aquel ser indefenso que le provocaba temor y deseos de estrecharlo a partes iguales. La felicidad era muy grande, pero no lo suficiente como para tapar el enorme vacío del padre ejecutado injustamente.

—Hijo, ahora sí, ve a la cárcel a pedir la chaqueta donde tu padre guardaba las escrituras de la granja —le dijo con expresión agotada Annina, la madre.

—No tardes —añadió la partera en un susurro.

—¿Por qué? —quiso saber el muchacho.

La mujer señaló una pequeña señal rojiza que llevaba el recién nacido en la espalda en forma de zigzag.

—Una culebra —dijo santiguándose—. Mal augurio.

Vincenzo obedeció y remó con todo el brío que pudo para cumplir cuanto antes su misión. La nereida lo siguió desde el agua hasta la entrada de Venecia. No podía jugarse el ser descubierta en unas aguas tan poco profundas e infestadas de barcos. Ahí ya no podía ayudarle.

32

QUÉ GRANDE ES LA MISERICORDIA DEL SEÑOR

El capitán Guardi se detuvo a mirar el puente de los Suspiros teniendo la sensación de que sus ojos de piedra blanca le miraban a él. Permaneció unos instantes quieto, como una estatua, sobre el puente della Paglia que atravesaba el río colindante al Palacio Ducal, pensando en las consecuencias de la entrevista que se disponía a realizar.

«Qué estará tramando ese malnacido capitán español», supuso que pensaría el viaducto sobre su persona.

Fin de la reflexión. Sus botas pisaron fuerte el pavimento mientras se dirigía con paso resuelto al pórtico de entrada de las Prigioni Nuove. Entró en el inmenso vestíbulo y observó la sala de *scrivania*. Sería por la hora, las cuatro de la tarde, pero en aquel lugar no había ni rastro de los capitanes y notarios habituales. Solo había en la estancia un guardia desgarbado con la ropa floja y superpuesta y la cabeza pequeña y pelada, que aprovechaba su soledad para descansar entre dos sillas, y a quien, lógicamente, no le gustó que lo interrumpieran.

El capitán Guardi dio un taconazo marcial para traerle al mundo de los despiertos. Le saludó con un leve movimiento de cabeza.

—Vengo a ver a un preso.

—¡*Dai*, no tuvo su madre otra cosa que hacer que engendrarle! ¿No ve que estoy ocupado? Lárguese y vuelva en otro momento.

—No tengo otro momento. Tengo este momento.

—Pues ahora no hay nadie que pueda ayudarle.

—Sí, me va a ayudar usted —le dijo arrojando un puñado de monedas sobre la mesa.

El guardia de cabeza pequeña le miró de arriba abajo.

—¿Cree que con esto puede comprar a un funcionario de la Serenísima República de Venecia?

El capitán echó otro puñado más.

—Comenzamos a entendernos —añadió sonriente mientras recogía las monedas—. ¿A quién quiere ver?

—A Leonardo Brusoni, conde de Constanza, si es que sigue preso.

—Tendría que consultarlo —dijo rascándose la frente—. Comprenderá que no sepa de memoria el nombre de todos los reos. En cualquier caso, ¿cuál es el motivo de su visita?

—Le apresé yo.

—Pero qué fatalidad… Si no es usted familiar o abogado, y más al tratarse de un extranjero, no puedo permitirle la visita —dijo rascándose partes innombrables de su anatomía.

—Bien, en ese caso es mi abuelo.

—Tiene usted humor, *signore,* pero aun así no puedo dejarle entrar sin el permiso de un superior.

—Quiero hablar con él.

—Está usted de suerte…, por ahí viene.

En ese instante apareció Scarabella, el *Signore di Notte* que actuó como juez y abogado en la toma de declaración del fallecido pescador Maurizio con paso algo tambaleante y ojos enrojecidos. Achispado. Le seguía, mejor dicho, le perseguía Vincenzo, el joven huérfano, suplicándole.

—… señor, tenga piedad. ¡Mi madre acaba de dar a luz! Somos muy pobres y solo queremos las ropas de mi padre. Nos devolvieron el cuerpo sin su gabán y…

—¡Lárgate, demonio de crío! —le dijo empujándole—. Ya te he dicho que solo el Consejo puede autorizarlo. Florián, échalo.

—Sí, señor —contestó raudo el guardia de cabeza pequeña mientras agarraba al joven del brazo para llevarlo hacia la salida—. ¡Fuera de aquí, hijo de Satanás, asesino de niñas! —gritó a Vincenzo mientras le arrastraba.

El Señor de la Noche se apoyó en la pared para tomar un trago de *grappa* de su petaca y el capitán vio en la situación un regalo del cielo. Se dirigió a él fingiendo ser un patán o un bobo.

—¡Bien hecho, caballero! A los jovenzuelos delincuentes hay que tratarlos con mano dura. ¿Puedo saber qué clase de barbaridad hizo ese sinvergüenza?

—No fue él, sino su padre. Crucificó a una muchacha en una góndola…

—¿Tal cosa? —preguntó espantado.

—… y la llenó de velas y flores —añadió con la lengua muy suelta por el alcohol. Se echó otro trago.

—¡Alabado sea Dios! —exclamó el capitán poniéndole teatro—. Bien hicieron en matarle. ¿Y quién era la desgraciada a quien acribilló?

—Ni lo sé ni quiero saberlo. Hay una especie de maldición sobre todos los que tienen que ver con esta historia.

—Sí que parece un tema peligroso… Pero, dígame, ¿cómo está tan seguro de que el pescador asesinó a la joven? ¿Acaso le vio alguien hacerlo?

—Mucho pregunta usted —le dijo burlón—. Español, ¿verdad?

—Así es —contestó el capitán—. He venido con mi esposa a visitar a un familiar que lleva varios años encerrado en estas prisiones. Disculpe mi curiosidad de hombre de campo, caballero.

—Ni usted es campesino ni yo un señor —le cortó el hombre de la noche sonriendo mientras comenzaba a perder el equilibrio por el alcohol—. Me juego el cuello hablándole de esto, claro que ya lo tengo perdido… Solo Dios nuestro Señor me mantiene con vida y no sé por cuánto tiempo. Estoy en manos de la Providencia y en los brazos del licor —dijo echando un nuevo trago.

—¿Entonces le vio asesinarla usted? —insistió Guardi.

—¡Claro que no! ¡Parece idiota! —escupió encarándose al capitán, echándole la peste a alcohol de su gaznate—. ¡Ese maldito pescador sostenía en sus manos un cordón manchado de sangre!

Guardi mantuvo el tipo. Era un desecho humano lo que tenía delante. El hombre supo leer la compasión en los ojos del capitán y se sintió ridículo. Se apartó y a punto estuvo de caer por la flojera de sus piernas. Guardi le ayudó cogiéndole del brazo.

—Qué sé yo sí aquel pescador era o no culpable —le dijo al capitán casi sollozando—. Los únicos que podían conocer algo eran el *dottore* Sforza y su hija. Ellos encontraron el cadáver.

—Comprendo. ¿Sería muy difícil hablar con ese médico?

—Es imposible. Murió. En un terrible incendio.

—Qué desgraciada casualidad. También fallecidos.

—¡Oh, no! ¡La hija vive! ¡Mire qué grande es la misericordia del Señor que rescataron a la criatura antes de que su casa se viera envuelta en llamas! —dijo con entusiasmo.

—Realmente milagroso —contestó el capitán pensativo—. Y, dígame, ¿sería posible saber dónde está ahora la muchacha…?

33

EL OTRO

Terminó la clase de canto de la tarde sin que Caterina pudiera acertar con una sola nota. La joven maestra Doralice resopló. Por un instante parecía que iba a estrangular a su nueva alumna. Pero la díscola Giovanna, que observaba la situación desde una esquina de la Sala de Música, le dijo «no» con la cabeza, «apiádate» con los ojos y «sé paciente» con la sonrisa. Así que Doralice, rubísima valkiria, guardó la ira de Odín para otro momento y solo le dijo una frase.

—Caterina, mañana, más atención.

Dio media vuelta y salió de la sala.

La hija del *dottore* quedó envuelta en una mixtura de vergüenza y furia consigo misma. Giovanna acudió a su lado con su habitual aspecto de relajo y despreocupación, recogió su falda y se sentó a horcajadas en una silla.

—Gasparini merece que le corten los testículos.

—¿Cómo? —preguntó Caterina con un golpe de risa, sorprendida.

—¡Gasparini! ¡El autor de la cantata que tienes entre las manos! Y me da igual que haya sido profesor de este Ospedale. Es horrible, así que entiendo perfectamente que no acertaras ni una.

—Mientes muy mal —le dijo Caterina—. La horrible soy yo.

—¡Nunca digas eso de ti! —gritó dándole un cachete en el trasero—. La mejor aliada debe ser una misma. Te hace hablar así la tristeza. Querías mucho a tu padre, ¿verdad?

—Le quería todo lo que se puede querer.

—Bueno, siéntete afortunada porque, al menos, durante diecisiete años, le has tenido contigo. Yo no puedo ni imaginar qué es eso.

Giovanna sintió que le asomaba la tristeza. Como no podía permitírsela y odiaba la autocompasión, decidió levantarse de la silla que había tomado por caballo y levantar también el vuelo rumbo a otra actividad más luminosa. Besó en la frente a Caterina y se marchó. La hija del médico se perdió en el eco de las últimas palabras de Giovanna.

«¿Que me sienta afortunada? No me fastidies», pensó.

Illuminata detuvo la reflexión de Caterina.

—Deja lo que estés haciendo y sígueme. Un caballero ha venido a verte.

—¿A mí? Pero si yo no…

—Es una orden de la priora Agustina.

Obedeció.

Pasillo largo. Paredes blancas. De nuevo saludó a la escalera de caracol que hoy le pareció más babosa y resbaladiza que de costumbre. Serían los nervios. Serían sus dudas mientras ascendía por los peldaños hasta el salón de visitas de la zona noble elucubrando si le aguardaría el ayudante de notario Negretti o, con un poco de suerte, su anciano y querido padrino Moisè. Y ahí acababa la lista. En su vida no había más hombres. La incógnita no tardó en despejarse. Ni el uno ni el otro. Era

Andrea Stampa, el amable noble que la recibió a su llegada. La aguardaba con dos hombres a los que Caterina no conocía. Uno de cara afable, mediana edad y estatura aunque, por alguna razón, avejentado. El otro..., el otro... ¿Quién demonios era el otro que le resultaba tan familiar? No. Definitivamente nunca había visto a ese caballero grande de dulces ojos grises que despertaba en ella atracción y misericordia a partes iguales.

—*Signorina* Sforza. Bienvenida —le dijo Andrea con un tono de voz tan aterciopelado y profundo que provocaría escalofríos a la monja eremita más templada—. Discúlpenos por arrebatarla de sus clases, pero el motivo es poderosamente grave. Los dos caballeros que me acompañan necesitan su ayuda. Le presento al conde di Salerno, Roberto Buonarotti...

Del que obtuvo una elegante reverencia.

—... y al capitán español Alfonso Guardi.

Que ni siquiera levantó la cara para mirarla, ensimismado en sus notas y papeles. O eso creyó ella.

—Andrea, gracias por tu colaboración —dijo el conde Buonarotti.

—¿Cómo no voy a ayudar a un padre a encontrar al asesino de su hija? —preguntó Andrea apretando el brazo del conde con gesto de caridad.

Asesino. Hija. Caterina escuchó estas palabras confundida. Y mientras, sin que ella lo imaginara, el capitán estudiaba cada detalle ofrecido inconscientemente por la muchacha: el abrigo inmenso como empeño de perpetuar una memoria; su ansiedad, por la sudoración y el movimiento nervioso de las manos; el deseo de huir de aquella sala señalando inconscientemente la puerta con la punta del pie derecho...

—Caterina —prosiguió Andrea—, se trata de una cuestión delicada para la que necesitamos su absoluta discreción.

—Por supuesto —contestó ella de forma mecánica, sin saber bien a qué se estaba comprometiendo.

—Una niña del coro ha aparecido muerta con una parafernalia bella y brutal, digna de un cuadro del Bosco —relató Andrea ante la mirada atenta, casi sin pestañeo, de Caterina—. Por una cuestión de, llamémosle azar, el capitán Guardi ha sabido que usted y su difunto padre vieron morir a una muchacha en circunstancias parecidas. ¿Es correcto?

La joven no dijo nada y ellos tomaron su silencio como un «quien calla, otorga», así que siguieron su discurso. En esos instantes, Caterina también analizó al capitán, a su manera. Unos treinta años, calculó; una herida posiblemente de guerra en la muñeca izquierda; padece un problema cardíaco por la coloración ligeramente azulada de sus labios; toma una medicación con olor a menta; malcome...

—Entonces, ¿qué contesta? —preguntó el capitán rompiendo las elucubraciones de Caterina.

—¿Qué contesto de qué? —dijo la joven con el convencimiento de que se había perdido algo importante.

—Que si quiere acompañarme a examinar el cadáver de la hija del conde Buonarotti para buscar coincidencias con la muchacha que usted encontró —repitió Guardi—. Está en una nevera de montaña, obviamente en el interior del Véneto, así que habrá que viajar varias horas a caballo. Iremos usted y yo solos. Su padre...

—No, yo prefiero no volver —afirmó el conde con angustia.

La cordura más elemental habría dicho a Caterina: «No, ni se te ocurra, no vayas, es demasiado expuesto». Pero la única razón que tuvo para entrar en ese Ospedale fue la de ganar tiempo para encontrar al asesino de su padre y, ahora, quizá el destino le estuviera poniendo la ocasión en bandeja. Una bandeja ofrecida por aquel capitán grande de gesto cansado y mirada azul nube. Y por alguna razón que en ese momento no comprendía, confió en él.

Andrea habló entonces a Guardi con gesto de preocupación.

—Capitán, el padre de Caterina me confió a su hija, así que yo soy responsable de ella. Creo firmemente en su honorabilidad de soldado, pero si algo sucediese a esta muchacha, por pequeño que fuera, tenga por seguro que no quedaría impune. ¿Comprende lo que quiero decir?

—Perfectamente —contestó el capitán.

—Andrea —replicó Buonarotti en defensa de su amigo—, Alfonso Guardi es un caballero.

—No lo dudo, pero ¿podemos decir lo mismo del monstruo que hay afuera?

Nadie dio respuesta.

34

El hijo del pescador regresó a casa con las manos llenas de nada. El alma cuajada de indignación. Los ojos llorando derrota. Solo quería refugiarse en los brazos de su madre.

La nereida, a su lado en el camino de regreso a través de la laguna, le salpicaba espuma traviesa, atrapaba su remo, tiraba de su red…, cualquier cosa con tal de animar su corazón.

—Déjalo, criatura, no es momento —le decía el muchacho.

Un nuevo llanto acudió a los oídos de Eunice. Distinto. El de la mañana sonaba a vida. El de ahora… Hubiera dado su alma con tal de que Vincenzo no regresara a casa nunca para que no viera. Para que no supiera.

—¿Dónde está mi madre? —preguntó el joven a la partera al entrar en su hogar.

La mujer puso al recién nacido en los brazos del joven.

—Te avisé de que este niño traía mal augurio. Has llegado tarde. Ahora tú eres su madre.

Vincenzo, bloqueado por el dolor, no pronunció ni una sola palabra. Solo acertó a echarse a la mar para huir de allí con el niño en brazos hacia un destino incierto, seguido desde el agua por la compasión de Eunice.

35

E l capitán quitó el cuero que protegía a Meneghina de la nieve en la cueva excavada bajo la montaña y la iluminó con su antorcha. Ahí estaba de nuevo el ángel de túnica blanca. Le pareció más muerta que antes, si es que eso fuera posible.

Observó detenidamente a Caterina, a la que había recogido a las cinco de la mañana de la Pietà para llevarla hasta aquella nevera, intentando adivinar cualquier sentimiento filtrado inconscientemente por un gesto. Deseaba conocer el alma de la pequeña mujer que tenía delante. Pero la hija del *dottore* no quiso darle el gusto y miró el cadáver impertérrita. Así estuvo unos minutos; diseccionando con sus ojos cuantas laceraciones, golpes y evidencias de armas encontraba en el cadáver sin muestra de emoción, inquietando al español con su silencio.

Un carraspeo voluntario del capitán indicó a Caterina que ya estaba bien de mirar a la muerta. Ahora era cuando ella tenía que hablar. Por si no quedaba claro, Guardi se lo indicó a través de la palabra.

—*Signorina,* ¿encuentra coincidencias entre los dos cadáveres? —preguntó carboncillo y papel en mano.

La respuesta fue sorprendente.

—No pienso decirle nada.

—¿Cómo? —preguntó el capitán con el gesto de haber recibido un golpe inesperado en la mandíbula.

—Ya me ha oído —plantó Caterina—. No abriré la boca, a no ser que se comprometa a encontrar al asesino de mi padre.

—¿Pero no falleció en un incendio?

—No, eso es lo que alguien quiso hacer creer. Investigue para mí el motivo y el autor y yo le ayudaré con las muchachas. No será usted muy tonto si le han traído desde España para descifrar la muerte de Meneghina.

Al capitán le costaba creerlo. Esa mocosa de abrigo inmenso le estaba retando, a él, un guardia de corps, la guardia preferida del rey. Se sentía molesto e indignado por la arrogancia de la joven y, a la vez, gratamente impactado por su respuesta. Se fijó en el color violeta de sus ojos, en su tez pálida, más que la nieve que los rodeaba; en la sensualidad de sus labios, la elegancia de sus pómulos, en el lunar imprudente de la curvatura de su mandíbula en el punto justo de unión con el cuello que ella se empeñaba en estirar con arrogancia en un intento por ocultar su miedo.

—Yo no admito chantajes —contestó tajante el capitán—. No pienso comprometerme a nada, y menos a resolverle a usted un conflicto que ni conozco ni me interesa. Si no quiere ayudarme, se puede marchar. Ya sabe dónde está la puerta.

Caterina asintió con la cabeza y dio media vuelta para dirigirse a la salida. El movimiento de su cuerpo y sus pasos firmes demostraban determinación, una opción que el capitán no contemplaba cuando le lanzó el envite. «Qué error. Quién iba a pensar que aquella loca iba a ser capaz de intentar regresar ella sola a caballo por unas tierras que no conocía», se dijo el capitán.

Era imprescindible recalcular la situación. Y rápido. No podía perder la oportunidad de saber. Ese cadáver no estaría ahí siempre. Así que arrojó otro guante.

—¡Encontraré al asesino de su padre con una condición!

—No acepto condiciones —contestó ella sin detener sus pasos.

—Nos beneficiaremos los dos —añadió el capitán.

Caterina se detuvo sin volver la cara.

—Está bien, le escucho.

—Tengo motivos para pensar que el autor de la muerte de Meneghina es alguien del Ospedale. Si usted se compromete a ser mis ojos y mis oídos allí, yo recompensaré su ayuda investigando la desaparición de su padre. ¿Qué le parece?

Caterina exhaló una bocanada de aire parecida a un gran suspiro aprovechando que estaba de espaldas y que él no podía verla. Por Dios que era exactamente eso lo que quería oír. Así que fingió una expresión de indiferencia —sabía cómo hacerlo, era veneciana—. Se dio la vuelta y dirigió sus pasos hacia el cadáver a la vez que sacaba un par de guantes de tripa de cerdo del bolsillo para ponérselos con gran dignidad. Era su forma de aceptar el trato.

—La joven que vimos mi padre y yo en la góndola tenía una quemadura en el hombro, como esta —dijo señalando la herida que asomaba por el camisón de Meneghina.

El capitán comenzó a tomar notas como si moviera su mano el diablo.

—La otra fue violada y torturada mientras que en esta no hay signos visibles de que intentara defenderse ni de que padeciera dolor —afirmó después de mirar entre sus piernas—. Las laceraciones de las manos y los brazos hechas por cuerdas fueron realizadas *post mortem* —añadió—, por eso casi no dejaron moratones.

El capitán estaba impresionado. ¿Qué clase de bruja o adivina era esa mujer capaz de leer con tanta seguridad en la piel de los difuntos? Cierto es que había oído hablar de su función como ayudante del padre, prestigioso anatomista de Venecia, pero imaginaba que su colaboración se reduciría a ponerle la bata y llevarle el maletín, no a sacar tripas y trinchar muertos.

—¿Los pechos? —preguntó el capitán encubriendo su asombro.

—Sí, a la mujer que yo vi también se los tiñeron con pigmento azul. Ahora, me gustaría revisar su boca.

—Adelante —contestó el capitán.

Caterina extrajo con sus dedos índice y corazón unos trozos de algún tipo de planta o arbusto escondidos a propósito detrás de sus muelas. Lo acercó a la lámpara. Murmuró algo intentando hacer memoria y encontró lo que buscaba en su recuerdo. Metió entonces la mano en el bolsillo del abrigo de su padre y sacó la minúscula rama —ahora seca— que el *dottore* había encontrado en la boca de la crucificada y se la mostró al capitán.

—De la joven de la góndola —indicó—. No son iguales.

—Sí en su esencia —contestó él—. Vegetación en dos bocas. Vamos bien. ¿Qué más puede decirme?

—El corte de los dedos fue hecho *post mortem* —indicó Caterina—. A la mujer que yo vi le desgarraron la espalda cuando aún estaba con vida. Además, esta chica estaba enferma, posiblemente del pecho, fíjese en su delgadez extrema, en sus ojeras… En cambio, la que yo me encontré rebosaba salud y era muy fuerte, hasta el punto de sobrevivir unos minutos a la crucifixión y la tortura.

El capitán se apoyó pensativo en la pared.

—No es el mismo tipo de víctima —dijo Guardi.

—Sí, a esa conclusión llegué con mi padre —añadió Caterina.

—Sin embargo, hay numerosas coincidencias. Dos chicas muertas, diferentes pero iguales.

—Tres —corrigió Caterina.

—Por qué será que no me sorprende... Por favor, hábleme de esa tercera.

—Mi padre compró el cadáver de una supuesta prostituta ahogada en el mar para experimentación aunque en realidad había muerto descoyuntada. No encontramos pigmento azul ni restos de hojas en su boca, pero, ¡qué demonios!, ¿cómo iba a tenerlos si pasó varias horas en remojo...? Lo que nos llamó la atención fue la mordedura de su cuello.

—¿Peces? —preguntó el capitán.

—Eso pensé al principio. Pero era una dentellada humana.

—¿Justo en la yugular?

—Sí, *post mortem.* Aunque quien lo hizo se ayudó previamente de un pequeño corte preciso y limpio; habría que ser una fiera para desgarrar a dentelladas una arteria. Todo era mucho más sutil, como si le hubiera mordido... —se detuvo—. Es que es una barbaridad...

—¿Un vampiro? —preguntó con sarcasmo.

—No se burle. No imagina cuánta gente cree en esas fábulas, y más aquí, en Venecia, después de las terribles epidemias de peste que padecimos.

—¿Usted lo cree? —preguntó directo.

—¡Soy una mujer de ciencia! —protestó—. Ni haciéndole beber una cuba llena de sangre se puede revivir a un muerto. Lo más que conseguiría es que se le pudriera el fluido en el estómago, pero jamás se restablecería el latido del corazón. Si fuera tan sencillo, yo habría dado mi propia sangre para revivir a mi padre —dijo con tristeza.

El capitán observó su dolor sin hacer comentarios.

—Ahora bien —añadió la joven levantando la cabeza, sacando de nuevo su rabia—, sé que quien practicó esa dentellada fue el responsable o tuvo que ver con la muerte de mi padre.

—La escucho.

—Cuando concluimos que la mordedura era de un ser humano, él se empeñó en ir a buscar al autor porque sospechaba que podía conocer su identidad. Nunca más le vi con vida. No sé qué demonios descubrió, lo que si sé es que le mataron y quemaron mi casa para que, como ya le he dicho, todos creyeran que había fallecido en el incendio. No contaban con que la chalada de su hija conseguiría colarse en el edificio. Cuando lo encontré en el suelo, apretaba esto en su puño.

Caterina se abrió el abrigo y cogió con su mano derecha el colgante que pendía de su cuello. Se lo mostró. El capitán rozó sus dedos con los de Caterina para tomarlo. Acercó la antorcha para verlo mejor. Era un camafeo chapado en plata con el retrato de una niña pequeña. Nunca habían estado tan cerca el uno del otro.

—¿Es usted? —preguntó Guardi.

—No lo sé. No lo había visto antes.

El capitán soltó con delicadeza la joya cerca del pecho de Caterina y advirtió que tiritaba.

—Está temblando, criatura…

—Hace mucho frío.

—Salgamos. Aquí ya no tenemos nada más que hacer —dijo señalando la salida.

—Pero ¿y la autopsia?

—Su padre no quiere que la abran, y yo lo respeto —pronunció mientras caminaba delante para forzar a que Caterina lo siguiera.

—¿Y la causa de la muerte, tampoco la quiere saber? —preguntó unos pasos más atrás la hija del *dottore*, resistiéndose a marcharse.

—Usted ya la sabe. ¿Me equivoco?

El capitán salió por la puerta, dejando a Caterina prácticamente a oscuras, lo cual fue un revulsivo para que la joven anatomista abandonara la cueva con toda la velocidad que le permitieron sus piernas escuálidas.

Afuera, en el bosque rebosante de vegetación, la temperatura era más suave. Sin embargo, Caterina no dejaba de temblar con el frío clavado en los huesos. El capitán se dio cuenta mientras preparaba los caballos para el viaje de vuelta.

—Su abrigo es muy delgado —le dijo—. No le servirá para atravesar el camino de montaña de regreso. Se lo cambio por el mío.

—¡Ni lo sueñe! Este abrigo no se separa de mí —afirmó categórica.

—¿Ha visto cómo está la tarde? —protestó el soldado—. No puedo dejar que se congele. Muerta no me sería útil.

—Muchas gracias por preocuparse de mí como objeto de su utilidad —contestó molesta—, pero prefiero congelarme.

—Chiflada testaruda… Está bien, no se lo quite, si no quiere, pero al menos póngase el mío encima.

—Vale.

—Ah, ¿eso sí le parece bien? Si el que se congela soy yo, no hay problema, ¿verdad?

—No nos conocemos lo suficiente como para preocuparme por si usted se congela, solidifica o bulle. Además, siempre puede ponerse encima la pequeña manta del caballo. Quizá no tenga muchas pulgas. Me refiero a usted, no al animal, claro.

El capitán iba a contestarle una barbaridad. Esa mujer tenía la facultad de crisparle los nervios e incluso de hacerle pronunciar más de tres palabras seguidas. Pero, pero, pero… Prudencia. Se mordió la lengua hasta sentir dolor y le puso encima su gabán color tierra.

Montaron en sus caballos e hicieron el viaje de vuelta sin pronunciar ni una sola palabra.

36

SANGRE SOBRE UN CAMPO DE NIEVE

E l noble Christiano Galbo bajaba por una escalinata del Palacio Ducal llamada de los Gigantes pues, efectivamente, gigantescas eran las esculturas de Marte y Neptuno talladas por Jacopo Sansovino que la coronaban hacía casi ya dos siglos. El dios de la guerra, desnudo pero con escudo y casco, miraba desafiante. El señor del mar, también sin ropa —para nada la quería debajo del agua—, miraba hacia la derecha mientras su barba y cabello daban la sensación de flotar en la profundidad de los océanos. Habían sido elegidos para simbolizar el dominio de Venecia sobre el Mediterráneo. Deseo que se iba alejando de la realidad, para disgusto de las divinidades.

La toga de Galbo furiosamente roja parecía una gran gota de sangre sobre un campo de nieve, en realidad, las escaleras de mármol blanco. Otra gota gris, la de su espía, se incorporó a la escena obedeciendo órdenes.

—¿Y...? —preguntó el miembro del Consejo.

—El español ha conocido a la hija del médico. Hermosa, pero muy flaca, por cierto.

—¿Cómo es posible?

—Será que no come.

—Caballero… —le amonestó mirándole con una sonrisa helada.

—Disculpe mi pésimo sentido del humor. Le responderé a su pregunta: Scarabella se fue de la lengua.

—Pedazo de imbécil. Habrá que encargarse de él.

—Digamos que… ya no es un problema.

—Mejor. Proceda igual con el capitán.

—Si me lo permite, se me ocurre otro camino. El soldado no parece del todo idiota. A estas horas ya sabrá que la hija de Buonarotti no es la única joven que ha aparecido muerta en escenas terroríficas. Bien utilizado, podría sernos útil.

—¿Qué propones?

—Que investigue para nosotros. Llevo tiempo detrás de este tema y sospecho cierta relación entre el asesino y la necesidad de financiación a pequeña y gran escala que tanto nos preocupa.

Los dos hombres llegaron al final de la escalera. Los aguardaba un hermoso patio lleno de arquerías, y un puñado de ojos imprudentes. Esto es, el agente debía marcharse.

—Haga lo que propone —afirmó el togado—; pero cuando averigüe lo que necesitamos, ya sabe cómo debe actuar.

37

YO CUIDARÉ DE ESE NIÑO

Oh bell'amore
sentire il canto
la mia vita sei tu.
In questa notte
ti do il mio cuore
sarà sul mare blu.

Oh bello amor,
siente mi canto,
mi vida eres tú.
En esta noche,
te doy mi corazón,
será en el mar azul.

Un gondolero tenor acariciaba al compás de su voz cuanta agua, paredes, vino y mujeres pudo encontrar en el canal interpretando una tradicional barcarola. Mecía sus notas al ritmo del vaivén del agua…, o quizá fuera al revés, y era el agua quien bailaba al compás de su música. Un-dos-tres, un-dos-tres…

Sabedor de su talento y ser presumido, el gondolero se afanaba por lucirse y emocionar a los oyentes, pero ya se sabe que no basta con la voluntad del que emite; y así, cada uno de los que pasó junto a él aquella noche entendió el mensaje de manera distinta.

Madame Chevalier lo oyó como un eco vacío mientras comprobaba su aspecto frente a un espejo del salón azul. Estaba preparada para cumplir su objetivo. No había lugar para sentimiento ni emoción. No aquella noche. Vestido gris con filigrana dorada. Zapato de tacón rosa. Bolso. Pistola.

Salió a la calle.

Sonó, en cambio, para el capitán y Caterina como un perfume mágico cuya inhalación les dejó romper por un instante la cuerda de lo adecuado, permitiéndoles recrearse y hasta fantasear con la emoción que empezaban a sentir. Al pasar a su lado, el pícaro gondolero les dedicó un sentido fraseo, *in questa notte, ti do il mio cuore…* que ellos rechazaron volviendo la cabeza hacia otro lado. El cantor no entendió nada; cómo iba a imaginar que no eran amantes un hombre y una mujer caminando a las diez de la noche por las calles de Venecia. No era cuestión de ponerse a explicarle que volvían de ver un cadáver envuelto en nieve. Nada que ver con el amor. Aunque esto empezaba a no ser cierto, ciertamente.

El remero se encogió de hombros y siguió cantando para la pareja que llevaba oculta en la cabina; esos sí que lo tenían claro a juzgar por sus vaivenes.

Las últimas notas en la isla de Venecia las entonó el gondolero junto a la Giudecca antes de perderse rumbo al Lido. Fueron saboreadas por el joven Vincenzo, a quien el destino había llevado hasta allí. Caminaba sin rumbo con el recién nacido en brazos, acompañado a distancia y desde el agua por la jovencísima nereida. La melodía sirvió de momentáneo bálsamo a los tres, en el fondo niños, que avanzaban perdidos.

Una mujer humilde que se asomó a la ventana para escuchar la melodía del gondolero contempló la estampa del muchacho que abrazaba a su hermano entre lágrimas sin saber cómo callarlo ni alimentarlo. Ella, que estaba recién parida y que le sobraba amor y leche, se sintió conmovida. Corrió a la entrada de su casa y sin pensarlo abrió la puerta.

—Yo cuidaré de ese niño.

38

MONSTRUO EXQUISITO

Caterina regresó a su alcoba en la Pietà. Esa noche, la escalera de caracol era un larguísimo piano y cada vez que su pie pisaba un peldaño, resonaba en su cabeza la nota de una de las intensas imágenes del día. Nieve. Muerta. Barcarola. Capitán…

Nadie podía entrar después del toque de queda en el edificio, pero el mismísimo Andrea Stampa había dejado por escrito un permiso especial para ella, que ahora arrugaba la portera en el bolsillo de su mandil. La urraca seca y vieja acompañaba a la hija del médico por los pasillos entre maldiciones susurradas. De quién sería amante esa zorrupia para que tuvieran con ella tantas contemplaciones…

Aquella noche fueron tres en la cama. Ella, el abrigo de su padre y el aroma del capitán, que impregnaba su cuerpo y su pelo por las ocho horas de camino con su gabán puesto. A menta y madera. Jamás olvidaría ese aroma. Estaba a punto de quedarse dormida entre el espíritu de los dos hombres cuando un ruido la alertó. Mal asunto. Olvidó que estaba furiosa con Dios y le rogó desesperadamente que no estuviera allí el asesino. De forma inconsciente se puso en marcha la anatomista, la destripadora. Escuchó dos tipos de respiraciones, una de ellas asmática. Olían a grasa seca, quizá a sopa.

Sonrió y dio gracias al cielo. Esta vez se había salvado de la muerte.

—¡Par de malas perras, que el Señor os condene al fuego eterno! ¿Se puede saber qué hacéis debajo de mi cama? —preguntó Caterina furiosa mientras encendía la vela de una palmatoria.

Francesca salió a gatas del fondo del catre tirando del brazo de la pequeña Beatrice.

—No me creerás si te digo que nos hemos perdido, ¿verdad? —preguntó la huérfana con sorna.

—¡Estáis locas! ¿Cómo habéis sorteado a la *portinara*?

—Dulces —contestó Francesca metiéndose en la boca una deliciosa *zaeti*, galleta hecha de harina de maíz toda dura y amarilla con pasas—. No preguntes de dónde la he sacado porque no te lo diré. ¿Quieres una?

—Yo sí —dijo Beatrice divertida quitándosela a tientas de la boca.

Francesca le mordió la mano bromista y luego estrechó a la niña ciega muy fuerte contra su pecho, besando su mejilla, apartándole el pelo de la frente como hacen las madres con sus hijas. Eso eran una para la otra.

Hace años, Francesca, había estado a punto de casarse en secreto, como sucede casi todo en Venecia. Pero ocurrió algo que detuvo la boda. Ella nunca quiso hablar del tema. La priora la volvió a admitir porque en realidad nunca había salido del Ospedale. La joven se deshizo de todo lo que le recordaba a aquel amor, menos una pañoleta blanca adornada con encaje de Burano que pensaba ponerse el día de su boda. Muchos hombres de la República agradecieron el cambio de opinión esperando ser los elegidos, pues Francesca era muy hermosa. Esfuerzo baldío. La mujer cerró su corazón, y se le escuchó más de una vez contestarles con una frase que dejaba poco lugar para la duda: «Antes me comería una rata muerta».

Después de aquello, se entregó a la escritura. Publicaba mensualmente —o cuando podía— artículos en revistas femeninas sobre política, arte y poesía con seudónimo, «*La donna pensante*», y alentaba a las mujeres a salir de sus casas para tener más peso y presencia en la sociedad activa veneciana. El resto de su tiempo lo dedicaba a traducir las partituras musicales a un lenguaje inventado por ella para que pudiera interpretarlas la pequeña ciega Beatrice.

Francesca era, sin duda, uno de esos seres que hacían del mundo un lugar mejor, y su único capricho, salir algunas noches a nadar desnuda en la laguna. Con treinta y tantos años sabía de sobra cómo y a quién sobornar en la Pietà para obtener los silencios necesarios. Se sentía una mujer independiente, todo lo contrario que Beatrice, su pequeña sombra.

Con unos ojos extremadamente claros que miraban a todos lados y a ninguno, Beatrice nació viendo muy poco hasta que ya no vio nada, y entonces empezó a verlo todo. Don, lo llamaban unos. Brujería, otros. Su madre se había ahogado en la laguna el mismo día de su nacimiento, dicen que por no soportar un amor no correspondido. «Mi madre me habla y me cuenta lo que le susurran los espíritus». Por eso sabía muchas cosas, y otras tantas no se le podían ocultar.

—¿Dónde has estado todo el día? —preguntó, casi apremió Francesca a Caterina.

—Tomando el fresco —contestó con mordacidad para vengarse del susto.

—¡No mientas! ¡Sé que hoy has visto algo! —afirmó Beatrice casi reptando sobre la cama hasta llegar a acariciar el rostro de Caterina—. ¡Cuéntanoslo, por piedad!

—Está bien —dijo cogiéndole las manos a la niña—. ¿Conocíais a Meneghina?

—Por supuesto —contestó Francesca—, murió de tisis hace unos días y…

Caterina negó con la cabeza.

—No. No me digas que… —repuso Francesca.

—Vengo de ver su cadáver.

—¡Lo sabía! —gritó Beatrice soltando manotazos poseída por la indignación—. ¡Os dije que no había muerto por su enfermedad, que yo sentí cómo le cortaban los dedos! ¿A que sí, Caterina, a que se los cortaron?

Caterina movió los labios para que la pequeña no oyera. «La colgaron en la capilla», musitó. Francesca se llevó las manos a la boca para ahogar el grito.

—¡No os oigo! ¿Qué estáis diciendo? —preguntó la ciega con angustia—. Por muy horrible que sea, ¡quiero saberlo!

—Está bien, Beatrice, pero esto no va a ser fácil.

—Mi vida nunca ha sido fácil, Caterina.

La joven anatomista sonrió, en verdad que acababa de decirle una majadería a una ciega. Se le ocurrió formular una propuesta.

—Vamos a intercambiar información. Empezaré yo misma. Antes de venir aquí…

—Ayudabas a tu padre a destripar muertos. Lo sabe todo el Ospedale —afirmó Francesca.

—Bien, así iremos más rápido. El día antes de que le asesinaran vimos dos chicas muertas. Una era delgada, morena y bellísima. Apareció crucificada en una góndola y, entre sus múltiples cicatrices, tenía una rozadura por fricción en la barbilla. ¿Se os ocurre quién…?

—Angelica del violín —afirmó Francesca—. Sin duda.

—Bien, a la segunda la llamábamos «la sirena» porque como tal apareció vestida en el mar. Esta, en cambio, era muy poco atractiva, con una rozadura en el muslo derecho y…

—¡La feroz Isabella del bajo! —exclamó Beatrice espantada.

—Pero ¿cómo es posible que los que encontraron los cadáveres no alertaran a las autoridades de que eran niñas del Ospedale? —preguntó Francesca.

—Si no llevaban identificación en el momento del crimen, ¿cómo demonios iban a saberlo? —contestó Caterina.

—Por la marca de fuego en el hombro —añadió Beatrice apartándose la ropa del cuello para mostrar la suya—. A todos los recién nacidos se nos marca con la letra «P» de Pietà para nuestro control y protección.

—¡Demonio, ya comprendo! ¡Claro que la tenían pero no me di cuenta! —exclamó Caterina saltando de la cama para pasear con sus pies descalzos sobre el suelo de piedra, helado—. ¡Les hicieron una nueva quemadura para borrar la de la Pietà anterior!

—Por Dios Santo —exclamó Francesca—, pero ¿quién es el demente que nos hace esto?

—Un monstruo exquisito —dijo el capitán Guardi, que mantenía una conversación muy similar con su amigo Roberto en el apartamento de la zona del Arsenale—. Alguien que se toma su tiempo preparando los escenarios —afirmó mientras recorría inquieto una selva de apuntes y dibujos repartidos por suelo y paredes en mangas de camisa—. Con gusto para el arte, refinado... —siguió diciendo a su amigo, que observaba su inquietud sentado sobre una butaca de respaldo curvo y confortable situado en el centro del pequeño salón—. Cuidadoso, no deja ningún vestigio de su identidad en el lugar donde expone su crimen...

—Y si ha matado a dos más, como dices, reincidente...

—Que, en el colmo de la demencia, en ocasiones las muerde en el cuello para extraer su sangre.

—¿Un vampiro? —preguntó Francesca en ese mismo instante en el dormitorio de la Pietà.

—O una vampira —contestó Beatrice—. Mi madre vio cómo clavaba sus colmillos en el cuello de Isabella.

—¡Entonces, habla! ¡Dinos! ¿Cómo era esa mujer!

—No le vio el rostro, pero me dijo que su melena era oscura, con olor a mar…

—¡Se acabó! —sentenció Francesca levantándose de la cama—. Tanta muerte nos está haciendo perder la cabeza. ¿Es que soy yo la única que piensa que los vampiros no existen?

—Y tienes razón —corroboró Caterina—. Un muerto jamás revivirá bebiendo la sangre de un vivo, pero…

—… puede ser que el vivo esté loco y piense que necesita esa sangre para existir —afirmó el capitán de nuevo en su apartamento—. Amigo, la mente es capaz de los mejores aciertos y las peores atrocidades.

—Qué complejo se está volviendo todo.

—Y más que se va a poner —susurró el capitán mirando la ventana—. Roberto, con toda la discreción que puedas, coge tu arma.

—¿Qué ocurre?

—Alguien nos observa desde la calle.

En la alcoba de la Pietà, el miedo se apoderó de las huérfanas.

—¡Vais a morir! —las amedrentó una voz gutural.

Y un ser encapuchado cayó sobre Caterina, Francesca y Beatrice. Temieron su final. Mas, al instante, la figura se burló a carcajadas.

—Podría valer para asesina, ¿a que sí? —dijo Giovanna sonriente apartando la tela de su cabeza.

—¡El diablo te guarde un lugar en el infierno! —gritó Caterina aún con el corazón en la boca.

—¡Bruja loca y cruel! —le dijeron golpeándola con la almohada entre risas Francesca y Beatrice.

—¿Os hace gracia? —se indignó la hija del médico.

—Es una broma, entre amigas —contestó Giovanna besando en la frente a sus compañeras.

—Por Dios que no quiero saber qué haréis entre las enemigas.

—¿Tú no deberías estar dormida? —preguntó Francesca a Giovanna dándole un tirón de pelo.

—¿Y privar a la noche veneciana de mi presencia? Ni pensarlo —contestó atusándose un seductor vestido rojo brillante que podía verse bajo su capa de paño—. Me aguarda un caballero —canturreó mirando por la ventana—. Tienes buenas vistas aquí, ¿eh, zorrupia? —refirió descarada a Caterina mientras daba media vuelta para marcharse.

—¡No debes salir! —suplicó Beatrice—. El mal acecha.

—Ya estás otra vez con tus dichosas muertas —replicó con hartura.

—Caterina también las ha visto.

Esto sí detuvo sus pasos. Respiró hondo y habló sin volverse.

—¿Qué has visto?

—Meneghina, ahogada. Isabella, descoyuntada. Angelica, crucificada.

—¡Por Dios! ¡Qué bien disfrazan sus cadáveres los de la Pietà! —dijo con angustia girándose hacia sus interlocutoras—. ¿Se sabe quién es el asesino?

—¡No, Giovannina! —gimió la ciega—. De ahí el peligro.

La joven se pasó la mano por la frente, considerando. Pero al instante sacudió la cabeza de izquierda a derecha repetidamente y con furia.

—¡Me niego! De ninguna manera pienso cambiar mi vida por nadie.

Giovanna se subió la falda y apoyó el pie sobre la cama flexionando la rodilla. Entonces llevó la mano hasta su muslo de donde sacó un pequeño puñal. Lo mostró.

—Si viene el mal, le estaré esperando. Y no me digáis nada más —les ordenó antes de salir—, esta noche solo quiero alegría. Tengo que devorar el mundo.

Caterina la vio marcharse entre una bruma de valentía e insensatez. ¿Qué podría hacer ella sola si realmente se encontraba con la bestia?

En el apartamento del Arsenale, Roberto regresaba de la búsqueda infructuosa del hombre que los observaba desde la acera.

—Fuera quien fuese, ya se ha ido —le dijo al capitán—. ¿Acaso crees que pueda ser el asesino?

—Demasiado expuesto. Aunque nunca se sabe. Y ahora, amigo, confía en mí. Haré todo lo posible por dar con el culpable.

—Alfonso, no tengo ninguna duda de que me vas a ayudar —afirmó Roberto sentándose en el sillón—. Sin embargo, necesito saber cuál es tu precio. No me interpretes mal, sé que me quieres como un hermano, pero el rey de España no envía a su mejor hombre si no espera recibir nada a cambio.

Antes de contestar, el capitán echó una mirada a la laguna, buscando las palabras precisas entre las aguas oscuras.

—Roberto, durante años hemos puesto nuestras vidas uno en manos del otro. Considero que nuestra lealtad está por encima de toda duda. Ahora bien, tienes razón; el rey espera algo.

Confía en que le ofrezcas apoyos para reconquistar Cerdeña y Sicilia.

—¡Granuja malnacido, algo así sospechaba! —exclamó con cierta simpatía—. Y qué bien sabe mover los hilos su esposa la parmesana —afirmó Roberto apoyándose en el respaldo del sillón—. Está bien. Dile que puede contar conmigo. Y será más pronto que tarde. Pasado mañana te presentaré a un puñado de amigos poderosos e influyentes. Acudirán a la tertulia que se celebrará en casa de una dama intelectual y comerciante, la *signora* Chevalier.

—Vaya, *madame* tenía razón.

—¿La conoces?

—Vine en su barco desde Siracusa. Me aseguró que volvería a encontrarme con ella.

—Es una mujer muy hermosa.

—Y muy lista —añadió el capitán—. Con secretos.

—Como todos en Venecia —apostilló Buonarotti—. Es la hora de marcharme. Mi esposa estará inquieta por el retraso de mi supuesto viaje a Mestre. Te dejo con tu laberinto de papeles. Ten cuidado, no tomen forma humana y te engullan mientras duermes.

—Ve tranquilo, pero escucha bien lo que te digo: no hables de cuanto te he contado hoy con nadie. Y cuando digo nadie, es nadie.

Roberto se marchó y el capitán se quedó solo con sus pensamientos. La quietud se vio amenazada cuando, al instante, llamaron a la puerta. No era Roberto. La cadencia de sus golpes era distinta. Guardi cogió la pistola que hacía una hora se había quitado del cinto y se acercó a la puerta.

—¿Quién va? —preguntó.

—Un amigo.

—No tengo amigos en la República.

—Eso es cierto, pero podemos llegar a serlo. Si le place, saldré a la calle y así podrá verme desde la ventana. En el caso de que le parezca lo suficientemente inofensivo, le ruego que me deje pasar. Si no es así, me marcharé por donde he venido.

—Me parece bien —contestó el capitán.

El visitante actuó conforme a lo pactado y Guardi se asomó a la ventana para descubrir a un hombre de traje gris, estatura mediana y pelo canoso. En realidad, su aspecto le importaba poco al capitán. Antes de que bajara ya sabía que le iba a dejar entrar. Un hombre que se tomaba tantas molestias en pedirle acceso no iba a descerrajarle una bala en el entrecejo, al menos, en un primer momento. Sin duda era el devoto que acudió a la capilla de la Pietà cuando la visitó con su amigo Roberto. Le hizo una señal con la mano para que subiera. Para cuando el individuo lo hizo, el capitán ya había recogido cuantas notas y dibujos había desperdigados por la habitación. No le interesaban a nadie, y menos a un desconocido.

—Gracias por dejarme entrar, capitán.

—Adelante —le dijo el español señalando el único sillón de la estancia.

—Veo que ha sido usted muy hacendoso recogiendo sus notas… Oh, disculpe este comentario de alcahueta, es que llevo varios días siguiendo cada uno de sus pasos.

—¿Y su gracia es? —preguntó el capitán.

—Mi nombre no importa. Lo relevante es mi ocupación; soy un espía.

39

*A*ntes de amanecer, Venecia azulea. Lo hace con un añil atornasolado y prodigioso. Resaltando el color amarillo de velas y fuegos prendidos durante la noche. Regalando una promesa de lujo y belleza al día que está por venir.

Ese agudo azul entró por la ventana del pequeño piso donde el soldado español había pasado toda la noche departiendo en animada conversación, entre trago y trago de *grappa*, con el hombre que se autodenominaba «espía». Hablaron de mucho. De la crisis que se cernía sobre la Serenísima República de Venecia. Del daño grave que estaban causando las dos aristocracias: la rica y poderosa, porque enquistaba su poder en el gobierno haciendo imposible su evolución, y la de los *barnaboti* o aristócratas pobres, porque, arruinados con un comercio internacional en retroceso, reclamaban sus derechos políticos y, lo que era peor, sus pensiones a cargo de la bolsa del Estado. Y si hay algo más molesto que un nuevo rico es un nuevo pobre.

Conversaron sobre las históricas batallas contra el Imperio otomano y la reciente victoria veneciana en Corfú. Aunque, en lo que a poderío marítimo se refiere, Venecia ya no era ni su sombra.

—Me suena ese sentimiento —le dijo el capitán refiriéndose a España y la pérdida de sus dominios tras la agridulce Paz de Utrecht.

Parlamentaron después alrededor del racionalismo y René Descartes elucubrando si realmente llegaría a alguna parte esa nueva concepción del conocimiento. Sobre el papa Clemente XI y su pasado apoyo a la causa austracista, enemiga del capitán. Hablaron de teatro, descubriendo que ambos compartían el gusto por Calderón de la Barca, así como el convencimiento de que la vida era sueño. Sobre la cábala, que descifraban cada día los místicos judíos en el gueto de la Serenísima; incluso sobre la moralidad de los chichisbeos, hombres galantes que acompañaban a las damas de la alta sociedad veneciana en un cortejo platónico —o no—, cuya posesión se reconocía y recogía en las capitulaciones matrimoniales de ellas para garantizar su uso y disfrute en previsión de una incómoda protesta del novio una vez que se convirtiera en marido.

—Tal es la deriva de nuestra barca —añadió el espía— que no estaré muy lejos de la verdad si afirmo que los procuradores de Hacienda son nuestras meretrices. Eso sí, bellísimas. Y que ya no se imparte justicia en el Palacio Ducal, sino en los cientos de casinos que pueblan las calles. ¿Qué le parece mi República, capitán?

—La realidad no es opinable. Es la realidad, *signore*.

—Mmm…, *signore* se me queda escaso después de la charla amigable que hemos tenido esta noche. Puede llamarme Morelli.

—Pero ese no será su nombre —le dijo el español.

—Por supuesto que no. Valiente espía sería si le confesara mi gracia e intenciones.

—Sin embargo, ha venido hasta mí porque tiene algo que contar.

—En efecto —dijo levantándose para estirar las piernas entumecidas por el largo tiempo desparramado en el sillón—. Como ya imaginará, formo parte del Servicio Secreto del Estado. Debe saber que estoy al tanto de la desaparición de la hija de Buonarotti. Y no es la única. Según nuestras informaciones, las jóvenes eran alumnas de la Pietà.

—¿Cuál es la postura oficial?

—Digamos que al Consejo de los Diez no le es indiferente.

—Ya.

—No por la muerte en sí —aclaró—, sino porque, en caso de que la noticia trascienda, puede ahuyentar a los venecianos adinerados que deciden dejar sus inmensas herencias a «las niñas que cantan como los ángeles». ¿O acaso pensaba que una institución con más de ochocientos huérfanos se mantiene solo con el dinero recaudado por las *figlie* en sus actuaciones?

—Es razonable…

—Asimismo, le informo de que el Estado está enterado de su buena relación con su majestad el rey Felipe V y de cómo este le ha enviado a ayudar a su amigo de armas, el *signore* Buonarotti. Sin embargo, intuyo que usted lleva, por así decirlo, una caja escondida.

—Efectivamente —reconoció el capitán sin pudor—. Me mueve otro objetivo que, por razones obvias, no le voy a revelar. Lo que sí puedo decirle es que no atenta en modo alguno contra la integridad, la seguridad ni los principios de su República.

—Eso espero. No me gustaría tener que enfrentarme a otra conjura de Bedmar.

El español sonrió.

—Eso ocurrió hace casi un siglo y, además, usted sabe que nunca existió tal conjura —afirmó el capitán.

—¿Va usted a negar que el duque de Osuna, a la sazón virrey de Nápoles, aprovechó la red de espías del embajador español Bedmar para tramar un plan y hacerse con el control de Venecia? Pregúntele a ese autor suyo tan mordaz… ¿Cómo era su nombre? Ah sí, Quevedo. Que diga cómo tuvo que huir del linchamiento cuando las autoridades fueron advertidas de la conspiración que tramaban contra el mismísimo *dux*.

—Será imposible, don Francisco falleció hace setenta años; además, eso que usted cuenta es tan falso como su falso nombre. La verdadera conjura estuvo en hacer creer tal noticia para crear una revuelta contra Osuna, Quevedo y Bedmar y apartarlos de su poder en Venecia. Pero eso, usted, ya lo sabe.

Morelli sonrió.

—Me cae bien, capitán Guardi. Es un hombre culto, un hombre de mundo, con larga vida en la batalla, de ágil intelecto. En prueba de mis deseos de conciliación, le rogaré que acepte un regalo.

—¿Envenenado?

—Yo prefiero llamarlo chantaje a largo plazo. En realidad, todos los regalos lo son. Incluso el sonajero más inocente entregado a un niño pretende cobrarse a cambio una sonrisa.

—¿Y cuál será mi sonajero?

—Le ofrezco mi ayuda para encontrar al asesino de las niñas, así como una orden firmada de puño y letra del Consejo de los Diez para entrar a las prisiones y hablar con el hombre que desea. Como ve, estoy enterado de todo.

—De casi todo —puntualizó el capitán.

Morelli movió la boca y apretó los labios. Guardi, lector de almas, notó en ese gesto un deseo de seguir hablando, suprimido por un mandato superior.

—¿Y el precio es…? —quiso saber Guardi.

—Todo a su debido tiempo. Pero le daré un pequeño adelanto en forma de pregunta: «¿Por qué será que los piratas berberiscos son tan indulgentes con los barcos de algunos comerciantes?».

40

CUERNO DE UNICORNIO

L a bestia regresaba a casa disfrazada de caballero galante, caminando pletórica por una calle estrecha. Se había ganado la confianza de la futura víctima. Ambos estaban preparados para el gran momento. Solo restaba ultimar detalles para su poderosa puesta en escena, cuando un grito de mujer se cruzó en su camino.

—¿Dónde estuviste la mitad de la noche, malnacido? ¡Te la llevaste en la góndola! ¿Verdad? ¡La sedujiste como hiciste conmigo!

Una mujer joven a juzgar por su voz, pues su cara indicaba poco al ir con máscara blanca, golpeaba con sus puños rabiosa a un hombre de levita elegante que se reía burlón de sus celos. El monstruo dio un paso atrás y entró en un portal medio abierto para observar.

—¡Estás loca! —respondió el varón esquivando sus golpes—. Me ausenté de la fiesta para hablar de negocios con unos amigos —se excusó con poco convencimiento.

—¡Mentiroso! —gritó la dama olisqueando como un animal su cuello y su boca—. Hueles a ella, a su perfume de rosas y a su aliento de rata...

—¡Pero tú dijiste que éramos libres, que no teníamos compromisos! Además, ella es mil veces mejor que tú en...

No pudo terminar la frase. La mujer se lanzó con toda la fuerza de su cuerpo para clavarle las uñas, pero su ebriedad y la mala suerte hicieron que el hombre la esquivara a tiempo y que ella se precipitara estrellando su rostro contra el muro de una casa. Cayó al suelo mareada, con sangre en la frente. El acompañante se asustó y, lejos de ayudarla, se marchó corriendo dejándola confundida sobre el suelo.

Aquella imagen era demasiado provocadora para la bestia, que decidió salir de su escondrijo. Se arrodilló junto a ella. Observó su rostro desposeído de la máscara por el golpe. Aun cansada y herida, era muy hermosa. Tocó la sangre que brotaba de la brecha de su frente. Entonces la dama miró a los ojos de la bestia, o a lo que podía verse de ellos tapados por una máscara plateada, y vio un destello de ternura.

—Ayúdeme —suplicó.

El monstruo asintió y la levantó de los brazos con mimo para no herirla.

—¿Dónde vives, muchacha?

—¡No, así no puedo volver! ¡Me encerrarán!

—¿Tan crueles son tus padres?

—Es una historia complicada. Si me lleva a algún lugar tranquilo, me recuperaré y disimularé con tintura mi herida antes de regresar. ¿Sangra mucho?

—Me temo que es peor el golpe. El derrame amoratará pronto tu rostro.

—¡Dios, por qué seré tan idiota! —dijo rompiendo a llorar.

—Aguarda, se me ocurre algo. Estamos muy cerca de Rialto. Te llevaré a la farmacia Alla Testa d'Oro, frente a la iglesia de San Bartolomé. Allí te darán teriaca. El remedio que sana todos los males, menos el del corazón.

—Imposible, caballero. No tengo dinero para pagarla y dicen que es muy costosa.

—No te preocupes por eso. ¿Nunca la has tomado antes?

—Nunca la necesité.

—En ese caso, esta será tu primera teriaca y nuestro primer encuentro.

La joven sintió sus palabras como una caricia.

—Ven, apóyate en mí y, si me permites, te tomaré de la cintura para ayudarte a llegar a nuestro destino.

La joven asintió abrumada por tanta delicadeza.

—Si gustas, puedo acompañar nuestros pasos con la historia de la teriaca.

—Adelante, por muy aburrida que me parezca, no estoy para salir corriendo —contestó ella con gracia.

—Dice una leyenda que en el siglo II antes de Cristo, un médico y poeta de Jonia llamado Nicandro escribió un tratado sobre las mordeduras de animales salvajes, en especial de serpientes, al que llamó *Ta Theriaca*, pues en griego «Therion» significa «veneno». Dos siglos después, Mitríades, rey del Ponto, en nuestra histórica enemiga Turquía, preparó por primera vez la fórmula mágica con cuarenta y seis ingredientes, que fueron ampliados con veinticinco más por Andrómaco, el médico personal de Nerón.

—Mucho sabe usted del tema —dijo recuperando el aliento con el aire fresco del amanecer—. ¿Y cuáles son esos setenta y un ingredientes milagrosos de la pócima? Solo sé que lleva víbora porque veo a los animales retorcerse en sus jaulas cuando los boticarios los sacan a la calle, junto con el resto de ingredientes secretos, para elaborar la fórmula magistral frente a la mirada de la gente.

—Quieres saber un gran misterio para el que no tengo respuesta. Solo me constan algunos elementos que se murmuran en Venecia como son el opio, el polvo de testículo de ciervo, el poso de vino seco y el cuerno de unicornio.

—Pero ¿los unicornios existen?

—Probablemente no, o sí…, quizá sea un diente de narval. ¿Nos valdría como unicornio marino?

La joven se echó a reír. Qué ser encantador la llevaba apoyada en sus brazos.

—No quisiera contradecirle —dijo la muchacha—, pero tengo entendido que el Estado solo permite a las farmacias elaborar teriaca una vez al año, a principios de verano, cuando salen las víboras de sus madrigueras.

—Dices verdad y a la vez mientes —afirmó la bestia—, pues hay una botica a la que se permite hacer la maniobra tres veces en el año. Y la tienes delante de ti.

La joven levantó sus ojos para contemplar la cabeza dorada de un hombre coronada con laureles y colgada sobre una puerta. Alla Testa d'Oro, efectivamente, aunque en realidad era de bronce. Este era el anuncio con el que el boticario promocionaba su farmacia para que lo entendieran todos, incluidos los analfabetos.

—¡Abran pronto! —gritó el monstruo golpeando la puerta.

—¡Está cerrado, caballero! ¿No ve que aún no es de día? —contestó un hombre desde dentro.

—¡Que abra, le digo! —insistió—. Mi esposa y yo nos disponíamos a ir a la primera misa de la mañana, pero está encinta y ha sufrido un traspié fruto de un mareo.

—¿A misa? —preguntó el boticario, incrédulo, casi tanto como la joven malherida.

Las campanas estaban de su parte y tocaron a liturgia apoyando su versión. Por si esto no fuera suficiente, pronunció las palabras mágicas.

—Sabré recompensarle con una buena bolsa.

Tras un silencio breve, se abrió la puerta de la botica y un hombre viejo, con las carnes descolgadas y vestido con prisa los recibió.

—Lo hago porque son gentes de bien. ¿Qué desean?

—Teriaca —contestó el monstruo señalando con su mano la frente herida de la muchacha.

—Pero...

—Dan igual los inconvenientes —atajó—. Tendrá lo que pida con tal de quitarle el dolor y la hinchazón.

Sus deseos fueron cumplidos al instante, y por arte de Dios o de su sombra que la inflamación comenzó a bajar.

La joven quedó presa de la bondad que albergaba aquel ser.

—Quisiera volver a verte —le dijo la bestia antes de dejarla cerca de su casa.

—Yo también —contestó ella confirmando lo evidente.

—¿Será posible que pueda poner tu nombre en mis labios?

La joven le besó dulce y descarada.

—Me llamo Giovanna.

—Giovanna —repitió él.

Se despidieron.

41

Hoy sí. El guardia desgarbado de cabeza reducida y pelona que hacía dos días le había denegado el acceso al capitán Guardi a las Prigioni Nuove le conducía —salvoconducto de Morelli en mano— por un galimatías de pasillos de piedra húmeda y maloliente. Subieron uno, dos pisos. El capitán observaba de reojo el inframundo de presos hacinados y enfermos. Le recordó a los soldados muertos y a los supervivientes malheridos que había visto desparramados por los campos de España después de una batalla.

Llegó a la tercera planta. Una corriente de aire fresco indicó a sus narices que aquello era otra cosa. Salones, despachos y, al final, cuatro o cinco celdas abiertas de las que entraban y salían hombres de apariencia ilustre. En ellas, muebles franceses. Comida en platos de porcelana. Numerosos libros y mapas. Papel y tinta. Perfume. Varias lámparas de costoso aceite. Un oasis en un desierto de miseria. Eran los dominios de los presos brutalmente ricos que gozaban del favor del Consejo de los Diez. A la mayoría de estos caballeros les debía mucho la República. Fundamentalmente dinero. Pero en la ciudad de las apariencias el delito flagrante no podía quedar impune. Por esta razón se los metía en la cárcel por un tiempo relativo —daba igual que hubieran abierto el vientre de su propia madre—; transcurrido este, bien se consideraba pagada su culpa, bien se descubría casualmente su inocencia.

Por supuesto, la estancia no debía ser incómoda en modo alguno y gozaban también del permiso para recibir visitas de sus esposas, hijos, amantes o secretarios con los que seguían dirigiendo sus negocios. Incluso podían disponer de permisos especiales para salir a la calle.

Leonardo Brusoni, conde de Constanza, era uno de estos presos privilegiados. Con chaleco marfil, pantalón en seda color teja y blusón blanco, aguardaba al capitán sentado de espaldas, echando una partida de uno de los juegos de cartas más populares de Venecia —*la bassetta*—, con dos carceleros obesos.

—Capitán Guardi, está usted ante su excelencia el conde de Constanza —dijo el guardián al tiempo que hacía una torpe reverencia al reo.

El español apretó los puños sin darse cuenta. Su nuez se deslizó en la garganta tragando una saliva espesa y amarga. Le dolieron los ojos por la visión. Su corazón comenzó a latir deprisa. No, no me hagas esto —susurró a su cuerpo—, tienes que aguantar.

—Alfonso Guardi, capitán de la Guardia de Corps de su majestad Felipe V y marqués de Lunablanca —pronunció a continuación el carcelero para presentar al español.

El conde de Constanza se dio la vuelta en la silla para observarle. El capitán sintió que le miraba un águila. Nariz picuda. Ojos penetrantes. Pelo blanco, recogido de forma tirante hacia atrás. Labios finos, con el arco de Cupido muy pronunciado. Manos largas y huesudas, como garras. A ese ave con aspecto de hombre solo le faltaba volar.

—Siempre es un placer ver a los viejos amigos, capitán —le dijo con fingida cortesía.

—No vengo por voluntad propia —contestó el español.

—Lo imagino. Es más, imagino la causa.

—En ese caso, poco tenemos que hablar.

—Se equivoca. Siempre es gratificante que visiten a un pobre reo como yo, encerrado en esta oscura prisión por causa de… usted.

El capitán contuvo el gesto sintiendo un tirón en el cuello.

—Pero siéntese —dijo, y a continuación hizo una señal a uno de los orondos carceleros con los que jugaba para que añadiera una silla al capitán—. Los días aquí pasan muy despacio y agradezco infinitamente unos instantes de diversión novedosa. *Bassetta* —dijo señalando con su mano el juego de naipes que había sobre la mesa—. ¿Lo conoce?

—No lo suficiente —contestó sentándose el capitán, poniendo sobre su cuello la soga del envite.

—Bien, en ese caso, permítame ilustrarle.

Eso fue lo que propuso barajando el mazo, mientras el guardia desgarbado les servía, solícito, una copa de *grappa*.

—Ha de saber que la *bassetta* es un juego de azar peligroso y no todos están preparados para jugarlo, pues los que hacen de *talliere,* es decir, los banqueros, pueden arruinarse hasta perder su alma. De hecho, fue prohibido en Francia por Luis XIV, ¿le parece interesante?

—Lo prohibido suele serlo —contestó el capitán observando el frenético barajeo que se traía el conde, dibujando en el aire escaleras fugaces con las cartas.

—Para jugar necesitamos una buena suma de ducados, un banquero con tanto dinero y tan pocos escrúpulos como yo, y una baraja para cada participante. ¿Me sigue?

—Comprendo lo que me dice, que no es lo mismo.

—Excelente —contestó—, me conformaré con su comprensión. Yo prefiero la baraja española, si no le importa. Y ahora ¿qué le parece si le explico las reglas con una partida de prueba?

—¿Qué hay en juego?

—La verdad.

—Adelante —confirmó el español.

El italiano dio a cada jugador trece cartas.

—Ahora los tres apostarán las monedas que deseen en cada una de ellas.

El capitán y los dos guardias lo hicieron. El conde tomó el mazo restante, lo levantó y sacó la última carta, *la fasse*. El único que tenía un naipe de la misma categoría era el capitán.

—Enhorabuena, soldado. En esta primera victoria le corresponde la mitad del valor de su apuesta.

—No quiero dinero. Prefiero la verdad que ha dicho antes.

—Como plazca —contestó el conde.

—Han asesinado a tres jóvenes del Ospedale della Pietà de forma despiadada —dijo mientras su corazón bombeaba a toda velocidad—. ¿Ha sido usted?

—Por supuesto que no —respondió tajante— ¿Qué motivo tendría para hacerlo?

—No lo sé, el alma del hombre es capaz de las mayores crueldades; de lo contrario no habría asesinado a...

—¿Su amante, capitán..., es decir, mi esposa?

Se hizo un silencio tenso y el capitán notó que le recorría un sudor frío por el cuerpo.

—No, la respuesta es no. Ni he matado a esas criaturas ni maté a esa mujer que teníamos a medias, caballero.

—Ya —contestó sin convencimiento—. En ese caso, ¿conoce a alguien que pueda haber copiado las puestas en escena de sus depravados asesinatos?

La nueva acusación sobrepasó al conde. Se levantó gritando como un animal herido. Empujó la mesa y las cartas. Se dirigió furioso hacia el capitán, le cogió del cuello y le acorraló contra la pared.

—¡Ya le he dicho que yo no he matado a nadie! ¡No entendió nada antes y sigue sin entender nada ahora!

El capitán, enrojecido por la asfixia, ya iba a sacar la daga que guardaba en su chaqueta para clavarla en el estómago del conde cuando este soltó la presión de sus manos y se apartó de él. Dio unos pasos, echó un trago de licor y se volvió de espaldas, con desprecio.

—¿De verdad quiere mi ayuda? —preguntó el prisionero.

—Por supuesto —contestó Guardi recuperando la respiración.

—Entonces mueva los hilos para sacarme de aquí. Y dese prisa. Su visita ha puesto en peligro mi vida y la suya.

42

ES TU TURNO

Un limonero fragante del jardín de la Pietà los cobijó con su sombra. La priora Agustina había acudido al pequeño vergel de plantas y flores para escuchar lo que Francesca tenía que decirle. Cuanto hablaran sería tragado por el pozo alto de piedra gris que había en el centro del lugar; uno más de los miles que había en Venecia para conservar agua pura en una tierra rodeada por mar y fango.

—Han sido tres.

—¿Seguro? —preguntó la priora severa.

—Así me lo ha confirmado Caterina.

—¡Señor Jesucristo! —exclamó Agustina mordiendo su puño con rabia.

—¡Señora, ahora no se haga cruces! —exclamó furiosa Francesca—. ¡Siempre sospeché de las cartas que escribieron Isabella y Angelica explicando por qué dejaban el Ospedale!

—Tienes razón, debería haber indagado, pero cuando acudí al Consejo no le dieron importancia. Tenía que haberme impuesto. Pagaré vigilancia de mi propio bolsillo para que custodien entradas y salidas. No habrá ni un cadáver más en esta institución —dijo la priora encaminándose hacia el interior del edificio.

Una abeja golosa rodeó el limonero y, espantada por la mano de Francesca, huyó sobrevolando el pozo, trepando por el muro este del Ospedale hasta llegar al canal contiguo. Hechizada por el olor dulce de las niñas, el insecto giró a la izquierda regresando a la Sala de Música a través de una de las seis ventanas abiertas. Allí, agazapada tras una cortina dorada que camuflaba el color de su pequeño cuerpo, decidió quedarse quieta, casi invisible, para escuchar.

Ajena a su presencia, la joven maestra Doralice ensayaba el papel protagonista del esperado oratorio *Juditha triumphans* junto a su coprotagonista, Giulietta, conforme lo había dispuesto el mismísimo maestro Vivaldi.

Giulietta, de veintitantos años, estatura contenida y perfiles redondeados, era dulce como una bola de algodón. Reservada, con pelo encrespado que no llegaba a ser rubio pero iba más allá del castaño claro. Tenía las mejillas sonrosadas, los ojos verdes, los labios carnosos y su rostro iluminaba el mundo cada vez que sonreía, cosa que hacía pocas veces en público, como si tuviera miedo de que descubrieran qué es lo que hacía feliz a su alma.

Doralice interpretaba el papel del feroz general asirio Holofernes. Su dura voz de contralto ya estaba acostumbrada a representar personajes masculinos en un coro formado exclusivamente por mujeres. Giulietta, también contralto, poseía en cambio un timbre más suave que la hacía perfecta para encarnar a Juditha, la joven judía que seducía al general para cortarle el cuello y ofrecérselo al pueblo.

Caterina observaba el ensayo con el resto de solistas, y le fue imposible no darse cuenta de la rabia con la que asistía a la escena Camelia, la protegida de Rambaldo.

—¡Giulietta ha desafinado! —gritó Camelia haciendo pedazos el ensayo.

—No es verdad —replicó Doralice—, está en el tono correcto.

—¡Para ti todo lo que hace ella es correcto! ¡Aunque cantara como un grillo te parecería correcto!

—¿Tú has oído algo mal? —preguntó Doralice a Rambaldo.

—No estaba atento —contestó el maestro fingiendo mirar una partitura—. Pero en verdad que me extraña que el cura pelirrojo le haya dado un papel protagonista a «la pelotita».

—Retira eso ahora mismo —le exigió Doralice amenazante.

—Oh, por supuesto —contestó ladino Rambaldo—. Yo llamo «pelotita» a Giulietta en sentido cariñoso, como ella bien sabe.

—Será mejor que continuemos en otro momento —dijo Giulietta dolida, recogiendo su partitura.

Cuando la joven salió por la puerta, Camelia clavó su envidia en Doralice como una gata salvaje.

—¡Sé perfectamente lo que has hecho! —afirmó resoplando—. ¡Has manipulado a Vivaldi con artes de furcia para que le dé el papel a tu protegida sabiendo que yo lo canto mejor!

—¡Jamás en mi vida se me ocurriría ni tan siquiera sugerirle al maestro quién debe cantar sus composiciones! —aseguró tajante la valkiria.

—Creo que mi pequeña Camelia piensa que hay un complot contra ella —añadió Rambaldo.

—Pues tu pequeña Camelia está loca. Además, no sé por qué se queja. Muy pronto ascenderá a maestra y entonces hará los solos de muchas obras.

—¿Ah, sí? ¿Cómo estás tan segura de ello? —preguntó la joven incrédula.

—Tengo un presentimiento —contestó cortante Doralice.

—Deliciosa Camelia, ven —le dijo Rambaldo cogiéndola de la cintura para, a continuación, darle un beso en el cuello—. Vámonos de esta sala que no te merece.

Instantes después, profesores y coristas habían abandonado el lugar. Todos menos Doralice, Caterina y la minúscula abeja.

—Siento el espectáculo —susurró avergonzada la valkiria.

—Tranquila. Me voy acostumbrando a los ataques de envidia de esa víbora —contestó la hija del médico.

Doralice respiró hondo y exhaló una gran bocanada de aire al tiempo que dibujaba un círculo con los brazos para exorcizar todo lo malo y oscuro que había dejado Camelia en la sala. Los abrió y, con el gesto más relajado, ofreció a Caterina una partitura del oratorio.

—Es tu turno.

—¿Ahora? No, no es el momento —dijo retrocediendo asustada.

—*Dai!* Siempre es momento para cantar. Porque cuando estés triste, tu voz purgará tus penas y servirá de escalera para llegar al corazón de la Virgen a pedirle que te ampare. Si por el contrario estás feliz, ¿qué mejor tributo a la vida que devolverle alegría con tu canto? Y si estás enamorada, ay, amiga, si lo estás…, aprovecha cada nota para enviar un mensaje secreto de cálida seducción a tu amor que solo él pueda entender imaginando su boca en tu boca.

—¡Venga, no me fastidies! —soltó Caterina—. Has leído mucho romance. Olvidas otro estado más del alma que es el del miedo; el de la confusión y la angustia, el de la falta de confianza.

—Lo tengo muy presente. Todos los días canto con él.

—Mi voz se fue con mi padre. No insistas.

—¡Qué estupidez! —protestó Doralice—. ¿Qué clase de poder le estás dando a tu padre?

—¡Todo! ¡Él lo era todo para mí! —gritó—. Y era perfecto.

—No lo sería tanto si crio a su hija llena de miedos. Caterina, al público le da igual cómo estés. Se canta con sueño, con hambre, con risa y con lágrimas, con una mano atada a la espalda…, pero ¡se canta! ¡Vamos!

—Lo voy a hacer mal —repitió Caterina acorralada.

Las últimas palabras de la joven dieron una idea a la maestra.

—Pues hazlo mal.

—¿Cómo? —preguntó la hija del médico confundida.

—Que lo hagas mal. Tan mal que se me caigan las orejas al escucharte.

La propuesta hizo reír a Caterina provocando que se relajara de alguna forma.

—Vamos, lo haremos mal juntas —insistió la valkiria.

Las dos cantaron la primera estrofa de forma demencial, como si rebuznaran o balaran. Y poco a poco, sin darse cuenta, sin quererlo, la contralto de coloratura fue apareciendo en la garganta de Caterina, deslizándose desde las notas más graves a las más agudas con la suavidad de la seda y la firmeza del diamante. Era la voz más hermosa que Doralice había escuchado jamás. Sonaba a eternidad, a mar, a amanecer; sonaba a madre y sus ojos se llenaron de lágrimas.

—Déjalo ya —le dijo la maestra ocultando su emoción—. No me siento capaz de escuchar esta basura por más tiempo…

—Tu cara me indica otra cosa —afirmó Caterina—. ¿Te ha gustado?

—Lo justo para no vomitar —afirmó Doralice—. Oye, se me ocurre una cosa. ¿Por qué no estudias todo el papel de Juditha?

—¿Para qué? Las *figlie in educazione* nunca participan en las actuaciones.

—Es cierto, pero a mí me vendrá bien ensayar contigo cuando no esté Giulietta. Serás una ayuda.

—Bueno, ¿por qué no? Mientras no tenga que cantar para nadie...

Caterina entonces decidió aprovechar el canal de confianza que acababa de abrirse entre las dos para recabar información.

—Doralice, ¿tú sabes algo de las tres desaparecidas?

La valkiria entrecerró los ojos, intuyendo.

—Están muertas, ¿verdad?

—Sí —contestó Caterina.

—¡Dios bendito! —dijo santiguándose.

—Sé que tengo prohibido entrar en vuestras habitaciones, pero ¿crees que podría aprovechar algún descuido para buscar entre sus objetos personales algún rastro del asesino?

—De Meneghina no encontrarás nada, la priora hizo una pequeña bolsa con sus pertenencias y se la entregó a su padre. Pero de las otras dos quizá quede algo en sus alcobas. Sí. Te ayudaré.

—Gracias, maestra.

Cuando las dos abandonaron la sala, la pequeña abeja levantó el vuelo.

43

Qué cosa extraña se había apoderado del corazón de la bestia. Qué confusa sensación le envolvía. El amor quería entrarle por las yemas de los dedos después de besar los labios de la muchacha malherida que se le cruzó en el camino. ¿Era un sueño o, quizá, a base de copiar el comportamiento de los demás para parecer normal se había contagiado de él?

Regresó a su refugio. Quizá con aquella mujer pudiera prolongar en el tiempo esa descarga de emoción; con su sola presencia, sin necesidad de terminar el trabajo. Al padre Santino, párroco de su infancia y confesor de sus primeras atrocidades por orden severa de su madre, le habría entusiasmado escuchar de sus labios un inicio de coqueteo con la redención. Al fin y al cabo, nuestro Señor Jesucristo había muerto en la cruz por todos, incluido él —le decía el abate—. Su padre no opinaba lo mismo. Cuando vio por primera vez su mirada y sus manos manchadas con la sangre de la sirvienta muerta, supo que no había vuelta atrás, que su hijo no conocía la piedad ni la mise-

ricordia. Pero ya era tarde. Él, de alguna forma, había contri-
buido a que fuera así.

La bestia dudaba. ¿Qué tenía esa mujer débil y a la vez
descarada que era capaz de desasosegarle? Esa pregunta le gustó. Precedía a un sentimiento nuevo que aumentaba su libido.
¿Estaría él en manos de ella? Sin duda tenía que volverla a ver.

44

lto! Tengo lo que tú necesitas —gritó una voz deteniendo a la portera Vittoria.

Quién podría decir que tras la cara redonda y bondadosa de *«il diavolo»* —como llamaban a Vittoria— se escondía el corazón más cruel de la Pietà. Solía camuflarse con ropa de estilo monjil. Toca para cubrir el pelo, hábito más que vestido, la cruz de un rosario de cuentas negras saliéndole por un bolsillo. ¡Cómo sabía la mala bruja construir su imagen de santa! Y de todo habían encontrado en los bolsillos de su mandil. Mechones de pelo, uñas, dientes y hasta huesos que unas decían que eran de ratones, y otras de niños. Para aumentar la leyenda, que corría como la pólvora en aquel internado de mujeres con tiempo libre e imaginación, todos los jueves la guardiana se incorporaba a su turno de las cuatro de la tarde oliendo a grasa e, invariablemente, con cinco minutos de retraso.

La interpretación de este hecho no era en ningún caso inocente e iba desde la supuesta relación con el diablo que, como puntual amante, subía para yacer con ella y, metidos en faena, se olvidaban del reloj, hasta la elaboración de jabones con la grasa de los huérfanos varones muertos —o liquidados por la bruja— que debía estar en cocción un tiempo exacto. Sea como fuere, esos cinco minutos de ausencia eran justo lo que necesitaban Caterina y Doralice para registrar las alcobas de las difuntas Isabella y Angelica sin que ella lo advirtiera. Y hoy era jueves.

Cualquiera diría que el diablo estaba de su parte.

La maniobra se diseñó a la perfección. Caterina aguardaría en su cuarto, en la tercera planta, y Doralice en el suyo, en la segunda. En el mismo instante en que las campanas de los Moros tocaran las cuatro de la tarde, la hija del médico abandonaría su alcoba diciendo a la portera de su planta que bajaba a la Sala de Música. Doralice haría lo mismo con su guardiana, mas esta carcelera sería precisamente la que, al marcharse, no tendría recambio durante los cinco minutos del diablo. En ese momento y, entre la confusión de muchachas que subían y bajaban de las clases, las dos se encontrarían en la segunda planta y acudirían a las habitaciones de las difuntas que, además, estaban en dos salas contiguas, lo que les permitiría comunicarse sin tener que alzar demasiado la voz. Ahora solo quedaba confiar.

Llegó el momento.

Ocurrió más o menos como pensaban, pero a Caterina le costó más de lo previsto desembarazarse de la *portinara* curiosa que le asaeteaba con preguntas. Eso les robó un minuto a su plan. Entraron en los dormitorios como dos ciclones. Cuatro camas, cuatro armarios, cuatro cuadros de la Virgen. Primero examinaron el colchón de las difuntas. Metieron a la vez las manos bajo las fundas para rebuscar entre los puñados de lana que los componían.

—Nada —dijo Caterina.

—Tampoco —añadió Doralice.

Tres minutos.

—¡Armarios! —ordenó Caterina mientras iba contando mentalmente el tiempo.

Doralice asomó la cabeza por el vano que unía las habitaciones para indicar con el dedo a su amiga cuál había pertenecido a Angelica. Ella ya sabía cuál era el de Isabella. Poco había, la verdad, en aquel universo de pobreza dedicado por entero a la música. Alguna camisola, el vestido de las actuaciones, un par de pañoletas y tres trapos. Todos pertenecientes a otras hijas del coro que ocupaban ahora las habitaciones. Nada de las inquilinas desaparecidas.

—Con la mano en el fuego podría asegurar que guardaban una caja de secretos —auguró Caterina.

—Qué mujer no lo hace —comentó Doralice.

—¿Dónde escondes tú tus misterios?

—En el quicio de la ventana —respondió la valkiria.

Dos minutos.

Con el corazón latiéndoles en las sienes golpearon cada una en las maderas que rodeaban las ventanas por si una moldura hueca protegiera algo importante.

—No —susurró Caterina.

—Tampoco —dijo consternada a su compañera.

—¿Y en las paredes, quizá, o bajo el techo?

—No hay tiempo. Y no volveremos a poder hacerlo hasta la semana que viene. ¡Qué suerte de estercolero tenemos! —maldijo Doralice pateando el suelo.

Entonces la madera crujió bajo su pie. Ahí sí que sonaba a hueco.

Fue todo una que las dos se miraran y agacharan a la vez. Como gatos hambrientos, arañaron alrededor de la madera rasgada hasta poder levantar un pequeño listón móvil. Había una caja de menos de un palmo decorada con un esmalte que representaba un delicado paisaje de campo.

Un minuto.

Abrieron el pequeño cofre donde encontraron una máscara dorada y una nota.

—«... *es por esto que mi casa sigue a tu disposición para que continúes pintando tus pequeñas obras de arte* —leyó Caterina—. *Te veré en dos meses, en la Sala de Música, después de la actuación de la víspera de San Lucas, con la máscara acordada*». Firmado por las siglas R. C.

—¿Se habrá enterado el remitente de su muerte?

—Si es su asesino, imagino que sí —contestó Caterina con cierta ironía—. Pero si no lo es... —se puso el antifaz—, habrá que acudir a ese encuentro.

El tintineo de unas llaves acompasadas por pasos puso fin a su especulación. *Il diavolo* se acercaba. Sus cinco minutos de cortesía se habían desvanecido.

—¿Quién anda ahí? —preguntó.

Imposible huir. Imposible disimular la tabla levantada del suelo. Encierro a pan y agua. Expulsión. Quién sabe si algo peor.

—¡Alto! Tengo lo que tú necesitas.

Sonó afuera la voz de Francesca.

Cesaron los pasos y el soniquete metálico también se detuvo.

—¿Cómo estás tan segura de saberlo? —preguntó Vittoria lo suficientemente cerca de las alcobas donde estaban Caterina y Doralice para que ellas pudieran oler su desagradable hedor a grasa.

—Belladona. Eso es lo que quieres —afirmó Francesca.

Silencio. Cinco segundos sin sonido interminables. Reflexionando alrededor de un poderosísimo narcótico capaz de provocar desde delirios o alucinaciones hasta paralizar el corazón del que lo ingiere.

Por fin el metal de las llaves volvió a repiquetear, esta vez alejándose. La bruja había accedido y se acercó a Francesca, que la aguardaba al comienzo del pasillo, cerca de la escalera de caracol.

—No te preguntaré de dónde la has sacado —escucharon decir a la diablesa desde la lejanía— y tú no querrás saber qué hago con ella.

—Estoy de acuerdo —afirmó la hija del coro también en la distancia—. Ve a guardarla tranquila —añadió—. Mientras, yo vigilaré por ti.

El cascabeleo de las llaves se perdió definitivamente y las dos descerebradas interpretaron eso como señal para salir de la alcoba.

—Por Dios que nunca me he alegrado tanto de verte —dijo Doralice abrazando a Francesca.

—Pues yo no —afirmó tajante la muchacha larga de pelo rizado. Me he jugado mucho por vosotras.

—¿Podrás perdonarnos?

Hubo un mohín.

—Pero no volváis a dejarme fuera de vuestros planes.

Caterina asintió. A Doralice le pudo la curiosidad.

—¿Cómo sabías dónde estábamos?

—Llevo buscando a la escuálida hace más de media hora.

Caterina se señaló a sí misma con sorpresa.

—Sí, a ti. Hay un hombre que quiere verte.

45

ERES MI ÁNGEL DE LA GUARDA

Cuando le vio de espaldas pensó que todo era mentira. Que su padre no había muerto y ella no estaba en el maldito salón de muebles oscuros del Ospedale, sino en su palacio, a punto de saltar a los brazos de Moisè, recién llegado de uno de sus muchos viajes de negocios por Europa.

—¿Padrino? —pronunció casi con miedo a que se desvaneciera el espejismo en la sala de desayunos.

—¡Tesoro! —dijo el hombre volviéndose hacia ella para estrecharla con los brazos abiertos y la cara cubierta de pena.

—¡Mi padre, mi padre…! —lloraba la hija del médico sin poder dejar de repetir las mismas palabras, refugiada, como tantas veces desde niña, en aquel militar retirado.

El anciano, delgado, de piel y labios oscuros, pelo abundante y plateado, vestido con levita color musgo y conservando aún cierta apostura, tenía un nudo en la garganta.

—¿Cómo pude no estar aquí? —se reprochó a sí mismo el caballero—. Ni en mil vidas que me diera Dios podría pagar

229

lo que te he hecho. Malditos sean los negocios que me provocaron ausentarme de tu lado en el momento que más falta te hacía. Lo siento, Caterina, perdóname.

—*Dai*, padrino —le dijo tomándole la barbilla con las manos—. Pero ¿cómo ibas tú a saber lo que pasaría? ¿Cómo demonios...?

—Pequeña deslenguada —la amonestó cariñoso, peinando su cabello con las manos—. El *dottore* quiso que fuera tu padrino, y le juré que te cuidaría siempre. Gracias a Dios que estabas fuera de casa cuando el incendio acabó con él.

—No, no murió así.

—¿Cómo dices? —preguntó sorprendido.

—Le asesinaron mucho antes. De hecho, creo que quemaron la casa para encubrir su muerte.

—Caterina, me confundes —dijo el hombre tomando asiento invadido por la consternación—. ¿Quién podía tener algo contra tu padre? Un hombre que jamás en su vida hizo a nadie mal alguno, sino al contrario, que luchó por llevar la salud al que pudo y por encontrar la causa de cuanta muerte injusta halló en su camino.

—El que clavó sus dientes en el cuello de una joven.

—Dios nos ampare, esto va de mal en peor... —pronunció pasándose la mano por la cabeza—. ¿De qué dientes hablas?

—Pensé que igual tú lo sabrías.

—¿Yo? ¿Cómo podría ser tal cosa?

—Porque tú y mi padre erais como hermanos. Todo os lo decíais. Todo lo sabíais. La noche anterior a su muerte vimos los cadáveres de dos muchachas asesinadas de forma salvaje. Una tenía la mordedura; mi padre me dijo que podía conocer al autor de las dentelladas y se fue a por él.

—Pero qué insensato.

—¡Le rogué que no lo hiciera! Y no volví a verlo con vida. Por eso me pregunto si no te habría hablado alguna vez de un ser, quizá uno de sus enfermos, que en su locura se dedicara a…

—¡No, claro que no! —respondió con seguridad—. Una cosa así la recordaría sin dudarlo.

Una figura masculina entró en el campo de visión de la muchacha.

—Discúlpenme, ¿le digo al barquero que se vaya o que nos aguarde?

Un joven elegante de maravillosa sonrisa y pelo negro ensortijado hizo una reverencia con la cabeza a Caterina.

—Tesoro —dijo el anciano—, este es mi sobrino Tommaso Ferro, hijo de la hermana de mi esposa. Acaba de llegar para pasar unos años estudiando en Venecia. Pero ahora que lo pienso, ¿no es cierto que ya os conocíais?

El joven lo dijo todo con los ojos. Si la había olvidado, desde luego que la iba a recordar.

—Un placer, señorita.

Caterina bajó la mirada ligeramente a modo de saludo. Su alma no estaba para coqueterías, y eso que era atractivo el mozo. Solo le importaba su padrino, porque abrazarle a él era, en cierto modo, abrazar a su padre.

—Perdonen mi atrevimiento otra vez, pero el barquero…

—Dile que no sea insolente y aguarde —ordenó Moisè—. No tardaremos en salir.

El joven se marchó dedicando su mejor sonrisa a Caterina.

—Mi niña querida —susurró Moisè cogiéndola de las manos con devoción—. Te veo preciosa, como siempre, pero muy delgada y pálida. ¿Comes lo suficiente? ¿Has tenido frío? ¿Te han tratado bien?

—Sí, claro —afirmó abrumada por la preocupación—, todo perfecto.

—Qué mal mientes, criatura. Pero pronto lo solucionaremos.

Se puso en pie.

—Vamos, recoge tus cosas.

—¿Para qué? —preguntó la hija del médico.

—Para llevarte a mi casa, que será la tuya.

Caterina negó con la cabeza. Se le partía el corazón. Cómo le decía a aquel anciano lleno de amor que no podía acompañarle, que necesitaba quedarse allí para encontrar a un asesino. Optó por contar una verdad a medias.

—Moisè, eres mi ángel de la guarda, verte a ti y sentirme segura es todo uno, pero no quiero contradecir la voluntad de mi padre.

—¿Qué me estás diciendo? —preguntó confundido.

—¡El *dottore* quiso que ingresara en este internado porque consideraba que era lo mejor!

—¡Me da igual la voluntad de tu padre! —dijo alzando la voz—. ¡Sabes que quiero lo mejor para ti y eso, sin duda, es venir a mi casa y no quedarte en este infierno para desgraciadas infelices!

La joven Giulietta, que caminaba por un pasillo cercano, oyó la discusión y le preocupó hasta el punto de hacerla entrar rápidamente.

—¿Qué ocurre, Caterina, te está molestando este caballero?

—No, por Dios, si él es mi padrino…

—¡Y por eso quiero ayudarla! —añadió este.

—Pues hágalo sin gritar. Aquí se habla con respeto. De lo contrario, informaré a la priora y al Consejo.

—Señorita, usted no sabe quién soy yo —le dijo el padrino conteniendo la ira.

—Sí lo sé. Es un hombre al que no le gusta que le digan que no, y menos una mujer.

—Giulietta, te equivocas; este hombre es el más bueno y noble que conozco después de mi padre. Nada debo temer a su lado. Y tú, Moisè, muéstrame una vez más tu cariño dándome, al menos, un par de meses para aprender música aquí, como él quería que hiciera. Y por piedad no te enfades, eres la única familia que me queda.

La súplica de Caterina pareció aplacar al anciano. Miró de arriba abajo a Giulietta pero no pronunció palabra alguna. Tomó las manos de su ahijada, las besó y se despidió con cortesía.

46

Noche negra. Noche sin luna. El capitán regresaba a su casa prestada del Arsenale en uno de esos ataúdes flotantes que llamaban góndolas y él odiaba tanto. Por Dios, qué lentitud obligada para todo, cuánta parsimonia acuática. Qué angustiosa ciudad vivida a golpe de remo donde no se podía correr, solo deslizarse sobre aquello parecido a un mar al ritmo que decidían las corrientes y, claro está, el gondolero de turno. Alfonso Guardi pensó que, de una u otra forma, esta era la paciencia que le imponía el destino. Él, que había vivido siempre a galope, tenía que tragarse su impulso y adaptarse a su nueva y pausada piel de anfibio si quería sobrevivir en la condenada laguna, que hoy, por cierto, estaba muy oscura. Esta visión trajo a su mente otra noche igual de negra, vivida hacía algún tiempo en España. Fue el 26 de julio de 1710, en lo que con el tiempo se conocería como la batalla de Almenar.

Ocurrió en esa fecha un enfrentamiento decisivo dentro de la guerra de Sucesión que enfrentaba por el trono de España al borbón Felipe V con el archiduque Carlos de Austria —casualidades de la vida, un apasionado de la música vivaldiana—. Decisivo también para el futuro acontecer del capitán Alfonso Guardi.

Felipe V, desde Lérida, envió un destacamento para asegurar el paso del río Noguera y vigilar el avance de los partidarios del archiduque Carlos, sus enemigos, hacia Aragón. Octavio de Medici, duque de Sarno, fue el encargado de llevar a su tropa hasta Almenar. A sus órdenes iban setenta y un escuadrones de caballería y setenta y tres de infantería. Se debió efectuar en la madrugada, pero hubo retraso. Cuando llegaron a las nueve de la mañana, encontraron una desagradable sorpresa: los aliados estaban al norte de la plaza y se habían apoderado del paso del río Noguera por Alfarrás. Se les habían adelantado.

Con buen criterio, el general aliado Stanhope marchó en cuanto cayó el sol aquella noche del 26 de julio con su ejército. A las seis de la mañana del día 27, tres horas antes de que llegaran los borbónicos, Alfarrás ya era suya.

Al caer el sol, los aliados habían tomado el norte de Almenar. El ejército de Felipe V, el sur. Poco después, los partidarios del archiduque comenzaron el ataque sobre la primera línea borbónica comandados por los generales Stanhope, Carpenter, Frankenberg y Pepper. El enfrentamiento fue brutal y, al principio, la caballería del rey borbón repelió la carga de los escuadrones enemigos.

Cuando Carlos se refugió evitando un riesgo para su real persona, sus hombres regresaron al ataque. El duque de Sarno intentó reconstruir su primera línea de batalla. Fue inútil. Él mismo regó el campo con su sangre. Sus hombres huyeron al valle en retirada. Acto seguido, el aliado Stanhope se volcó contra la segunda línea borbónica. De nuevo los de Felipe V tuvieron que batirse en retirada.

Después de dos horas de combate salvaje de caballería, pues la infantería prácticamente no entró en acción, los austracistas alcanzaron la victoria. El saldo fue de medio centenar de bajas entre los aliados, triple para los borbónicos. Maltrechos y derrotados, los supervivientes partidarios de Felipe V —unos veinte mil— se retiraron en desbandada por un campo negro como la boca de un lobo. Al menos la luna que no se vio aquella noche estuvo de su parte para esconderlos del enemigo. Sobre el terreno, un reguero de muertos y heridos, lamentos de hombres y caballos. Olía a pólvora y a sangre.

—Es su turno, majestad. Vos también debéis retiraros —dijo el enjuto general Villadarias a Felipe V, que observaba la derrota desde el llano al este de la sierra del Sas.

—No. Aguardaré un poco más antes de marchar.

—Entonces marchará un muerto, mi señor. Catorce escuadrones enemigos se dirigen hacia nosotros como centellas para cortarnos el paso.

—¿Qué propones? —preguntó el monarca.

—Tomar el camino de Lérida, es el único practicable.

—Y el más previsible —replicó el rey—. Está bien. Será como decís, pero será más tarde.

—Majestad, si os quedáis, seréis vos quien muera —afirmó Villadarias—. El enemigo os conoce, y como perro sabueso os buscará hombre por hombre hasta dar con vos.

—¡Ya os lo he dicho! ¿Acaso vuestro rey no habla claro? —le espetó el monarca. En realidad llovía sobre mojado, pues el rey guardaba tanta hartura con el comportamiento del general en la contienda que hasta había solicitado a su abuelo, Luis XIV, otro general para sus tropas.

—¡Por el Santísimo Sacramento! —se desesperó Villadarias.

El capitán Guardi sintió que debía intervenir, pero con prudencia, pues el general, soberbio y arrogante, ya había tenido problemas con algunos oficiales de Felipe V elevados al mando de algunas unidades. No quería tenerlos él también. No era el momento.

—Majestad, hoy toca contener vuestro coraje como indica el general —dijo Guardi conciliador—. Muerto vos, o, en el mejor de los casos, prisionero o malherido, se perderá vuestra causa y vuestros hombres habrán dado su vida por nada. Templad vuestro ánimo. Ya habrá más ocasiones…

—Será como decís —afirmó el rey con pesar después de unos instantes de meditación—. Mas no como siento.

—Habéis tomado una buena decisión —confirmó Villadarias—. ¡Capitán Guardi!

—¡Sí, mi general!

—Reúna a las cuatro compañías de las Guardias de Corps. Ustedes, junto a las tropas que queden en pie, escoltarán a su majestad.

Pero al llegar al canal de Pinyana, la ausencia de la luna, que hasta ahora había sido su aliada, se convirtió en adversaria. Los hombres del rey le rodeaban como guardia pretoriana dibujando un rombo casi perfecto, pero en verdad que aquella noche ni se veían entre ellos ni sabían qué terreno pisaban. Villadarias cabalgaba a su derecha y el capitán Guardi en la retaguardia, cuando este último abandonó su posición para acercarse al general.

—No se vuelva —susurro el capitán—. Quizá haya un intruso.

—Por Dios…, ¿dónde?

—A la izquierda del rey. Con uniforme de los nuestros. Silencio. Puede oírnos.

—Degollaré yo mismo a los hombres que le han dejado pasar —masculló el general.

—No hará tal cosa. Están cansados, heridos y se les cierran los ojos de dolor y agotamiento. Si quiere que el rey siga con vida, escúcheme bien. Primero le diré lo que no haremos. No gritaremos ni daremos orden de ataque porque solo provocaremos confusión y eso es lo que él pretende. Que se abra una brecha por el pánico para acercarse al rey y matarle.

—¿Entonces?

—Mi general, le sugiero que usted se aproxime al rey y yo me encargue del posible invasor con discreción. Si algo sale mal, vuele con su majestad hacia la derecha, nunca a la izquierda porque allí está el canal de Pinyana. La lluvia y el deshielo lo han vuelto profundo y peligroso. Evitémoslo a toda costa. ¿Le parece bien, señor?

Villadarias asintió y el capitán arreó a su caballo para que le condujera hasta la altura del probable infiltrado. Entabló conversación con él.

—Veo por vuestro uniforme que sois del escuadrón de Pozoblanco. ¿Sabéis algo de la suerte que corrió vuestro general, el marqués?

El caballero negó con la cabeza. Ni se volvió a mirarle.

—Está bien. Dejémonos de teatros. ¿Qué le parece si viene conmigo? —ordenó, más que preguntar, Guardi.

El enemigo echó mano a la espada. Aún más veloz, el capitán sacó su sable del biricú dispuesto a darle muerte, pero el intruso le esquivó con agilidad y apenas recibió una herida en el hombro.

Como Guardi temía, el choque de aceros sembró la confusión en la tropa. El general y el resto de la guardia del rey intentaron protegerle, pero la fatalidad hizo que monarca y caballo acabaran en el canal de Pinyana. El enemigo se plantó en un pestañeo frente al rey borbón cercando su vida. Alfonso Guardi se interpuso entre ambos. Cruzaron espadas entre las aguas oscuras. El capitán lanzó el sable del intruso al canal. Cuando este se sumergió para intentar recuperarlo, Guardi le asestó una patada en la cabeza dejándole sin sentido bajo el agua.

—¡Pronto, llevaos al rey! —ordenó el capitán a la tropa al tiempo que ayudaba a su majestad a salir de la profundísima acequia.

Cuando el capitán quedó solo, vio cómo otro guardia de corps, casi un niño, que suplía los años que le faltaban con un exceso de arrojo, se acercó a la orilla para rescatar el caballo del monarca. No contaba el joven soldado con que el enemigo había conseguido recuperarse y estaba fuera del agua. Inesperadamente, le atrapó por la espalda, le despojó de su sable y le hizo caer de bruces. El capitán quiso acudir a socorrerle. Pero el adversario, al que le sobraba destreza, supo reducir al muchacho. Cuando el capitán llegó al lugar del lance, no le dio tiempo más que a ver al intruso quebrando el cuello del soldado en un movimiento certero. Segundos después, el joven guardia caía descoyuntado sobre el agua del canal.

Guardi, cargado de rabia, asestó un espadazo en el pecho del enemigo y en un segundo movimiento le clavó el arma en el brazo. Un grito desgarrador confirmó que lo había dejado malherido. Lo arrastró de las piernas hasta sumergirlo en el agua y ahí lo mantuvo hundido, largo rato, hasta que lo creyó muerto y la corriente se lo llevó. Le hubiera buscado para asegurar que era cadáver, pero regresar con su rey primaba.

Todo cuanto vio y oyó el capitán aquella jornada volvería a presentársele en forma de recuerdos y sueños. Sobre todo la oscuridad de un cielo sin luna como el de aquella noche en Venecia.

47

Despertó el día en la laguna y una niebla espesa, como si un gigante de nieve glotón hubiera exhalado un eructo de vapor, envolvió de blanco y gris a la Perla del Adriático. El tránsito de las barcas en el canal era más lento y difícil que de costumbre, así como el trasiego de los primeros caminantes en las calles que hoy estaban más húmedas y resbaladizas. Las mujeres maldecían en jerga carcelaria porque la ropa que habían tendido el día anterior estaba más mojada que cuando se colgó; y los edificios reconocidos de la Serenísima como el Campanile, la catedral de San Marcos o Santa Maria della Salute eran fantasmas que casi no podían distinguirse.

El capitán, tras su escabrosa visita a la cárcel, decidió acudir a la Pietà para exigir su parte del trato a Caterina. Ahora le tocaba a ella investigar el entorno de las fallecidas. ¿Se habría enterado ya que las tres pertenecían a la Pietà?

—Por supuesto —contestó ella—. Y tengo algo que le va a interesar.

La joven le mostró la caja con el antifaz y la nota encontrada en el dormitorio en cuanto le vio entrar por la puerta.

—Eran de Isabella. Cómo lo he conseguido, no importa. Seguro que nos dan algo de luz. Ya ve, capitán, que he hecho los deberes —dijo con orgullo enmascarando que buscaba su admiración desesperadamente.

El soldado español contuvo la sonrisa, otro que tampoco quería dejar traslucir sus emociones, y acercó el hallazgo a la ventana para observarlo mejor. Estaban en la sala de los desayunos de las maestras, escenario que se estaba convirtiendo en habitual para Caterina.

—Esta letra es de una dama. Y culta —afirmó el capitán, que había dedicado tiempo y entusiasmo a estudiar las grafías de las cartas de amigos cercanos, estableciendo relaciones con el carácter y naturaleza del autor—. Iré a hacerle una visita a la dirección que indica la nota —afirmó dirigiéndose a la puerta.

—Iremos —puntualizó la muchacha.

Y apresuró el paso para salir antes que él, lo cual no le extrañó al capitán. Comenzaba a conocerla.

—¿A quién debo anunciar?

Quiso saber una criada de cara vulgar y bonita, de unos quince años, que no dejaba de sonreír pícara a Guardi mientras le miraba en la entrada de una casa amplia del barrio de Dorsoduro, tal y como indicaba la nota que habían encontrado Doralice y Caterina.

—Isabella —afirmó Caterina con el inmenso abrigo de su padre y el antifaz dorado que escondía la caja.

La sirvienta los dejó pasar. Por supuesto. Les habría permitido entrar hasta sus amígdalas si se lo hubiera pedido el apuesto capitán. Como él no hizo tal cosa, la criada los dejó en un pequeño recibidor mientras venía la señora.

Transcurrieron dos, quizá tres minutos. Por fin hizo entrada una dama pequeña con gesto afable, cubierta por un mandil manchado con mil colores tan suaves como ella. Pintora. No había duda. Estaba entrada en carnes y tenía el pelo gris, rizado, recogido en un moño bajo de forma poco elegante pero práctica. Su cabeza era importante y su rostro plano, poco expresivo, con nariz ancha. El labio superior era una línea escasamente dibujada. Lo mejor eran sus ojos, azul oscuro, llenos de melancolía. Un hoyuelo dividía su barbilla. Tenía cuarenta años. Era la pintora más dulce de Venecia.

—Rosalba Carriera —dijo con sorpresa Caterina.

—Pero usted no es Isabella —apostilló la dama observándola de arriba abajo.

La hija del médico se deshizo del antifaz al instante.

—Disculpe el engaño, pero venimos por un asunto grave.

—¿Tendrá la bondad de recibirnos en el interior de su hogar? —afirmó el capitán—. Presiento que hablaremos un largo rato.

Muertas. Sirena. Secreto. Caja. Nota. Las palabras del capitán se quedaban suspendidas en el aire, como fantasmas flotantes que se negaran a bajar al infierno. La pintora escuchaba a los dos extraños en un amplio salón cuajado de retratos pintados a pastel. Asintiendo. Sintiendo. Apretando su delgadísimo labio superior por la tragedia. Frunciendo el ceño.

Sus dos hermanas menores, Ángela y Giovanna —Nenneta— escuchaban desde el pasillo, pegando la oreja, igual de consternadas. Ellas eran las columnas sobre las que siempre se apoyaba la pintora, una mujer de vida singular. Ni esposa ni monja. El arte era su único compañero de alcoba. Rosalba comenzó dibujando miniaturas con el maestro Ramelli y encajes de punto para su propia madre. Cuando dominó la técnica del retrato a pastel, ni el éxito ni la fama le permitieron detenerse. Asombró a príncipes y embajadores de toda Europa. En 1704 Maximiliano de Baviera y en 1709 Federico IV de Dinamarca le encargaron doce retratos de las mujeres más bellas de Venecia. Todos los nobles y adinerados querían ser pintados por la Carriera… ¿Qué podía haber más?

Perfeccionista hasta el extremo, se lamentaba de lo mucho que le costaba pintar las manos de los retratados. *Peccata minuta* en una artista que sabía reproducir con naturalidad asombrosa el color de la carne, dejando en todos sus retratados un velo luminoso, como si los hubiera rozado con su ala un hada o un ángel.

—Les contaré lo que sé de Isabella —dijo la pintora cuando digirió toda la información—. Llevaba tiempo siendo testigo de su arte, pues si era un prodigio como música, mucho más como pintora. De hecho, tenía el permiso de la priora para venir a mi casa a recibir clases.

—¿Le parecía bien? —preguntó Caterina con extrañeza.

—Más que eso. El Ospedale estaba feliz por tener en sus filas una fuente de financiación alternativa a la música. Era una alumna excepcional. Miren esa colección de cajitas de rape y miniaturas de marfil que hay sobre la chimenea, es obra suya —dijo mostrando un delicado bodegón de rosas esmaltado en las piezas.

—¿Le confesó el temor de que alguien pudiera hacerle daño? —quiso saber el capitán.

—Jamás —contestó con rotundidad Rosalba—, pero los últimos meses una dama le ofreció dejar la Pietà para trabajar en la corte de un príncipe sajón.

—¿Sabe de quién puede tratarse?

—No. Yo les hablé a muchos clientes del talento de Isabella. Esa muchacha comenzaba a ser una magnífica retratista. Los pintaba aquí, en mi taller. Estos sí, a espaldas de la Pietà.

Y lógicamente todo el dinero era para ella. Pero lo que más le interesaba a Isabella era la admiración. La emocionaba ser valorada y querida.

—¿No era así en el Ospedale?

—Parece ser que no. De todas formas, yo la animé a esperar un poco. El salto de salir de la Pietà para caer en la corte de un príncipe desconocido era muy grande.

—Y sin retorno —añadió Caterina—. Quienes se van del hospicio ya no pueden volver.

—Le daba igual. Parecía muy determinada a irse con aquella mujer. Por eso no me extrañó cuando dejó de acudir a las clases.

—Qué contrariedad no saber nada de la identidad de esa dama —dijo el capitán con disgusto.

—En realidad, sí sabemos algo de ella. Tengo su retrato.

—¿Dónde? —preguntó Caterina.

—Delante de ustedes —afirmó señalando un cuadro de la pared que tenían a su derecha.

Observaron boquiabiertos a una dama bellísima. Pálida de piel y pelo negro. Con pendientes de perlas. Un vestido también negro —aristocracia— y una pañoleta blanca, de encaje, sobre los hombros. Sonrisa joven. Mirada oscura y perturbadora, dolorosa.

—No comprendo —esgrimió el capitán—. ¿Acaso la trajo aquí para pintarla?

—Nada más lejos. Les dije que Isabella era excepcional. Era un regalo sorpresa para la dama, y se lo estaba pintando de memoria.

El capitán esbozó como pudo —no era un pintor consumado ni mucho menos— los rasgos más sobresalientes de la mujer en su libreta. Y no fue al instante, sino un poco después cuando se dio cuenta de un detalle inquietante.

—Se parece a usted, Caterina.

—Imposible —afirmó tajante la hija del médico—. Es una mujer de edad.

—Para un adolescente tener treinta años es ser ya un anciano —dijo sonriendo la pintora—. Pero el capitán tiene razón. Ese podría ser el aspecto que tengas en tu madurez, o quizá el que posea ahora tu madre.

—Lo dudo mucho. Murió al darme a luz —relató con tristeza y visiblemente incómoda.

—Lo lamento —dijo la pintora—. Yo no sé lo que habría sido de mí sin mi madre... De cualquier forma, ándense con cuidado. Puede que esa mujer posea el rostro de Caterina, pero no sé cómo será su alma.

48

L a dama del cuadro que pintó Isabella paseaba como un tigre enjaulado, nervioso, arriba y abajo, en el pequeño salón de la modesta casa junto al mar donde vivía recluida. Una bonita mesa de madera de nogal —algo avejentada—, dos sillas negras tapizadas con damascos de flores corinto, un cuadro de pescadores, una estantería de la misma madera que la mesa con libros de los clásicos griegos traducidos al latín. Un lujoso aparador con gran espejo donde se reflejaba su imagen zigzagueante —aunque nunca tan tortuosa como ella—. Al fondo, la minúscula cocina; alacena con comida en abundancia y un hornillo para guisar. Solo había una habitación más, la alcoba, con muebles grandes de cerezo brillante, desproporcionados para el tamaño del dormitorio, raptados sin duda de otro lugar.

Aquella mañana se había levantado furiosa. Se agarró a las rejas oxidadas de las pequeñas ventanas que le prohibían salir. Golpeó las paredes de estuco verdoso, intentó forzar la puerta protegida con tres cerrojos y, en un ataque de rabia, tiró los libros de la estantería harta de tanta espera.

Por fin, alguien abrió la puerta con una buena noticia.

—Tengo algo para ti.

49

El hijo del pescador se remojó la cara y el pecho con el agua de un pozo cercano para parecer persona. Después de haber pasado varias jornadas faenando para ganarse un buen puñado de ducados con los que pagar la manutención de su hermano, llevaba el pelo revuelto, la ropa sucia, ojeras cenicientas y una barba de medio pelo —propia de su «sí, pero no» adolescente— que le daban aspecto de loco o náufrago.

Tres, cuatro, cinco ducados…, iban sonando en su mano derecha las monedas al caer. ¿Bastarían para pagar a la mujer que había cuidado de su hermano? Puso una más. ¿Y si se le antojaba poco? Vale, de nuevo otra moneda. Con tal de sacar adelante al recién nacido, lo que hiciera falta.

Desde la orilla, la ninfa Eunice le miraba con su cara de niña y sus deseos de mujer. Se había divertido mucho estos dos días ayudándole a pescar, engañando a los peces para que cayeran en sus redes. Había seguido a Vincenzo hasta donde había podido, serpenteando bajo el mar y la laguna. Él, a cambio, le había hecho un collar de conchas blancas que ella lucía con orgullo. Sin embargo, la joven anfibia quería algo más; ansiaba un beso. Y no sabía cómo pedírselo, porque como todo el mundo sabe, y las nereidas también, los besos no se exigen, reclaman ni suplican, los besos salen del alma, o si no, no son besos.

—Criatura —le dijo el pescador que no estaba pensando en sus labios—, me marcho a la ciudad ya sabes a qué. Allí no puedes seguirme.

La sonrisa de la joven se transformó en arco triste.

—No tardaré mucho. ¿Seguirás aquí cuando vuelva?

«Qué pregunta tan estúpida —pensó Eunice—. ¿Sabe salada el agua del mar? ¿Sigue la noche al nuevo día? Pues claro que sí, una y mil veces sí, pescadorucho despistado». Antes dejaría la tierra de girar que ausentarse ella de allí. Y con todo eso dibujado en la cara se quedó la joven del agua.

Rialto era el destino del pescador.

Dos, tres toques en la puerta. Nadie salió a abrirle. Al quinto le invadió un sudor frío. ¿Y si vendido…, y si robado…, y si…?

Por fin la puerta se abrió. Se borraron las dudas. La buena mujer apareció con el niño en los brazos, dormido, plácido. El otro día, con los nervios, apenas si tuvo tiempo de fijarse en ella. Hoy la observaba con detenimiento. Era bellísima, y muy joven, quizá de su edad. De tez pecosa y pelo rojizo que hoy llevaba suelto. Un lunar adornaba su labio superior. Iba vestida de rojo. Qué bonita. Y qué absurdo —pensó de sí mismo— por desconfiar de aquel ángel.

—Gracias, señora —le dijo poniendo las monedas en su mano.

—Quédatelas para buscar otros pechos —contestó apenada—. Yo no soy buena.

—¡Por Dios que sí lo es! —le dijo—. Mire qué feliz descansa.

—Shhh —le rogó—, que no despierte...

—¡Vamos, mala puta, ven a trabajar! —se escuchó a un hombre pronunciar en el tono deforme en el que hablan los borrachos desde una de las habitaciones interiores—. ¡Estás más pendiente de tus mocosos que de mí, y yo soy tu dueño, que para eso te pago!

No hizo falta nada más. La joven agachó la cabeza avergonzada y puso al niño en el regazo de Vincenzo. Antes de cerrar la puerta le dijo algo.

—El niño tiene pocos días; por su tamaño, aún puede entrar en el torno donde reciben a los huérfanos del Ospedale della Pietà.

50

BACCARO DA ALVISE

Q ué hijo de mala madre era aquel delicioso olor a polenta que flotaba por la calle. Harina de maíz frita, no
más. Pero a unas horas… Mediodía, según acababan de tocar
los Moros chivatos del reloj de la plaza de San Marcos. Bien es
verdad que desde el lugar por donde ahora pasaban Caterina y
el capitán de regreso de casa de la pintora Rosalba Carriera apenas si podían escucharse, pero la hija del *dottore* sí sintió sus
campanadas en las paredes del estómago. Ella les contestó con
el rugido de sus tripas. Casi se escucha en la gran plaza. El capitán no pudo por menos que mirarla asustado.

—Lo siento, es que el aroma… —se excusó la de los ojos
violeta.

Lo tenía en frente. Baccaro da Alvise —«Casa Álvaro»,
en castellano viejo—. El local no era el culmen de la elegancia,
ni mucho menos, pero gente de todo aspecto y condición entraba muy convencida a que le sirvieran polenta —plato estrella de la provincia del Véneto en todas sus variedades, es

251

decir, con embutido, con carne, con queso, con ave, con...—. Acompañado siempre de vino de la casa, tan aguado o más que la propia Venecia.

—¿No querrás pararte a comer ahora, verdad?

Eso le dijo el capitán, que no tenía ni pizca de gana de detenerse, solo pensaba en llegar a su apartamento para freírse los sesos estudiando sus notas y dibujos.

—No —contestó Caterina muy digna. De hecho, se habría comido su propio puño antes de pedirle que la invitara a almorzar. Ninguna alumna del Ospedale salía con dinero encima. Pero por Dios que se había abierto su apetito, sobre todo después de la caminata que el capitán le había hecho dar. Primero desde la Riva delle Zattere —donde vivía la pintora— hasta la calle del Traghetto. Después, tras tomar un barco que les cruzó el canal, desde la iglesia de San Samuel a la de San Fantin, y aún les faltaba medio camino por recorrer para llegar al Ospedale. El porqué del español para no hacer todo el trayecto en barco se resolvió en una frase.

—Estoy harto de ir a todos lados flotando. Necesito caminar.

Caterina en cambio solo tenía un pensamiento. Polenta. Sus tripas sonaron de nuevo.

—¡Señor, que calle ese ogro! —gruñó Guardi—. Entraremos, pero solo por el terror que me producen los rugidos de tu estómago.

El lugar era poco más que una cantina. Un ataúd amplio cuyas paredes de madera rezumaban peste a alcohol, a fritanga y, por supuesto, a polenta. Con humo. Mucho.

«Aquí lo tiene el señor, como guste la señora». Esto era Venecia y hasta los despojos de las gallinas se servían con estilo. Era curioso observar aquellas formas en hombres sucios y desdentados y damas orondas y sudorosas que olían como cochinos. El mantel lo ponían o no dependiendo del aspecto del cliente. Adinerado: tenía derecho a tela, plato fino y cubierto. De medio pelo: plato y cubierto. Pobre: comida en olla de barro y gracias. Con Caterina y el capitán dudaron. El mozo que parecía mandar entre el personal de servicio, quizá porque tuviera más dientes que los demás en ese universo escaso de molares, decidió que el capitán era un pervertido con dinero y ella su joven ramera a quien no cuidaba demasiado, a juzgar por el inmenso abrigo que le quedaba muy mal. Como a su criterio los depravados eran los que más propina dejaban, hubo mantel. Lo cual agradecieron mucho los antebrazos y aún más los estómagos del capitán y Caterina, en vista del aspecto peguntoso y sucio de aquella mesa.

—Polenta; sí, yo también, polenta —dijeron los dos.

Hubiera sido gracioso que después de la tabarra que habían dado sus tripas, Caterina hubiera pedido otra cosa.

—¿Nunca habías estado aquí? —preguntó el capitán por hablar de algo.

—Nunca había comido fuera de casa —precisó ella—. Mi padre decía que era un gasto inútil.

—Ajá —dijo Guardi.

A la hija del *dottore* todo aquello le parecía excitante y maravilloso. Los movimientos casi de danza que practicaban los meseros para moverse en ese reducidísimo espacio sin verter ni una sola gota de comida y bebida, el calor de la pequeña cocina cercana que encendía sus mejillas, la luz de las lámparas de vela y aceite, las pequeñas ventanas con vidrieras de la Virgen en un lugar que si la mentaban, no era para bien. El alimento no era la polenta, sino la experiencia de respirar en un lugar, hasta hace muy poco, prohibido para ella. Y todo eso fue capaz de leerle en los ojos, en la nariz y en la boca el capitán a Caterina.

—Gracias —le dijo Guardi al mesero al recibir su comida—. ¿Qué harás cuando acabe todo esto, muchacha?

—¿Quiere decir cuando encontremos al asesino de mi padre? —aclaró ella masticando a dos carrillos.

—Y al de Meneghina, recuerda el trato —precisó dando un trago de vino el capitán.

—Me gustaría ganar el dinero suficiente para reconstruir mi hogar.

—Eso es noble.

—Y quiero estudiar medicina en Padua.

—¿Puede hacerlo una mujer?

—¡Por supuesto! ¿Acaso duda de mi capacidad?

—En absoluto. Lo que dudo es que te dejen.

—Bueno —añadió—, mi padre fue profesor allí. Él iba a presentarme a hombres muy influyentes que dieron su palabra de ayudarme. Ahora tendré que hacerlo sola.

—¿Y la música?

—¿Qué pasa con la música? —preguntó Caterina dando un bocado al pedazo de carne de ave que acompañaba la polenta.

—Estás en una especie de internado musical para algo.

—Sí, para que me den cama y comida por un año.

—Algún talento tendrás.

—Grazno como un pato.

El capitán casi se atraganta. Le hizo reír aquella respuesta estúpida dicha con toda seriedad por la muchacha. Se contuvo.

—No se ría, es muy difícil hacerlo tan mal como yo. Dicho por mi maestra —dijo siguiendo la broma—. ¿Y usted, qué?

—De momento no grazno, pero todo se andará.

—¡Pero qué idiota! Me refiero a su vida, a su pasado...

—Muchas batallas. Todas iguales —contestó el capitán—, nada reseñable.

—No quiere contestarme. Está bien. ¿Qué hay de su futuro?

—Bueno, soy un guardia de corps de su majestad el rey Felipe V que, pese a estar retirado por motivos que no vienen al caso, sigo y seguiré al servicio de mi señor.

—Capitán, no me ha entendido. Yo le estoy preguntando por sus sueños.

El capitán sonrió porque no sabía qué demonio decirle. Por primera vez en mucho tiempo le pareció mal no tener esperanzas. La conversación con una muchacha tan joven y llena de vida le hizo desear tener ilusiones, como los seres normales, y no como el saco de herrumbre que deambulaba por el mundo hacía ya dos años.

—Se hace tarde —afirmó el capitán—. ¿Nos vamos ya? —dijo echando unas monedas sobre la mesa.

—Me parece bien. Pero no olvide mi pregunta. Me debe una respuesta.

Al salir de aquel antro, la casualidad hizo un guiño al soldado.

—¿Capitán Guardi? —preguntó gratamente sorprendida una dama blanca y hermosa de labios rojos como las fresas y un tocado de altísimas plumas azules—. Lucía un vestido de seda beis y encaje de Flandes, bordado con rosas de plata tan impresionante que muchos hombres y mujeres se habían detenido a su lado, en medio de la calle, solo para contemplarla.

—*Madame* Chevalier —pronunció el soldado con una ligera reverencia de cabeza.

—¡Le dije que nos encontraríamos! ¿Ve como cumplo mis promesas? Armand —dijo al criado deforme—, entra ahí y encarga la polenta para la noche. ¡No imaginan lo deliciosa que está!

—Claro que sí —contestó Caterina extrañamente incómoda—, si acabamos de comerla.

—¿Y esta muchacha es algún tipo de sobrina suya, capitán? —preguntó con más o menos ingenuidad.

—¡No soy nada suyo, señora!

—Bien dicho, pequeña —y añadió en voz baja a su oído—, tú no eres de nadie. Me encanta la independencia en las niñas. Entonces estás con él porque...

—Destripo muertos.

—¡Oh!, debe de ser una actividad encantadora.

El capitán sintió que debía intervenir.

—*Madame,* ella es la hija de un amigo que acaba de fallecer. Era médico y ella solía ayudarle. Ahora reside en la Pietà como *figlia in educazione* y yo la acompaño en su paseo en ocasiones.

—Cuánta generosidad hay en su corazón, capitán. Yo también quisiera ser generosa, por eso me gustaría proponerle que asistiera a la llamémosla tertulia que celebraré esta misma noche, a partir de las nueve, en mi casino.

—En realidad ya había sido invitado por mi amigo Buonarotti.

—¡Ah, en ese caso su asistencia es obligada, capitán! Vendrán un reducido grupo de amigos; hombres y mujeres destacados del pensamiento veneciano entre los que habrá poetas, músicos, comerciantes, y algún que otro sinvergüenza, por supuesto... No hace falta que traiga nada, solo la mente abierta y, por supuesto, si gusta, hágase acompañar de la pequeña destripadora. Las mujeres son especialmente bienvenidas a mis fiestas.

Inclinaciones de cabeza. Medias sonrisas. Miradas de reojo. Se despidieron.

—¿Conoce a esa dama estúpida? —quiso saber Caterina caminando con el ceño fruncido por la Riva degli Schiavoni, rumbo al Ospedale.

—Poco, solo de un día.

—¿De un día o de una noche? —afinó.

El capitán se sintió halagado. ¿Eran celos lo que brillaba en el colmillo de la joven devoradora de polenta?

—Eres muy joven para tener determinadas conversaciones —contestó el capitán.

Cuando quisieron darse cuenta, ya estaban frente a la Pietà.

—Si aparece la mujer del cuadro, no dudes en hacérmelo saber —le dijo el capitán antes de despedirse. Ella no contestó y traspasó la pequeña puerta de madera situada a la derecha de la fachada—. ¡Y ten cuidado! —gritó él con la esperanza, mas no el convencimiento, de que fuera a hacerle caso.

El capitán aguardó aún unos instantes junto a la puerta. Esperando no sabía bien por qué. Después, puso rumbo al apartamento del Arsenale. Y fue justo al pasar el puente del río de San Martín cuando notó una sombra cercana. Sí. Imaginó quién era.

—Buenas tardes, Morelli —le dijo el capitán.

—¿De verdad me ha visto tan rápido? —dijo saliendo a su encuentro—. Me estoy volviendo viejo. Tengo que perfeccionar la técnica.

—Estoy de acuerdo.

—¿Me permite que le acompañe en este agradable paseo?

—Por supuesto. Pero sepa que aún no he investigado lo que me pidió.

—Oh, sí. Ya lo sé, tranquilo. Precisamente por eso estoy aquí. Para ponérselo más fácil. Tengo entendido que *madame* Chevalier le ha invitado a su tertulia. Pues no se lo va a creer…

—Acudirán hombres adinerados e influyentes.

—¡Exacto! ¿No es una extraordinaria coincidencia?

—Extraordinaria.

—Me atrevería a aconsejarle su asistencia. Chevalier sabe mucho del comercio por mar y aún más de los comerciantes.

—Es la tercera persona que me lo dice, pero no tenía pensado ir.

—¡Ah, el pensamiento! Déjeme decirle que el hombre inteligente es el que adapta su opinión a las circunstancias. El fondo del mar está lleno de hombres que se dejaron arrastrar por tener ideas tan pesadas como rocas. Buenas noches, capitán.

Morelli se marchó, pero su sombra permaneció junto al capitán un buen rato.

51

Y para qué dice usted que quiere esto? —preguntó un mozo fuerte y fibroso a la bestia, mientras descargaba con ayuda de su hermano, tan musculoso como él, una enorme pieza de metro y medio de largo envuelta en una manta por su fragilidad.

—Es un regalo —contestó el monstruo oculto bajo una máscara blanca.

—Pero ¿tan grande…? —insistió el primero.

—Insignificante si lo compara con un océano.

—Hermano, eres idiota —afirmó el segundo—. Esto es para impresionar a una mujer. ¿A que no me equivoco? —acompañó el gesto con un guiño de ojo, pícaro.

—No se equivoca.

—Pues ya le tiene que gustar la dama…

—Digamos que la dama está aún por decidir.

—¡Ja! ¿Has oído? —dijo el hermano más atrevido riendo a carcajadas—. ¡Tiene más de una! Es un truhan, dicho desde el respeto y la admiración. ¿Y de qué depende que sea una u otra?

—¡… De su intuición! —sollozó la pequeña ciega.

Lejos del escondite de la bestia, en uno de los dormitorios comunes de la Pietà, Beatrice se deshacía en lágrimas advirtiendo a Caterina, Giovanna y Francesca de su visión. La última la abrazaba, maternal, en su regazo; la hija del médico la tenía cogida de las manos y la díscola observaba la escena apoyada en la pared, manteniendo distancia, sin querer participar pero sin querer tampoco marcharse.

—Una de vosotras hará o dirá algo intrascendente que él interpretará como una señal del destino de que es la adecuada —continuó la niña—. La atrapará con sus ardides, la llevará a su sala de tortura y entonces ya no habrá escapatoria… ¡Oh, Señor Todopoderoso, líbranos del Mal!

—Beatrice, tranquilízate —suplicó Caterina— ¿Estás segura de lo que dices? ¿Quién te lo ha contado? ¿Tu madre?

—¡No! Ha sido Angelica.

—¿Está ella aquí? —preguntó Francesca con la piel de gallina, mirando a todos lados.

—Sí… ¡Buh! —asustó burlona Giovanna—. Olvidad esas locuras —dijo dejándose caer en una cama contigua—. Tenemos que salir a actuar en la fiesta de la Chevalier. Buena comida, buena bebida y, al final…, un caballero galante —pronunció pícara—. Si después de disfrutar esta noche me quieren matar, habrá merecido la pena.

—No sabes lo que dices. ¡Estáis todas en peligro! —gritó la ciega.

Se escucharon pasos en la galería común. Eran dos personas, si el oído de Caterina no fallaba.

—¿Qué es este escándalo?

La priora Agustina y Doralice aguardaban una respuesta.

—¿Tú aquí, Caterina? Ya sabes que está terminantemente prohibido…

—Priora —le cortó—, estoy aquí siguiendo órdenes del capitán Guardi. Debo estudiar cualquier indicio de otro posible crimen.

—*Santo Dio.* ¿Ha habido algún cadáver más?

—Aún no, pero lo va a haber —sollozó Beatrice.

—¿Otra vez con tus visiones, criatura? —preguntó la priora arrebatando a la niña del regazo de la hija del médico para sentarse con ella en el borde de la cama.

—Me lo ha contado Angelica, tiene que creerme.

—Sí —dijo la priora limpiándole las lágrimas con un pañuelo que guardaba bajo la manga, con ternura—. Sé que tus augurios suelen ser verdad. Pero… ¿qué hacemos? ¿Os quedáis aquí encerradas, sin una de las pocas oportunidades que tenéis de disfrutar de los placeres de Venecia? Y no os voy a mentir, ¿nos quedamos también sin la generosísima contribución que realiza *madame* Chevalier a esta institución por vuestras actuaciones?

—La Pietà tampoco es una ninguna fortaleza —añadió con pesar Francesca—. Acabaron con Meneghina en nuestra capilla.

Caterina tomó valor y se lanzó a ofrecer su teoría.

—Si algo he aprendido de los años que acompañé a mi padre, es que este tipo de asesinos que acechan a las mujeres en las sombras son perversos pero también cobardes. Buscan el momento de mayor facilidad para correr el menor riesgo. No atacará a dos o tres chicas juntas. Vuestra mejor defensa será que no os separéis.

—Lo que dices es muy razonable —afirmó la priora—. Y yo misma las acompañaré.

—Hay algo más que debéis saber —añadió Caterina—. Tened cuidado con una dama que venía a ver a Isabella.

—¿El asesino es una mujer? —preguntó Doralice desconcertada.

—No lo sé. Pero presiento que está relacionada con su muerte.

—¿Y cómo es, por si la vemos?

—Miradme bien. Es como yo dentro de veinte años.

La voz de Camelia en la puerta interrumpió la conversación.

—Bueno, ¿qué?, ¿vamos o no vamos a la fiesta? Imagino que a vosotras no —les dijo orgullosa—, pero a mí, después, me aguarda un hombre de lo más interesante.

—Pues ya puede tomar precauciones el caballero —le susurró Caterina.

—¿Por qué dices eso? —preguntó ofendida.

—Ya sabes tú por qué.

52

S i China fuera un demonio, aquella noche había poseído la fiesta de *madame* Chevalier. La mujer se había propuesto dejar boquiabiertos a sus invitados para que se sintiesen transportados a la misteriosa y lejana tierra de Oriente. Ya en el embarcadero de su palacio cercano a Rialto, dos dragones rojos —en realidad, muñecos autómatas— recibían a los convidados lanzando por la boca pétalos de rosas amarillas a modo de llamaradas. Al caminar unos pasos por una galería cubierta con escenas bucólicas chinas, se llegaba a un gran jardín cuya puerta había sido transformada en pagoda roja por obra de un decorador del teatro Sant'Angelo y por gracia de la Chevalier, que para estas cosas tenía mucha.

Quería crear una atmósfera exótica y sugerente. Por eso, después de mucho pensar, eligió bañar la celebración con la delicadeza achampanada de las peonías, muy apreciadas entre el pueblo chino y sus emperadores, pues el *mudán* —como allí las llamaban— era símbolo de felicidad y fortuna. Y eso era lo que deseaba para sus invitados.

Se contaban por miles las que habría en su jardín de intenso color rosa, rojo vibrante, blanco, nacarado... y solo Dios podía saber cómo había conseguido que florecieran, pues esa especie bella y emplumada brota nada más que en primavera, y era una realidad que estaban en otoño; en uno muy antipático, por cierto.

El acceso al jardín ya era un espectáculo. Los asistentes fueron rodeados por magos pequineses de largas barbas que practicaban números de prestidigitación haciendo desaparecer los abanicos de algunas damas para transformarlos después en palomas. Sirvientes con trajes orientales practicaban solemnes la ceremonia del té frente a los invitados, vertiendo después el líquido sobre diminutas tazas de porcelana. Y ahí estaba el truco. Al probarlo descubrían que era *grappa*. Pícara Chevalier...

Un largo dragón de tela roja movido por varios hombres serpenteaba entre los presentes y, para coronar la algarabía, se obsequió a todo el mundo una suerte de farolillos de colores hechos con papel de arroz. Cada invitado confesaba a su pequeño candil un deseo y, para que se cumpliera, solo era necesario prender su llama logrando así que ascendiera hasta el cielo, cerca del Creador. Que lo concediera o no, era otra cosa. Semejante lluvia invertida de estrellas fue vista por toda la laguna causando la admiración —y la envidia— de los venecianos durante largo tiempo.

Todos aguardaban expectantes la llegada de *madame*. A ella, como tantas veces, le gustaba observarlos unos instantes escondida, imaginando sus discursos, leyendo sus pasos. El primer vistazo fue para sus amigas del alma, la mayoría ilustradas y artistas. Rosalba Carriera, muy sencilla en el vestir, quizá como reacción a las cursilerías con las que adornaba a sus retratados, escuchaba con paciencia el agobio de Silvia Bianchi, directora del periódico femenino *La donna ilustrata* —La mujer ilustrada—. Con el ropaje dorado que repetía en casi todas las fiestas, la dama se quejaba porque sacaba sus ediciones cada vez más tarde, pues le costaba simultanear su trabajo con el cuidado de sus tres hijos pequeños.

La joven Susana Goldoni, compositora de música religiosa, arias y madrigales, cubierta de puntillas blancas hasta las cejas, informaba a Andrea Stampa sobre su nuevo trabajo. Ella y sus mechones rubios intentaban convencer a uno de los hombres más poderosos de la Pietà y a su prometida, la *nobil donna* Patrizia Pesaro, de que el Ospedale debería interpretar alguna de sus obras en los conciertos. La señora, una mujer sin aderezos, alta, esbelta, vestida de añil, casi masculina, asentía con interés y elegancia mientras que su prometido afirmaba que transmitiría su sugerencia al Consejo. Todos se preguntaban qué había visto el atractivo y adinerado Andrea en su futura esposa. *Madame* sospechaba la respuesta.

Desde su rincón secreto, la Chevalier también vio a su monja libertina más querida, Rachelle Dalmio, de rojo intenso y en compañía del patricio Querini, su amante. Tercera y bellísima hija de un noble sin dinero, le tocó ingresar en un convento, como a todas las venecianas para las que sus padres no tenían dote. Así las cosas, muchos claustros habían cambiado su rumbo y, lejos de ser lugares de oración y entrega a Dios, se habían convertido en residencia de señoritas ardientes, porque en la realidad, en la más absoluta realidad, llevarían hábito pero no eran monjas. Ni lo querían ser. De hecho, desde hacía dos siglos, las *malmonacate* reclamaban libertad. Ya a mitad de mil seiscientos, Arcangela Tarabotti había publicado *Inferno monacale* —El infierno monacal— y *La tirannia paterna* —La tiranía de los padres—, acusando a las autoridades políticas, religiosas y a la sociedad en general de permitir esta costumbre castradora, evidenciando la tiranía de los hombres y la represión a la que se sometía a las mujeres en Venecia, fuera cual fuese su estado civil. He ahí la razón de las conversaciones románticas en los locutorios de las abadías; los vestidos seductores con los que recibían a las visitas, las cartas que se pasaban a través de las rejas... Sus padres y el Estado podrían encerrar sus cuerpos, pero sus almas y deseos seguían corriendo al viento.

El amante de la monja charlaba con el conde Roberto Buonarotti, el gran amigo del capitán Guardi. Roberto había acudido al evento con su esposa Chiara Tasso. Ella, de familia aristocrática, bonita, con el cuerpo ensanchado por cinco embarazos y una sonrisa fascinante, estaba encantada con la ocurrencia oriental de la Chevalier y no paraba de alabar los farolillos, pagodas y dragones con otra mujer divertida y encantadora a la que acababa de conocer, Lucrezia Rosso, ignorante de quién se trataba.

Lucrezia, arrolladora con un elegante vestido brocado en seda verde, era en realidad una cortesana. Pero no una cortesana cualquiera. Historiadora y poeta, la Rosso pasaba horas y horas investigando en los archivos de las bibliotecas a la vez que charlando en su pequeño casino del Arsenale con Chevalier y otras damas sobre las novedades científicas y literarias llegadas de Europa, a la vez que estudiaba la forma de reivindicar más libertad y derechos para las venecianas. Como prostituta de lujo era mantenida principalmente por los varones de la familia Lucciani —abuelo, hijo y nieto—, hacia los que sentía un sincero afecto; aunque se reservaba el derecho de tener encuentros con los verdaderos poderosos de la República así como con algún príncipe extranjero, pues sus tres padrinos cedían turno al recién llegado como prueba de la educación y hospitalidad veneciana. Ahora bien, su corazón solo pertenecía a un ser, el bisnieto de los Lucciani, y por una razón poderosa: ella era su madre. Lo que no estaba nada claro era la paternidad, así que los tres varones adoraban por igual al pequeño.

La vida de Lucrezia discurría, en términos generales, de forma agradable. Las meretrices ya apenas hacían caso a las prohibiciones absurdas —y humillantes— que la República les había impuesto hacía dos siglos para no ser confundidas con las damas honorables —curioso asunto es que no fuera fácil distinguirlas—. Nada de perlas, oro, plata, sedas y sortijas —ordenaron las disposiciones legales—. Ni hablar de asistir a la iglesia los días de fiesta, aún menos vestida de viuda o casada. Imposible lucir pañuelos de seda blanca o vivir en el Gran Canal… Pero ahora todo eso era ya, *de facto,* incierto. Lucrezia hacía lo que le daba la gana y metía en su alcoba a quien quería. Podría decirse que era una de las mujeres más libres y envidiadas, pero también criticadas de Venecia.

Terminado el repaso a sus amigas, la Chevalier comenzó a inquietarse. ¿Dónde estaba el hombre que faltaba? Apareció Moisè Milano, comandante retirado, con su esposa. O mejor dicho, al servicio de ella, Maddalena Treviso, canosa, regia y de negro; gélida, con el gesto calculado, gobernando a su marido con miradas y a otras damas venecianas con su lengua venenosa. Instantes después llegó el hombre noble Christiano Galbo. «Mis hijos me tenían secuestrado con sus juegos», afirmó entre bromas excusando su retraso. Por nada del mundo se habría perdido una buena oportunidad de conspirar en ese afán de querer saber todo cuanto acontecía en Venecia. Tarea imposible porque ni Venecia sabe todo lo que ocurre en Venecia.

Por fin apareció el hombre que *madame* quería ver. De porte poderoso. Con levita grana, queriendo pasar inadvertido. «¿Con esos ojos y esas espaldas? —pensó ella—. Inadvertido, imposible». Era el capitán Alfonso Guardi. Ya estaban todos. Hizo una señal a su sirviente. El espectáculo podía comenzar.

Un redoble de tambores ensordecedor tronó en el interior del palacio. Los invitados corrieron adentro a descubrir el origen. Seis orientales con el torso desnudo golpeaban sin piedad la piel de grandes timbales rojos frente a un escenario teatral cubierto con varios cortinajes de color oro brillante que iban de techo a suelo. Los golpes reverberaban en la caja torácica de los presentes. Se erizaba la piel.

De golpe cesaron y de golpe también cayeron los dos grandes paños de seda amarilla dejando ver un enorme bastidor con tela blanca situado en el centro de la sala, tras el que se vislumbró una luz. A modo de sombras, se proyectaron en él figuras delicadamente talladas representando una joven dama oriental, un árbol y un anciano movidas desde atrás por varas de madera. Eran los *Piyingxi*, sombras chinescas.

El silbido de los pájaros imitado por una flauta travesera y una ocarina, así como un exótico laúd y un coro de violines, envolvió a los presentes. Dos cortinas más cayeron para descubrir la procedencia de la música. Diez niñas del coro de la Pietà, ataviadas con sus sencillos vestidos marrones y sus pañoletas blancas, interpretaban junto al escenario una melodía mágica, ensamblando instrumentos orientales con otros europeos, logrando que los invitados pisaran, olieran y sintieran los húmedos arrozales de color verde intenso de las montañas de China; que caminaran junto a las hermosas concubinas del emperador bajo los cerezos en flor de la ciudad prohibida; que acompañaran la oración del guerrero instantes antes de la batalla.

Francesca interpretaba el *erhu*, un primo lejano del violín mucho más estilizado, construido con madera de sándalo rojo. *Er* —dos en chino— hacía referencia a las dos únicas cuerdas del instrumento. Se tocaba con un arco hecho con pelo de cola de caballo y bambú. Su pequeña caja de resonancia se cubría al frente con piel de serpiente, y de todo aquello emanaba un sonido cercano a un lamento místico, evocador de la tragedia que encierra la vida.

Camelia llevaba en sus labios una ocarina llamada *niwawu* —cabeza de buey—. Era una pequeña flauta de barro de forma ovoide con diez agujeros que la joven tocaba emulando el sonido agudo y ancestral de las voces de las vírgenes.

La maestra Doralice, por su parte, se entregaba a la complicadísima *pipa;* un largo laúd con la caja de resonancia en forma de pera. Decían que en su estructura estaban el cielo, la tierra y el hombre, además de los cinco elementos de la antigua China: metal, madera, agua, fuego y tierra. Sus cuatro cuerdas rememoraban las cuatro estaciones del año y su sonido, conmovedor, tenía mucho de melodía celestial, como si los dioses susurraran a través de él la belleza y la calma de otros universos.

Asimismo, Giovanna dejó apartada por unos instantes su locura para interpretar con rigor y delicadeza el *sheng* u órgano de boca. Formado por alrededor de veinte tubos verticales de bambú con diferentes longitudes, todos ellos se disponían en dos formas triangulares para emular las alas plegadas de un ave fénix. Con él, Giovanna abrazaba al mundo, pues el sonido del *sheng* era, sin duda, el sonido de la compasión.

Esas cuatro mujeres, más las seis restantes, capitaneadas por la priora, habían sido elegidas no solo por su doble habilidad como cantantes y músicas, sino por ser capaces de adaptarse y hacer suyos los exóticos instrumentos.

Llegó el momento.

—¡Esta es la balada de Hua Mulán! —gritó *madame* Chevalier saliendo por fin de las sombras.

Todas las cabezas se volvieron a la anfitriona, vestida con un *quipao* ancho y acampanado de color amarillo —el de las emperatrices y princesas—, blandiendo una centenaria espada *jian* —regalo de un noble—, larga, de doble filo. Llevaba su largo pelo negro suelto. Solemne, comenzó a recitar el poema dedicado a la joven que se hizo guerrera para defender su honor y su linaje. Mientras, las sombras chinescas representaban en el teatro cada uno de los versos, mecidas por los ecos de la melodía oriental sobre los canales de Venecia.

—Los insectos celebran con su canto la tarde
—comenzó a recitar—.
Mulán está tejiendo ante la puerta.
No se escucha girar la lanzadera,
tan solo los lamentos de la niña.
Preguntan dónde está su corazón.
Preguntan dónde está su pensamiento.
En nada está pensando,
si no es en el rey Kong, su bello amado.
La lista del ejército ocupa doce rollos
y el nombre de su padre figura en todos ellos.
No hay un hijo mayor para el padre,
un hermano mayor que Mulán.
«Yo iré a comprar caballo y silla,
yo acudiré a luchar por nuestro padre».

Boquiabiertos. Con emoción. Así asistieron los invitados al espectáculo de sombras orquestado por la Chevalier y dirigido por su espada. Según contaba la balada, la joven Mulán dejó a sus padres y luchó más de diez años vestida de hombre. Participó en mil batallas hasta que, vencido el enemigo, volvió victoriosa ante el emperador. El Hijo del Sol le preguntó por sus deseos, pero ella rechazó fama, gloria y tesoros, solo pidió un borriquillo para regresar a la aldea con sus padres. Deseo parco. Muy parco. Incomprensible para los ambiciosos venecianos, aunque ejemplar. Con el tiempo —siguió relatando la dama— los compañeros de Mulán fueron a visitar al glorioso guerrero...

—Cuando Mulán salió ante sus camaradas,
todos se sorprendieron, se quedaron perplejos.
Doce años estuvieron con ella en el ejército
y ninguno sabía que era una dama, no miento.

Las patas del conejo saltan más,
los ojos de la hembra son algo más pequeños,
mas cuando ves un par corriendo por el campo,
¿quién logra distinguir la liebre del conejo?

La idea de la igualdad entre hombres y mujeres se extendió por la sala como un perfume embriagador para las damas pero repugnante para algunos varones. Aplausos. Más aplausos. Sin embargo, mientras unos aleteaban sus manos en el aire, otros deseaban aplastarlo. La Chevalier entregó la espada a Armand, su fiel sirviente. Una lluvia de reconocimientos y sonrisas cayó sobre ella mientras avanzaba entre los invitados. Galante, fue agradeciendo a cada uno con la palabra precisa. A la pintora Carriera y a Lucrezia, la meretriz, además, les deslizó un nota que guardaron con discreción.

—Muero por saber qué le ha parecido esta pequeña balada al *signore* Moisè —dijo la anfitriona tomándole del brazo.

—Maravillosa puesta en escena, como todo lo que hace —contestó el militar retirado.

—Me contesta sobre el continente, pero yo le pregunto por el contenido, comandante —lanzó *madame* con una sonrisa.

—Querida Chevalier, entiendo el mensaje, pero no puedo compartirlo. Como varón —dijo con una sonrisa condescendiente—, no me veo tomando a los hombres del mismo modo que a las damas, por mucho que se parezcan cuando… ¿Cómo decían los versos? Ah, sí, cuando corren por la pradera.

Algunos caballeros que estaban a su alrededor imitaron su sorna. Esto no agradó a su esposa. Un susurro de ella y Moisè cambió levemente el gesto.

—Yo, en cambio —añadió Andrea—, no solo apoyo la teoría del poema, sino que declaro la inferioridad del varón. Es más, defiendo el convencimiento de que este mundo sería un lugar mejor si estuviera gobernado por mujeres.

—¡Es usted un revolucionario encantador! —alabó la Chevalier—. Por favor, disfruten de la velada.

De nuevo *madame* buscó entre la gente. ¿Dónde se habría metido ese condenado capitán Guardi? Ah, sí, junto al escenario. Allí estaba examinando el sencillo pero ingenioso sistema de iluminación de las sombras chinescas. Perfecto. A por él.

—Todo es culpa del emperador Wudi —le susurró *madame* en la nuca.

—¿Cómo? —El capitán se volvió hacia ella sin comprender.

—Wudi, el hombre que provocó este ingenio. Fue hace mucho tiempo. Imagínese, no había nacido ni Jesucristo. Este emperador perdió a la bellísima Li, su concubina preferida, por una terrible enfermedad. ¿Qué hizo él? Sumirse en un profundo pozo de dolor y desesperación que le llevó incluso a abandonar sus tareas de gobierno. Hasta que… ¿continúo, capitán?

El español asintió.

—Un buen día, uno de sus ministros descubrió por casualidad a un niño que jugaba en la calle con un muñeco. El pequeño no disfrutaba del juguete en sí, sino de sus sombras, pues, al moverlo, la figura que se veía en el suelo ¡parecía estar viva! Aquello le dio una idea para ayudar al emperador. Raudo, ordenó a sus hombres construir una figura lo más parecida posible a la concubina. Colocó varias lámparas de aceite detrás de una gran cortina blanca, comenzó a mover la figura y, ¿qué cree que ocurrió?

—El emperador creyó ver revivida a su amada.

—¡Exacto! Y causó tal sensación aquel tipo de espectáculo que, desde entonces, no ha habido un solo día en el que no se represente un teatro de sombras en algún lugar del mundo. O al menos eso comentan. ¿Qué le ha parecido la historia?

—Que el emperador era un idiota. Ninguna sombra devuelve al ser que se ama.

—¿Lo dice por propia experiencia?

—No, hablo de oídas.

—Me está usted dando miedo, capitán. Cada vez se va pareciendo más a un auténtico embustero veneciano. Y ahora tenga la bondad de ofrecerme su brazo para ir hasta el jardín. Allí podrá hablarme de aquello por lo que ha venido hasta aquí.

El español sonrió. Era difícil engañar a aquella mujer. Avanzaron entre el gentío de invitados, magos, dragones y sirvientes que ofrecían platillos lacados de porcelana con pasta, arroz, soja y, por supuesto, polenta. Se detuvieron junto a la reja labrada que delimitaba el jardín, junto al canal. La brisa nocturna del mar sacudió el pelo largo, negro y suelto de *madame*. Unos mechones acariciaron su boca roja. Hinchó su pecho para respirar el aroma de la laguna y por un segundo pareció la sirena del mascarón de proa de un galeón que surcara los mares. Deliciosa perdición. Pero no. No. No era ella.

—*Madame*, tengo un amigo que estudia la posibilidad de dedicar una gran cantidad de ducados al comercio con Oriente. ¿Qué podría aconsejarle?

—Que desista.

—¿Por qué razón? A usted le va manifiestamente bien.

—Usted no sabe nada, querido caballero. No se quede en lo que gano, sepa también que pierdo, y mucho.

—¿Por obra de los piratas berberiscos?

—No, por el canto de las sirenas —dijo chistosa—. Esos delincuentes son un grave problema. Me han confiscado naves y apresado marineros para venderlos como esclavos. Y no me ha ocurrido solo a mí. Es una epidemia desde hace años entre los comerciantes.

—¿Entre todos? —incidió el capitán—. ¿No hay nadie con el que hayan sido, digamos, más benevolentes?

—Es una pregunta interesante. Déjeme hacer memoria. En los últimos tres años han abordado a los Cassiani, los Volpi, los Fonte, los Rosso… Quizá el *signore* Andrea Stampa haya sido el más afortunado.

—¿Y cuál podría ser la razón?

La inoportuna llegada de Roberto Buonarotti detuvo la conversación en el punto más interesante.

—¡Alfonso, por fin te encuentro! *Madame*, ¿será capaz de perdonarme si rapto al capitán unos minutos para presentarle a un buen amigo?

«No, y mil veces no», le hubiera dicho de buena gana el capitán. Pero *noblesse oblige* y aceptó con su silencio aquel tijeretazo.

—Disculpa, hermano —se excusó el conde mientras lo llevaba de vuelta al interior del edificio—, pero te di palabra de ayuda, y el caballero que te voy a presentar es un noble pro español que ya luchó a favor de la causa borbónica. No le costará conseguir adeptos para tu rey.

—Que así sea —contestó contenido el capitán.

—Comandante Moisè Milano, le presento a mi amigo el capitán Alfonso Guardi, marqués de Lunablanca.

—¿Nos conocemos? —preguntó el español.

—Es muy posible —afirmó Moisè—. Luché en la guerra de Sucesión al servicio del duque de Anjou en algunas campañas. Mi brazo tullido es una herencia.

—Herencia que le honra, caballero —afirmó el capitán.

Ambos hablaron largo y tendido sobre la importante contraprestación económica que ofrecería su majestad a quien volviera a ayudarle, en este caso desde Venecia, a conquistar territorios italianos perdidos. Hubo, por así decirlo, conexión entre ambos.

Ni esta ni las otras conversaciones que mantuvo el capitán con otros caballeros notables de la ciudad pasaron inadvertidas para los funcionarios vigilantes de la República, y mucho menos para el togado Christiano Galbo que encontró esta velada mucho más que interesante.

53

A las dos de la madrugada, el hijo del pescador, nervioso, con el desamparo circulando por sus venas, estaba frente al Ospedale della Pietà con el niño en brazos. Había pasado todo el día recorriendo de nuevo las calles mojadas de Venecia, pensando una y mil veces qué podía hacer con él. Le mordía en el alma una pregunta: ¿qué le parecería esto a su madre?

Recordó el día que sus padres le dieron la noticia. Vas a tener un hermano. Le dijeron que era un regalo del cielo, una bendición. Le aseguraron que apenas tendría que ocuparse de él. Que los niños son estrellas que traen en la frente fortuna. Nada de eso se cumplió y lo único cierto era que aquel infante se lo había quitado todo. Su padre, su madre, su vida. Sin embargo, el *piccolo* Vincenzo solo podía sentir ternura por la criatura. Y responsabilidad. ¿Por qué no tendría él pechos para amamantarlo? Le echó un vistazo y lo vio durmiendo apacible, envuelto en suave arrullo de algodón. Gracias a Dios que dormía. Se lo estaba poniendo fácil.

Volvió el rostro a la *scafetta,* el agujero excavado en la piedra junto al puente de la Pietà en el que se depositaban los huérfanos en Venecia desde hacía siglos. De día se cubría por una contraventana de madera, pero ahora, de noche, estaba abierto para que la oscuridad cobijase la identidad y vergüenza de los padres o familiares que, como él, abandonaban allí a sus recién nacidos.

Era una roca helada. Sin protección. Junto al canal. ¿Y si el niño tenía frío? ¿Y si se movía y caía al agua? Calma, Vincenzo —se dijo observando la campana para llamar a las mujeres de la Pietà.

Vio también el tamaño de la entrada. Minúscula. ¿Cabría su hermano? Había escuchado muchas historias acerca de niños que habían perecido destrozados al intentar colarlos por el agujero estrecho.

No, definitivamente no podía abandonarle ahí. Pero entonces ¿quién le iba a alimentar? ¿En manos de quién lo dejaría toda la noche y parte del día mientras él salía a faenar? ¿Se la jugaría de nuevo con otra prostituta, o alguien peor, quién sabe?

«Regresaré a por él», se dijo. Y aquella frase fue como un salvavidas para su conciencia. Solo sería algo temporal, hasta que encontrara la forma de sacarle adelante. Pero ¿cómo le reclamaría después? Su madre le contó que el rostro de los recién nacidos cambia mucho. Era imprescindible dejar un signo para reconocerle y con el que demostrar al Ospedale que aquel niño era su hermano.

En su casita color limón de la isla de Burano tendría mil objetos. Pero aquí nada. Y ya eran las dos de la mañana. No podía volver.

Agobiado por la angustia, se aflojó el cuello de la camisa rozando el escapulario de Santa Maria della Salute, la Virgen que hacía un siglo había salvado a Venecia de la última epidemia de peste. Y vio la solución. Se arrancó el colgante, sacó su navaja de pescador del bolsillo y cortó por la mitad la imagen. Introdujo la parte superior, con la cara de la Virgen, entre las ropas del niño y él se quedó la inferior. Así solo él podría reclamarlo, solo él podría tener esa extraña llave.

No lo sabía, pero este era el sistema con el que los padres llevaban siglos dejando a sus hijos en aquel hospicio. Los cientos de medallas, naipes, cartas de amor y perdón, mapas, imágenes, pendientes, anillos y mil objetos más capaces de ser seccionados en dos que se agolpaban en los armarios del Ospedale, protegidos a cal y canto, lo atestiguaban.

Decidido, apretó el niño contra su pecho y le juró al oído: «Volveré a por ti». Le depositó en el agujero, tocó la campana y se marchó. No soportaba verlo sobre aquella piedra. Se alejó corriendo por la Riva degli Schiavoni y, en su huida, chocó con una mujer cubierta por un gran chal y máscara blancos.

—Disculpe, señora…

—No se preocupe —contestó ella observando la angustia en los ojos del muchacho.

Esa dama era Chevalier. Escapada de su propia fiesta, perseguía frenética los pasos de alguien acompañada de su asistente. Escuchó el llanto de un niño. Instintivamente se llevó las manos al vientre.

El sonido procedía del muro que daba al río de la Pietà. Entonces comprendió la mirada del muchacho. Pero ella no podía detenerse. Era crucial no perder de vista su objetivo. Y sin embargo, ¡qué demonios!, cada vez se oía más fuerte el sollozo de la criatura. Cerró los ojos. Se concedió un minuto.

—Armand, ve tú. En breve me reuniré contigo.

Madame se acercó a la *scafetta*. El pequeño, con la insensatez de sus tres días de vida, se había quitado el arrullo y estaba medio desnudo y próximo a caer. Señor, que le ocurriera esto precisamente a ella. Lo sacó de aquel hueco, le abrazó en su regazo y comenzó a mecerlo susurrándole una nana. Le besó en sus diminutas manos, en los brazos, en la frente… y el llanto se detuvo. El niño se sintió a gusto, en calma. Y ella también, en una paz que casi había olvidado. La idea de llevárselo pasó fugazmente por su cabeza. Pero volvió la mirada a la calle. Ya apenas podía ver la figura de su asistente. Su gesto entonces se endureció. Criatura, ahora no puedo —le dijo—. Volvió a rodearle en la toquilla, con cuidado de que no perdiera la mitad de algo que asemejaba ser un escapulario incompleto. Para que no tuviera frío, se quitó el chal que la cubría y le arropó. A continuación, lo depositó en la cavidad de la pared, pero antes, tuvo la agudeza de tirar un guijarro rompiendo el cristal de una ventana. No estaba dispuesta a confiar en una ridícula campana que podía enmudecerse con los ronquidos de la noche.

Surtió efecto. Las luces que se encendieron en el interior junto con los gritos de algarabía le confirmaron que el niño había sido recibido dentro.

Correr. Eso tocaba ahora. Lo hizo con toda la agilidad que pudo, rogándole a los dioses que su sirviente lisiado no hubiera perdido el objetivo. En el trayecto, su sombra se cruzó con otras muchas de hombres y mujeres que habían salido a disfrutar de la noche. Sombras que, al contrario de las que vio en su teatro oriental, parecían dibujar la muerte de sus vivos.

Poco después, el siroco, un viento abrasador que aquel día olía a sangre seca, se extendió por la laguna. Venecia estaba furiosa y dejó que el aire enloquecido removiera las aguas del Adriático.

La bestia había tomado una decisión.

54

Un mensaje en una botella

Conmoción. Un nuevo huérfano en el Ospedale. Todos a sus puestos. En la planta baja, la portera que encontró al infante dio orden inmediata para que acudiera una enfermera. «¡Qué criatura más bella!», exclamó mientras le observaba a la luz de un gran candil. En la primera y segunda planta, era imposible calmar a las niñas del coro. Todas, semidesnudas o en camisón, saltaron de sus camas porque deseaban verlo. «¿Es varón o hembra?», preguntaron agolpándose en los rellanos de la escalera de caracol. Las porteras no las detuvieron porque, caramba, a ellas también les picaba la curiosidad.

En la planta tercera, la más noble, las dos secretarias despertaron. Ellas, que pasarían un buen rato redactando sobre el recién llegado, se lo tomaban con más calma. Ve tú. ¡No, ve tú, hija de ramera, que la última vez fui yo! Se levantó la primera. Ya va. Ya va. Zapatillas. Palmatoria. Paño para el frío sobre los hombros. Y el caso es que hacía calor aquella noche. «No hagas ruido —dijo la segunda—, despertarás a Caterina, que duerme en la habitación de al lado». «¡Pues que se levante!».

Y eso hizo. La hija del médico salió de su cuarto para observar desde lo más alto del caracol amigo el protocolo de llegada. Bajó descalza peldaño a peldaño para mezclarse con el grupo de mujeres que querían saberlo todo sobre aquel diminuto ser. Pronto advirtió que, en realidad, todas estaban reviviendo su propia historia. A falta de unos padres que les revelaran el momento de su nacimiento, ellas tenían el instante de su llegada al hospicio, que repetían una y otra vez, con la esperanza de que sus palabras volasen hasta quienes las dejaron allí para enternecer su corazón y que volvieran a su encuentro. Cada una había tejido su propia leyenda. A la mayoría les gustaba pensar que eran hijas de damas nobles concebidas con caballeros hermosos y galantes, fuera del matrimonio. Y en muchos casos no se equivocaban. Pero también había hijas del arroyo, de la violación, de la prostitución más miserable. Aunque estas, obviamente, nunca estaban en sus fantasías, pues la imagen de la madre siempre era idílica y maravillosa.

Por primera vez Caterina sintió una profunda unión con las huérfanas y se preguntó cómo sería si alguna vez pudiera reencontrarse con su propia madre.

—¡Fuera todo el mundo! —bramó la oronda escribana Illuminata.

Aumentó la llama de su vela. Sacó pluma y tinta. Se puso el guante que le dio Caterina para evitar la reacción de su piel. Miró un reloj. En el enorme libro de la *scafetta* cubierto en pergamino marrón anotó la hora, el día y el año de entrada del pequeño. Después, todo cuanto le fue contando la enfermera. Varón. Ojos oscuros. Pelo negro y rizado. Sin señales ni marcas. Buen estado general. No hay cartas ni mensajes. Porta la mitad de un escapulario de Nuestra Señora della Salute. Envuelto en...

Una hora después, todas estaban en sus camas, y el niño, en el regazo de una comadrona al servicio de la Pietà. Lo más probable es que en poco tiempo le asignaran una familia de campesinos colaboradores del Ospedale para que lo criaran durante los primeros años de vida en tierra firme.

Mientras, el siroco enloquecido golpeaba las contraventanas de la habitación de Caterina. Se colaba ululando por los agujeros del edificio. La joven, acalorada por el aumento de temperatura y las emociones, se quitó el abrigo de su padre. Ahora bien, lo mantuvo a su lado e intentó dormirse agarrando la tela con la mano. Su mente se disparó entonces hacia un mal sueño.

Había vuelto a la infancia. Estaba en el suelo de la biblioteca de su palacio, jugando con una preciosa muñeca de cera casi tan grande como ella, junto a los pies de un caballero.

—Padre, ¿te digo el nombre de los músculos de su pierna?

—Adelante… —contestó una voz masculina.

—Gemelos, tendón de Aquiles, bíceps femoral, tibial anterior…

—Bien, querida, ahora ¿podríamos verlos mejor? —le dijo el hombre ofreciéndole un bisturí.

—Claro —respondió Caterina.

La niña clavó el instrumento en la pierna de la muñeca. Para su sorpresa, un fino hilo de líquido rojo invadió el cuchillo derramándose por la mano.

—¡Sangra! ¡Mi muñeca está viva! —gritó con angustia.

Miró al hombre y descubrió con pavor que no era su padre.

—Sigue Caterina —le dijo el individuo—. Ahora viene lo mejor.

Una voz la despertó de la pesadilla. «Bendita voz», pensó. Ignoraba que la realidad podía ser más oscura.

—¡Déjala demonio! ¡No, por Dios!

Era Beatrice. Se desgañitaba desde la segunda planta. Ella y sus augurios.

La hija del médico salió de su habitación casi a tientas por segunda vez en la noche.

—Tengo que ir —le dijo a la portera que protegía la entrada y salida de su planta—. Ya sabes que poseo un permiso de…

—Sí, sí, sí —contestó indiferente—. Lárgate…

Al entrar en la alcoba encontró a Francesca, Doralice y la priora Agustina alrededor de la pequeña ciega. La niña estaba arrodillada sobre su cama, en trance, bañada en sudor, revelando lo que, según ella, le permitía ver el espíritu de su madre.

—… la está asfixiando. ¡Por piedad, deja a mi compañera! Le está quebrando los huesos. ¡No, monstruo, no la puedes meter ahí!

Poco después, la joven se desvaneció y la consternación se extendió entre las mujeres.

—Priora —pronunció Caterina temblorosa—, ¿dónde están las chicas que salieron anoche a cantar?

—Todas regresaron conmigo —contestó con firmeza.

—Sí, pero algunas… —relató con dificultad y angustia Francesca—, algunas volvieron a salir…

—Giovanna y Camelia —aventuró Caterina en un susurro.

—¡Se lo advertí! —sollozó Francesca—. ¡Por Dios que les dije que no lo hicieran, pero ellas siempre son tan malditamente desafiantes!

—¡Que las busquen ya! —ordenó la priora.

Francesca y Doralice salieron de la alcoba a la carrera para cumplir la orden y dar la señal de alarma. Caterina, de pie, dejó caer su espalda contra la pared fría. Se sentía desarmada, rota por la impotencia. Furiosa con sus compañeras por su insensatez. Avergonzada por desear que fuera Camelia y no su amiga la atrapada por el asesino.

—Que Dios las ampare —dijo mirando al suelo.

Algunas horas después, rondando el amanecer, llamaron a la puerta del apartamento donde dormía el capitán.

—¿Quién va? —preguntó el soldado español aturdido por el sopor del sueño y los efectos de su medicina.

—Morelli. Es importante.

Al abrir la puerta encontró al autodenominado espía aguardándole con un gesto amable excesivamente forzado. Guardi supo leer la desazón en su rostro.

—Capitán, tenga la bondad de acompañarme. Mis hombres han encontrado, por así decirlo, un mensaje en una botella...

55

Desde que murió su padre le dolían más los muertos. Inspirar, espirar. Le esperaba un cadáver. Inspirar, espirar. En la arena de la playa. Inspirar, espirar. Ahora no te puedes ahogar, Caterina. Pero a la muchacha se le cerró la garganta cuando el capitán le dio la noticia y le pidió que lo acompañase hasta la isla del Lido.

La barca en la que viajaban ambos se acercaba cada vez más al lugar del hallazgo. El siroco ardiente había envuelto la ciudad con un lazo de tierra. Una atmósfera opresiva los rodeaba. Caterina se creyó dentro de un cuadro de Tintoretto, con sus cielos densos como puré de lentejas.

Sintió una sacudida. Su nave ya estaba en la orilla. Vio a lo lejos un puñado de hombres rodeando un gran bulto en el suelo. Los faldones de sus chaquetas volaban por los coletazos del viento. Se sujetaban sombreros, lentes y pelucas —habría resultado ridículo salir corriendo tras unos pelos—. La arena se metía en el cuerpo y entre los dientes. Se mordía. Algunos ca-

balleros negaban con la cabeza al contemplar el aparatoso objeto, incrédulos, y se llevaban la mano a la frente, como para
calmar su estupor. Uno se tuvo que sentar. Otro no pudo contener el vómito.

Vamos, Cattuccina.

Solo le faltaban unos metros para llegar. Sintió sus pies como plomos que se le clavaran en la arena. Rezó porque no fuera
su amiga. Vio un poco de su pelo. Comenzó a intuir. Sus manos se volvieron de hielo. Y sintió que el alma se le separaba
del cuerpo, que no estaba allí, que le estaba pasando a otra.
Todo se distorsionó, lo vio deforme, lo oyó como un eco. Las
olas del mar, el siseo de su espuma, los hombres, guardias y
otros desconocidos, que se apartaban a su paso…

Dos palabras pronunciadas por la voz adecuada la devolvieron a la realidad.

—Ven, Caterina.

—Capitán —advirtió alguien—, cualquier mujer caerá al
suelo redonda al ver esto.

—Ella no es cualquier mujer.

Sin saberlo, aquella seguridad resucitó el espíritu de la anatomista, que pudo encriptar la emoción y mirar frente a frente a
la víctima, una vez más, en una puesta en escena muy trabajada.

El cadáver de una joven desnuda y amoratada con los
brazos cruzados sobre el pecho estaba dentro de una especie
de gigantesca botella de cristal de Murano coloreada en un mágico azul con detalles dorados.

—¿La sacamos? —preguntó un guardia.

—No —contestó el capitán—. No hasta que ella la vea bien.

Caterina asintió y fue rotando a su alrededor como aguja
de reloj.

—¿Sabes quién es? —inquirió el capitán.

Hubo instantes de silencio, dolorosos. Se impuso la doctora.

—Giovanna —respondió Caterina, y luego tragó saliva con dificultad, tragando un poco de la muerta también.

La joven se agachó para observar la cara y el pelo suelto, perfectamente repartido a ambos lados del cuello del cadáver. Imaginó que le sonreía. A través del cristal delicadamente esmaltado por algunos lados en rombos, consiguió distinguir los cientos de violetas que el asesino encerró junto a ella.

—¿Qué le han quitado esta vez? —preguntó el soldado.

—No lo sé. Las flores no me dejan verlo.

—Tuvieron que meterla por la base… —señaló el capitán.

—Obviamente, y aun así tuvo que fracturar los hombros porque el diámetro es muy estrecho. Qué hijo de grandísima perra —espetó Cattuccina—, así le devoren el corazón las alimañas del infierno…

—¿Quién es esta joven? —preguntó Morelli impresionado por el coraje de la muchacha mientras luchaba por sujetarse el sombrero.

—Soy…

—No hace falta —interrumpió Guardi—. Lo ha dicho por pura retórica. Te conoce de sobra. Es un agente de la República, en fin, un espía.

—¿Y sabe quién la mató? —preguntó ella.

—Aún no lo tengo seguro, señorita —contestó Morelli.

—Pues vaya un espía… —concluyó la muchacha.

—¡Ja! —se sorprendió Morelli—. Eso mismo me lo dice mi esposa.

—Usted no tiene esposa —afirmó el capitán.

—Pero me lo diría si la tuviera. ¿Y dónde creen que le hicieron esto a la pobre muchacha? —preguntó.

—Aquí no —contestó el capitán. La trajeron en barca. Si la hubieran arrastrado desde las casas cercanas a las dunas, habrían dejado huellas.

—No, si se hubieran encargado de borrarlas después —aseguró Caterina.

—Borrar huellas también deja huellas —afirmó el soldado.

—¿Con el siroco soplando toda la noche? —contraatacó la hija del médico.

—Esta joven no es ninguna idiota —dijo el espía admirado.

—*Touché*. Pero yo tengo un argumento mejor —aseguró el guardia de corps—. Los desniveles del terreno. Miren atrás, entre las casas de pescadores y la orilla. Hay dos saltos de superficie. Y rocas. ¿De verdad piensan que se puede traer desde allí una botella de cristal de semejantes dimensiones sin romperla?

—Mmm…, él también es agudo —dijo Morelli en voz baja a Caterina con un guiño—. Me pregunto si no sería buena idea llevar el cadáver a algún lugar donde estudiar con tranquilidad qué cosas horribles le han practicado.

—Me parece bien —contestó el capitán—. Aquí podríamos perder información valiosísima entre el viento y la arena.

—Será difícil moverla sin romper el cristal, usted mismo lo ha dicho, capitán Guardi —afirmó la joven.

—Permítanme sugerirles —propuso el espía— envolver con una gran manta esta botella tan especial. Así cualquier pedazo o indicio quedará dentro ante una azarosa ruptura. Mis hombres ayudarán a llevarla. ¿Al anfiteatro anatómico, en el *sestiere di Santa Croce,* quizá?

—¿Y exponerla a la vista de todos los médicos? Sería muy difícil mantener la discreción —afirmó Guardi.

Caterina tenía clara su respuesta.

—Hay que llevarla al *inferno.*

56

TE HE TRAÍDO A UNA COMPAÑERA

La dama del espíritu de Venecia se mezcló con el siroco para filtrarse por las ventanas de la casa de la bestia. Lo encontró exhausto, con un tarro de cristal en la mano, tirado bocarriba en el suelo, sobre una manta que albergaba todos los horribles instrumentos que había utilizado con Giovanna aquella noche, así como la sangre derramada.

La bestia tenía una expresión relajada, satisfecha. Para ella había sido una noche excepcional. Orgullosa, contemplaba una y otra vez su trofeo flotando en el ácido conservante del deplorable frasco. Por fin se levantó del suelo. Risueño. Se cambió de ropa. La tiró a la manta. Recogió la tela, la anudó y puso junto a la puerta para deshacerse de ella. Pero, antes, abrió un armario para meter el frasco. Entonces sacó el libro de Angelica.

—¿Lo ves, querida? Te he traído a una compañera.

57

POST MORTEM

El *inferno* era, curiosamente, el lugar del palacio de Caterina que menos había ardido en el incendio. Escondido tras una falsa pared, se podía acceder a él desde el pasillo de la primera planta o bien desde el embarcadero del sótano, a través de una escalera retráctil camuflada en el techo. Astuto que era don Giovanni. Pero más de un mes después, aún olía aquello a quemado. Mucho.

Los hombres de Morelli, dos tipejos secos como la mojama pero bien forzudos, rescatados de galeras en algún momento de su miserable existencia, habían trasladado el cuerpo encristalado y luego enmantado de Giovanna hasta allí en una barca. Con toda la delicadeza que podía tener aquella chusma. Y con discreción. No era cuestión de salir en los periódicos. Ahora bien, había que subirla hasta la sala, y si no podía ser sin romperla, al menos, fracturándola lo menos posible.

Tras unos minutos en los que aquellos hombres blasfemaron en varios idiomas por el esfuerzo y la dificultad, depositaron el fardo sobre la mesa de disección. El cristal se había roto, como cabía esperar, pero la poderosa manta había guardado todos y cada uno de los pedazos, flores y vestigios dentro. Caterina abrió la tela. Allí estaba el cuerpo desnudo y deslomado a palos de su amiga, envuelto en violetas y fragmentos de cristal.

—Cuánta…, no sabría cómo expresarlo —dijo Morelli consternado, entornando los ojos y torciendo la cara.

—Fascinación. El autor estaría encantado de escucharle —afirmó el capitán.

—¿En serio? —preguntó Morelli con disgusto—. Desde luego que de la mente de un pervertido sabe usted más que yo… En fin, es el momento de marcharme para dejarles hacer su trabajo. Volveré en un par de horas. ¡Eh, vosotros! —llamó a sus hombres, que observaban el cadáver con repulsión—. ¿Qué hacéis ahí plantados?

—Yo tengo una hija de esta edad, señor —dijo uno de ellos secándose el sudor y alguna lágrima con la manga de la camisa—. Si un malnacido le hiciera esto, juro por Dios que no tendría cielo ni tierra donde esconderse.

—No seas ingenuo y ruega porque no le pase a tu muchacha. Estas bestias saben muy bien cómo desaparecer.

Acto seguido, el espía hizo una señal a sus hombres subiendo el mentón para que le siguieran. Bajó las escaleras de hierro. Se marcharon.

—Mereció la pena —dijo Caterina mirándola.

—¿Tú crees? —preguntó el soldado.

—No, pero eso es lo que ella dijo cuando le advertimos del peligro. Prefería morir que vivir con miedo. Siempre fue coherente. Ojalá yo fuera la mitad de coherente que ella.

Sus palabras quedaron suspendidas en el aire, como el polvo del viento que había invadido Venecia la noche anterior.

Mientras la joven preparaba el protocolo para examinar los cadáveres, el capitán echó un vistazo a la sala. Sus ojos azul grisáceo se detuvieron en los inmensos tarros con fetos, manos, cráneos y demás partes humanas flotando en líquido repartidos por las estanterías. Válgame Dios, en qué universo espeluznante se había criado aquella muchacha. Él había visto casquería de todo tipo en la batalla, cómo no, era un soldado, pero coleccionarla…, eso era harina de otro costal. Entonces se volvió hacia la joven y, sin quererlo, se perdió en sus movimientos. Le pareció seductor cómo recogió con dos horquillas su melena caoba en un moño alto y algo desastrado. Cómo sacaba un mandil blanco de un cajón, agarrando su tirador en forma de pájaro con las manos, para después cerrarlo con un golpe de cadera. Le intrigó la forma en que colocaba el delantal sobre su vientre y se rodeaba dos veces con sus cintas la cintura. Se fijó en la armonía con la que elevaba los brazos para izar la parte superior del delantal cubriendo sus pechos para atarlo en la nuca. Le pareció cautivador el riguroso orden en el que repartió sobre una mesa sus herramientas; guantes, pinzas, cuchillos… Y contuvo la respiración cuando la contempló iluminada por las llamas de cinco lámparas de aceite, apostadas en la pared, encendidas por ella.

«Alfonso, tienes veintinueve años —se dijo— y ella diecisiete. Además, estás roto. Es imposible».

—¿A qué espera?

Caterina le dejó seco con la pregunta.

—¿No me va a ayudar a quitar los cristales? —insistió la dama.

Ah. Era eso. Guardi puso un candado a su imaginación y tiró la llave. Ambos se pusieron al tajo. En pocos minutos la muerta estuvo limpia de cristal. Inevitablemente, los añicos de este habían provocado grandes heridas, pero sin apenas sangre. El capitán se armó con su pequeño fardo de hojas, su carboncillo y su ingenio. Caterina, con sus guantes. Comenzaba la función.

—Fracturas en hombros, brazos, muñecas, costillas..., termino antes si digo que están por todo el cuerpo —explicó Caterina—. Señales en el cuello de algo parecido a un lazo, en horizontal. Y..., y...

Se detuvo. Le costaba hablar. Demasiado entera había estado hasta ahora.

—Tranquila; si no puedes, lo dejamos.

—¿Quién ha dicho tal cosa? —protestó con coraje—. Tome nota; ha muerto estrangulada. Ahora miremos su boca —se ordenó a sí misma separando con cuidado los labios de la amiga—. Demonio, otro obsequio —extrajo una hoja con pinzas—. Tome, guárdela en esas bolsitas que utiliza usted para sus estudios extraños.

—Perdone, ¿cómo dice?

Le sentó mal. ¿Le estaba llamando «raro»? ¿Ella, que se había criado entre vísceras y cuerpos desmembrados? Caterina, haciéndose la ajena, siguió a su labor.

—Haga el favor de acercarme la luz para ver mejor la costura del vientre —le dijo—. Sí, es reciente. Hay un zurcido bajo el ombligo, hasta el pubis. Desde luego no está perfectamente cosido...

—¿*Post mortem?*

—Eso creo, no hay sangrado abundante, pero ¿para qué abre y luego vuelve a cerrar? —preguntó la muchacha mirando los ojos del capitán.

—Imagino que para conseguir su trofeo sin afear el aspecto de la dama —contestó Guardi—. Es muy exquisito. ¿Podrás decirme con qué se ha quedado esta vez?

Caterina tomó aire antes de agarrar el escalpelo. Poco después tenía los guantes manchados de sangre oscura y una respuesta.

—El útero. Se lo ha seccionado.

—¿Violada?

—No parece.

—Mire a ver si presenta la firma.

Caterina alargó su mano enguantada para tomar un poco de polvo de los pechos de Giovanna y lo acercó a las lámparas.

—Azul, el mismo azul que Angelica.

—Ya veo —contestó el capitán—. Termine de abrirla a ver si averiguamos algo más. Yo, mientras, examinaré los cristales. Confío que nos lleven al artesano.

—Capitán, ¿usted cree que Giovanna podía amar a su asesino?

—Señorita, a estas alturas de mi vida, yo me creo casi cualquier cosa.

58

A *madame* Chevalier le costaba controlar la ansiedad. Enfundada en una bata de seda color rosa y encaje de Flandes, caminaba arriba y abajo de su biblioteca mirando repetidamente por la ventana.

Sentadas frente a ella, sobre un canapé tapizado en seda color limón, la observaban Rosalba Carriera y la compositora Goldoni. Cada una formaba un número cuatro perfecto sobre el asiento. Estaban rígidas, por no decir tiesas, e incómodas. La concubina de lujo Lucrezia Rosso prefería esperar de pie, sirviéndose copas de jerez, obsequio de un amigo español de *madame*.

—Si sigues caminando así, querida —le dijo Lucrezia—, harás un agujero tan profundo en el piso que toda el agua de Venecia se irá por él. ¡Schaaaas! Como por un sumidero.

Por fin se oyó un gruñido en la puerta. El tullido Armand estaba allí con una nota. *Madame* corrió a leerla. Primero la olió. A rosas. No había duda.

—Es de sor Rachelle.

Las mujeres rodearon a la Chevalier. Leyeron rápido. La frase era muy corta. Pero brutal. Cundió la desolación y *madame* pegó tal golpe en el cristal de la ventana que le hizo una raja. A Dios gracias que había una cortina entre él y la mano de la señora.

—¿Qué estoy haciendo mal? —se preguntó rabiosa frente a sus amigas, que la miraban con gesto de angustia—. ¿Qué estoy haciendo tan jodidamente mal?

59

L a nereida salpicó de agua el rostro de Vincenzo para despertarlo. El hijo del pescador se había quedado dormido en la cubierta de una gran barcaza que recaló en un embarcadero de la isla de Torcello. Después de dejar a su hermano en el Ospedale necesitaba olvidar, así que gastó los pocos céntimos que le quedaban en una *grappa* mala y peleona comprada a una mesonera más peleona aún. A continuación agarró una buena curda para acallar la conciencia hasta que cayó mareado y rendido sobre una nave. Nave que le llevó donde Dios quiso, es decir, a la isla de Torcello.

—¡Vincenzo, levántate! —gritaba Eunice nerviosa viendo cómo el dueño de la barca se acercaba. No se tomaría muy bien encontrar a un polizón escondido durante la noche. Pero ella, criatura del mundo invisible, no podía o, mejor dicho, no debía dejarse ver por nadie más que su elegido o sería convertida en pez para siempre. Orden caprichosa del dios de los dioses para proteger su universo y a sus moradores. Eso y que no era cuestión de ir mostrándose en pelotas.

Pellizcó al muchacho. Tiró de su pie para sacarlo. Esfuerzo inútil. Solo consiguió quedarse con su zapato y darse ella un culetazo contra una roca por efecto de la caída.

—¿Qué tenemos aquí? —preguntó el barquero, un tipo insignificante con el tamaño de un niño, la cara de un viejo y una mezcla curiosa de ropas roñosas con una casaca anaranjada de paño lujoso—. ¡Eh, tú, despierta! —bramó dando un puntapié al pescador.

Cómo es la vida. De nada valían las agüitas dulces y los arrumacos de la ninfa para revivir al muchacho, pero qué eficaz resultó la patada en el coxis. En un pestañeo Vincenzo ya estaba arriba. Pero ¿arriba de dónde?

—Estambul, mamón desastrado —le dijo con sorna aquel hombre.

—¡Oh, Señor! —contestó Vincenzo con angustia, echando pasos rápidos a todos lados sin saber adónde ir— ¡Qué terrible ha sido mi pecado para que el todopoderoso me conduzca a la tierra del enemigo!

—¡Que no, idiota! Estás en Torcello. Pero ¿qué falta cometiste para creerte merecedor de tamaño castigo?

—Mi niño…, mi pequeño…

—¿Un niño? ¡Acabáramos! ¡Has dejado preñada a una furcia!

—¿Cómo?

—Sí, sí, sí. Aquí en Venecia todas son furcias. Mi mujer, mi hija…, hasta mi madre. ¡Ja, esa sí que fue una buena furcia! Muy bien pagada, no te vayas a creer. Y ahora sales huyendo del hijo. Muchacho, no sabes cómo te comprendo —le dijo poniéndole la mano sobre el hombro—. Cuántas veces he tenido que salir corriendo por lo mismo, con el rabo entre las piernas, ¡ja, después de haberlo tenido bien tieso! Ten, bebe —le indicó ofreciéndole su petaca ennegrecida y maloliente.

—Señor, después de la curda, no sé si…

—Bebe —insistió—. La *grappa* es la medicina del alma de los pobres —le dijo preparando la barca para zarpar.

La nereida negaba con la cabeza desde el agua. No. Ni una gota más. Pero el pescador se encogió de hombros y le dio un trago. Qué otra cosa podía hacer… Y sintió una náusea infinita.

—¿Mejor? —preguntó el barquero.

—En verdad, me quiero morir —contestó el joven conteniendo una arcada a la vez que le devolvía la petaca.

—¡Bueno, eso es que ya te estás curando! Muchacho —le dijo mirándolo con los brazos en jarras—, me caes bien. Si sabes ser discreto, puede que tenga un trabajo para ti.

—Se lo agradezco, señor, pero yo soy pescador y…

—¡Y no tienes dónde caerte muerto! Mira tu aspecto. Y mira el mío —dijo el barquero alfeñique mostrando vanidoso su chaqueta—. Tócala…, ¿suave, eh? De lujo. Como los grandes señores. ¿Sabes cuánto vale? Tu jornal de dos años, pero conmigo podrías ganarlo en dos meses. ¿Qué? ¿Te interesa?

Las pupilas de Vincenzo brillaron con fuerza. Eunice, furiosa, volvió a sacudir su bonita testa mojada con más fuerza en señal negativa. Ni aquel tipo ni su trato podían llevarle a nada bueno. Pero la propuesta era sumamente tentadora, y cuanto antes reuniera dinero, más pronto podría recuperar a su hermano.

—Señor —le dijo entonces con prudencia—, ese trabajo del que usted me habla… ¿requiere, digamos, desvalijar alguna hacienda o quitar la vida de alguien?

—¡Me ofendes muchacho! ¿Acaso me ves con aspecto de ladrón o asesino? —gritó plantándole cara y empujándole, a punto de tirarle por la borda.

—Claro que no, pero… —se exculpaba intentando no caer.

—¡Ja, ven aquí, truhan! —dijo riendo a carcajadas mientras le agarraba del brazo rescatándole de una caída segura—. Yo también pensé lo mismo cuando me lo propusieron. Y quizá no lo habría rechazado… Mira —le indicó situándose en la misma posición que él, agarrándole por el cuello como un buen compadre—. ¿Ves esa casa de allí en frente? Vive una dama. ¡Pero no cualquier dama! Una fina y elegante —relató llevándose los dedos índice y pulgar a la boca y cerrando los ojos como si acabara de probar un bocado exquisito—. Tú serás su barquero cuando yo esté en otros menesteres.

—¿Y nada más? —preguntó incrédulo.

—¡Pues claro que hay algo más! ¿Tú te crees que los ducados los echan los árboles? Tu trabajo será asegurarte de que la dama llega a su destino, pero sobre todo y óyeme bien, de que la dama vuelva.

60

EL GRAN CARLO

osquitos. Qué desagradable zumbido y qué engo-
rrosa picazón», pensaba el capitán Guardi al tiempo
que los aplastaba a pares al pasar por la isla verde y frondosa
de San Michele.

Iba a bordo de su barca rumbo a Murano, el paraíso de
los cristales. «Otra vez en una maldita barca», se decía. «Pues
claro, soldado, ¿cómo quiere ir en la Serenísima…, caminando
sobre las aguas como Jesucristo o volando como los pájaros?»,
imaginó que le contestaría cualquier hijo de Venecia.

El cielo barruntaba tormenta. El aroma de los árboles
frutales se mezclaba con el olor a arena quemada de los hornos de vidrio. Ya estaba muy cerca de la isla. Pronto podría
indagar sobre la naturaleza y origen del cristal que había servi-
do de sepultura a Giovanna.

El barquero, que no tendría más de quince años, le dejó
junto a una fábrica, al parecer de un pariente, y se despidió di-
ciéndole algo en véneto que él no entendió. En verdad le llamó

roñoso por no dejarle propina. Ese disgusto que se ahorró el capitán, pues sus conocimientos aprendidos de niño con su abuelo romano le daban para hablar y entender italiano, pero no el véneto.

Cruzó un pequeño jardín muy cuidado lleno de arbustos, camelias, en color rosa. Excesivo para la entrada de cualquier fábrica, pero esto era Venecia, y aquí, incluso las cloacas debían destilar elegancia. Vio a varios mozos entrar por un pasillo ancho, ligeros, y a otros salir pesadamente cargados con enormes lámparas de colores protegidas con trapos, seguidos de cerca por oficiales implacables que los insultaban y amenazaban con seccionar su parte más viril si algún artículo se dañaba durante el transporte.

Decidió adentrarse por el arriesgado pasillo hasta llegar a una sala rectangular —la sala de muestras— con la pared cubierta por osamentas de animales cazados y el techo cuajado de lámparas en forma de araña —arañas venecianas— con sus patas bulbosas y estalladas en tulipas color dorado, verde, asalmonado, azul… Unas cuantas adornaban sus brazos con cristales que recreaban amapolas, margaritas y fresas. El capitán se detuvo a contemplar unas vitrinas abigarradas con toda clase de jarras, bellísimos vasos esmaltados con oro y plata, así como copas en cristal vaporoso de colores. En estas últimas era donde más se había disparado la imaginación de los artesanos, pues si el pie de una representaba un pequeño dios Cupido enroscado en una columna jónica, otra era un dragón alado y la de más allá un cisne seductor.

Mientras el capitán se entregaba a la contemplación curiosa, que no a la admiración de los objetos —todos estos perifollos le daban grima; al fin y al cabo, era un soldado castellano—, un hombre alto de pelo blanco y buen traje de seda plateado le sometía a un férreo examen desde una esquina del salón. Quería el tipo descifrar si el capitán era caballero acaudalado y, por tanto, merecía la pena comerle la oreja para venderle una de sus carísimas lámparas o si, por el contrario, se trataba de un chupatintas sin oficio ni beneficio con el que no debía perder el tiempo. Carlo Massimo era su gracia, de César romano su aspecto y de pirata su alma. Si no vendía a su madre era porque no podía colgarla del techo y hacer que luciera. Se levantaba cada día cavilando cómo y a quién vender más, y se acostaba pensando por qué diantre habría vendido menos. El gran Carlo, como le llamaban, dios y señor de todo aquello, iba memorizando todo cuanto veía del capitán. Botas de cuero de Ubrique —muy bueno—. Levita antigua —regular—, aunque de un paño excelente —bueno, entonces—. Apostura marcial, militar seguro —a dos velas, malo—. Sin embargo, aire elegante, quizá un alto cargo y noble —buenísimo.

El lugar de procedencia desempeñaba un papel importante. Si el potencial cliente era de Inglaterra o Francia, seguramente tendría una buena bolsa. Si era de España, quizá no tanta. Los jóvenes eran más fáciles de engañar. Las damas viejas e italianas, las más difíciles. Este ¿qué edad tendría?, ¿entre los veintiocho y los treinta? Tras su estudio, el vidriero llegó a una conclusión; el pájaro poseía dineros, solo faltaba saber en qué los gastaba. Y decidió arriesgarse.

—Buenas tardes, caballero. Esta humilde fábrica de vidrio le da la bienvenida. Carlo a su servicio. ¿Español?

—Correcto —contestó el capitán observando su tono de voz y su manejo del cuerpo estudiado, teatral.

—Tengo grandes clientes españoles. ¿Conoce al conde de Villaespesa?

—Puede.

—Hace muy poco me encargó para su hacienda de Utrera dos lámparas.

—¿En serio?

—A fe que mucho.

—Pues ya tiene usted mérito, porque a Villaespesa se lo comió una tribu del Amazonas. Solo dejaron de él los huesos, las uñas y el cimbel; de hecho, por él le reconocieron.

—¿He dicho Villaespesa? Quería decir Villamediana —rectificó Carlo sin gota de azoramiento—. Demasiados nombres de clientes para este humilde artesano que ya no cumple los sesenta. De cualquier forma, dígame en qué le puedo servir.

—Me interesa la técnica de elaboración de vidrio.

—Ah —dijo sonriendo—. ¿Es de los que quiere saber el origen de lo que compra?

—Me interesa la técnica de elaboración de vidrio —repitió.

—Ya... —contestó el hombre algo desconcertado—. En ese caso le ruego que me acompañe hasta el local donde fabricamos nuestros artículos y, con sumo gusto, le mostraré el proceso.

Seis hornos aguardaban en una inmensa sala ahumada y sucia de varios metros de altura y grandes ventanales en la que resplandecían llamaradas de naranja intenso. El refugio de un mago o una bruja, parecía. O quizá las dos cosas. La transformación de arena en objetos de arte tenía mucho de alquimia.

El olor a madera húmeda quemada y aceite de linaza con carbón vegetal inundó las narices del capitán hasta arañar su garganta. Pero lo más intenso era el ruido. Una orquesta de golpeteos incesantes de metal y cristal atronaron sus sesos siguiendo, cada uno, el propio ritmo de su autor. Rápido y escandaloso sonó el batir de la caña, esto es, el ejercicio necesario para limpiar los restos de cristal que quedaban en la larguísima vara de soplar vidrio. Secos y desacompasados los golpes de los pesados moldes al ser colocados en las plataformas metálicas de soplado. Chirriantes y puntiagudos los cristales rotos al cortar las calotas, es decir, las zonas donde están sujetas las piezas a las cañas. Susurrantes los fogonazos incesantes de los hornos. Enérgicas las indicaciones de los maestros vidrieros.

Superada la sorpresa inicial, al dar los primeros pasos en ese universo nuevo sintió un calor grande y lógico que aumentaba a bocanadas, dependiendo de la proximidad de los hornos. Se fijó en el pequeño ejército de hombres que se afanaban en la producción de bellísimas copas en color amarillo. Todos con la piel enrojecida y deshidratada. A la fuerza. Ni las calderas de Pedro Botero llegarían a los mil cien grados que alcanzaban esos hornos para trabajar y hasta los más de mil trescientos para fundir la composición.

Organizados en plazas, encontró al soplador, al levantador, al cortador, a un mocoso de unos diez años que llevaba los moldes para las piezas y, por supuesto, al director de esa orquesta de cristal, el maestro vidriero. El artesano, con mandil y facha de oso tranquilo, sacó del horno una caña con la posta o burbuja inicial y comenzó a dar cortes y pellizcos con pinzas —aparentemente sin sentido— a esa bola de arena incandescente que pendía del palo largo. Entonces, como por milagro, el bribón ingenioso fue transformando los pegotes sacados al vidrio en patas, crines, cabeza, cuerpo estilizado y cola hasta conseguir un majestuoso caballo rampante y vigoroso que serviría de pie a una copa. Todo fácil. Todo pasmoso. Como si esa figura siempre hubiera estado allí, cuando la verdad es que allí no había un carajo.

Y el capitán que pensaba que Dios era el sumo creador.

—Impresionante —afirmó Guardi—, pero solo me interesa un horno.

—Dígame usted cuál.

—Uno gigante. Tan grande que en él se haya podido cocer una botella de cristal de setenta centímetros de diámetro y un metro y medio de largo.

—Pierde el tiempo si cree que un vidriero veneciano le va a dar esa información a un extranjero —le dijo el charlatán—.

Tenemos prohibido por ley desvelar nuestros secretos de manufactura.

—No le estoy pidiendo tal cosa. Lo mío es más un dato de ubicación, una información geográfica. Si quiere, me lo puede dar.

—Y podría darle algo más si me comprara una lámpara —le dijo el pícaro vidriero.

El capitán no pudo por menos que sonreír. Una pista crucial para dar con el asesino a cambio de una lámpara. Le pareció un trato increíble pero justo y, qué caramba, daría un poco de vida a su mortecino cigarral toledano.

—Está bien —contestó el capitán.

—*Bravissimo!* —exclamó el gran Carlo—. Usted no lo sabe, pero en realidad lo que busca es un manchón gigantesco, es decir, un gran cilindro que normalmente se utiliza para fabricar vidrio plano, el cual se consigue propinando un corte a la pieza. Sin embargo, el autor de la gigantesca botella que busca detuvo el proceso antes de seccionarlo conservando así su forma tubular. Se lo demostraré sobre el molde del manchón más grande que tenemos. ¡Piero! —gritó— ¡Abre el foso!

Al instante, un aprendiz raquítico apartó los tablones de un agujero rectangular excavado en el suelo del taller que solo se utilizaba para este tipo de técnica. Un soplador fortachón agarró una escalera, necesaria para alargar el cuello y la tremenda altura de la botella, y la llevó junto al foso donde aguardaba el molde inmenso. Subió hasta el peldaño más alto y desde allí, levantó el vidrio. Tomó un trago de licor y sopló con él la caña para abrirlo más fácilmente, como era costumbre, para obtener así la posta. Achispado por el alcohol que llevaba toda la mañana soplando, casi pierde el equilibrio. Recuperado, continuó su tarea mientras giraba la caña sobre el enorme molde de madera abierto en el suelo. Acto seguido comenzó a descolgar el manchón para alargarlo. Una vez alcanzadas las dimensiones deseadas, hizo la base con una paleta. Un levantador pequeño y sumiso dio un puntil al maestro para arreglar el cuello —ancho— requerido para la botella. Con cuidado, dos hombres, los más grandes y fornidos del taller, la introdujeron en una gran arca de recocido. Ya fría, el maestro cortó la base y la calota para separar la pieza de la caña. El resultado fue una botella muy parecida a la de Giovanna, salvo por el color.

—Asombroso, amigo. Pero hemos de afinar aún más. La botella que yo busco es de color azul, un azul intenso y hermoso, como este… —dijo el capitán sacando un trozo del cristal tallado del interior de su bolsa.

El gran Carlo fue hasta la ventana para examinar con más luz el fragmento.

—¡Ah, caballero! Esto se ha hecho con pigmento «azul Venecia», el óxido de cobalto más puro del mundo, prácticamente imposible de conseguir.

—¿Por qué razón?

—Porque solo lo hay en Siria y los piratas que capturan los barcos europeos que regresan cargados de allí se apoderan de él para revenderlo aquí y en Bohemia a precios desorbitados. Ningún vidriero reconocerá que lo tiene porque eso le supondría admitir que lo compra a un pirata.

—Comprendo.

Guardi regresó a su apartamento con la información y una inmensa lámpara de cristal.

61

A LA VENECIANA

Caterina, nos perdemos el instante. Detente y observa este momento maravilloso de lluvia torrencial contra la ventana, ese momento en el que todos huyen y nada se ve, que aguardamos en silencio hasta que pase..., ¿lo ves?, siempre esperando a que pase en vez de disfrutar el segundo de calma, de recogimiento. A veces creo que Dios nuestro Señor hace llover para que no pensemos, para que el ruido del agua ensordezca tanto nuestro discurso interior que todo sea nada y la nada sea la calma de nuestra alma en continuo tormento. Qué delicioso instante en el que dejamos de sufrir, en el que nadie nos juzga, ni siquiera nosotros. No es que llueva, Caterina, es que el cielo nos presta sus lágrimas para sanar nuestras almas y para que el agua al caer arrastre con ella las sombras que todos tenemos...

Seis meses después de escuchar las palabras del *dottore*, su hija las recordaba con la frente pegada a la ventana de su nuevo dormitorio en la Pietà, dibujando en el cristal una mancha redonda de vaho que aparecía y desaparecía con su respiración. Viendo caer la lluvia en una tarde cenicienta, reviviendo la sensación de tener padre. Desde esa misma mañana compartía habitación con Doralice y Francesca. «Mejor no estar sola por motivos de seguridad», argumentaron en la Pietà. «Si te van a sacar las tripas, que por lo menos lo tengan difícil», interpretó ella.

La noticia de la muerte de Giovanna corrió como la pólvora e incluso a más velocidad, precisamente por la prohibición de hablar del tema. Si esto se llegaba a saber en Venecia, el Ospedale podría quedarse sin la generosa aportación de hombres y mujeres pudientes que amaban las voces de las niñas. O no tan niñas. O nada niñas. La versión oficial rezaba que Giovanna había escapado con su amante, lo cual quizá no era del todo incierto.

La elegante y correcta Francesca pidió hacerle una misa de réquiem. Pero el Consejo contestó que era imposible. ¿Cómo celebrar un funeral por alguien que, oficialmente no había fallecido?

—A la veneciana, es decir, en secreto —propuso Caterina pestañeando con sus ojos violeta.

Y le hicieron caso.

La noche siguiente al asesinato, a las tres de la madrugada —hora convenida— todas las mujeres del coro salieron descalzas, con sus camisones blancos y mantones para el frío, portando pequeñas velas prendidas. Las porteras cerraron los ojos, un poco por honrar a la muchacha, otro mucho por no enfadar más a su espíritu, que, suponían, vagaría colérico después de encontrar la muerte de forma tan salvaje.

Las niñas descendieron con sigilo por la escalera de caracol como si de una procesión de ánimas se tratase, y en verdad que aquellos peldaños nunca albergaron tanta piedad y tanta emoción juntas. Se situaron frente al altar. Hoy nada de celosías que ocultaran sus identidades. Querían que Dios las viera bien para rogar por el alma de su hermana desaparecida. Y para pedir no ser las siguientes.

—¿Con instrumentos? —preguntó Beatrice.

—Por supuesto, pero con mordaza.

Y así ataron cuerdas de violas y violines, y las cantantes bajaron sus voces al nivel del susurro para interpretar la *Missa pro defunctis per octo vocibus,* de Francesco Cavalli, adaptada para el coro e instrumentos de la Pietà por un maestro de música que pasó fugazmente por la institución sin dejar más que ese rastro.

> *Requiem æternam dona eis, Domine,*
> *et lux perpetua luceat eis.*

> Concédeles el descanso eterno, Señor,
> y que brille para ellos la luz perpetua.

Caterina escuchaba sobrecogida. Otro difunto. Señor, cuánto muerto le salía al paso desde que se había ido su padre. A la introducción de aquel réquiem le siguieron los *Kyrie eleison, Christe eleison* cantados en clave de murmullo para pedir piedad por el alma de Giovanna. Sus voces sonaron como una caricia sosegada, como el abrazo de un ángel. Bien es cierto que la partitura era de por sí sobrecogedora, curiosamente escrita por el autor al presagiar su final con objeto de que la cantasen en su propio funeral. Sobra decir que Cavalli, uno de los grandes compositores de ópera del siglo XVII, no se iba a escribir para sí mismo algo mediocre.

El recuerdo de esa imagen vaporosa y casi fantasmal de sus compañeras rodeadas de velas, cantando en voz baja, valientes y a la vez temerosas acudió a Caterina un día después del asesinato mientras veía caer la lluvia desde su ventana. Hasta que la perversa portera Vittoria la sacó de su ensueño.

—Ensayo.

—¿Ahora?

—¿Cuándo si no, señorita Sforza, cuando sea una anciana?

Esto le preguntó el pérfido Rambaldo a Caterina diez minutos después de que bajara a la Sala de Música tras el aviso. Lo hizo en voz baja. No quería que sus comentarios llegaran hasta la priora Agustina, que en ese momento departía con uno de los miembros del Consejo al fondo de la sala.

—Le recuerdo que usted solo gozará del privilegio de nuestra enseñanza durante un año y, de momento, el universo no se ha visto premiado por sus trinos. Sinceramente, no sé a qué espera.

—Ayer fue un día muy difícil por… —Francesca, que estaba delante de ella, frunció los labios y los tapó con el dedo índice. Calla. Calla—…, por el viento —rectificó Caterina.

—¡Acabáramos! —susurró la pérfida Camelia—. ¿El viento se llevó tu voz, quizá? ¿Y dónde está ahora, en la cumbre de Punta Rocca?

—Oh, vamos —protestó harta—, ¡sabéis que no quería decir eso!

—En realidad, nunca dices nada —protestó Rambaldo—. Ni cantas nada. Aquí no haces nada de nada. Tu padre malgastó su dinero trayéndote porque a ti, lo único que te importa, es coquetear con mi hermano Andrea y ese capitán español.

Se colmó el vaso del orgullo de Caterina. Su mano iba imparable a la cara de Rambaldo cuando fue detenida con precisión por el brazo derecho de Doralice. Una vez más, la valkiria se lanzaba en su auxilio.

—¡No se te ocurra! —masculló la maestra—. Eso significaría tu expulsión y ahora no puedes permitírtela.

—¡Me da igual! —contestó levantando la voz.

—No te da igual. Escucha —le dijo al oído—, guárdate la bofetada, se la darás en otra ocasión. En cuanto a ti, Rambaldo…

—¡Se lo diré al Consejo! ¡Le diré que la nueva *figlia in educazione* es una verdulera que ha intentado pegarme!

—Shhhh —ordenó Doralice—, hazlo y mañana tu padre sabrá en qué juegos de azar te gastas su dinero.

Rambaldo se sintió como asno acorralado, y se puso a dar coces.

—¡Sois dos rameras! —dijo el joven escupiendo a los pies de las muchachas.

—Y de la peor calaña. Ahora que ya lo sabes, vete. Yo continuaré con tu clase.

El profesor salió de la sala. El lugar recobró la armonía sin su presencia, pero Caterina comenzó a organizar sus partituras para marcharse también.

—¿Adónde vas? —le preguntó, o casi le protestó Doralice.

—A mi cuarto. Después de lo de Giovanna, no me siento con fuerzas para cantar.

—¿Hoy tampoco?

—No me fastidies. ¿Te vas a poner igual que Rambaldo? —preguntó furiosa Caterina.

—¡Sabes perfectamente que no se trata de eso! Muchacha, ¿qué clase de intérprete quieres ser? ¿Una que solo canta cuando está contenta? ¿Qué te crees, que la muerte de nuestra amiga no me ha afectado a mí también, ni a Francesca ni tampoco a la pequeña Beatrice? Pero aquí estamos, todas, ensayando, tragándonos el dolor. Caterina, al público que te escuche le dan igual tus penas. Métete en el papel o dejaré de ser tu profesora.

Doralice le dio la partitura de *Juditha triumphans* a Caterina.

—Mírame bien —le dijo—, soy Holofernes, un general malvado que ha destruido a tu pueblo. Me odias y vas a cortarme la cabeza.

Caterina comenzó a susurrar el aria.

—*Tibi dona salutis precor e cælo, dux* —«Pido al cielo que te otorgue el don de la salvación, mi señor».

—No te oigo.

—*Tibi dona salutis precor e cælo, dux* —repitió casi sin elevar la intensidad.

—¡He dicho que no te oigo! ¿No sabes lo que eso significa? —y tocó el resorte—: ¡Vamos, Caterina, he matado a tu padre!

—¡Así te pudras en el infierno! —contestó.

Y la joven estalló con una voz poderosa y perfecta.

—*¡Tibi dona salutis precor e cælo, dux!*

Las mujeres del coro se volvieron hacia ella. Las maestras y la priora se volvieron hacia ella. Hasta san Marcos habría hecho lo mismo si hubiera podido salir de la catedral al escuchar el prodigio de su voz. Ya era oficial. Todos habían sido testigos del portento.

—Dios Santo, Caterina —exclamó la priora—, ¿qué clase de magia misteriosa se escondía en tu garganta?

—Ahora sí —le dijo Doralice satisfecha—. Ahora sí.

62

Vengo a ver a un preso —dijo el capitán.

—Imposible —le contestó un carcelero grande como un armario y faz cuadrada de auténtico idiota mientras cerraba una de las verjas de hierro de la entrada de las Prisiones Nuevas, junto al Palacio Ducal. ¿No ha oído usted la campana Realtina tocando el fin de la jornada?

—No. Además, ¿eso no es para los obreros?

—¿Y qué se cree que somos...?, ¿danzarinas, señor?

—En cualquier caso, puedo entrar porque aún no ha sonado.

El guardia bobo abrió su boca pastosa para mirar el reloj de pared del vestíbulo. El extranjero no mentía. Aún no era la hora. Suspiró exhalando un aliento fétido y solo entreabrió la verja para que el capitán entrara con dificultad. Sobra decir el tamaño de la patada que asestó el capitán a la susodicha verja para entrar con holgura. Hasta ahí podíamos llegar.

—Traigo un salvoconducto para ver al conde de Constanza.

El hombre cogió el papel e hizo como que lo miraba con desgana. Guardi habría apostado su brazo sin temor a perderlo a que aquel tipejo no sabía leer.

—¿Constanza? —repitió, intentando hacer memoria.

—Conde de Constanza —matizó el soldado.

—Un momento…

El gigantón, uno de los mejores ejemplares de estúpido que el capitán había visto en su vida, se metió en un despacho donde había otros dos guardianes. Miraron al capitán de arriba abajo, cuchichearon como alcahuetas. Mala cosa. Solo restaban seis minutos para que el tañido de las campanas autorizara su expulsión del edificio. «Vamos, inútiles —deseó— decidme que entre a verlo». Esta vez no preguntaría al conde por el asesino de su amante. Hoy necesitaba saber quién podía tener dinero y capricho suficiente como para comprar el pigmento «azul Venecia» a un pirata. El conde, adinerado e influyente, con intereses en el comercio marítimo y compartiendo techo con ladrones, tenía que saber a la fuerza algún dato. A cambio, no podía ofrecerle la libertad, pero estaba dispuesto a pelear, con la ayuda de Morelli, una sustanciosa reducción de su condena. Era una buena oferta, no podía decirle que no.

Y no lo hizo.

—No hablará con él —retornó diciendo el guardia —. Ha muerto.

Quince minutos, dos horas, un instante…, el capitán no podría precisar cuánto tiempo después, regresaba a su casa sonámbulo por la Riva degli Schiavoni, colapsado por la noticia. Su corazón golpeaba desacompasado. Fuerte, débil, otra vez fuerte… Sudaba frío. Le costaba respirar. Tuvo que detenerse en la calle del Doge para tomar su medicina. No esperaba esto. No por el difunto, que le daba igual. Era por ella, por su enamorada española, de cuya muerte se sentía responsable, por privarle de hacer justicia.

Morelli le aguardaba en el rellano de entrada de su pequeño apartamento, en el primer piso de su casa del Arsenale.

—¿Un mal día? —preguntó el espía.

Guardi, aún pálido, prefirió no contestar y abrió la puerta. La pared entelada en rojo, cuatro muebles y el desorden de siempre le aguardaban.

—Bonita lámpara —comentó el agente al verla en el suelo.

El capitán no estaba de humor. Su abatimiento iba transformándose en rabia.

—Constanza ha muerto —le escupió Guardi mientras se quitaba la levita.

—Dios le tenga en su gloria —contestó Morelli con poca sorpresa.

El capitán procesó durante unos segundos y se aproximó al espía.

—¡Usted sabía que esto iba a pasar! —reprochó.

—Saber no significa poder evitar —contestó con aplomo.

—¡Pero estaba al tanto de lo importante que era el testimonio de ese hombre para mí!

—Y por eso le procuré una reunión con él. ¿No lo recuerda?

—No es momento de hacerse el gracioso, Morelli. No me gusta perder el tiempo.

—¡A mí tampoco! —exclamó indignado—. ¡Yo estoy cumpliendo mi parte del trato, pero usted no hace lo mismo con la suya! ¿Ha averiguado algo de lo que le pregunté?

—No voy a contestarle… —le dijo dándole la espalda.

—¡No me gusta su respuesta! Un buen amigo le vio hablando con el comandante Moisè Milano, así como con *madame* Chevalier. Acordamos compartir información. ¡Yo le he ayudado con las muchachas!

—Usted ha dejado morir a Constanza. Ya no hay trato.

—Soldado, eso no lo decide usted —le retó Morelli.

—Salga de aquí inmediatamente —exigió el capitán abriéndole la puerta.

El espía emprendió camino hacia la calle, pero antes se encaró al capitán.

—Esto no termina así. Usted elige. Nos ayudamos como amigos o...

—¿O qué? —preguntó el capitán mirándole a los ojos.

—No me ponga a prueba.

63

T engo que hablar con Angelica ahora mismo —dijo la anciana marquesa de Landau, una mujer, o mejor dicho un pavo, de cuerpo grande, caderas tremendas, vestido y tocado negro, cabeza pequeña y collar rojo que colgaba del cuello. Un pavo. De piel blanca y aterciopelada por todos los ungüentos que se hacía dar por su criada. Y coqueto. Entró como un ciclón en la Sala de Música.

Habían pasado muy pocos días desde el asesinato de Giovanna, así que la repentina reclamación sobre otra difunta sentó como un estilete que reabriera la vieja herida en las carnes de las hijas del coro. Al oírla, todas se miraron con el corazón encogido.

—¿No sabe esta vieja chocha lo que le ocurrió a Angelica? —preguntó Camelia mitad burlona, mitad apesadumbrada.

—No, obviamente —contestó Doralice, y al instante abandonó la partitura que mostraba a Francesca y se dirigió hacia ella—. Marquesa, es un placer recibirla en nuestra institución.

—Seguro que sí, pero yo necesito ver a Angelica. ¿Dónde está? —graznó caminando entre las muchachas que ensayaban, zarandeándolas para mirarles la cara a ver si alguna era la que buscaba, casi picoteándolas sin respeto.

A más de una se le ocurrió trincharla.

—Señora —dijo la priora entrando en la sala, firme y regia—. Angelica no se encuentra entre nosotros. Si le puede ayudar otra de nuestras muchachas, o yo misma…

—Imposible. Es la compositora más talentosa que tenéis. Ella me escribió, hace más de un mes, una cantata para la misa conmemorativa del décimo aniversario de la muerte de mi esposo. Lo había leído por encima, pero ahora que me he puesto a ensayarlo detenidamente, ¿qué me encuentro al leer el texto de la primera aria?

—Lo ignoro del todo —contestó Agustina.

—Ahora verá.

La anciana sacó unas pequeñas lentes, las apoyó en su nariz. Pasó las páginas del cuaderno de partituras que llevaba en la mano hasta que encontró la que buscaba y señaló con el dedo.

—«*Oh, Señor, acógele en tu seno. Tu palabra es camino, en él está la salvación*». Y hasta aquí todo correcto.

—Así parece —dijo impacientándose la priora mientras el resto de mujeres observaba murmurando.

—Y ahora viene lo chocante… «*Has de saber que hay otro hombre que reclama mi amor, pero yo solo a ti te pertenezco, a tu cuerpo y a tus labios ardientes. ¿Vendrás o me obligarás a echarme en sus brazos? Espero tu respuesta el día convenido*». Y, francamente, no me parece apropiado cantarle esto a Dios nuestro Señor y menos en el funeral de mi esposo.

El murmullo de las niñas aumentó de volumen e incorporó pellizcos de risa. La priora enrojeció. Caterina, sin embargo, le encontró lógica.

—Marquesa, ¿me permite la partitura? —planteó la hija del médico.

—Sí, hija, sí. Mírala a ver si tú desentrañas el origen de esta locura —dijo poniéndola en su mano.

La hija del *dottore* revisó el texto «polizón». Estaba escrito con grafito, por tanto, susceptible de ser borrado con miga de pan, a diferencia del resto de palabras caligrafiadas en tinta negra. Ahora bien, en ambos casos, era la misma letra.

—¿Angelica le componía con frecuencia obras?

—Así es, y ya le he dicho que es una autora maravillosa. No entiendo por qué ahora este despiste.

—Señora, ¿quién, además de usted, lee estas obras en su casa?

—El padre Benedetti. Suele ser quien celebra los actos religiosos de mi familia, cuando puede, claro, ya tiene ochenta y cinco años. Su longevidad es una rareza casi de feria.

«Por aquí no vamos bien», se dijo Caterina. Volvió a la carga.

—¿Alguien más?

—Mi joven nieto Pasquale. ¡Ay, mi loco Pasquale! Es como un niño juguetón. Siempre quiere ser el primero en interpretar las obras de Angelica en el clave.

Caterina, la priora y Doralice cruzaron miradas. Qué fácil. Y qué difícil. La muchacha de ojos violeta pensó que la vida le estaba tendiendo un puente, y decidió buscar las palabras para atravesarlo.

—*Signora,* esta tarde tendremos un delicioso concierto de arias para contralto y acompañamiento instrumental del maestro Vivaldi en la Sala de Música. ¿Cree que sería posible que le acompañara su nieto para que podamos conocerlo?

—Por supuesto —contestó la dama—, le entusiasman los conciertos de la Pietà. Dice que las niñas cantan como ángeles.

64

E l hijo del pescador con ropa nueva y un baño parecía otro muchacho. Preparaba su góndola en el embarcadero de Torcello. La barba afeitada, el pelo recogido en una coleta, la levita rojiza con mangas y faldón largos como día sin pan —un truhan se la dejó a buen precio—. Para todo eso le dio el adelanto del barquero alfeñique, y aún le sobraron unas monedas.

—No lo hagas, Vincenzo —le rogó la nereida chapoteando con indignación en el agua.

—Déjame, mujer. No insistas.

—Ese barquero está lleno de sombras, solo te traerá problemas.

—Me da igual. Tengo que hacerlo. Y ahora déjame en paz.

El muchacho saltó de la barca a la orilla y puso rumbo hacia la casa de pescadores donde habitaba la dama prisionera. Allá se quedó la muchacha del agua, con sus esperanzas hundidas.

Vincenzo estaba nervioso. Se pisaba los zapatos nuevos —demasiado grandes—. En cada paso recordaba las instrucciones que debía seguir con la señora; no mirarla a los ojos, no entablar conversación y, por supuesto, jamás permitirle que se alejara.

Alguien abrió la puerta de la casa desde dentro y salió la mujer. Una belleza serena y discreta, muy delgada, elegante y contenida, con traje negro. Olía a jazmín. Llevaba el pelo oscuro recogido en ondas. Pretendía pasar desapercibida. Pero tan enigmática. Tan atrayente. Cómo no mirarla.

Según lo convenido, Vincenzo volvió los ojos hacia el suelo y le tendió su brazo para ayudarla a sortear el camino. Notó la calidez de su mano y no pudo por menos que observar su dedo anular con un anillo de perla inmensa a juego con los pendientes.

«Dinero tiene —pensó el muchacho—. ¿Qué hace en esta humilde casita de pescadores? Meretriz no es, o no llevaría semejante piedra... Claro que algunas se saltan ese requerimiento del Estado. No me mira. ¿Tendrá familia? Sus costosas enaguas suenan a cada uno de sus pasos... Vincenzo, qué afortunado eres. Nunca habías tenido una dama de verdad lo suficientemente cerca como para escuchar el frufrú de su ropa interior. ¿Qué edad tendrá?».

—Con cuidado, señora —le dijo ayudándola a subir sobre la góndola, tan discretamente adornada como la dama, y eso era decir muy poco en Venecia.

Otra vez Vincenzo lanzó la mirada al suelo antes de preguntarle por el destino. Al escucharlo, le recorrió un escalofrío.

—Ospedale della Pietà.

65

L os habrá leído todos? —preguntó Roberto Buonarotti al capitán Guardi observando la gran cantidad de libros de las más variadas disciplinas que reposaban en dos vitrinas de nogal con la cornisa tallada. Estaban en el *casino* de Andrea Stampa, próximo a San Marcos.

—¿Por qué no? Los hombres son ricos porque no son idiotas.

—El inmenso capital de su padre tiene su importancia.

—Pero el capital, como dices, hay que mantenerlo. En manos de un estúpido, se pierde y, según tengo entendido, él ha triplicado su empresa y fortuna.

El español se había hecho acompañar por su amigo Roberto para hablar directamente con Andrea, como deseaba Morelli. De momento no tenía muy claro si compartiría este hecho con el espía. Pero el capitán sabía que de aquel salón de paredes rosadas y muebles de maderas nobles, propiedad de uno de los hombres más influyentes de Venecia, algo iba a sacar.

—Disculpen mi tardanza —dijo Andrea apareciendo en la sala con elegante levita negra.

—No, discúlpenos usted por presentarnos sin avisar —repuso el capitán—, pero teníamos que comentarle un asunto urgente sobre el tema de las criaturas asesinadas.

—Entonces han hecho bien en venir. Les ruego que tomen asiento.

Stampa les señaló con amabilidad dos butacas cómodas, tapizadas con ilustraciones de Psiquis y Cupido—. ¿*Grappa* o jerez?

—Jerez, gracias —afirmó Guardi acompañado de una confirmación de cabeza de Buonarotti—. Como ya le habrá contado el conde —continuó diciendo—, la aparición de la joven Giovanna dentro de la botella de cristal ha sido devastadora.

—No se imagina cuánto —dijo Andrea mientras les ofrecía las copas de vino.

—Sin embargo —añadió Roberto—, mi amigo español ha sabido dar con un detalle harto interesante.

—Por favor —contestó Andrea con expresión de esperanza—, ilústreme.

—He indagado acerca de la naturaleza del cristal que la envolvía, o mejor dicho, su color. Y parece ser que solo se obtiene con un pigmento llamado «azul Venecia» procedente de Siria.

—Vaya —contestó Andrea—, estoy impresionado.

—¿Dónde cree que podría encontrarlo?

—Bueno, no es tan difícil —contestó el anfitrión—, cualquier mercader que venga de Oriente podría traerlo en sus barcos. Nuestra amiga común, *madame* Chevalier o yo mismo...

—¿Usted comercia con él?

—Lo hice, pero cesé su compra porque el precio era muy alto y aumentaba asombrosamente la probabilidad de que mis naves fueran atacadas por los berberiscos para revenderlo. Ahora solo tratan con él los piratas.

—Disculpe el atrevimiento, pero ¿usted tiene o ha tenido algún contacto con…?

—¿Los corsarios del sultán? No se alarme, entiendo perfectamente su pregunta. Pues he tenido los contactos justos cada vez que apresan alguno de mis barcos y he de pagar por liberar a mis hombres.

—Cosa que, tengo entendido, no ocurre con frecuencia.

—Efectivamente, a Dios gracias. He de reconocer que soy afortunado. Aunque la fortuna hay que ganársela. Observe.

Andrea ofreció a sus invitados un puñado de libros y legajos con mapas de las costas italianas, españolas, griegas, argelinas y turcas.

—Los capitanes de mis barcos y caravanas no cesan de estudiar los caminos para inventar nuevas rutas con las que burlar a los filibusteros.

—Admirable —comentó el capitán echando un vistazo a las profusas ilustraciones de mares, corrientes, costas y montañas de la geografía mediterránea y oriental—. Entonces, permítame decirle que es el hombre que busca mi señor, el rey de España.

—¿En serio? Y, dígame, ¿en qué manera podría yo ayudarle?

—Su majestad está interesada en ampliar sus rutas comerciales con Italia.

—No todo va a ser Nuevo Mundo —apoyó Buonarotti.

—Y sería generoso con un nuevo socio —continuó el capitán—, siempre que pudiera garantizarle de alguna forma que estaría a salvo de piratas.

—Caballero, mi honor me impide prometer algo que no puedo cumplir. Yo me ofrezco a prestarle mis conocimientos, pero la certeza que usted me pide, en fin, habría que ser un pirata para dársela.

—Le agradezco su sinceridad —contestó el capitán—. No obstante, informaré de nuestra charla a su majestad. Y, me atrevería a pedirle uno de estos libros para ojearlo con calma.

—Solo tengo copia de uno de ellos, ¿cuál le interesa?

—El azul.

—Por ahí vamos mal —dijo con una sonrisa—, sepa que los varones de mi familia padecemos un defecto visual que nos impide distinguir el color del cielo.

—Qué padecer más extraño —dijo el capitán—, pues perdone la mala indicación. Este entonces —afirmó señalando el texto elegido con la palma de su mano.

—Todo suyo, afortunadamente dispongo de otro volumen calcado por un buen copista.

—Gracias, Andrea, por su ayuda —comentó el capitán al despedirse—. Si le parece, seguiremos en contacto.

66

Se aflojaba el cuello, le sudaban las manos, forzaba la sonrisa. Pestañeaba.

—Es lo que hacen los que se sienten culpables —pensó Caterina mirando de arriba abajo a Pasquale Gallo, el nieto de la anciana pavo. Le pareció que aquel muchacho lo era. Solo le faltaba saber de qué.

Veintipocos años, largo más que alto, apuesto, de grandes ojos. Levita de seda en oro viejo y una corbata de lazo blanca. Estaba sentado junto a su abuela en los sillones de la Sala de Música de la Pietà, escuchando el concierto de violines de las muchachas. Ajeno a la realidad que le aguardaba, recorría con los ojos a todas y cada una de las chicas de la sala. Una y otra vez. Llevaba una caja de dulces en la mano, para obsequiar. Inquieto, repiqueteaba con los dedos sobre su rodilla huesuda mirando a todos lados y a ninguno.

Terminó el concierto. La abuela volvió de nuevo a la carga con la priora sobre su tema, ese aria díscola de letra tórrida.

Su nieto Pasquale no se movió. Seguía ahí, sentado, con su sonrisa idiota.

—Míralo —dijo Francesca a Caterina desde la entrada de la sala—. Me da ternura. ¿Qué dirá cuando se entere?

—Quizá ya lo sepa —aventuró Doralice—. ¿Y si la ha matado él?

—¿Tú le has visto? —repuso Francesca—. Se le van a salir los ojos buscándola.

—Hay gente que miente muy bien —susurró Caterina—. No adelantemos nada.

Conforme al plan previsto por Caterina, a una indicación de la priora, Doralice acudió junto a la abuela para alejarla con la excusa de mostrarle un motete muy acertado para las exequias de su esposo. La hija del médico aprovechó para caer sobre el nieto.

—¿Don Pasquale?

—¿Nos conocemos? —preguntó él con cierta incomodidad.

—No, pero yo sé algunas cosas sobre usted. Quizá esos dulces sean para una dama muy especial.

—No sé a qué se refiere, señorita —respondió intranquilo, girando el pescuezo hacia la puerta, quizá por si tenía que salir corriendo.

—Angelica. Me refiero a Angelica —puntualizó Caterina.

—No. Quiero decir, sí. Lo que quiero decir es que esa dama es solo una buena amiga mía, y de mi familia. Solo una buena amiga. Nada más.

—Caballero, yo no le he pedido a usted cuentas.

—¿Ah, no? —preguntó algo aliviado y aún más confundido—. Menos mal, porque mi abuela no toleraría ningún, cómo decirle…

—¿Interés?

—Sí, un interés que pudiera ser confundido con otro tipo de sentimientos después de la boda.

—¿Qué boda? —preguntó descarada Caterina.

—La mía, claro está. Hace ya casi dos meses que me casé con mi prima Carolina Bordoni.

—¡Acabáramos! Por eso no contestó al mensaje de amor de la partitura de Angelica.

—¡Es que no lo leí! —protestó y, en ese momento, se dio cuenta de que acababa de admitir su culpa—. Con el ajetreo de la boda, me descuidé y mi abuela se apoderó del libreto antes de que yo pudiera leerlo.

—Y borrarlo…

—Mire, señorita, yo sé que he sido un cobarde, pero entienda mi situación. Mi abuela adora a mi prima y ha planeado nuestra boda desde que éramos unos niños. Si se me hubiera ocurrido darle el disgusto…

—¿Se habría quedado sin su generosa asignación?

Pasquale bajó la mirada.

—¡Pero eso no tiene nada que ver con mis sentimientos por Angelica! —reivindicó—. Yo la amo. La amo con todo mi corazón y se me ha hecho insoportable este tiempo sin saber de ella. Por favor, ¿podría decírselo de mi parte?

—No creo que pueda.

—¿Por qué no?

Caterina dio una gran exhalación antes de contestar.

—Porque Angelica está muerta.

—¿Qué? —exclamó el muchacho dejando caer los dulces por el suelo.

Toda la sala se volvió hacia ellos. Caterina, que estaba aprendiendo a pasos agigantados sobre las artes de maquillar la verdad en Venecia, contestó con una gran sonrisa.

—¡Torpeza mía! No se preocupen, ahora mismo lo recojo.

Pasquale, agachado en el suelo para ayudarla con los biscotes, se quería morir. Intentaba contener las lágrimas, desesperado. Incrédulo.

—¡No es posible! Dios mío, mi Angelica. ¿Cómo ha sido? ¿Enfermó?

—Asesinada, crucificada en una góndola.

—¡Señor bendito! Pero ¿quién ha sido capaz? —farfulló con rabia.

—No lo sabemos. Por eso necesitamos su ayuda. Y su discreción. Ella le comunicó en el pentagrama que había otro hombre que la solicitaba. ¿Sabe quién puede ser?

—No, y bien que me irritaba.

—Se irritaba mientras preparaba su boda con otra, caballero —asestó Caterina.

—Y eso me perseguirá toda la vida. Solo sé que le veía los domingos por la mañana muy temprano.

—Imposible. A esa hora los domingos no hay actuaciones ni visitas. En ese momento no hay hombres en la Pietà.

—Sí que los hay —corrigió Francesca, que se acababa de unir en la noble tarea de recuperar dulces—. Están los treinta miembros del Consejo que se reúnen cada domingo al despertar el alba, antes de la misa. Además de algún profesor que acuda a preparar sus actuaciones.

—¡Pasquale! —reclamó la abuela—. ¡Nos vamos!

—¡Ya voy! —contestó el nieto incorporándose—. Que Dios me perdone —susurró antes de marcharse.

—Treinta o más posibles asesinos —farfulló Francesca aún desde el suelo—. Será como buscar una aguja en un pajar.

—Esto tiene que saberlo el capitán —afirmó Caterina.

—Muchacha, acompáñanos al amarre —le indicó la marquesa de Landau—. Tengo en mi barco unas botellas de licor digestivo que quiero regalar a tu priora.

La hija del médico miró a Agustina y esta asintió dándole permiso. Abuela y nieto se echaron a andar. Caterina se detuvo unos segundos para ponerse un chal que reposaba sobre un clave, pues las puertas abiertas revelaban que afuera hacía frío. Al girar su cuerpo hacia la calle, se estremeció. Una sensación punzante le arañó el alma.

Se vio a sí misma. Estaba cara a cara con la mujer del cuadro. Querría haberle dicho mil cosas, pero no podía hablar. La dama la miró con el mismo asombro y se fijó en el colgante con el retrato infantil que pendía del cuello de Caterina. Entornó los párpados con pesar. Se puso la máscara que llevaba en la mano y desapareció a paso muy rápido. Tras unos instantes de indecisión, Caterina consiguió recobrar el ánimo, tiró el chal y salió corriendo tras la dama. Cuando llegó a la calle, había más de veinte mujeres vestidas de negro —el color de la aristocracia— con máscara blanca subiendo a sus góndolas. Algunas ya habían zarpado. La que ella buscaba andaba ya por el Gran Canal a bordo de la nave tripulada por el joven pescador.

La había perdido, pero, de alguna forma, también la había encontrado.

67

lguien puso música al anochecer. Desde una casa cercana al pequeño apartamento que servía de guarida al capitán, un violinista acariciaba una melodía profunda y sentida que sonaba a meditación y a presagio, removiendo el ánimo del soldado español.

A través de su ventana frente al Gran Canal, veía el crepúsculo sobre la laguna. El azul oscuro de las nubes dibujaba caminos hacia el mar sobre el añil más claro, violáceo y luminoso del cielo; «el color de los ojos de Caterina», pensó mientras se dejaba llevar por aquella música que le conmovía por oleajes.

Se echó un trago de la *grappa* que no debía beber por su problema de corazón. Tuvo calor. Se quitó el chaleco y se desabotonó la camisa. Se derramó en el único sillón de aquel dormitorio grande que le servía de casa, echando un ojo al libro prestado hacía tan solo unas horas por Andrea Stampa. Se quedó dormido, ignorando totalmente que Morelli acababa de acceder a la única habitación contigua del apartamento. La intención del espía era clara. Si el capitán no estaba dispuesto a compartir información, si había sido capaz de silenciar su visita a Andrea Stampa, era absurdo mantenerlo con vida. Llegó al lado del español provisto de un veneno de contacto y rápido. Se sabía menudo. No era idiota. En un cuerpo a cuerpo con esa torre de capitán tendría las de perder. Por eso acudía al subterfugio. Nadaba como pez en el agua entre las sombras. Dibujó la escena en su cabeza. De esta forma debía atacarle. De aquella debía morir. No disfrutaba haciéndolo. Lo suyo era más la cavilación intelectual, la estrategia, pero, de vez en cuando, debía mancharse las manos. Aquella noche buscó una buena razón para no hacerlo. Pese a su última discusión, el soldado español le era simpático; de hecho, costaba mucho encontrar un conversador ameno y sagaz como él. Pero no la halló y debía cumplir órdenes.

Fue entonces cuando llamaron a la puerta. Los primeros golpes sonaron con suavidad y no sacaron al capitán de su sueño. El espía pudo ocultarse en la alcoba. Los toques siguientes sí le despertaron, y lo hizo con un humor de mil demonios.

—¿Quién va? —preguntó.

Más golpes.

Guardi, disgustado, se dirigió hacia la entrada. Sacó su pistola del cinto. Se apoyó contra la pared, detrás de la puerta. Abrió para que pasara quien tuviese que pasar. Él estaba preparado.

Entró un ser con sombrero y máscara envuelto en una gran capa marrón oscuro. Sin mediar palabra, el capitán le cogió por el pescuezo y le tiró contra el tabique apuntándole con su arma.

—Quién eres y qué quieres antes de que te descerraje un tiro.

—Soy Caterina —pronunció con dificultad.

—¿Será posible…? —protestó el capitán soltándola a la vez que bajaba el arma—. ¿Acaso no sabes hablar? He preguntado quién iba.

—¿Cómo le voy a decir quién soy si precisamente no quiero que se sepa? —dijo quitándose capa y máscara.

«La cosa tenía toda la lógica», pensó Morelli desde la alcoba.

—¿Quién te ha dicho que paro aquí? —preguntó el soldado guardando la pistola en el cinto, a su espalda.

—El señor Roberto, su amigo.

—Ya veo.

En ese instante, el soldado fue consciente de su desaliño personal y el de la sala.

—Muchacha, dime pronto a qué has venido —aseguró incómodo—, tengo cosas que hacer.

La hija del médico, sin embargo, quería ir al ritmo lento, embriagador y mágico de la melodía del violín que se filtraba por las paredes.

—¿Lo escucha? —dijo acercándose al muro para oírlo mejor.

—Sí, sí —contestó fingiendo no darle aprecio—, pero…

—¡Shhh! —le mandó callar la joven—. Es hermosísimo.

Caterina cerró los ojos en ese gesto tan suyo para sentirlo. El capitán tomó aire para sentirla a ella. A su perfume a lavanda, a la sensual inclinación de su cuello, al movimiento de su mano siguiendo el ritmo de la música, a la emoción dibujada en su boca entreabierta. El soldado echó otro trago de *grappa*. Así mejor.

—*Signorina,* se hace tarde —le dijo.

—Disculpe —respondió separándose de la pared—. No tardaré mucho. Solo he venido a contarle dos noticias, a mi juicio, muy valiosas.

El agente agudizó el oído. Esa muchacha no saldría sin una buena razón en mitad de la noche.

El capitán le señaló con la mano el sillón para que tomara asiento. Ella lo hizo y comenzó a hablarle del mensaje de amor escondido por Angelica en la partitura de Pasquale y del impactante encuentro cara a cara con la dama del cuadro. Mientras lo hacía, la joven observaba el meticuloso despliegue de notas, dibujos a carboncillo, sobres con pigmentos, cristales tallados y demás pistas recopiladas por el capitán, perfectamente ordenadas bajo cuatro nombres: Angelica, Isabella, Meneghina y Giovanna. Todo dispuesto sobre la gran y única mesa de caoba con pata labrada de la sala.

«Así es como trabaja este hombre», caviló Caterina con admiración.

—No me gusta —afirmó el capitán cuando ella terminó su relato—. La presencia de la dama del cuadro en el Ospedale no presagia nada bueno. ¿Te dijo algo?

—No, solo me miro unos instantes.

—Se quedó con tu cara.

—En cuanto al posible asesino de Angelica —continuó narrando la joven—, parece ser que le veía los domingos por la mañana a primera hora. En ese momento solo están los miembros del Consejo y algún profesor, pero hablamos de treinta hombres o más.

—No, hablamos de muchos menos. Según me comentó Roberto, dos tercios del Consejo superan los setenta años. Son viejos y enclenques. Esto nos deja reducido el número a diez.

—Entre los que están su amigo Roberto, el *signore* Andrea y su hermano, el maestro Rambaldo. ¿Ellos se incluyen o se descartan?

—Aquí no se descarta ni Dios —respondió Guardi tocando con los dedos índice y pulgar el dibujo de Giovanna en la botella.

Morelli sonrió. Desde luego, esa es la respuesta que le habría dado él.

Caterina se levantó del asiento y se colocó al lado del capitán recorriendo con la mirada los dibujos que el soldado había hecho pacientemente de cada una de las víctimas.

—¿Qué clase de malnacido se toma tantas molestias para asesinar a una chica?

—Uno vanidoso —afirmó Guardi—. Un ser que hace de la muerte un espectáculo para que le admiren. Intenta superarse en cada asesinato. Imaginativo. Meticuloso. Listo, con la astucia de un zorro viejo. Sabe cómo atraerlas sin hacerles sospechar. Quizá capaz de enamorarlas. Caprichoso. Con el dinero suficiente como para encargar la fabricación de una botella gigante y decorarla con un pigmento azul traído de Siria a un precio inmoral que solo se puede comprar a un pirata.

—Un monstruo que disfruta torturando cuando tiene en sus manos a Angelica o Giovanna... —continuó ella.

—... pero un verdugo rápido y ejecutor cuando descoyunta a Isabella. Un artista maldito que firma sus obras con el color azul.

—O quizá no —dijo Caterina señalando el paquetillo con el pigmento encontrado en el pecho de Meneghina—. Diría que hay fragmentos de... ¿Puedo?

El capitán asintió y la hija del médico tomó el hatillo de papel manchado. Lo acercó a una lámpara de aceite y lo abrió. Los dos se miraron. Aquel pigmento era rojo. Con un punto amoratado, si se quiere, pero rojo. Rojo, sin duda.

—Válgame Dios. ¿Y cómo pudimos verlo azul? —se preguntó Caterina.

—Quizá por la temperatura. El frío y la humedad de la nevera de montaña debieron de cambiar su color —dedujo el capitán sacudiendo la cabeza y sonriendo al verse vencido por una jugarreta de la naturaleza—. Así que hay dos colores.

—O tres —aventuró Caterina—, el agua pudo borrar el pigmento del pecho de Isabella.

—¿Y si cada color fuese una firma? —se preguntó el capitán.

Los dos comprendieron. Morelli, también. Sin saberlo, acababan de darle la buena razón que buscaba. Ahora no era momento de quitar la vida al español.

—¡No es un asesino que mata de forma diferente! —exclamó la joven.

—Son varios asesinos con una puesta en escena parecida —concluyó el soldado.

Eufóricos por el descubrimiento se tomaron de los brazos. Se miraron. Se sintieron. Qué cerca estaban sus almas. Habían roto la primera barrera. La realidad desapareció a su alrededor. No había excusas ni testigos. Ya eran muchos días de deseo. El soldado se acercó a su boca. Caterina abrió sus labios para besarle. Pero una nube de culpa se apoderó del capitán e hizo que se apartara de ella. Morelli, desde su sombra, se extrañó. Esto sí que no se lo esperaba.

—Deberías volver antes de que anochezca —dijo el soldado mirando la puerta de la entrada.

Caterina asintió sin comprender qué demonios había sucedido para que el español cambiara de opinión.

—A la luz de los últimos acontecimientos —dijo ella echándole algo de humor al momento—, creo que estoy más segura fuera de la Pietà que dentro.

—Tienes razón. Toma —le dijo ofreciéndole su pistola por la culata—. Ya está cargada. Solo tienes que presionar el gatillo para producir la chispa y encender la pólvora. Asegúrate de tener tu objetivo cerca, es de alcance corto.

Caterina miró al capitán intentando entender sus ojos porque sus palabras, esas sí que no las entendía. Decidió rechazar el arma con la mano, enérgica.

—Si necesito ayuda, ya me buscaré la vida.

Abrió la puerta y se marchó por la escalera. El capitán pensó en detenerla, pero no lo hizo.

Minutos después, Morelli caminaba por las calles de la Serenísima dispuesto a transmitir la información. Alfonso Guardi apoyaba la frente en el marco de la puerta repitiéndose la misma palabra una y otra vez. Idiota, idiota, idiota.

68

Sonaron tambores de guerra. El gran día había llegado. Las mujeres del coro de la Pietà se preparaban para la batalla, en realidad, el solemne estreno de *Juditha triumphans devicta Holofernis barbarie.* «Juditha triunfa contra la barbarie de Holofernes», dicho en cristiano. Este era el oratorio con el que Antonio Vivaldi se había propuesto emocionar a Venecia.

El libreto había sido escrito por Giacomo Cassetti tomando como inspiración el Libro de Judit con toda la intención política del mundo. La República acababa de vencer a los turcos después de años de contienda y tenía que celebrarlo. Qué mejor forma que cantando una batalla bíblica llena de paralelismos con la realidad. El rey asirio Nabucodonosor II enviaba al general Holofernes —el sultán turco— contra Israel al frente de un gran ejército para sitiar Betulia. Pero no contaba Holofernes con enamorarse de Juditha —Venecia—, la joven que llegó a su campamento para pedirle piedad, y acabó cortándole la cabeza.

338

Esa testa rodaría —musicalmente hablando— por las calles venecianas durante el mes de noviembre, aunque es posible que siguiera haciéndolo hasta enero, dependiendo del éxito del oratorio.

Aquel año el invierno se presentó gélido. La humedad de la laguna calaba hasta los tuétanos. La Pietà, sin embargo, era hoy un horno. La gente se agolpaba en los alrededores desde primera hora de la mañana. Conforme se acercaba el momento del concierto, el canal se llenaba de barcas y góndolas que desafiaban el frío. Solo un grupo de adinerados y nobles tenían el privilegio de entrar a la pequeña capilla para escuchar *in situ* a las *figlie di coro,* pero el resto de sus habitantes no se resignaban y deseaban oír. Qué caramba.

Dentro, el maestro Vivaldi contenía los nervios mientras repasaba los puntos más difíciles de las arias con las cantantes principales: Doralice como Juditha; Giulietta, Holofernes; Bárbara, Vagaus; Camelia, Abra, y Giulia, Ozias. Ellas y veintiocho muchachas más, entre cantantes y músicas, repasaban las partituras. Solo faltaba Beatrice; estaba enferma.

Minutos antes de la actuación, un caos perfumado se apoderó de las niñas en sus habitaciones. Volaron camisas, zapatos, sostenes… Déjame unas medias. Devuélveme mis pendientes, zorrupia. Pásame la tintura roja para los labios. ¿Quién me ha cogido los zapatos?

Y al final, todas aparecieron sonrientes y maravillosas. Todas uniformadas con traje oscuro aniñado y pañoleta blanca bordada sobre la espalda y el pecho —generosa donación de la familia Pacci—. Las solistas no; ellas iban de rojo, como era tradición. La emoción por el estreno se podía tocar. Los últimos días habían sido de tanto trabajo que olvidaron por momentos que las acechaba la muerte.

Llegó la hora. A una señal de la priora Agustina, la *portinara* abrió el acceso principal a la capilla. Los ricos se adentraron despacio para poder lucirse, sentándose con parsimonia, diciendo «miradme». Los no tan ricos, tras ellos, se dejaron de zarandajas y corrieron a buscar los mejores lugares desde los que ver y oír.

A Caterina no le estaba permitido cantar por su condición de estudiante, así que iba y venía ayudando a transportar partituras e instrumentos hasta el reducido espacio donde se situaría el coro, exactamente sobre el altar. Allí, oculta a las miradas de todos, la hija del médico observaba curiosa la llegada de la gente. Abajo, en los bancos principales, se sentaron los miembros del Consejo entre los que se encontraban Roberto Buonarotti y Andrea Stampa con sus parejas. También hizo presencia su querido padrino Moisè y su sobrino Tommaso, el muchacho de la cara dulce. *Madame* Chevalier, la pintora Carriera y otras mujeres notables de la ciudad plantaron entre los bancos intermedios sus bonitas posaderas. Las bandas y medallas revelaron la presencia de un nutrido grupo de embajadores, cónsules de sepa Dios dónde y militares que no querían perderse este estreno bélico-musical. Y al fondo, junto a la puerta de entrada, mirando a derecha e izquierda, con levita azul y vueltas grana, estaba el capitán que no quiso besar a Caterina, Alfonso Guardi.

Será majadero... Desde aquel día, la mujer de los ojos violeta había pasado varias noches en vela intentando comprender por qué él se había arrepentido en el último momento. «No. No me lo inventé —se decía—. Él me cogió entre sus brazos y yo sé lo que había en su mirada. ¿Estará comprometido, o quizá le parecí demasiado insignificante?».

Doralice rompió el soliloquio de Caterina cogiéndola de las manos.

—Hermana, quiero desearte toda la suerte del mundo.

—Gracias, pero tú eres la que va a actuar. Soy yo quien debe entregarte mis mejores deseos.

—Caterina, hay muchas cosas de mí que no sabes. Acepta mi sincero cariño y admiración. Llegarás muy alto. Lo sé. No tengas miedo de tu talento ni de tu éxito y abrázalos porque así lo quiso el Creador. Siempre te llevaré en mi corazón.

—Y yo a ti, pero óyeme, loca, ni comprendo ni me gusta el aire que destilan tus palabras; me suenan a despedida.

Doralice sonrió y le entregó una nota en un papel doblado.

—Ahora debes guardarlo. Léelo después del concierto. Entonces lo entenderás.

Las campanas de los Moros de San Marcos tocaron las cuatro de la tarde y se hizo el silencio. Las muchachas del coro salieron ordenadamente desde la galería del piso superior hasta ocupar todo el coro protegido por una celosía de hierro con volutas para no ser vistas. ¿Para no ser vistas? Si precisamente la observación clandestina de estas criaturas era uno de los alicientes de los conciertos. Ya se ocupaban las más jóvenes —y algunos espectadores— de mantener rotos varios fragmentos de metal para que se les viera el rostro. El ego de unas y el deseo curioso de otros se daban la mano creando una atmósfera que rayaba lo prohibido, lo cual hacía las actuaciones mucho más interesantes.

Sonaron timbales. Batieron violines, gritaron clarines sin misericordia. Les siguió un ejército formado por flautas dulces, trompetas, oboes, una mandolina, un salmoé soprano, una viola de amor y cinco a la inglesa, cuatro tiorbas y un órgano en *obbligato* —indispensable— dispuestos a recrear la sensación de estar en un campo de batalla. Las coristas, hoy guerreras de Holofernes, se dispusieron a cantar.

—*Armas, masacre, venganza, furores,*
Angustias, temores
nos preceden.
Rodeadnos y luchad.
Oh, señor de la guerra,

un millar de heridas
un millar de muertes
traed.

Cuando cesó la percusión, comenzó un recitativo donde Holofernes —Doralice— dijo sentirse feliz por la contienda y esperanzado por alcanzar la victoria. Al poco apareció Juditha —Giulietta— acompañada por su fiel sierva Abra —Camelia, esta sí que habría cortado la cabeza a todos si pudiera, pero de envidia—. La protagonista pretendía convencer al general de evitar la invasión de su ciudad, pero él, henchido de pasión, le dijo que pasara a su tienda, que se pusiera cómoda y que ya se vería la cosa.

Así acabó el primer acto. El público aplaudió a rabiar. Las cantantes y músicas salieron del coro aprovechando la pausa para el sermón y refrigerio. En pocos minutos daría comienzo la segunda parte.

—¡Excelente! —las felicitó el maestro Vivaldi, más rojo que de costumbre, exultante—. Mañana no se hablará de otra cosa en Venecia. Doralice, sois magnífica y qué decir de vuestra *partenaire* Giulietta. Pero aguardad un instante…, ¿dónde está Giulietta?

No la encontraban. Doble alarma. La primera por su vida, la segunda por el propio concierto. Un muerto era seguro. Vivaldi. El pecho le iba a estallar de la tos. Que le pasara esto precisamente a él, que se ahogaba por cualquier menudencia… Ya se imaginaba burlado en todos los diarios de avisos, en boca de todos los maledicentes —que no eran pocos en la Serenísima—. Doralice, sin embargo, estaba sorprendentemente tranquila.

—Maestro —dijo la valkiria—, ¿y si la sustituye Caterina?

—¿Qué? —preguntaron a una misma voz y con el mismo grado de sorpresa el maestro, ahora pálido por la impresión de la propuesta, y Caterina, aún más pálida que él.

—Es la única que se sabe el papel. Gracias al Espíritu Santo que me inspiró y, por casualidad, lo preparé con ella.

Tras un rosario de protestas, noes e imposibles, la segunda parte del oratorio arrancó con Caterina en el coro vestida de rojo. Las cosas no son hasta que son. Y entonces, fueron. Estaba temblorosa, con los puños apretados, bañada en un sudor frío, pero ahí estaba. Ozías, el sacerdote, abrió fuego con un recitativo en el que invocaba a Dios para que viniera en ayuda de Juditha. Después, Holofernes —de nuevo Doralice— se mostraba galante y dispuesto a todo con tal de seducirla.

—*Oh, querida mía, ruego perdonéis*
mis modales de guerrero.
Estos platos no son dignos
para quien es compañera de los dioses.

La hija del *dottore* se preparó para entonar su primer fraseo ante el público. Respiró muy hondo y encriptó la angustia tal y como le había enseñado su maestra. Solo había una cosa en el mundo: cantar.

—*Son muestra de vuestra grandeza.*

Los asistentes se removieron en sus asientos. ¿Habían percibido un cambio en el tono de voz? Holofernes siguió cantando a la belleza de la joven, mientras que ella —Caterina— lo despachaba con evasivas sobre la caducidad de la hermosura frente a la inmortalidad del alma. Sí —murmuró el público— ha cambiado la cantante. Pero aquel timbre era hermosísimo. Y entonces comenzó a subir la temperatura.

—*Bien sé que el amor es verdaderamente fuego*
pues lo siento dentro de mí.

Cantó Doralice con una interpretación tan varonil y sentida que nadie dudó que escuchaba al general.

—*Luchad para calmar ese ardor*
¡Señor, huid de las flamas!

Le contestó Caterina fingiendo atribulación.

—*Ardo en amores* —repitió el general.

—*Me debo alejar…* —se excusó la judía.

—No, querida Juditha.
¡Oh, amada, no rechacéis
las súplicas de un caudillo que os adora!
O por lo menos no temáis
ante los suspiros de un alma amante...

Qué soberbia interpretación. ¿A quién demonios estaba cantando Doralice? La emoción prendió hasta tal punto en la sala que más de una dama cayó desvanecida. El triunfo absoluto fue, sin embargo, para cada aria de Caterina en las que desplegó la belleza y personalidad de su voz. Supo ser la más dulce pidiendo clemencia para su pueblo...

—La verdadera felicidad se encuentra en la paz,
que la guerra no sea nunca la causa de los pesares.

... y la más cruel acompañando de misterio el instante de la ejecución.

—La espada del impío e indigno tirano
cuelga aquí, bajo el dosel de su cama.
En tu nombre, ¡oh, Dios!, desnudo la espada
y desprendo del cuerpo de Holofernes
la infeliz cabeza.

Nadie había escuchado nada igual en la Pietà hasta aquella noche. Cuando acabó el oratorio, la capilla se vino abajo de aplausos y vítores a Doralice, a Vivaldi, pero sobre todo a la contralto desconocida, de quien todos querían saber el nombre.

El maestro, abrumado por el éxito, solicitó la presencia de las solistas en la capilla para que el público pudiera alabar su talento personalmente. El deseo fue concedido y Caterina acudió al encuentro. Fue al dar el paso previo para entrar por la puerta interior de la capilla cuando descubrió a Beatrice, en camisón, sollozando un mensaje al oído de Doralice. Esta palideció y salió corriendo hacia la escalera de caracol rumbo a los dormitorios. Caterina, presagiando lo peor, salió tras ella.

El capitán, que no había perdido ni un instante de vista a la muchacha de los ojos violeta, supo que algo iba mal.

—¡Detente, Doralice! ¿Qué ocurre? —gritó Caterina subiendo de dos en dos las escaleras de caracol, hoy convertido en largo y baboso enemigo.

—¡Corre Caterina! ¡Giulietta, es Giulietta!

Su carrera se cortó de golpe. Una mujer vestida de negro con antifaz blanco que chorreaba sangre por la boca les salió al paso en el rellano del segundo piso. Los gritos de Giulietta se oían a lo lejos. A Doralice la invadió la desesperación y se echó encima de la mujer para abrirse paso. La desconocida la repelió con un fuerte empujón haciéndola rodar escaleras abajo hasta derribar a Caterina y después aprovechó el momento de confusión para buscar un elemento con el que seguir atacando. Vio el escudo con dos sables en la pared. Cogió uno. Sabía cómo usarlo.

Doralice la vio venir blandiendo el acero hacia ella.

—¡Que te mata esta hija de mala madre! —gritó Caterina—. ¡Busca en la contraventana! —gritó.

Doralice distinguió una barra de hierro. Gracias a que la agarró a tiempo, el sable que enarbolaba la fiera se clavó en el metal y detuvo el ataque. Uno, dos, tres rechaces más y la corpulencia de Doralice le permitió derribar a su contrincante. La aplastó contra el suelo. Le hizo perder espada y máscara. La enemiga pataleaba mientras la valkiria apretaba la barra contra su cuello. Entonces se escuchó un grito agónico de Giulietta. Doralice escupió a la mujer y voló por las escaleras. La dama, liberada, recuperó su arma del suelo y sobrepuso como pudo la máscara sobre su rostro. Bajó frenética por las escaleras hasta que se topó de frente con Caterina, esta última, desarmada. La hija del médico tuvo un presentimiento. Arriesgándolo todo, le apartó el antifaz de la cara. Lo confirmó. Era la mujer del lienzo, la misma que vio cuando la marquesa de Landau y su nieto Pasquale visitaron la Pietà, una copia avejentada de ella misma. La fiera, rabiosa por el lance, levantó el sable para tomar impulso y rebanarle el pescuezo. Caterina entornó los párpados. Era la segunda vez en su vida que intuía el final. Sintió muy de cerca el olor a sangre del aliento de la dama. Aguardó unos segundos imaginando el frío de la hoja clavándose en su carne.

—Caterina ¿estas bien? —le preguntó el capitán.

Cuando la joven abrió los ojos, no había rastro de la mujer. Deseaba ir a buscarla, pero el lamento desgarrado de Doralice le hizo dejarlo todo para acudir a su encuentro con la velocidad de los pies del diablo.

En el dormitorio que antes había pertenecido a Caterina se reveló una escena difícil de olvidar. Giulietta parecía estar sentada de medio lado sobre el alféizar interior de la ventana, con la espalda reposando en el marco, asomada al canal. La habían acicalado con un vestido brocado en seda negro con el que jamás pudo soñar en su humilde vida de huérfana, cuya cola serpenteaba sobre el suelo. Lo acompañaron de sombrero alto en forma de cono. Enredaron hojarasca en el pelo. Le añadieron como burla una escoba. Era la lámina de una bella bruja que miraba al canal, si no fuera porque un monstruo había dejado las cuencas de sus ojos vacías. Su cuello sangraba. Una cuerda rugosa atada a su garganta y clavada al techo la mantenía erguida.

Doralice lloraba inconsolable dejándose los dedos y los dientes para liberarla mientras repetía...

—*Amore, il mio amore, la mia vita.*

El capitán partió la cuerda con el sable y la criatura resbaló sobre los brazos de las dos muchachas. Depositaron el cuerpo sobre una cama. Le quitaron la soga. Mantenía el pulso, débil. Los signos de estrangulamiento eran demasiado severos. Caterina reconoció en ella las señales de presión de Isabella, la sirena, pero el cuello de Giulietta no parecía roto. Quizá lo arriesgado del escenario actuó en contra del asesino y le impidió rematar la faena. Acaso no todo estaba perdido.

—¿Pigmento? —preguntó el capitán.

La joven le ahuecó el vestido para observar.

—Verde —contestó.

—Del tercer asesino. No preguntaré por el trofeo.

El rastro de sangre que caía por sus pómulos no dejaba duda.

—¿Se salvará? —quiso saber Doralice.

—Habrá que esperar, ha sufrido mucho.

Doralice emitió un aullido y se abrazó a Giulietta mascullando un tierno reproche.

—¿Por qué no fuiste a buscar al barquero como quedamos? ¿Por qué volviste a la Pietà? ¿Por qué siempre tienes que hacer lo que te da la gana…?

Caterina echó mano del papel que le había confiado la valkiria. Ese era el secreto de Doralice. Ella y Giulietta se amaban y tenían un plan para huir del Ospedale aprovechando la confusión del oratorio. Giulietta tenía que haber ido a por una barca a mitad del concierto, pero algo o alguien la hizo volver.

La priora apareció en la puerta. Se llevó las manos a la boca reprimiendo un grito. Después se las llevó al pecho. Callando el alma. Respiró fuerte, sobreponiéndose.

—Caterina —dijo con dificultad.

—¡Sí, ya lo sé! —contestó con indignación la hija del *dottore*—. ¡Que no cuente nada, que me calle como las piedras y nos sigan matando como a chinches!

—Iba a pedirte que bajes —pronunció en un tono de voz muy bajo, monocorde—. El maestro Vivaldi te aguarda.

Caterina asintió. Se volvió a la amiga.

—Doralice, podemos hacer poco más por Giulietta —le dijo abatida.

La valkiria le habló en un susurro.

—No es verdad. Podemos rezar juntas, Caterina, rezar tanto que le duelan los oídos a Dios y no tenga más remedio que escucharnos. Pero, sobre todo, pidámosle a su madre la Virgen, mujer entre todas las mujeres, bondad infinita, la madre que ama y no juzga, que Giulietta se salve. Yo no pararé hasta que me oiga.

Caterina descendió por el caracol del brazo del capitán aún conmovida por la fe de su comadre. Iba temblorosa, bloqueada, escuchando una algarabía de fondo que se iba haciendo cada vez más fuerte. Debería ser el momento más dulce de su vida, y sin embargo...

Cuando entró en la capilla, los asistentes se pusieron a aplaudir. Vivaldi la arrancó del brazo del capitán para conducirla hasta el centro del altar. El genio la sacaba de un universo oscuro y doloroso para meterla de cabeza en otro lleno de luz y recompensa. Ninguno de los dos los sentía suyos, pero así es como ocurrió.

—Damas y caballeros —dijo por fin el maestro con toda la solemnidad de la que fue capaz—, tengo el honor de presentarles a Caterina Sforza. Ella es la nueva voz de Venecia.

TERCERA PARTE

Y LA MUJER PISARÁ LA CABEZA DE LA SERPIENTE

69

U n día de fastidiosa aguanieve, sucia y resbaladiza, de esa que no cuaja pero complica la vida, despertó en Venecia a mediados de diciembre. Qué culetazos. Qué protestas. Qué risas para Caterina que observaba desde la ventana, pero qué poca gracia para los accidentados, y aún menos para los comerciantes ambulantes a los que casi nadie acudía por la dificultad del acceso.

—¡Ramera lo será su madre! —silbó entre sus dos únicos dientes incisivos la vieja y fiel criada Morattina a la vez que arrugaba un folleto difamador con intención de tirarlo al fuego de la chimenea.

—¡No, aguarda! —suplicó Caterina con broma, forcejeando por recuperar el papel—. Déjame al menos leer de quién soy concubina esta semana. ¿Es el embajador de Francia o el de España?

—¿Qué más dará? —esgrimió la diminuta mujer saltando por la sala del apartamento donde ahora vivían—. ¡Si eres puta, eres puta!

—El caso es que no lo soy, al menos de momento —contestó la muchacha.

—¡Niña mía, eso ni lo mientes! Si yo lo permitiera, tu padre se levantaría de la tumba y me arrancaría los pocos dientes que me quedan.

Dicho esto, se metió el papel en la boca, lo masticó y se lo tragó.

—¡*Dai*, no! ¡No! —protestó la niña burlona—. Ahora tendré que esperar a que cuelen por debajo de la puerta otro libelo…

Así estaban las cosas. Tan solo un mes después de la actuación de Caterina, el universo de la hija del médico había cambiado radicalmente. Ahora era la *signorina* Sforza —«la voz de Venecia», como la había bautizado Vivaldi— y cualquier aspecto de su vida estaba en boca de toda la ciudad, incluida su reputación.

Y ya no podía seguir viviendo en la Pietà. Le argumentaron que sus múltiples salidas y entradas para las actuaciones y ensayos rompían las reglas estrictas de la institución. Sí, pero no. La razón era el ejemplo. Caterina se había convertido en uno muy malo para las expósitas. A ver si ahora las pobres idiotas iban a pretender salir de allí para convertirse en estrellas. ¡Hasta ahí podíamos llegar! Su deber era resignarse a pasar el resto de su vida rozando la excelencia —que lo hacían— para ingresar buenos dineros en las arcas de la institución. ¿Qué era eso de soñar? Con lo peligrosos que pueden ser los sueños.

La hija del médico solo pisaba el Ospedale para recibir algunas clases y para supervisar las curas de Giulietta, porque la muchacha había conseguido salvar su vida. Con inmensa dificultad para moverse, para tragar, con la visión perdida… Pero ahí estaba, luchando con ayuda de su solícita Doralice, que había decidido dedicar su existencia a cuidarla.

Durante este tiempo, Caterina apenas había sabido nada del capitán. No hubo más muertes. Tampoco aparecieron más indicios. El español tenía muchos apoyos que buscar para su rey…, y no quería verla. Todo lo contrario a ella, que creía ver sus ojos grises y sus espaldas inmensas en los caballeros que deambulaban por la calle. Pero nunca era cierto. Sencillamente, no estaba.

Caterina y su vieja sirvienta, la Morattina, se habían trasladado a un apartamento más pequeño que un dedal que la joven pagaba con los ducados que le reportaban pequeños recitales en casas de nobles —a los que acudía férreamente escoltada por su sierva desdentada— y con un adelanto de Vivaldi a cuenta de su esperada intervención en *L'incoronazione di Dario,* una ópera compuesta por el maestro que se estrenaría en el teatro Sant'Angelo en febrero, durante la gran fiesta del carnaval de Venecia.

La mayor parte de ese poco dinero, el primero ganado en su vida, no lo gastó en vestidos, perfumes ni zapatos. Tampoco en libros de anatomía —su ilusión de futuro—. Lo invirtió en comenzar a reparar su palacio destruido. Por el techo. Como si reparando la forma pudiera reparar el fondo. Pero qué vacío tan grande sentía cada vez que entraba a la casa sin su padre.

Las envidiosas contraltos competidoras, o mejor dicho sus madres, esas que lucían capas con el escudo de armas del protector, por no decir amante, de sus hijas y que no dudaban en montar riñas de gato en medio de la calle por defenderlas, empezaron a sembrar la duda sobre la decencia de Caterina. Piensa el ladrón que todos son de su condición. Esto llegó a oídos de Moisè, padrino de la muchacha, quien solicitó una reunión urgente con Andrea Stampa. Al fin y al cabo, la Pietà tenía la custodia legal hasta que cumpliera dieciocho años, y faltaba ya muy poco tiempo para eso.

—Gracias por recibirme —saludó el anciano Moisè al *signore* Andrea en una sala de grandes tapices religiosos y techos altos de la Pietà, donde habitualmente se reunía el Consejo de los treinta—. ¿No le molestará que me acompañe mi sobrino?

—En absoluto. Será un placer conversar con cualquier miembro de su familia. Tomen asiento. Tenga la bondad.

El muchacho miraba a todas partes. Todavía le quedaba algo de la sonrisa bobalicona que se dibujó en su rostro al cruzarse con un grupo de jóvenes y pícaras músicas en la entrada. «No me extraña que los hombres vengan de los confines del mundo para verlas», pensó pasmado por los encantos de las mujeres.

—Andrea, no le quitaré mucho tiempo —afirmó Moisè—. Supongo que no le es ajeno el afecto que siento por Caterina Sforza desde niña. No en vano soy su padrino de bautismo.

—Sí, ese dato me consta. Sabía que era una buena criatura, siendo hija de quien es no podía ser de otra forma. Pero ha resultado una contralto extraordinaria y, lógicamente, Venecia entera se ha rendido ante ella.

—Y la fama tiene un precio. Por eso estoy aquí. Ando severamente preocupado por libelos como este.

Le tendió un papel similar al que, unos minutos antes, intentaba leer con burlas Caterina. Andrea lo miró detenidamente.

—Es difamatorio y repugnante —contestó con disgusto—. «Antes habrá cuerpo sin sombra que virtud sin envidia», dijo el genio Leonardo. Pero no debería hacer oídos a estas cosas. ¿Está preocupada?

—Ella no, pero yo sí. Solo pensar que este texto hubiera caído en manos de su padre me revuelve las entrañas. Por eso he pensado una solución.

—Por favor, adelante.

—Caterina debería venir a vivir a mi palacio.

Hubo instantes de silencio.

—¿Ella está de acuerdo? —quiso saber Andrea.

—Aún no se lo he dicho. Se lo propuse hace un mes, pero estaba totalmente determinada a aprender en este centro. Como ahora ese motivo ya no existe, no creo que tenga inconveniente.

—Ella ahora vive en una pequeña casa tutelada por su sirvienta y por nosotros mismos. Habíamos pensado que siguiera así hasta dentro de unos meses.

—¡Pero yo soy su padrino!

—Por supuesto, y su afecto y preocupación por ella son encomiables. Sin embargo, por alguna razón su padre no le nombró a usted tutor legal y a nosotros sí. Tengo que pensar muy bien cada paso que damos con esa muchacha. Me siento responsable.

—¿Y cree que yo no?

—Dios santo, Moisè, no me interprete mal. Pero si queremos evitar difamaciones, quizá un palacio habitado por dos caballeros no sea el mejor lugar.

—¡Tengo una esposa! Una patricia reconocida en Venecia.

—Y porque es reconocida, todos saben que se pasa la mayor parte del año lejos de la laguna y de usted, en su palacio de Padua. ¿Me equivoco, caballero?

El sobrino llevó la mirada al suelo. Su tío lo tenía muy difícil. Pero el empeño de Moisè era grande. Se disponía a contraatacar. El destino, sin embargo, tenía otros planes. Una mujer entró en escena.

—Caballeros, ¡que afortunado encuentro! —exclamó *madame* Chevalier, más Chevalier que nunca, envuelta en una capa de armiño blanco por los rigores del frío, con unos labios rojos exultantes como las fresas.

—*Madame...* —Los tres caballeros se incorporaron como movidos por un resorte para saludarla aparcando de un plumazo el debate.

—No podía dejar pasar la ocasión de saludarles. Llevábamos tiempo sin coincidir, yo diría que... desde el estreno de

Juditha triumphans. Por cierto, ¡qué fascinante la voz de aquella muchacha! ¿Cómo era…, Eloína?

—Caterina —saltó Moisè—, es mi ahijada.

—De ella precisamente hablábamos —añadió Andrea—, y de cuál debería ser su residencia teniendo en cuenta que aquí no se puede quedar, pues es una *figlia in educazione.*

—Ahora está en juego su virtud —reivindicó Moisè—. Las malas lenguas empiezan a difamarla porque reside en un pequeño cuartucho con su sirvienta. Sepa que un mal golpe de la vida le arrebató en el mismo día su palacio y su padre.

—Sí, algo me comentaron. Pues pobre muchacha. Sería menester buscarle un acomodo confiable, digno, serio, con alguien que pueda darle el cariño que no tiene.

—Eso mismo le digo al *signore* Andrea —reivindicó Moisè pensando que los derroteros de la conversación arrimaban el ascua a su sardina.

—Alguien que pueda comprenderla y que vele por su honor en este nuevo mundo de farándula en el que empezará a moverse —añadió la dama.

—Así lo pienso —se reafirmó Moisè mientras que Andrea meditaba con preocupación.

—Entonces, no hay más que hablar —dijo *madame* Chevalier pletórica—. Caterina se viene a vivir conmigo.

—¿Cómo? —balbuceó Moisè.

Andrea disimuló un asomo de sonrisa.

—Tranquilo, no hace falta que me lo agradezca —remató *madame*—. Lo hago encantada. Bueno, ¿y qué? —preguntó sonriente—. ¿Cuándo se lo decimos a la chica?

70

El capitán ya no sabía qué abrigo más ponerse. Hacía un frío húmedo, desagradable y testarudo en aquel apartamento junto al Gran Canal. Nada que ver con el secarral de su Toledo de nacimiento. La chimenea —reducida— no tiraba, y tampoco la podía hacer tirar mucho más por el riesgo de que ocupara más el fuego que el diminuto apartamento. Mejor tener frío que morir en las brasas. En esto estaba cuando llamaron a la puerta. Tres golpes breves. Era Morelli. Fijo.

—*Buon giorno, signore Guardi.* ¿Puedo pasar?

—Adelante —le dijo el capitán con el *tabarro* puesto.

—¿Se disponía a salir a la calle?

—No.

—Como le veo con el…

—¿Qué desea, Morelli? —le dijo cortante.

—Oh, sí. Le traigo un correo urgente y secreto de su rey. Como ya sabe que soy su espía, digamos, personal, es tontería que le oculte que lo he leído.

—Y una pérdida de tiempo.

—¿A que sí? Capitán, qué gusto da hablar con usted. Qué bien nos entendemos.

—¿Y qué desea su majestad de mí?

—Que regrese. Parece ser que le necesita.

—Comprendo —contestó el capitán.

Pero qué efectos tan extraños le produjeron las palabras de Morelli. Angustia porque aún no había encontrado al culpable de las muertes atroces. Liberación porque la misiva se presentaba como una oportunidad de oro para huir de los sentimientos que empezaba a albergar por Caterina. Vacío porque, precisamente, le dolía pensar que ya no volvería a verla.

—No parece que le agrade la noticia —sugirió el espía.

—¿Cuándo he de partir? —contestó manteniendo el tipo.

—En una semana, más o menos. Claro que yo podría impedírselo.

El capitán lo miró arqueando las cejas, como si le viera por encima de unas lentes inexistentes.

—Sí, sí, no es burla —afirmó Morelli—. Nosotros teníamos un trato y usted no me ha dado la información que necesito.

—Porque no la tengo.

—Eso será verdad, o no, caballero. Pero en Venecia los tratos se respetan. Bueno, a lo mejor no todo lo que se debería, pero al menos respéteme a mí.

—Debo marchar. Usted lo ha dicho. Lo ordena mi rey.

—Mmm… Cómo abusa usted de nuestra amistad, capitán. Está bien. Será como dice. Le dejaré partir, pero solo por una razón.

—¿Cuál?

—Un pronóstico que no le voy a revelar. Y ahora le dejo con sus cuitas. Un placer, capitán —dijo caminando hacia la puerta—. Echaré de menos su conversación.

El espía bajó las escaleras del edificio y a continuación entró en la cabina de una góndola mediocre amarrada en la orilla. En ella, con las cortinas bajadas, aguardaba el noble Christiano Galbo, harto de esperar, saturado del repetido golpeteo de la nave contra la piedra del embarcadero. Pero nada de eso se vislumbró en su expresión. Dio una voz al tripulante para zarpar.

—¡Adelante!

Después se volvió a su agente.

—¿Así que Guardi regresa a España? —preguntó el togado.

—Eso es.

—¿Es seguro dejarle marchar?

—Sí. Ignorante o no, nos está conduciendo a donde queremos.

—Pero si le perdemos…

—Oh, no tiene que preocuparse. Volverá pronto.

—¿Cómo puede estar tan seguro?

Morelli dibujó una sonrisa.

—Porque saber es mi oficio, señor. Al fin y al cabo, soy un espía.

La nave surcó el canal junto a la Riva degli Schiavoni.

71

Caterina hundió sus zapatos color corinto en la nieve profunda del jardín de *madame* Chevalier. Eran unos zapatos de cordones, bajos, anchos, abotinados y masculinos que le venían muy bien para sus pies —decía su padre—. Pisaba despacio para no caer. Verdad a medias. Deseaba retrasar todo lo posible el encuentro con la dama estúpida que conoció cuando tomaba polenta con el capitán. ¿Celosa? Probablemente. ¿Por qué tenía que irse a vivir con ella? Estaba bien sobreviviendo en su cuchitril, en compañía de la Morattina mellada. Qué responsabilidad más absurda sentía el tal Andrea con su padre. Al cielo daba gracias de que solo quedaran unos meses para cumplir los dieciocho y cortar ese pesado vínculo con la Pietà. Pero primero tenía que encontrar al asesino de su padre y, por ende, a los de sus compañeras.

—Adelante, querida, estás en tu casa —le dijo la Chevalier, que salió a recibirla hasta la puerta con los brazos abiertos.

Madame había escogido un vestido sencillo rosa pálido, femenino e inofensivo —no quería asustarla—, adornado con un abrigado chal de lana que había hecho forrar con seda decorada con cerezos en flor. Caterina la miraba con desconfianza. ¿Se podía albergar tanta belleza y simpatía a la vez? *Madame* acarició su cara y le dio un beso en la mejilla. La joven aspiró su aroma.

—¿Peonías?

—Sí, Caterina, ¿te gustan?

—Son mis flores preferidas.

—¡Qué coincidencia! Eso es señal de que vamos a ser buenas amigas. Y si no, al menos ya sabemos qué flores habrá en los jarrones que nos tiremos a la cabeza.

Una pequeñísima porción del labio superior de Caterina sonrió, pero en segundos recuperó un rictus serio y desagradable.

—No te apetece nada estar aquí, ¿verdad? —presumió la dama.

«Por supuesto que no. Váyanse al carajo usted, su palacio y sus flores», pensó.

—Ya… —repuso Chevalier recibiendo el mensaje mudo—. Y de nada valdrá que jure ante la Biblia que tu estancia será fabulosa. Pues haces bien en no creerme —dijo cogiéndola del brazo—. Tú no me conoces, así que solo tienes una forma de saber si quedarte o huir: seguir tu instinto.

Súbitamente, Caterina se vio en medio del salón oriental de *madame.* Entelado en seda roja, aquel lugar sumergía al invitado en las tierras del Yangtsé. Biombos decorados con dragones, mesas lacadas con campesinos chinos, esculturas de sirvientes asiáticos de más de un metro de altura, figuras de porcelana homenaje a los mandarines…

—Estaré poco tiempo —afirmó la joven aterrizando de nuevo en Venecia.

—Lo imagino. Aun así, quiero que sepas que podrás salir y entrar cuanto te plazca, no soy tu guardiana ni tu carcelera. Eso sí, coméntamelo para que tu ausencia no me alarme. Y siempre que quieras, mi fiel Armand estará a tu disposición. ¡Armand, *mon cher!* —gritó.

Al instante se presentó el hombre gigantesco con paso de simio y cara torcida.

—No te asustes —le dijo la dama—. Él es mi mayordomo. Su corazón está lleno de nobleza. Quizá no te parezca muy agraciado, pero lo fue en su día, ¿verdad, viejo amigo?

El ser deforme agachó la cabeza incómodo y ruborizado. Su retraso le ralentizaba el movimiento y el razonamiento, pero ese halago lo había comprendido perfectamente.

—¿Le afectó el lado derecho de su cuerpo, verdad? —aventuró la anatomista.

—¿Cómo dices? —preguntó Chevalier.

—El caballero sufrió un golpe en el lado izquierdo de su cabeza que le afectó todo el ramo derecho. No hay más que ver la cicatriz y la hendidura de su cráneo. Tuvo que ser brutal. Debió de perder masa encefálica. Sin embargo, es prodigioso que haya conservado la coordinación y el movimiento.

—Compruebo con satisfacción que eres digna hija de tu padre. Efectivamente, fue tal y como lo cuentas. A Dios gracias que no lo perdimos. Bien, y ahora ¿qué te parece si me acompañas hasta tu nuevo dormitorio?

—Vamos —contestó Caterina exhalando un suspiro.

—Puedes decirle a esa criada tuya, por cierto, qué mujer más desdentada —le comentó subiendo las escaleras revestidas de una inmensa y pesada alfombra roja— que traiga tu equipaje cuando desee.

—Ya lo ha hecho.

—¿Ah, sí? Vaya, no me han informado. ¿Y dónde está?

Un vestido pardusco y unos zapatos abotinados aún más horribles que los que llevaba colgaban raquíticos, como espina de pescado, en el inmenso armario de nogal de tres cuerpos con madera tallada de la habitación color salmón destinada a Caterina.

—Ajá —contestó imperturbable la Chevalier contemplando aquella hambruna—. ¿Esto es todo, querida?

—No, también tengo el vestido y el abrigo que llevo puestos, y he traído un buen fajo de partituras del maestro Vivaldi y mis libros de medicina. Pero si no le place, puedo llevármelos a mi…

—Oh, no, no. Está bien así. Es solo que, bueno, pensé que traerías algo más de ropa.

—Mire, señora, yo nunca he necesitado nada más —replicó con orgullo—. Mi padre no lo consideraba necesario, ni a mí me ha hecho falta.

—¡Oh, por supuesto! Tu padre puso toda su energía en cuidar tu salud y tu educación para convertirte en la preciosa y culta joven que eres hoy. Pero hay detalles, digamos, más femeninos, a los que él, por su condición de médico volcado en el mundo de la ciencia, no tenía tiempo de prestar atención y que, en tu nueva situación, podrías echar en falta.

—¿Y eso qué significa? —preguntó Caterina incómoda, colorada, con los brazos en jarras.

—¿Tú para qué quieres cantar, muchacha?

—Para ganar buen dinero y recuperar lo perdido.

—Buen objetivo. Mucho mejor que el razonamiento cursi de elevar el alma y alegrar a los pajaritos que suelen dar algunas cantantes bobas. Ahora bien, si quieres ser una estrella de la ópera veneciana, vas a tener que parecer una estrella de la ópera veneciana. Mañana nos pondremos a hacer las gestiones pertinentes. Y ahora, discúlpame, pero tengo que partir a un asunto importante. Familiarízate con tu nueva alcoba y baja a cenar cuando desees. No tardaré mucho en volver.

Cuando Caterina se quedó sola, sintió que la observaban las paredes. Se consideró muy pequeña en medio de ese gran universo color salmón que brillaba desde las sedas de los muros, los damascos de la colcha y el terciopelo de los cortinajes. Observó la cama con distancia. Unos sencillos ramilletes de flores salpicaban el cabecero azul grisáceo, las molduras y las patas. Se acercó poco a poco, como si mordiera. Se sentó en una esquina. La estampa era ridícula; ella con los pies colgando con el abrigo puesto y sin querer soltar la pequeña bolsa de las manos. Incómoda. Ratón en cocina ajena. Polizón en nave enemiga. Así estuvo unos minutos.

Por fin se dignó a girar el cuello. Ah, pero ¿había una ventana? El ruido del trasiego de las barcas en el canal no dejaba duda. Daba al Rialto. Al maravilloso centro comercial abarrotado de venecianos que no se detenía ni por la nieve. La visión del barrio y la orilla le recordaron las visitas a su profesora de música y cómo su padre la esperaba henchido de ternura ofreciéndole su brazo para recorrer las calles de Venecia, con él siempre fascinantes, llenas de amor y futuro. Cuando quiso darse cuenta, las lágrimas resbalaban por sus mejillas. Un golpe en la pared la sacó de su angustia.

—¿*Madame?* —llamó con precaución a la Chevalier pensando que sería ella. Nadie contestó.

De nuevo otro golpe. Y el caso es que venía desde afuera. Abrió la ventana. La respuesta era sosa. La contraventana de una habitación contigua mal cerrada se daba a sí misma una paliza por efecto del viento. Salió de la alcoba. Caminó por un pasillo ancho y acogedor. Azul irisado, ese era el tono. Y llegó al cuarto de su anfitriona. Aquello era como entrar a un edén.

Las paredes habían sido pintadas para simular un jardín en diferentes tonos de verdes suaves. Palacios exóticos. Parterres rosados. Flamencos salmón. Pavos reales. Un sinfín de motivos que engañaban al ojo haciéndole creer que estaba en otra realidad.

El tono decorativo se extendía por los armarios, lacados en celeste con rosas blancas y azules. Subía hasta el gran fresco del techo, donde hombres y mujeres semidesnudos bailaban en un bosque con el pícaro dios Pan, ese ser mitad humano, mitad caprino, que tuvo a bien poner nombre a una flauta. Finalmente se derramaba por los brazos de hiedra de una lámpara de cristal.

«¿Todo esto cobrará vida cada vez que *madame* entre a su habitación?», se preguntó Caterina.

Sonó un golpe más de la dichosa contraventana. La joven apartó la cortina y la cerró. Fin del tormento. No imaginó que al marcharse empujaría sin querer un pequeño perfume que descansaba sobre el borde superior de un secreter de raíz de nogal con incrustaciones de palo de rosa. Lo único que no estaba enverdecido en aquella habitación.

«Dios, que inútil soy —pensó—. Solución, el disimulo».

Empapó las gotas de esencia derramadas sobre los tres grandes cajones del mueble con la tela de su falda. Pero barruntó que algo de líquido se habría colado en el interior por la tapa superior, así que la abatió hacia ella. Aparecieron seis pequeños compartimentos. Sería buena cosa secarlos por dentro. Pero ¿cómo iba a abrirlos si ni siquiera tenían cerradura? Deslizó la mano por la madera satinada buscando una solución cuando accionó sin querer un resorte. Se abrió una caja. Estaba llena de pequeños frascos de cristal labrados con múltiples formas: ovaladas, en corazón, rectangulares… Esencias —habría dicho cualquiera—. Pero algo no le encajó a Caterina. Abrió uno con forma de rombo, lo acercó a su nariz —almendras amargas— y rápidamente lo retiró. Su instinto no se equivocaba. Cianuro. La pregunta era, ¿para qué lo guardaba *madame* Chevalier?

72

Que los tres elegidos vengan a mí durante la noche con el fragmento de carne lacerado, henchidos de valor y orgullosos de su hazaña. Que solo iluminen la laguna con una pequeña lámpara de aceite colocada en el hierro de popa de su góndola. Que cada uno lo haga por un camino para no encontrarse. Que la llegada sea como yo digo: el de máscara azul que venga por el norte; el de la verde, por el sur, y el de la roja, por el este. Que acudan vestidos con la sencilla capa negra larga, las máscaras de colores, tricornios negros y los guantes blancos que yo les hice llegar. Que llamen dos veces a la puerta, cesen y reanuden de nuevo con tres golpes. Que lleguen a la hora que les he dicho a cada uno y no antes ni después. Que el retratista los reciba con los honores que merecen. Que todos contemplen las obras sin señal alguna de reconocimiento de la propia. Que su identidad sea secreta en todo momento para con el mundo y entre ustedes. Que no muestren ni un centímetro de piel de ninguna parte de su cuerpo. Que no hablen ni pronuncien sonido alguno que pueda identificarlos. Que solo se comuniquen por notas manuscritas que leerá el retratista y luego quemará en la chimenea. Que obedezcan cuantos mandatos aceptaron cumplir.

Un hombre de máscara blanca y capa ocre hasta los pies terminó de leer el pergamino en una habitación de paredes encaladas y muebles austeros perdida en una casa de campo cercana a Malcontenta di Mira. Los allí reunidos se sentaron entorno a una mesa ovalada de ébano sobre sillas de madera negras sin mullido en el respaldo ni asiento. Duras. Tan duras como ellos. Tres grandes velas, situadas en la proximidad de los cuadros, aportaban una luz lúgubre. Dos ventanucos abiertos y oscuros como bocas de calavera estaban dispuestos a tragarse sus palabras en una habitación contigua. Tras uno de ellos, el número uno observaba. O eso les dijeron a los tres seres.

—Ahora que ya les he recordado las reglas —dijo el retratista, el único que estaba capacitado para hablar en aquella reunión macabra—, depositen sus contribuciones de carne sobre la mesa contigua.

Una consola de madera lacada en blanco recibió la falange de un dedo, un útero, dos bellos ojos verdes…

—Felicitaciones —dijo el retratista al sujeto de azul al ver su libro forrado en la piel de su víctima—. Usted siempre buscando la excelencia. Ahora procederé a leerles las instrucciones. Esta será la tercera y última vez que nos reunamos en este año. Me congratulo de sus habilidades, pero he de decirles que han bordeado el límite. En varias ocasiones, el número uno ha tenido que cubrirles. Por no hablar de la pieza de caza de uno de ustedes que aún permanece con vida. No representa potencialmente un problema, aunque mantendremos vigilancia para actuar si es preciso. Mas no se descuiden, ya saben lo que conlleva una segunda amonestación.

El caballero de la máscara verde cruzó los brazos sobre la mesa.

—Dicho esto —prosiguió el retratista—, les informo de que, por esta temporada, solo resta intervenir a un miembro; como no ha entregado el nombre de la pieza a tiempo, no ha recibido el pigmento pertinente.

Se escuchó un gruñido en forma de protesta del sujeto con máscara roja, previsiblemente, el aludido.

—¡Silencio, por favor! Ahora otro de ustedes propondrá el nombre que falta.

El sujeto con mascara azul puso un trozo de papel con un nombre encima de la mesa. Al instante y visiblemente nervioso, el de la máscara roja depositó otro papel con una pregunta. El retratista leyó ambas notas en silencio.

—Bien, ahora saldré de la sala para mostrar sus escritos al número uno. Regresaré de inmediato con la respuesta.

Los tres sujetos se mantuvieron en silencio, mirándose, intentando escrutar la identidad de los allí presentes al tiempo que ocultaban la suya. El de la máscara roja daba pequeños golpes con su puño sobre la mesa. El de la verde se reclinó hacia atrás sobre la silla incómoda. El de la azul permaneció imperturbable, disfrutando de la tensión del momento. Al instante regresó el retratista.

—A la primera nota, la respuesta es sí —dijo el interlocutor—, se acepta la dama propuesta. Por favor, entréguele el nombre al caballero de la máscara roja. A la segunda nota, la respuesta es no. Y les recuerdo que si alguien se propone alterar las reglas del juego, será eliminado de forma fulminante.

73

Caterina sintió que alguien tocaba su cuello y saltó de la cama de su nueva alcoba dando un grito.

—¡Que no te voy a matar, querida! Me conformo con despertarte —dijo la Chevalier sonriendo envuelta en un *quipao* de seda de mil colores.

La aclaración fue oportuna, sobre todo teniendo en cuenta que la noche anterior la hija del médico había encontrado cianuro en un secreter de su anfitriona. Se moría de ganas de preguntarle por qué lo tenía. Mejor dicho, imaginaba el motivo, pero quería saber con quién pensaba usarlo, si es que no lo había hecho ya.

—Disculpe, *madame,* es que he pasado una mala noche soñando con...

—¿Hombres guapos?

—Venenos.

—Bueno, hay hombres guapos que son como el veneno —contestó sin inmutarse—. Mantente apartada de ambos.

¡Pero venga, arriba! —dijo abriendo las cortinas para que entraran las primeras luces del alba.

—¡No, por favor, aún es muy temprano! —protestó tapándose con el embozo de la colcha como una niña pequeña.

—Te aguarda un delicioso chocolate —le dijo señalando una taza humeante situada en una mesilla, como acostumbraban a desayunar las ricas damas venecianas—. Y además, tenemos visita… —añadió Chevalier.

—¡Buenos días, Caterina! —saludó la hermosa Lucrezia, meretriz entre las meretrices, cubierta por un sobrevestido tradicional largo de rabioso terciopelo rojo y mangas estrechas que las venecianas llamaban *zamberlucco*.

—Y esa dama ¿quién es? —preguntó la hija del médico sacando la cabeza de debajo de las sábanas como un animal deslumbrado, el pelo revuelto y los ojos hinchados por el sueño.

—¡Dios santo! —exclamó Lucrezia—. Parece un león y aun así tiene una belleza fascinante. Mira sus pómulos, su piel…, y esos ojos violeta.

—¿A que sí? —dijo orgullosa la Chevalier—. Yo le veo muchas posibilidades.

—Un momento —reclamó Caterina—. ¿Posibilidades de qué? —preguntó incómoda, parapetándose tras dos inmensos y mullidos cojines salmón.

Una lluvia de encajes, sedas, brocados y terciopelos cayó sobre su cabeza como respuesta. «¡No, no, yo no pienso ponerme ninguna de esas cursilerías!», proclamó. Ingenua. Imposible detener a aquellas dos sacerdotisas de la moda veneciana. «¡El corsé no, que me voy a asfixiar!». «Pues te asfixias, querida». Y antes de que pudiera pestañear estaba embutida en una coraza de varillas de metal de cuyas cuerdas tiraban las dos mujeres para reducir su cintura, ya de por sí estrecha. «Uy, no tiene pechos», se quejó Lucrezia. «¿Quién ha dicho tal cosa?», protestó la Chevalier metiéndole almohadillas en el sostén. «¿Lo ves? Maravillosa».

Medias bordadas para sus piernas flacuchas. Dos miriñaques tremendos y una almohadilla en el trasero, los tres sobre una estructura de alambres hasta el suelo y, encima de todo, la falda. «¡Pero esto es como caminar sobre una jaula inmensa!», exclamó Caterina. «Exacto, querida —contestó su anfitriona—, yo no lo hubiera definido mejor».

Zapatos en ante verde de pala alta y puntera exagerada. Cerrados por una hebilla rectangular con piedras que imitaban brillantes. El tacón, altísimo. «Por Dios, me voy a estrellar». «Calla, que así estás más esbelta».

Y sobre aquel sólido basamento que envidiaría más de una fortaleza militar, la gloria. Primero un vestido de seda turquesa con encaje dorado. «Qué bien le queda ese color». Después uno gris, plateado. «Este no, que le pone años». Más tarde uno negro muy escotado. «No, no, que se me van a ver las tetas». «Pues de eso se trata, querida».

Llegaron diez modelos más. Y guantes, y *golié* para tapar el pecho —de un dedo de ancho, así que mucho no podía tapar—, y *cendà* —trajes de seda para cubrir los vestidos que caían sobre los hombros y se ataban en la cintura—, y *bautas* y tricornio para la cabeza. «Mira, qué simpático le queda». «Un momento, ¿y un lunar?». «Ni pensarlo, señoras». «Que sí, que tú no sabes». «Mejor en el cuello, al estilo galante». «¿Una pizca de polvos?». «No los necesita». «Tan solo algo de rubor en las mejillas». «¿Pendientes?». «Pequeños, delicados, nada excesivos». «Entonces ¿el vestido?». «Sin duda, el turquesa».

—Ya puedes mirarte al espejo, Caterina. ¿Qué ves?

—A otra —respondió la joven.

—¿Y eso es malo o es bueno? —preguntó Lucrezia.

—No sabría qué decirle —dijo contemplando su nuevo reflejo—. Toda la vida mi padre y yo nos hemos burlado de las mujeres que abusaban de los polisones y los miriñaques, incluso las imitábamos por detrás cantando como gallinas cluecas.

—Mira, qué simpáticos —comentó Lucrezia con cierto escozor.

—Siempre he dicho que toda esta parafernalia era ridícula y que distraía la mente de lo realmente importante.

—¿Y eso era...? —quiso saber Lucrezia.

—Destripar muertos —aclaró la Chevalier a su amiga.

—¿En serio? Vaya..., qué actividad más interesante.

—Si mi padre me viera así, se sentiría defraudado.

—Caterina —le dijo su anfitriona cogiéndole las manos—, llega un momento en la vida de una mujer en el que lo importante no es defraudar a los padres, sino el hecho de no defraudarse a sí misma. Es normal que tu reflejo te asuste porque es nuevo, pero las novedades no tienen por qué ser malas; de hecho, sin ellas seguiríamos aún en las cavernas. Ahora bien, si tu imagen no te gusta, ahora mismo me llevaré todo este despliegue de vanidad femenina y seguiré igualmente a tu lado. Aquí lo importante son tus deseos, pero los tuyos, no los míos... ni tampoco los de tu padre. El día en que las mujeres sepamos diferenciar nuestros auténticos sueños de lo que nos han dicho que debemos soñar, el mundo avanzará considerablemente.

—Amén —añadió Lucrezia.

—Bien, ha llegado el momento de dejarte espacio para la reflexión —concluyó Chevalier—. Aprende esto, Caterina, cuando tengas que decidir algo, explora todos sus puntos de vista. Por eso es tan importante la lectura, para tener capacidad crítica y libertad de pensamiento. Eso sí, no olvides que esta vida es muy variada y no existe una ley que haga incompatible llevar miriñaques, cantar y entregarse al estudio de las tripas. Lucrezia, querida, vamos al salón oriental a tomar una taza de té.

—¿En la taza de tu amigo el chino y su culo al aire?

—Por supuesto...

Caterina se quedó sola en la habitación. Tres sirvientas jóvenes y coquetas se llevaron los trajes entre admiraciones y caricias a las telas. Estuvo frente al espejo algo más de una hora. Observándose con el vestido color mar, acostumbrándose a su nuevo ritmo de respiración aprisionada, al tacto suave de la ropa interior de seda, a la tensión de los músculos de sus muslos y pantorrillas que, al situarse sobre los zapatos elevados, le hacían sentirse más sensual. Entonces bajó la mirada al suelo y vio algo en él que sacudió su pensamiento. Llegó a una conclusión. Descendió las escaleras muy deprisa.

—¡Nunca me han gustado los zapatos corinto, anchos y abotinados que me compraba mi padre! —exclamó Caterina irrumpiendo en el salón de té, frente a Chevalier y Lucrezia, que paralizaron su sorbo al verla entrar como un ciclón.

—Ajá —contestó *madame* reanudando su desayuno, sin querer aparentar importancia aunque intuía la trascendencia del momento, pues, con seguridad, era la primera vez en la vida que aquella joven expresaba un desacuerdo con su progenitor.

—Pero no quiero desprenderme de su abrigo —añadió.

—Y no debes hacerlo —afirmó la dama—. Él te ha protegido y te ha traído hasta aquí.

—Pero ya no te vale, ¿verdad, pequeña? —presagió Lucrezia con ternura.

Caterina asintió.

—Y, ¿qué te parece si lo transformamos? —sugirió Chevalier—. Podemos mantener su esencia, al fin y al cabo es de muy buen paño, pero mi modista lo abrirá y coserá sobre una base de terciopelo verde adamascado.

—¡Divino! —comentó Lucrezia—. ¡Con una estola de armiño en el cuello! ¿Qué te parece?

—Me gusta —contestó Caterina—, pero sobre todo me gusta la idea de conservarlo.

—Somos nuestros recuerdos —dijo Chevalier—, pero sobre todo, y esto nunca lo olvides, somos nuestros sueños.

—Y a partir de ahora ¿ya saldré siempre así a la calle?

—Oh, no —protestó Lucrezia—, te falta algo fundamental. —Se señaló el cabello.

—¡No, no pienso cortármelo!

—Ni yo te lo permitiría —contestó Chevalier—, tu pelo es maravilloso. Creo que mi amiga se refiere al color.

—No habría que cambiarlo mucho —dijo tomándole unos mechones con delicadeza—, solo darle brillo y aclararlo un tono. Ya sabes, ¡el famoso rubio veneciano!

—Pero ¿es necesario? —preguntó alarmada.

—Sí, si deseas que todos los hombres caigan rendidos de amor a tus pies.

Caterina no necesitaba a todos los hombres, le bastaba con uno, el soldado que la dejó con la promesa de un beso. Podría probar…

A media mañana ya estaba en la azotea del palacio de Chevalier con el pelo chorreando un extraño líquido a base de extracto de uñas de caballo, altramuz, salitre, vitriolo, áloe, cúrcuma y un puñado de productos más que parecían salidos de la pócima de alguna bruja. Así pasó un buen rato en los tejados rojos, tiesa de frío, observando Venecia a vista de pájaro, mientras aguardaba a que el sol invernal secara el tinte tal y como indicaba el procedimiento. Al caer la tarde, cuando la magia hizo efecto en su cabello, una peluquera se lo lavó y recogió en un moño alto dejándole algunos mechones rizados sueltos. La vistieron con el traje turquesa. Contemplaron el resultado.

—¿Has visto alguna vez tanta belleza? —preguntó la Chevalier admirada en voz baja a su querida amiga.

—No —respondió la meretriz—. Pero fíjate cómo todo ha cobrado sentido. Sus ojos violeta son perfectamente acordes con el dorado de su pelo. Su tez pálida ya no resulta mortecina, sino seductora con el colorete aplicado en sus mejillas. Y su cuerpo flacucho, pero que muy flacucho, ahora se ve elegante y seductor.

—Sí, pero es el brillo de su alma lo que la hace única. Tiene el don de la ternura y un aura de ángel exquisitos —añadió *madame*.

—¿Y adónde dicen que vamos a ir esta noche? —preguntó Caterina incómoda, rascándose la espalda como perrillo pulgoso por el roce de las puntillas del traje, ajena a los comentarios de las damas.

—A una velada filosófica en casa de un amigo, querida. Presiento que allí tendrás ocasión de comprobar los efectos de tu nueva imagen.

La joven asintió sin darle demasiada importancia y se marchó rápido de la sala —su obsesión ahora era quitarse todo aquello—, caminando con cierta torpeza. Cuando las dos damas se quedaron solas, se apoderó de ellas una sombra.

—¿No la estaremos exponiendo demasiado? —preguntó Lucrezia.

—Al contrario. La exposición juega a su favor.

—Pero ¿y si…?

—Shhh… Confía en mí. Estaré vigilante.

74

Una intensa cortina de agua inundó la ciudad apartando de una patada el tímido sol que se mantenía a duras penas en esa tarde de diciembre. Cuando llueve así sobre Venecia, uno ya no sabe si las gotas resbalan desde las nubes o si es la laguna quien escupe el agua hacia el cielo.

—¡La ropa, por Dios, que se moja! —gritó alguien desde la escalera de caracol del Ospedale della Pietà. Francesca, que estaba junto a la puerta del jardín interior donde las niñas del coro colgaban sus trapos, se cubrió la cabeza con un chal y salió a destenderlos antes de que se calaran. Con lo que costaba que secasen en invierno.

Ganchos fuera de las cuerdas. Deprisa. Deprisa. Qué difícil quitarlos de la ropa húmeda con los dedos mojados y fríos. Casi dolían. «Salvadnos», parecía decir el ejército de camisones, camisolas, sábanas, fundas de almohada… Se mecían rebeldes pegándose al cuerpo de Francesca por efecto del viento. Ella luchaba por apartarlos y por apartar también el agua que le chorreaba por los ojos, por los rizos negros de su pelo y por la boca. Con bastante dificultad, depositó varios trapos en la cesta de mimbre. Pero no era solución, la ropa de arriba se empapaba. Muy bien. La joven se quitó el chal y tapó con él la cesta. Mejor mojarse ella. Y así, calada hasta los huesos, con el vestido tieso que apenas si la dejaba estirar los brazos por estar adherido a su piel, terminó de rescatar el resto y volvió a entrar en el edificio.

«Se me podría sorber con cuchara», pensó en el recibidor. Sacudió su cuerpo y cabello. Se quitó los zapatos embarrados de los pies y comenzó a subir la escalera de caracol con la gran cesta de ropa apoyada en la cadera. Dirección: dormitorios de la primera planta. Saludó a una portera centinela.

—Buenas tardes, voy a dejar unas…

—Sí, sí, sí —contestó la guardiana medio dormida.

—Doralice, ahí está tu falda… —dijo entregándole la prenda.

—¿Húmeda? —contestó la valkiria al recibirla.

—¿Has visto cómo estoy yo? —preguntó con enojo Francesca.

—¡Santo Dios!, disculpa, hermana.

Francesca caminó hasta el siguiente dormitorio. Leyó las iniciales bordadas en la manga de una camisola.

—¡Camelia!

—Estoy muy ocupada.

—Deja la carta de tu amante ahora mismo y coge tu camisón, a no ser que esta noche quieras dormir desnuda.

Y se lo lanzó directamente a la cabeza.

Después se dirigió a paso rápido hacia una tercera habitación. La suya. Tenía una camisola para su compañera, la pequeña ciega.

—Beatrice, tesoro, traigo ropa.

No hubo respuesta.

—Beatrice, no te escondas. ¿Beatrice? ¿Alguien ha visto a Beatrice?

75

Maldita sea la lluvia. Los sirvientes de Andrea Stampa recibieron a los invitados con sombrillas y mantas decoradas para protegerlos del agua en el embarcadero de su palacio en el Gran Canal, cercano al río de San Barnaba. La tarde desapacible y gris se volvía, sin embargo, ámbar y cálida nada más traspasar el patio interior del edificio salpicado de antorchas y braseros para calentar a los recién llegados. El palacio blanco, obra del arquitecto Baldassare Longhena, era majestuoso desde la fachada. Columnas adosadas y grandes ventanas enmarcadas por arcos de medio punto con mascarones y esculturas ofrecían un juego de luces y sombras imponente. El interior no desmerecía en nada. Formado por dos plantas, en el piso superior se localizaban varios salones habilitados para la fiesta, todos profusamente decorados con espejos e inmensas lámparas de araña dispuestas a envolver con su tela de luz a los presentes para devorarles la vanidad cuando menos se dieran cuenta. Numerosos hombres poderosos se habían dado cita, al igual que una serie de ricos comerciantes. Esta no era una velada poético musical de atmósfera roja con música de Oriente ni chinos malabaristas como la de *madame* Chevalier. Aquí el protagonista era el dinero. Los allí presentes estaban porque habían hecho alguna transacción con Andrea o porque la iban a hacer. Por eso el brillo del oro se extendía por los suelos y trepaba por los muebles de maderas nobles, paredes decoradas y columnas de mármol hasta cubrir el artesonado del techo. Los invitados casi siempre eran hombres, aunque había excepciones como la de aquella noche.

Cuando *madame* Chevalier hizo entrada en la sala con su escotado vestido color plata, numerosos caballeros se volvieron para admirar a la bellísima comerciante. Pero cuando lo hizo Caterina, con su vestido turquesa, su pelo rubio veneciano y su brillo especial, se desató la fascinación. A Roberto le costó reconocerla con su nuevo aspecto. Al capitán Guardi no, habría distinguido esos ojos entre un millón. Acto seguido cayó una catarata de comentarios por parte de los otros asistentes: «¿Esta es la nueva adquisición de Vivaldi?». «¡Demonio de cura, qué bien las elige!». «¿No era la hija del médico que tenía cadáveres en el sótano?». «¡A mí no me importaría donarle mi cuerpo, si le parece!». «¿Tiene ya algún protector?». «Calla, no es de esas». «¡Todas son de esas!». «Pero si es una niña». «¿Habéis visto su mirada?».

Caterina esquivaba los dardos digna, con la vista al frente, sin volverse a mirar las bocas sucias que los pronunciaban. «Así que esto era lo que quería evitar mi padre», pensó mientras avanzaba. La caricia en la mano por parte de Chevalier le devolvió la calma.

Se detuvieron junto a un espejo inmenso. Era el momento de saludar.

Andrea, como anfitrión, acudió con su exquisita cortesía y su tono de voz afectuoso.

—Señoras, su presencia acaba de iluminar mi humilde hogar.

—Querido —le dijo Chevalier ofreciéndole su mano para que la besara—, siempre es un placer iluminarte.

Los ojos verdes de Andrea recorrieron de arriba abajo a Caterina.

—Criatura —pronunció el amo del palacio—, estás aún más hermosa que la primera vez que te vi, si es que eso fuera posible.

Caterina se fijó en el brillo de su mirada y esta vez no vio a un padre, sino a un hombre.

Chevalier sonrió. Primera jugada y ya jaque al rey.

—Muchos invitados, ¿verdad? —cambió de tema la joven, nerviosa y acalorada, sin saber bien cómo reaccionar.

—Y todos de la peor calaña, son amigos míos… —contestó Andrea bromista—. Pero no debes temer. Bajo mi techo solo recibirás pruebas de admiración y respeto. Yo no permitiría otra cosa.

—¿Eres tú, Caterina? —pronunció Rambaldo con una levita verde oscuro, muy ajustada, que realzaba su musculatura y atractivo—. Estás maravillosa. ¡Y qué decir de tu voz! Todos estamos deseando escucharte en la nueva ópera de Vivaldi. Cuánto me alegro de haber compartido mis humildes conocimientos contigo. Pero ven, ven a la luz, quisiera admirarte mejor —dijo arrebatándola del lado de Andrea y, por tanto, de *madame*.

Caterina se dejó llevar, mejor dicho, arrastrar de allí por la perfidia maquillada de Rambaldo mientras pensaba en cómo clavarle un tenedor por su desfachatez. Si alguien le hizo daño en el Ospedale, fue él sin duda.

—Y ahora, pequeña perra, óyeme bien —indicó el joven maestro fingiendo ante los demás una expresión de amabilidad—: si quieres poner tus ojos en un Stampa, no lo hagas en mi hermano. Él no es para ti… —dijo acercándola hacia su propio cuerpo.

—Antes muerta que en tus brazos —contestó Caterina.

Cuando Rambaldo abrió la boca para replicarle, la voz de Tommaso, el joven sobrino de Moisè, la liberó.

—*Signorina* Sforza. ¿Me recuerda?

—Pues claro que sí —contestó dándole la espalda a Rambaldo, que se alejó conteniendo su desagrado—. ¿Ha venido mi padrino también?

—No, le entretuvieron unos asuntos, pero me ruega que le transmita su cariño y una invitación para almorzar cualquier día de esta semana. Yo, por mi parte, doy palabra de no perder una sola de sus actuaciones en Sant'Angelo.

—Gracias, Tommaso. Y dile a mi padrino que estaré encantada de acudir a su casa.

Al retirarse el joven, dejó paso a dos caballeros. Uno la miraba con ternura, el conde Roberto Buonarotti. El otro la observaba con pretendida indiferencia, el capitán español. Guardi había acudido a la fiesta como cortesía con el anfitrión y para despedirse de sus conocidos, aunque en ningún momento esperaba volverse a encontrar con Caterina.

—Muchacha, ya eres toda una señorita —expresó el conde con cierta melancolía—. Estás espectacular. ¿No te parece, Alfonso?

—Yo la veo igual que siempre —contestó.

—*Dai*, soldado —le recriminó el amigo—. ¿Acaso estás ciego?

—No se preocupe, Roberto —contestó la hija del médico—. Yo tampoco habría reparado en que el capitán estaba aquí entre tanto caballero galante.

«Buena lanza», pensó el capitán.

—Me tendrá que disculpar —afirmó Buonarotti con inquietud al recibir la indicación de un hombre que le llamaba desde la puerta—, otros asuntos me reclaman. Señorita, debo dejarla con este individuo frío como un témpano. No se acerque mucho a él o se congelará.

El capitán detuvo al amigo.

—¿Todo va bien?

—Sí, perfectamente —contestó a la veneciana.

El conde se alejó con cierta prisa y al capitán no le quedó más remedio que ofrecer su brazo a Caterina. Brazo que ella tomó con una pantomima de indiferencia.

—¿Junto al balcón?

—Me parece bien.

Caminaron hasta el territorio elegido sin decir nada, excepto «gracias» al sirviente que les ofreció un vaso de vino blanco.

—No te gusta.

—¿El qué?

—El vino. Vi cómo le hacías ascos en la taberna. ¿Qué va a ser si no?

—Bueno, últimamente hay muchas cosas que me desagradan —afirmó mirando el canal desde el balcón.

—¿Cómo es posible? Ahora eres una estrella de la ópera. No hay más que verte.

—Ah, pero ¿no decía que no se notaba la diferencia?

—En realidad es que no entiendo por qué ha sido necesaria. Te quedaba bien ese abrigo enorme de tu padre y la falda sencilla, sin todos esos polisones y cojines imposibles de mover. Eres muy joven, ya tendrás tiempo de...

—Así que ese es el problema —le interrumpió—. Mi juventud.

—La juventud no puede ser nunca un problema. En todo caso, lo sería la vejez.

—Claro, me lo dice un anciano de... ¿Cuántos años? —preguntó con sorna.

—Veintinueve, *signorina*, pero no es la edad, sino la intensidad de lo vivido.

—Claro, como si los jóvenes no pudiéramos haber vivido intensamente. ¿Sabe lo que pienso, capitán? Que para seguir en este mundo, a veces hay que aprender a olvidar el pasado.

—¿Y me lo dices tú que revives cada día la muerte de tu padre?

—No se confunda. Yo tengo un motivo para luchar, pero no me creo condenada a sufrir la desgracia eternamente.

—Alabo tu esperanza. A mí me queda poca.

El capitán echó un trago de vino de su vaso. La joven hizo lo mismo y aquel líquido le provocó un sabor, como predijo el capitán, desagradable, que se reflejó en una mueca.

—Te lo dije.

—Usted lo sabe todo, ¿verdad? ¿No sabrá también la identidad del asesino de mi padre y de las niñas?

—Otros asuntos han reclamado mi atención de forma insistente en estos días.

—¿Otros asuntos? —repitió ella con ironía.

—Precisamente de eso le quería hablar. Regreso a España.

—¿Cómo? —La noticia hizo a Caterina arrugar su columna vertebral y abandonar la arrogancia.

—Me voy.

—Pero… ¿cuándo? —preguntó conteniendo la ansiedad.

—En una semana.

—¿Volverá pronto?

—Depende de mi rey.

—Pero ¿qué clase de caballero es usted? —protestó Caterina disfrazando su angustia de enfado—. No puede marcharse sin que ninguno de los dos hayamos cumplido nuestro trato.

—Ese asunto tendrá que esperar —contestó el capitán, que se moría por decirle que la separación le dolía más a él. En realidad, se moría por decirle muchas cosas.

Una portera del Ospedale entró precipitadamente en la sala deteniendo la desolación del capitán y Caterina. Llevaba una nota para Andrea. El caballero la leyó y miró a Guardi con preocupación.

A Caterina se le derramó el vino de la mano.

76

β uscaron a la pequeña Beatrice en todas las alcobas. En el jardín, en las cocinas, en la Sala de Música. Traspasaron la línea que separaba su edificio de huérfanas del coro de las dependencias de los expósitos sin talento musical —*los figli di comune*—. Se subieron a los tejados, entraron en los confesionarios, incluso reptaron para acceder al sobretecho de la entrada de la capilla, donde guardaban velas, palios y viejos instrumentos custodiados por ratas muy profesionales. El resultado fue el mismo.

—Sin rastro de Beatrice —concluyó la escribana Illuminata caminando a paso rápido y casi asfixiada mientras conducía a Caterina y al capitán primero por la escalera de caracol, hoy animal triste y en penumbra, y después al pequeño salón donde solía desayunar la priora. Precisamente ella y Francesca los aguardaban. Doralice no. Desde que Giulietta sufrió el ataque brutal, pasaba la mayor parte del día haciéndole compañía en la enfermería.

—¡Mi niña, se han llevado a mi niña! —clamó Francesca levantándose de la silla para abrazarse a la hija del *dottore*.

—La vamos a encontrar —aseguró Caterina.

—Pero ¿en qué estado? —exclamó Francesca con angustia—. ¿Troceada en una cuba?

—Priora, intente recordar —pidió el español—. ¿Ha podido salir del Ospedale por alguna razón, digamos, lógica?

—Una criatura de nueve años ciega en un día de lluvia gélida… Capitán, aquí no estamos acostumbrados a ese tipo de milagros.

—¡Las visiones! Francesca, a ti te las contaba todas. Tuvo que tener alguna —apremió Caterina.

—Sí, anoche. Pero por primera vez fue algo bonito. Me dijo que alguien enviado por su madre vendría a buscarla. Y como la vi tan feliz, no me preocupé.

—¿La han visto hablar estos últimos días con alguien ajeno a las mujeres de la Pietà? —preguntó el capitán.

—No, solo con el *signore* Buonarotti. Pasaba tiempo con ella desde que mataron a su hija.

A Guardi le cambió la expresión. Una sombra se apoderó de su entrecejo.

—Francesca, ¿te contó de qué hablaban?

—De todo; de sus progresos con el canto y el violín, de si estaba bien o mal de salud, de si necesitaba algo de ropa… Él siempre estaba muy pendiente de Beatrice, casi como un padre…

El capitán se pasó la mano por los ojos y luego los apretó con los dedos índice y pulgar castigándolos por no haberle permitido ver con claridad.

—Priora, ¿es posible saber algún dato de los padres de la muchacha?

—Todo cuanto haya estará en su hoja de ingreso, en el libro de registros de la *scafetta*.

—Tengo que verlo.

—Imposible —concluyó la rectora—. Es absoluto secreto. Solo pueden acceder a él tres personas; las dos escribanas y yo misma.

—¡Entonces mírelo usted y díganos lo que pone! —imploró Caterina.

—No puedo hacer tal cosa sin el permiso del Consejo —contestó con agobio.

—Pues pida ese permiso ya —exigió el capitán.

La priora apretó la boca, le miró, se levantó y salió de la sala para cumplir el propósito.

—Jesús bendito —dijo la escribana—, va a tardar tiempo en conseguirlo, no se obtienen los permisos así como así de gente tan importante.

—Pero tú puedes ayudarnos —le dijo Caterina cogiéndola de las manos—, ¿verdad, compañera de guantes?

La secretaria rolliza entendió perfectamente la insinuación. Era el momento de devolver un favor. Había un riesgo, pero se lo debía. Asintió.

El *archivio* situado en la primera planta del Ospedale los aguardaba. Libros de más de dos palmos de largo y cajas numeradas en estanterías de madera casi grisácea, deslucida, se apiñaban bajo el polvo en perfecto orden. Buscaron el tomo correspondiente por el número asignado a su ingreso, el 166. Escritos a tinta, en caligrafía perfecta, estaban los secretos de cientos de abandonos. Cada dos páginas enfrentadas, organizadas por columnas, aparecía la vida de dos o tres huérfanos. En el primer epígrafe empezando por la izquierda se registraba la fecha del ingreso: Beatrice lo hizo a las 11 de la noche de un 11 de agosto. A continuación, la edad que tenía en el momento en que la dejaron: un día de vida. Marcas visibles —si hubiere— del cuerpo: sin duda las pupilas pálidas de la ciega. El lugar de procedencia: Venecia. El nombre o apellido pedido por los padres en el nacimiento: Beatrice. La descripción de la indumentaria que llevaba el expósito en su ingreso: en este caso un traje de lino bordado con sus iniciales en verde, B. B. Entonces llegó la clave. Señal de reconocimiento: un trozo de paño verde con borde de plata cortado por la mitad que se almacenaba con el número 1875b en la caja correspondiente.

El capitán observó la tela con detenimiento.

—Es un retazo de la bandolera que usaba la guardia italiana de Felipe V en la guerra de Sucesión.

—Como la que llevaría su amigo Roberto —concluyó Caterina.

El capitán se llevó la mano al cogote y exhaló una bocanada de remordimiento.

—Desde que llegué a Venecia sopla en mi oído una idea incomprensible a la que estoy empezando a encontrar sentido. Tengo que verle.

—Iré con usted, capitán.

—No se te ocurrirá. Es peligroso.

—No más que vivir en un Ospedale donde día sí y día también matan a las mujeres, y en él he pasado un tiempo. Asumo el riesgo y, si me despellejan, prometo que mi fantasma no irá a pedirle cuentas. Pero no espere que me quede de brazos cruzados mientras está en juego la vida de esa niña.

77

Mi esposo no está —contestó Chiara, la mujer de Roberto Buonarotti con su cara redonda, pecosa e inocente en la puerta de su palacio de fachada absolutamente veneciana, con largas ventanas apretadas que se apiñaban en el centro y se desperdigaban en los extremos. Barrio de Cannaregio.

Llevaba el niño pequeño en brazos y los otros cuatro, no mucho más grandes, se escondían bajo sus faldas para huir de una sopa con efluvio a col con la que los perseguía una sirvienta anciana y desesperada.

—Me dijo que hoy haría noche en una casita de campo que poseemos en Mestre —continuó la joven madre—, pues mañana a primera hora debía salir hacia el norte. ¿Necesitan algo de él?

Primero en barca sobre la laguna —esa que odiaba tanto el soldado castellano— y luego a caballo. Así llegaron Caterina y el capitán a la dirección indicada volviendo loco a Dios, ya que por un lado le pedían avanzar rápido para encontrar a la muchacha, y por otro, que eternizara los instantes en los que aún sin decir nada, sin tan siquiera mirarse, estarían juntos por última vez.

Una pequeña finca de pared rosada rodeada por manzanos, esa era la descripción. En la puerta, el caballo de Roberto. En su interior, el silencio y una luz oscilante.

—¿Entramos? —preguntó Caterina impaciente.

—No, aguarda. Busquemos alguna señal para confirmar.

Sonó un disparo. A continuación, el grito de Beatrice. Sobraban las confirmaciones.

El candado de la puerta no era demasiado firme. Al capitán no le costó derribarla con el impulso de su cuerpo. Adentro los aguardaba una estampa que no esperaban. En medio de una sala sencilla, el conde Roberto Buonarotti se tambaleaba con un tiro feo en la ingle mientras que *madame* Chevalier, frente a él, sostenía con actitud férrea una pequeña pistola humeante. Desde una habitación contigua llegaron de nuevo los gritos de Beatrice. El capitán apuntó a la Chevalier con su arma.

—Capitán, yo no soy su enemigo —contestó la dama.

Caterina abrió el cerrojo de la puerta de la alcoba. Salió Beatrice frágil, llorosa, en compañía de una sirvienta de piel oscura y actitud solícita. La hija del médico abrazó a la ciega.

—¡Caterina! ¡Ayuda a mi padre! ¿Dónde está mi padre?

—Aquí estoy, tesoro —contestó Roberto—. Saca a mi hija de aquí —ordenó a la sirvienta—. Enseguida nos reuniremos, Beatrice. Todo está bien.

Pero qué carajo iba a estar bien. Había sido herido de muerte y cayó al suelo. *Madame* Chevalier bajó la pistola confundida. El capitán y Caterina corrieron a socorrerle.

—¿Roberto es su padre? —preguntó la comerciante.

—¿Sorprendida, *madame*? —dijo Buonarotti con la mirada nublada mientras comenzaba a formarse un charco de sangre bajo su pierna.

—Yo… —titubeó la dama— hubiera jurado que era un asesino.

—Lo soy. He matado a Meneghina y a otras mujeres.

—Condenado Buonarotti —le dijo con pesar el capitán—. No quise creer lo que me advertían las tripas. Tus lágrimas y lamentos no eran del hombre herido, sino del que se sentía culpable.

—¡Necesito espacio! —dijo Caterina apartando al capitán para examinar la herida.

Arrodillada junto a Roberto, tragó una saliva que le supo amarga. Miró de cerca el agujero de la bala y el torrente de sangre. Mal asunto. Rompió un trozo de tela de su falda para hacer un torniquete, pero el destrozo era inmenso.

—Gracias, Caterina. Juro por Dios que Meneghina no sufrió —le dijo agarrándose a uno de sus brazos—. Le di mucho más del láudano que ella tomaba para su tuberculosis.

—Lo sé —afirmó Caterina—. Usted eligió a una muchacha moribunda a quien casi hizo un favor quitándole la vida. La pregunta, caballero, es ¿por qué lo hizo?

La Chevalier, pálida, se apoyó en la pared y habló con los ojos cerrados.

—Porque pertenece a La Excelencia, un selecto club de caza que asesina de forma despiadada y singular a las mujeres por simple divertimento. ¿No es así, *signore* Buonarotti?

Roberto afirmó con la cabeza y comenzó un relato con el poco y enrarecido aire que le quedaba en sus pulmones.

—Está formado por hombres podridos de dinero que encuentran excitante tratar a las mujeres como si fueran piezas de caza. Se reúnen una vez al año, cuando comienzan su temporada macabra. Hay varios grupos en Europa, aunque, según me han contado, ya están empezando a actuar también en Oriente.

—¿Quién está a la cabeza? —preguntó Guardi.

—Nadie lo sabe —se lamentó Roberto—, ni siquiera nos conocemos entre nosotros. Cuando nos reunimos, no podemos dejar señales visibles que nos identifiquen.

—¿Y cómo deciden quiénes serán sus víctimas? —quiso saber Caterina.

—Eso se deja al criterio del cazador, aunque normalmente se buscan mujeres bellas e inteligentes. ¡Dios, no veo...!

El capitán se arrodilló junto al amigo.

—¡No, Roberto, no te puedes ir ahora! —imploró incorporándole por el torso.

Buonarotti habló entre bocanadas de agonía. Él también quería descargar su conciencia.

—Cada cazador elige dos por temporada y el organizador, al que llamamos «número uno», da el visto bueno. Para saber que hay conformidad, nos envía pigmentos de colores con los que luego marcamos las piezas, es decir, a las mujeres. Yo me retrasé deliberadamente en la elección de la segunda, y tuve la mala suerte de que me asignaran a mi propia hija. Anoche la traje aquí para esconderla, con intención de sacarla mañana del país.

—Roberto, esto es demencial —le dijo Guardi—, te conozco y tú no disfrutas con el dolor ajeno. ¿Por qué has entrado en esta locura?

—Por dinero. Esto es un concurso y el cazador que se haga con la mejor presa y la exponga de forma más original se lleva una cantidad brutal de ducados; los que yo necesitaba hace dos años para evitar la ruina de mi familia después de perderlo todo en el juego. Pero una vez que estás dentro ya no puedes salir, amigo mío. Y cuando supe que este año el coto de caza era la Pietà...

—Me hiciste venir para que los detuviera.

—Para que *nos* detuvieras —remarcó el conde—, y para que descubras quién demonios está detrás de toda esta locura.

Buonarotti se encogió de dolor.

Caterina miró al capitán con las manos manchadas de sangre por su intento de taponar la herida. Negó con la cabeza. Estaba perdiendo su pulso. El fin se acercaba.

—¡Condenado Roberto —le dijo el español apretando su mano con fuerza—, ¡no me hagas esto!

—Alfonso, déjele marchar —susurró Caterina llamando al capitán por primera vez por su nombre.

—Hermano, no llores por mí —rogó Buonarotti—. Este es el final que merezco.

78

Madame Chevalier observaba el amanecer en el Gran Canal desde la ventana de su biblioteca. Estaba sentada sobre el quinto peldaño de la escalera móvil que permitía el acceso a los libros del piso superior. Le resultaba sencillo llevar hasta allí el ligero accesorio con ruedas para ver sin ser vista. Vestía uno de sus *quipao* anchos de seda, esta vez de un intenso color morado, reflejo de su ánimo. Tenía las piernas encogidas, rodeándolas con sus brazos. En ese instante no era el junco de mujer erguida de siempre, sino más bien un narciso vencido y derramado por el peso de los acontecimientos.

Se abrió la puerta despacio. Era Caterina.

—*Signorina,* ¿puedo…?

—Pasa, muchacha —le dijo sin dejar de mirar a la laguna—. ¿Eres mujer de amanecer o de crepúsculo?

—Mi padre decía que tengo el anochecer de Venecia en la mirada. Como usted comprenderá, no me quedan muchas opciones.

393

—Qué sentido del humor más delicioso —dijo la dama con la mirada en el horizonte—. El humor y la amistad verdadera te salvan la vida. A mí me la salvaron hace tiempo —dijo bajando lentamente de la escalera.

La Chevalier deshizo el lazo que amarraba su vestido, echó la tela hacia los hombros y la seda se deslizó por su cuerpo desnudo hasta quedar sostenida solo en sus manos. Se dio la vuelta hacia Caterina. Tenía una tremenda cicatriz longitudinal en su vientre, bajo el ombligo, hasta el pubis.

—¿Qué ve usted, doctora?

—Dolor —contestó Caterina.

—Que no te hiera mirarla, ya no puede hacerme daño. Me la hizo un «cazador» hace ocho años en Marsella. Cometí el error de enamorarme de él. Cuando el caballero se dio cuenta de que él también me amaba, era tarde. Había entregado mi nombre a los miembros del club de La Excelencia. Estaba dispuesto a matarme y a quedarse con mi útero como trofeo. Otra vez el útero, como a tu amiga Giovanna. No sé qué fascinación ejerce el órgano reproductor para estas bestias. Será la envidia de no poder tenerlo. En cualquier caso, qué hijo de puta. Era anatomista, como tú, así que sabía cómo hacerlo. Me durmió, me abrió, pero, en el último momento, ah, sintió arrepentimiento. Volvió a cerrarme.

—La cicatriz es perfecta —afirmó Caterina.

—Sí, era un gran profesional. Decidió hacerme pasar por muerta hasta que me pintó el retratista.

—¿El retratista…?

—Uno de los miembros de ese club de alimañas experto en pintura rápida que deja constancia en sus cuadros de las originales puestas en escena de las piezas cazadas. Sin él no hay pruebas y, a través de sus obras, se elige al ganador del juego macabro.

Caterina recordó a Angelica clavada en la góndola, y a Isabella, sirena vencida.

—Señora, ¿le puedo preguntar qué clase de motivo eligió para exponerla a usted?

—Juana de Arco, con armadura y espada sobre una cama de flores de lis moradas de corazón amarillo. No, si mi muerte debió de ser muy hermosa —añadió jocosa mientras se anudaba de nuevo el vestido—. Pero, desvanecida, emití un lamento y el retratista descubrió el engaño. ¿Quieres? —le dijo ofreciéndole una copa de *grappa*.

—No, señora —contestó Caterina—. No bebo.

—Mejor, el alcohol conduce a paraísos oscuros —afirmó echando un trago—. Como te decía, antes de que el pintor endemoniado diera la voz de alarma, mi cazador tuvo tiempo de llevarme hasta el puerto y dejarme en un barco comandado por un capitán chino que tenía conocimientos de medicina.

—Gracias al cielo.

—Pero la infección era tremenda. Quedé estéril.

La dama acompañó sus palabras de un profundo suspiro y se dejó caer en una mullida *chaise longue* de terciopelo dorado. Caterina fue capaz de sentir su vacío en las entrañas y en el corazón.

—Después, recorrí medio mundo en el barco de aquel oriental que me daba pócimas amargas, me llenaba de ungüentos y me ponía palillos ardientes hasta que llegamos a Hong Kong. Allí pasé unos meses más recuperando no el cuerpo, que sanó relativamente pronto, sino el alma porque yo no deseaba vivir.

—Señora, permítame decirle que nada hacía sospechar en un ser de risa y luz como usted que había tenido un pasado tan siniestro.

—Es que estamos en el país de las máscaras, Caterina, y yo he elegido una muy buena.

—Disculpe mi curiosidad, pero ¿y su cazador? ¿Qué fue de él?

—Ah, el cazador arrepentido... El club no admite engaños ni disidencias. Así que fueron a por él. Le apalearon hasta que lo creyeron muerto. Su cerebro quedó tan lesionado que, como tu describiste muy bien nada más verlo, se convirtió en el hombre retrasado que es hoy Armand. A mi regreso de Oriente lo encontré malviviendo en las calles, comido por las ratas y la tiña. Y me conmiseré de él —dijo apurando el vaso de *grappa* de un sorbo profundo.

—Fue muy generosa.

—Al fin y al cabo, me salvó la vida. Desde aquel día se convirtió en el guardián que me protege mientras recorro el mundo eliminando cazadores, porque has de saber, Caterina, que me dedico a eso.

La joven recordó los diminutos envases de veneno que encontró en el secreter de su dormitorio. No había dudas, compartía charla y casa con una asesina. Y no sintió miedo. Igual era una inconsciente, pero aquella mujer no le inspiraba temor. Al contrario.

—¿Usted lucha sola contra ese club infame?

—No. Al regresar a Marsella, después de pasar un año recuperándome en Oriente, empecé a buscar supervivientes. Yo era la única, pero me puse en contacto con las madres, hermanas e hijas de otras víctimas, y además, fui reclutando a un grupo de mujeres de diferentes edades y clases sociales dispuestas a acabar con ese cenáculo de muerte. Ellas son nuestros ojos y oídos en toda Europa. Ellas me alertaron de los asesinatos en el Ospedale. Yo, con mis barcos y mi comercio con Oriente, soy la persona perfecta para moverme sin que los cazadores sospechen.

—Señora, pero ¿su esposo existe?

—Por supuesto, vive feliz con su amante, un artesano holandés muy bello y talentoso. Me abandonó por él nada más casarme; en realidad, solo buscaba una tapadera para su relación. No lo supe ver. Yo era muy joven y tomaba sus distancias como muestra de respeto... ¡Fui tan idiota! Y no le puedo odiar, porque realmente es un hombre maravilloso. Con el tiempo llegamos a un acuerdo; yo me encargo de sus negocios y, de vez en cuando, nos dejamos ver juntos para acallar rumores. Pocas parejas pueden presumir de tener tanta armonía en su matrimonio.

—Y su corazón, *madame,* ¿quién lo abraza?

—Corazón…, ¿qué será eso? —dijo con una sonrisa—. En cuanto al cuerpo, tengo buenos amigos deseosos de arrullarme en el momento y día que yo decido y quiero. Y hablando de caballeros, dile al capitán, que lleva un buen rato aguardando en el pasillo, que pase y me disculpe; al principio estaba convencida de que era uno de ellos. Ha estado muy cerca de que acabase con su vida.

Guardi entró en la alcoba. Se quitó el sombrero. En silencio. Sentía un respeto infinito por aquella superviviente.

—Lamento la pérdida de su amigo —le dijo la dama—, pero cada cazador eliminado, son mujeres que viven.

—Hay otros métodos —afirmó el capitán—. Quizá si acudiera a las autoridades…

—Entonces estaría muerta. Caballero, en esta red diabólica hay personas muy poderosas. No sea ingenuo. Esto se mantiene porque la justicia mira hacia otro lado. Lo que hago no es bonito, lo sé, pero la moralidad de mis actos es algo de lo que ya hablaremos Dios y yo largo y tendido.

—*Madame* —dijo Caterina—, quedan dos asesinos más en Venecia. ¿Conoce sus identidades?

—No, pero ya no importa. Las piezas no se heredan. Cada uno de los tres cazadores que hay por ciudad solo puede matar dos mujeres por temporada.

—Pero Beatrice no ha muerto.

—Al desaparecer el cazador, desaparecen sus piezas. O al menos, en los muchos años que llevo siguiéndolos, siempre ha sido así. No volverán a matar hasta el año que viene e incluso puede que ni lo hagan aquí, en la República. Quienquiera que sea el número uno, rara vez cambia las normas…

79

Escríbame —le dijo el capitán a Caterina antes de partir—
si es que hay alguna novedad —añadió para que no fuera a suponer que era por algún tipo de motivo romántico.

«Pero qué estúpido puede llegar a ser este hombre —pensó Caterina rumiando las palabras del soldado—. Yo sé lo que
hay en su mirada». Esto cavilaba la hija del médico en el vestíbulo oriental del palacio de Chevalier mientras veía cómo se
alejaba el capitán grande de ojos color nube y olor a menta.

Mientras la muchacha subía a su habitación pisando los
peldaños cubiertos por la mullida alfombra roja, el aire le sabía
a vacío, como si algo en su alma impidiera que el oxígeno llegara a sus pulmones. «Pobre Cattuccina —imaginó que le decía
su padre—, se te acumulan las pérdidas».

Aunque no habría más muertes por este año, según le había dicho Chevalier, las habidas seguían impunes. Para ella, la
herida continuaba abierta y la búsqueda no había terminado;
ahora bien, quizá era el momento de tomarse un respiro.

Con este convencimiento, Caterina vivió los días sucesivos de la Navidad veneciana alternando la desesperanza por el amor ausente con la risa y emociones de los ensayos de *L'incoronazione di Dario*, ópera de Vivaldi que nadaba entre lo trágico y lo cómico y que sería clave en su carrera, pues la presentaría ante toda la sociedad veneciana.

Sobre un viejo libreto de Adriano Morselli, el tema trajinaba alrededor de las intrigas por suceder a Ciro, rey de Persia, de tres candidatos: el noble Dario, el vago Oronte y el militar Arpago. Se dijo que reinaría aquel que consiguiera desposar a Statira, la hija del rey fallecido, y allá que fue Dario a conseguir su amor. No contaba con que Argene, la hermana menor de Statira, le amaba a él y aún más el trono de reina. El asunto acababa bien para satisfacción de Dario, Statira y aún más de Caterina, que daba vida a la bella e ingenua princesa que se vería coronada —aunque solo fuera en el escenario— como reina de Persia. Aun así, hubo sus más y sus menos en los ensayos, pues estaba previsto que fuera Anna Vincenza Dotti, una contralto boloñesa mucho menos brillante que Caterina, la que representara el personaje. Pero ¿cómo no iba a aprovechar el astuto Vivaldi el tirón de «la voz de Venecia» para el día del estreno, por mucho que figurara en el libreto la otra? Una decisión salomónica puso fin al conflicto. Alternarían el papel las dos.

El capitán, por su parte, puso rumbo a Madrid.

Tras más de veinte días de ruta a caballo, paralizada en ocasiones por la nieve de los Alpes, llegó al Palacio de El Pardo, donde el monarca Felipe V y su familia pasaban los meses de invierno. Desfiló primero por el Alcázar, donde rindió cuentas de su llegada. Acto seguido, tomó la cuesta de San Vicente y de aquí siguió el camino de El Pardo descendiendo hacia el río Manzanares. Lo bordeó por la margen izquierda, siguiendo una franja de árboles y varias fincas de recreo, entre ellos, el Palacio de la Florida, construido por deseo del marqués de Castel-Rodrigo.

Una puerta entreabierta en el muro que lo rodeaba le permitió curiosear sus jardines y la mansión mágica de piedra rojiza cuajada de ventanas con molduras blancas que aguardaba adentro.

Se zambulló después en el coto de caza, un encinar poblado por corzos, jabalíes, osos y zorros. Y en medio del monte, protegido o quizá engullido por él, se levantaba el soberbio Palacio de El Pardo, un gran conjunto rectangular de piedra parda berroqueña con las caballerizas a la izquierda y el edificio en sí a la derecha, delimitado por cuatro grandes torres en las esquinas. Lo rodeaba un foso reconvertido en pacífico jardín cuajado de árboles y flores fragantes entre las que se encontraban arrayanes, jazmines, hiedras y rosas.

Dejó su caballo y acudió a palacio siguiendo los pasos de un gentilhombre flaco y poco dado a charlas y detalles, por no decir mudo, que le condujo a través de un pequeño puente sobre el foso hasta llegar al pórtico de entrada. Una vez dentro, había un zaguán distribuidor. De aquí, al patio. De este, escaleras arriba, al corredor del rey. Allí se dirigieron a una estancia larga y solemne conocida como «la Sala», decorada en el techo con frescos de la *Historia de Josué*, el profeta que se llevó todo el mérito de llevar al pueblo de Israel a la Tierra Prometida después de que Moisés hiciera el trabajo sucio durante cuarenta años; obra de Jerónimo de Cabrera. Rodeaban las paredes diferentes pinturas, y Guardi se fijó en una donde el pánfilo Adán acariciaba un lugar muy próximo al pecho de Eva —aunque visto así no sería tan pánfilo—, mientras la dama tomaba la manzana de un ser mitad humano mitad serpiente, y un zorro reposaba a sus pies como guiño demoledor. La tela era una de las copias hechas por Rubens de pinturas originales de Tiziano compradas por Felipe IV en la almoneda del pintor flamenco en Amberes a su muerte.

En otro lado de la sala reposaba una pintura original del mismo artista, *Lucha de san Jorge y el dragón*, donde el santo se enfrentaba poderoso a la bestia para salvar a la hija del rey evitándole el engorroso asunto de servirle de alimento.

Antes de salir de la estancia, sus ojos fisgonearon algunos cuadros pintados por Carducho y Cajés para el Salón de los Espejos del Alcázar que Velázquez trasladó a El Pardo.

Ya en la antecámara del rey, los techos le recibieron con la historia de amor entre Psique y Cupido obra de Alejandro y Julio César Semin. Desde las paredes casi le salpica el agua del baño que acababan de tomar la diosa Diana y sus ninfas sorprendidas por el joven cazador Acteón; de nuevo copiado a Tiziano, esta vez por Juan Bautista Martínez del Mazo.

Por fin llegó a la Sala de Audiencias, donde aguardaba su majestad Felipe V sobre un estrado. Su silla bajo un dosel. Su real testa bajo los frescos del *Juicio de Salomón*, muy propio de un lugar donde también se impartía justicia, obra de los pinceles de Eugenio Cajés. El rey, bien vestido con elegante levita color aguamar, jugueteaba nervioso con el zafiro de su sortija, piedra indicada por los expertos para ahuyentar la melancolía. Sonrió al verle.

—Adelante, capitán.

—Mi señor…

—Te preguntaría por tu viaje, pero hay premura y sobran las dudas al tenerte aquí sano y salvo. Pronto, ¿qué traes a favor de mi campaña para conquistar Cerdeña y Sicilia?

—Mucho, intenso, y en algún modo, desagradable.

Inició con estas palabras su relato, en el que le informó sobre todos los contactos realizados y de qué manera estaban dispuestos a apoyarle algunos nobles, entre ellos, el comandante Moisè Milano o el comerciante Andrea Stampa, así como las contraprestaciones que esperaban del monarca. Era el momento también de comunicarle el fallecimiento de Roberto Buonarotti y de ponerle al tanto de las actividades del siniestro club de caza La Excelencia. Y se demoró largo rato, porque no era fácil explicar lo inexplicable.

—Me dejas pasmado —dijo su majestad al terminar de escuchar el informe—. Lamento profundamente la muerte de Buonarotti, Dios le perdone. Y a ti, te felicito por haber descubierto, al menos, a uno de los asesinos de esa panda de sádicos.

—No lo hice solo.

—¿Algún soldado aliado a nuestra causa?

—Casi. La joven hija de un prestigioso anatomista me ayudó con su ciencia e ingenio. Tendría que haber visto su capacidad de deducción, de análisis, su arrojo. Sería sin duda un buen compañero de armas.

—No me da la sensación de que la quieras como a tu antiguo y barbado compañero el capitán Mendoza.

—Majestad, os burláis.

—Alfonso, te conozco desde hace más de quince años. He visto tu expresión en todos los estados posibles; eufórico en la victoria, sereno y contenido en la derrota, pletórico en los brazos de Cupido, agónico ante la muerte de tu amada… Y hoy, por primera vez en mucho tiempo, observo en tus ojos un destello.

—Será por las heladas del camino.

—¡Vamos, capitán! Me llaman el animoso, pero no el idiota —le dijo con humor—. ¿Es bonita la joven?

—Inalcanzable.

—Eso lo trataremos después. Dime ahora, ¿es hermosa?

El capitán estaba acorralado. Parecía tener el pecho de cristal para la agudeza del rey. Solo le quedaba el camino de la sinceridad.

—Es única —le dijo—. Brillante, rápida, locuaz, agresiva, cabezota, orgullosa. Lo mejor son sus ojos, poseen el color del anochecer en Venecia. Y sí, es muy hermosa.

—Diantres —contestó el rey sorprendido por la revelación—. En verdad parece un tesoro. ¿Y por qué no le has propuesto matrimonio? Es el mejor y más saludable estado para el hombre.

El capitán enrojeció.

—Porque sería una atrocidad. Ella es muy joven, tiene diecisiete años y yo voy a cumplir los treinta. Casi podría ser su padre.

—Qué exageración. No estoy en absoluto de acuerdo. Yo me casé con mi primera esposa con dieciocho años cuando ella solo contaba trece. Eso sí que fue una barbaridad. Cosas de mi abuelo. ¿Le has hablado de tus sentimientos al menos?

—No.

Su majestad, que aquellos días se sentía motivado con la guerra y, por tanto, especialmente positivo, se puso en pie dispuesto a rematar la faena.

—Alfonso, la vida te está dando la oportunidad de dejar el carro de culpa que arrastras. Yo sé lo que es vivir golpeado por el látigo de la enfermedad, pero algo he debido de hacer bien para que el Altísimo me premie con dos esposas maravillosas. Si este también es tu caso, debes aceptarlo. Amigo, los regalos, y más si son de Dios, no se devuelven.

80

L a traeremos pronto a casa —dijo Moisè un gélido lunes de enero a *madame* Chevalier mientras su sobrino Tommaso ofrecía el brazo a Caterina para acompañarla hasta la Pietà.

—… mi sobrino aguardará a que mi ahijada acabe sus ensayos en el teatro y la custodiará en su regreso —aseguró el mismo padrino un martes.

—… la llevaremos mi tío y yo en barca hasta la isla de Torcello —indicó Tommaso un miércoles— para que no se fatigue y pueda dar así el recital en casa de la señora Prinetti.

Y así todos los días de aquel invierno lento se fueron poblando con los motivos y atenciones de Moisè y aún más de su sobrino.

Al principio Caterina miraba al muchacho pero no lo veía, como se mira un mueble. Pero a fuerza de visitas, detalles, un «hoy he soñado con usted», un «cada día la veo más hermosa» y, sobre todo, ante la ausencia del capitán Guardi, el agujero del tamaño de un cráter que había dejado en su alma no diga-

404

mos que se cubrió, pero sí que se pusieron listones para pasar por encima sin caerse. Eso y la pregunta de Camelia.

—¿Ese caballero bombón que te trae es tu novio o está libre? —le soltó descarada un día de ensayo con las *figlie di coro* en la Sala de Música de la Pietà.

—Óyeme bien, serpiente —respondió Caterina indignada—, ni se te ocurra acercarte a él. Sé que tienes el «mal francés».

—¡Eso es mentira! ¡Yo estoy perfectamente!

—¿Y las llagas de tu boca? ¿Y la erupción de tu piel?

—¡Estás loca! Loca perdida…

Camelia se fue de allí como disparada por escopeta. Pero el tiro había sido de doble dirección. En ese instante cayó el velo con el que Caterina había tapado hasta ahora a Tommaso. Saltaron a la luz sus inmensos ojos marrones, su sonrisa de niño, su dentadura blanca y perfecta, su pelo negro, negrísimo, que le caía por la frente, su elegancia, su humor, su apostura, su aroma a musgo fresco.

Aquello ya no era un mueble.

Al día siguiente, justo antes de salir a los ensayos, Caterina se acicalaba frente a un espejo de medio cuerpo fabricado por un traidor a la República. Así calificaron a su artesano. Un hombre que se atrevió a vender los secretos celosamente guardados de su fabricación a Luis XIV de Francia. Ahora bien, pagó con su vida. Ese origen turbio le era ajeno a la muchacha y mucho más al espejo que ese día, en la alcoba salmón, dibujaba una versión inquieta de Caterina.

—… un toque de rubor en las mejillas —se decía la muchacha—, más tintura roja en los labios. No, no, excesivos. Quizá polvos en la frente… ¿Más rubor sobre los pómulos? Por Dios, parezco un tomate. Calma, Caterina, comenzamos otra vez…

El espejo la observaba también. Desde su alma pretendidamente fría de vidrio y cristal de roca sobre lámina metálica.

Desde su moldura de madera y pan de oro con motivos de rosas. Acostumbrado a ser testigo mudo de los deseos y anhelos de cuantos, antes que ella, quisieron comprobar su imagen. Y se conmovió al ver tanta belleza e incertidumbre. Lo mismo que *madame* Chevalier. Cubierta por un batín de seda blanco bordado con grandes rosas rojas, contemplaba a la joven desde el quicio de la puerta de la habitación. Llevaba en las manos su taza preferida de té.

—Parece que hoy te has perfumado más de lo habitual —le dijo la dama.

—¿Sí? —contestó Caterina sin darle importancia—. No me he dado cuenta.

—Una vez más, el joven Tommaso te aguarda abajo.

—Ah, bien —contestó poniéndose frente al espejo unos zarcillos que simulaban pequeños lirios blancos a juego con las flores de su vestido azul pálido—. Me va a acompañar a la Pietà.

—Maravilloso —dijo la dama cambiando la taza de té por un peine de plata con el que ordenar la melena de Caterina—. Qué bueno es tener compañía, siempre que se desee, claro está.

—¿Por qué no iba a desearla?

—Oh, querida, soy una boba. Imagínate que llegué a pensar que te atraía el capitán Guardi. ¿Puedes creerme?

Caterina se llevó la mano a la garganta.

—Qué visiones tenemos las mujeres de cierta edad. Somos unas casamenteras locas. ¿Cómo te ibas a enamorar de un hombre tan mayor?

—No es tan mayor —esgrimió Caterina.

—Ah —contestó la dama—. Será que no me he fijado bien.

—*Madame,* no me tome por boba —dijo volviéndose hacia Chevalier—. Tommaso es un buen muchacho y está aquí.

—Pero no es el capitán.

—No, no es el capitán —dijo la joven bajando la mirada.

Chevalier no consintió que se afligiera y rápidamente le levantó la cara acariciando su barbilla.

—Pequeña, no seré yo quien te vaya a dar lecciones de moral. Haz lo que te plazca con quien te plazca. Pero permíteme aconsejarte un límite: no te engañes a ti misma.

Poco después, el joven Tommaso y sus hoyuelos se alegraron de recibir a Caterina en su góndola.

—¡Bendito sea Dios y sus criaturas! —exclamo al mirarla de frente.

—Hoy llegamos tarde —contestó ella con seriedad.

—¡Volando a la Pietà! —ordenó el muchacho al gondolero—. ¿Teme la reprobación del maestro Vivaldi?

—Sí, claro —dijo ella por decir algo.

—No debe. Le diré que ha sido por mi culpa y que me condene a tocar el violín hasta que me sangren los dedos. Claro que igual la pena es para él, porque la última vez que intenté arrancarle algún sonido, confundieron mis notas con la agonía de un gato.

Caterina se echó a reír. Él la miró con devoción.

—Un año de mi vida por una de sus sonrisas.

—No diga esas cosas, Tommaso.

—Pero es lo que siento —reivindicó el joven mientras su barca pasaba junto al río de Ca' Pesaro—. ¡Mas no se confunda! Habla el egoísmo. Desde que la conozco soy más feliz.

—Amigo, sois maravilloso, pero...

—Pero no podéis corresponderme —dijo sin dudar—. ¿Creéis que no lo sé? Y conozco la causa con nombre y apellido. Pero os diré una cosa. No me importa. No me importa en absoluto —dijo levantando orgulloso la cabeza con una tranquilidad rayana en lo pasmoso—. ¿Sabéis por qué?

—¿Porque os habéis dado un golpe en la cabeza y se os cayeron los sesos? —preguntó ella divertida.

—¡Exacto! —proclamó él.

Los dos se echaron a reír. Él le tomó la mano derecha con las suyas y la besó.

—Estar cerca de usted, Caterina, para mí ya es suficiente. Como ya sabe lo que es el amor no correspondido, me comprenderá. Y tenga presente que, en el momento en que usted decida, me apartaré de su lado. Mas no se aflija. A mí me habrá valido la pena cada instante.

La puerta de la Pietà estaba abierta. Tras despedirse de su acompañante, Caterina la atravesó con la confianza de un antiguo inquilino. Recibidor. Saludos. Pasillo. Más pasillo. Niñas cargadas de instrumentos.

—No, despistada Caterina, hoy el ensayo no es en la Sala de Música, sino en la capilla —le dijo *il diavolo*, la portera Vittoria.

Vuelta al largo pasadizo. Y de repente, al fondo, le pareció que cruzaba una sombra.

—Caterina, ¿no vienes?

—Sí, sí, enseguida estoy con vosotras —disimuló ante las amigas.

Persiguiendo un pálpito llegó al jardín. Estaba helado, con las ramas de los árboles y arbustos tiritando de frío. El pozo rebosando nieve. Al fondo, se batía una puerta de madera desconchada. Sin duda, alguien acababa de pasar por allí. La joven cogió una pala del jardín. Nunca se sabe. Vio entonces que su fantasma era un hombre de carne y hueso que entraba en la sala de los recién nacidos. Se acercó con sigilo hasta la puerta. Observó cómo buscaba entre los infantes hasta llegar a un niño. Le cogió en brazos. Ahí sí que no, amigo. Había traspasado el límite.

—Deje ahora mismo a esa criatura si no quiere que le aplaste la cabeza —pronunció Caterina blandiendo la pala.

—¡Piedad, señora! Este niño es mi hermano. Llevo mucho sin verlo.

—¿Y esta es la mejor manera, colándose como un ladrón?

—Creo que sí… —dijo el individuo consternado.

Caterina se fijó en la forma en la que arrullaba al infante contra su pecho. La delicadeza con la que le sostenía la cabeza. La tranquilidad con la que el niño reposaba en sus brazos. No parecía mentir aquel personaje. Bajó la pala, lo cual agradecieron sus manos porque aquello pesaba como un muerto, y se acercó. Vio a un muchacho de piel oscura y aspecto humilde con una levita rojiza inapropiadamente elegante. Entonces el joven, al mirarla de cerca, se estremeció.

—¡Válgame Dios! Usted tiene que ser familia.

—¿Familia de quién? —dijo Caterina sin comprender.

—No tengo permitido hablar de esto —masculló dejando al niño en la cuna.

—Habla o daré la voz de alarma —amenazó ella enérgica.

—¡Me va a buscar la ruina! —sollozó él nervioso—. Me refiero a la mujer que vive encerrada en la casa de Torcello. La he llevado y traído hasta aquí varias veces y también a otros sitios. ¡Yo no quería, pero me prometieron un buen dinero! Y que el Señor me castigue si miento, usted es igual que ella. La conoce, ¿verdad?

—Sí, sí que la conozco —contestó Caterina con decisión—. Escucha, tú y yo vamos a llegar a un acuerdo. Haré que veas a tu hermano siempre que quieras…

—¿Y a cambio? —preguntó él con temor.

—Llévame hasta esa mujer.

81

lguien llamó a la puerta del refugio de la bestia. Le resultó extraño. No esperaba visitas. Al abrir encontró una pequeña bolsa en el suelo. ¿Era una broma? La temporada de caza había terminado. Miró a todos lados. Se alejó incluso unos metros de la puerta para buscar. Nadie. Tomó la bolsa. Sin abrirla.

No, no. No corresponde. Pero fue solo sentir el habitual lino del pequeño saco en la palma de la mano y comenzar a revivir la emoción de atrapar a la presa. La mirada de terror de las mujeres. El sonido del cuchillo rasgando la carne. El sudor. Su éxtasis.

Quitó el nudo con ansiedad. Dentro, pigmento amarillo. Aún más extraño. Nunca habían utilizado ese color. Pero la nota no dejaba lugar a dudas: «Procede un desempate». Un nombre: Caterina Sforza. Y una fecha: 23 de enero, el mismo día del estreno de *L'incoronazione di Dario* en el teatro Sant'-Angelo.

Desde luego no era lo habitual. Comprobó las reglas. Sí, se contemplaba. Y aunque no lo hiciera, ¿por qué renunciar a una buena caza?

Poco después, lejos de allí, la mujer del cuadro creía morir de desesperación. Llevaba más de un mes encerrada en su casa hecha cárcel de la isla de Torcello.

—¡Déjame salir, malnacido! —gritaba a su particular carcelero golpeando con un atizador las rejas de las ventanas de su habitación tal y como hacen los presos.

—Calla o te quedarás ahí de por vida —le contestaron desde otra sala contigua de la casa.

La dama estaba dispuesta a despedazarse la garganta gritando cuando vio acercarse desde la playa a un individuo envuelto en un *tabarro* oscuro. Rápidamente reconoció sus andares, su máscara, percibió su particular olor a pintura. Sí, sabía quién era. Pero ¿ahora? No correspondía.

El hombre rodeó la casa en su trayecto y ella le fue siguiendo desde dentro como un perro curioso a través de las ventanas de su alcoba, observándolo, olisqueándolo, sin que él lo advirtiera, hasta que llegó al pequeño pórtico exterior de madera de la entrada. Dio tres golpes. Dejó una pequeña bolsa en el suelo y se marchó por donde había venido. Al fondo, el cielo gris se confundía con la laguna de enero, hoy también grisácea. El cancerbero, sorprendido, abrió la puerta y recogió el pequeño saco. Lo abrió y la dama se hirió en la cara intentando mirar a través de la reja para ver el contenido. Había un puñado de pigmento de color amarillo y una nota: «Procede un desempate». Caterina Sforza. También había una fecha, pero no le dio tiempo a verla.

La mujer se llevó las manos a la boca ahogando un grito.

El guardián se revolvió igualmente mirando la bolsa. ¿Caterina Sforza? No. Imposible. Pero sabía que no podía elegir.

Aunque aún faltaban casi tres semanas, el cazador sintió la premura del tiempo. Tenía la seguridad de que había otro ser en algún lugar de Venecia buscando ya una manera de arrebatarle la presa. Tenía mucho que pensar, así que decidió llamar al barquero con cuerpo de niño y cara de viejo para que le sustituyera custodiando a la dama.

No era el único que aceleró su pensamiento.

Cuando el remero alfeñique quedó solo como vigilante, la ilustre prisionera decidió que había llegado el momento de salir.

—¡Eh, tú! —llamó al barquero— Acércate.

—Señora, ya sabe usted que no me permiten hablar con…

—¡Calla y responde! —le ordenó con autoridad y algo de seducción—. ¿Te apetecería conseguir una sortija de perlas?

82

El capitán llevaba varios días enfermo en su cigarral toledano; una finca hecha a su imagen y semejanza, es decir, grande, noble y con remordimientos. La tomaba por hogar cada vez que necesitaba un respiro, y hasta allí acudía para perderse entre olivos, árboles frutales, encinas y cipreses. La vivienda principal, cubierta por una mezcla de ladrillo y piedra —mampostería verdugada—, tenía dos plantas generosas y se acompañaba de perrera, gallinero, palomar, casa de labradores y estanque, además de numerosos jardines aterrazados. Desde niño, cada vez que caía el anochecer, Toledo se le antojaba en la lejanía como la exótica Constantinopla de *Las mil y una noches,* un lugar teñido de misterio donde cualquier prodigio era posible.

Pero hoy no era día de prodigios para Alfonso, sino de vicisitudes. Los rigores del viaje le habían pasado factura. La medicación y la duermevela de la calentura le hacían tener sueños extraños, aún más pesados de lo habitual.

Aquella madrugada se levantó de su cama con un fuerte dolor en el pecho. Aturdido, se envolvió en una manta para salir de su alcoba austera de mucha pared y poco mueble. Bajó la escalera decorada con azulejos cuyos esmaltes coloreados aparecían separados por líneas, «de cuerda seca» los llamaban. Atravesó una gran sala descalzo, sobre el suelo de piedra, pasando por debajo de la lámpara floreada de mil y un brazos comprada al gran Carlo en Venecia. Qué brillante y luminosa le pareció en la ciudad de las aguas, pero cómo de gigantesca y ridícula resultaba en su austero cigarral, aunque bien sabía Dios que no la compró por estética.

Salió del caserón por una puerta de madera negra y se echó a andar por sus tierras a la luz de una luna tímida. Levantó la mirada para ver a lo lejos el parpadeo luminoso de la ciudad. Pasó por el jardín que rodeaba su casa, ahora ausente de flores. Se adentró en el pequeño bosque de pinos salpicado de grandes piedras llevadas hasta allí desde mil lugares asombrosos por su difunto padre —don Ricardo—, por razones que hoy no recordaba. Unas eran rocas deformes y sin sentido aparente. Otras, siluetas de toros ancestrales. Y entre todas, se levantaba la estructura de una gigantesca puerta de roca gris, extraña y mágica, sin el resto del edificio al que debió de dar entrada. Era una locura, pero sintió que las piedras le llamaban. Pasó por debajo de su arco, sobrecogido y, desde el otro lado se detuvo a contemplar la ribera del Tajo que corría cercano a sus posesiones. Percibió su brisa. Escuchó la corriente del río y le pareció sentir de nuevo el Gran Canal.

Le inundó la calma y decidió acurrucarse sobre un banco de piedra para escuchar, fantaseando, el rumor de la laguna. Se quedó dormido.

—¡Bastardo, vas a morir! —gritó Alfonso Guardi cruzando espadas con el sicario enviado a matar a su rey.

Sus recuerdos le habían llevado hasta la batalla de Almenar, vivida siete años antes, junto al río Pinyana. Una vez más renegó de la oscuridad de la noche, que no le permitía ver el rostro de su atacante, pero sí sentir su odio y las dentelladas de su sable. De nuevo vio cómo el joven compañero era presa del enemigo por la espalda. Cuando estaba a punto de ver cómo el soldado caía al suelo descoyuntado, un nuevo elemento se coló en la pesadilla. Dos figuras de mujer que él interpretó como la sirena Isabella y su difunta amante María Cristina, se desplomaron ante sus pies con el cuello roto.

«No se ensaña. No disfruta —dedujo reviviendo el instante con ahogo—. Es la ejecución de un soldado».

Y aún dentro del sueño, el capitán se volvió hacia el austracista y le asestó un corte en el interior del brazo que laceró sus tendones haciéndole gritar igual que un animal herido.

Guardi despertó con el aullido en las sienes en mitad del cigarral. Recordó la conversación que mantuvo hacía meses en la fiesta oriental de *madame* Chevalier con Moisè… «Es muy posible que hayamos coincidido en la batalla, pues luché al servicio del duque de Anjou en algunas campañas…», le dijo. «El duque de Anjou», así es como llamaban a Felipe V los enemigos porque no le reconocían como legítimo monarca. Ningún borbónico habría dicho eso. En su momento no le dio importancia. Tampoco se la dio a la rigidez de su brazo fruto de una herida de guerra. Había en el mundo más militares lisiados que ilesos. Pero, qué demonio, ahora todo cobraba sentido. Moisè era un cazador. Las fracturas en el cuello eran su firma.

El capitán no sintió el frío del suelo mientras sus pies caminaban rápidos sobre la escarcha de sus tierras hasta la casa con una clara determinación. Todo su ser era una plegaria. Dios, no permitas que la hiera. No, a ella no puede hacerle daño. Señor, mi vida por la suya. Daba igual lo que le hubiera dicho Chevalier acerca de las reglas del club. ¿Quién puede predecir los actos de una alimaña? Además, el depredador era, de forma perversa, padrino de Caterina. Sin duda, estaría cerca de ella.

Esa misma noche Alfonso Guardi partió hacia Venecia.

83

aterina contenía la ansiedad a bordo de una pequeña barca rumbo a la isla de Torcello. Cubierta por un *tabarro* masculino y recio, su cara enrojeció al recibir las gotas de aguanieve sobre la cara en una mañana fría, navegando en la inmensidad de la laguna. Se suponía que estaba dando clase con el maestro Vivaldi en la Pietà, o ese era el convencimiento del mastodóntico Armand, su guardián por orden de Chevalier, y el joven Tommaso, guardián por voluntad propia.

Todos equivocados. La niña de los ojos violeta navegaba en la nave del pescador Vincenzo hacia el encuentro con la mujer que se alimentaba de sangre. Sin duda, esa fiera había tenido mucho que ver con la muerte de su padre y el intento de asesinato de Giulietta. Por si acaso, medio ingenua, medio precavida, Caterina había tomado prestado a Chevalier —sin su conocimiento— un afilado abrecartas que llevaba escondido bajo la capa.

—¿Esa joven es tu novia? —preguntó la nereida celosa al pescador, desde el agua.

—¡Calla, que te va a oír! No. Es una cantante —contestó sin mirarla, aprovechando que Caterina estaba sentada en la nave dándole la espalda y, por tanto, no advertía la presencia de Eunice.

—¿Y por qué la llevas en tu barca? —insistió.

—Porque quiere ver a la dama de Torcello.

—¡Estás loco! ¡Su carcelero no te lo perdonará!

—¡No! ¡Soy yo quien no le perdona el engaño! Me prometió buenos dineros y hace días que no me da trabajo. Para mí, acabó nuestro acuerdo, así que nada me impide dar un paseo con una dama por la isla.

—Entonces ¿vas con ella a pasear como enamorado?

—No, Eunice, no. Ha prometido ayudarme a ver a mi hermano.

—Cuántas cosas raras haces por él, menos la única que deberías, que es trabajar duro pescando con tu barca.

—¡Tú no eres nadie para decirme lo que tengo que hacer!

Y ese grito hizo que Caterina se volviera hacia Vincenzo.

—¿Me hablas a mí? —preguntó la hija del *dottore* temiendo estar a bordo de la barca de un chalado.

—Disculpe, tengo la costumbre estúpida de parlamentar con los peces —contestó haciendo un gesto a Eunice para que se alejara.

—¿Y te contestan?

—Siempre, señorita, el problema es que a veces no me gusta lo que dicen.

Caterina pensó que la respuesta era tan absurda como contundente, y no volvió a hacer preguntas.

Según se acercaban a Torcello, los pantanos y ciénagas oscuras que le rodeaban parecían embarrar y hasta hundir con ellos el ánimo de la muchacha. «Ni se te ocurra entrar ahí», supuso que le decía su padre. «¡Pues no haberte muerto y no tendría que venir hasta la isla donde Atila plantó su cochino culo!», imaginó que le replicaba.

Ante esa verdad aplastante, al espíritu del *dottore* no le quedó más remedio que cerrar la boca y desaparecer.

Minutos después, el pescador estaba amarrando su nave a un pequeño embarcadero que continuaba en un camino de arbustos. Al fondo se divisaba un puñado de casas y algunos árboles plantados por los supervivientes de las epidemias de malaria pasadas.

—¿Aquí vive la dama, Vincenzo?

—No, aún tendremos que andar unos metros. Lo haremos despacio y con prudencia, para que no nos descubran. Puede ser peligroso. Yo no sé el motivo por el que encerraron a la señora, pero tiene que haber algo turbio. Fingiremos pasear hasta llegar al lugar. Si está uno de los dos hombres que la custodian, daremos media vuelta.

—Pero…

—¡No puede haber peros! La sacaré de aquí a rastras si insiste en jugarse su vida y la mía. ¿Entendido?

A Caterina no le gustó el tono de Vincenzo. «Di lo que quieras, que yo haré lo que me dé la gana», iba a soltarle muy fresca, pero la prudencia y el convencimiento de que aquel pescador solo intentaba protegerla le hicieron cambiar de opinión.

—Entendido —contestó.

—Y si surge algún problema, corra hasta la barca y no mire atrás. ¿Sabe cómo…?

—¿Navegar? Mejor que tú —contestó ella.

«Una dama brava», pensó él.

Se dirigieron a la casa lentamente. Tras echar un vistazo por las proximidades, el pescador no halló rastro del hombre diminuto que le ofreció el trabajo ni del otro caballero que frecuentaba el lugar. Tampoco la dama estaba asomada a las rejas de las ventanas. Era extraño. Aún más que estuviera la puerta entreabierta. El muchacho se volvió a Caterina.

—Yo iré primero. No es descortesía, es…

La muchacha asintió. Le sobraban las explicaciones.

Después de unos instantes, el pescador salió contrariado.

—Lo siento, señora. La dama no está.

—¿Cómo?

El aguanieve arreció. A Caterina le escocían los huesos de las manos y también las mejillas por el frío, aún más por la decepción.

—Quiero entrar —le dijo al pescador.

El inmenso espejo del aparador del salón reflejó la imagen de la muchacha. «Cuántas veces se habrá mirado la dama en él recibiendo una visión tan parecida a la mía», pensó. A continuación deslizó su mano por la estantería de nogal. Echó un vistazo a los libros de los clásicos griegos perfectamente alineados y llamó su atención una edición de *La Odisea* que reposaba sobre ellos en horizontal. Sobresalía un pequeño cordel dorado, indicativo de las páginas ya leídas. Lo abrió con curiosidad y se detuvo a observar unas palabras de Ulises, el héroe griego de Homero, con las que se identificó irremediablemente. «Mientras los maderos estén sujetos por las clavijas, seguiré aquí y sufriré los males que haya de padecer. Y después de que las olas deshagan la balsa me pondré a nadar, pues no se me ocurre nada más provechoso...». Dejó el tomo en la misma posición que lo había encontrado, aunque presintió que su dueña no lo volvería a leer.

A continuación entró en la habitación de muebles de tamaño desproporcionado en color cerezo. Un suave aroma a limón invadía la estancia. «Aquí duerme —se dijo acariciando la colcha blanca de tela vaporosa—, ¿con qué soñara?». Sobre una pequeña mesa encontró un abanico azul, una máscara blanca y un cuadro de la Virgen con el Niño, de estilo bizantino, pintado sobre madera y envejecido por el tiempo. «Ah, pero ¿esta fiera reza?». A su lado, en una caja de cristal, halló unas manoplas blancas de infante tejidas con hilo. «Ah, pero ¿esta fiera es madre?». Una ráfaga de olor negro rompió el bálsamo de cítricos que la envolvía. Siguiendo el rastro feo, salió de la habitación pasando de nuevo frente al pescador, que decidió seguirla. Cuatro, cinco, seis pasos y llegaron junto a una cortina plateada. Al abrirla, varios conejos y pollos colgados de garfios en las paredes, con dentelladas y otros signos de haber sido desangrados recientemente, los abofetearon. A su lado, platos, vasos y un hornillo. Cocina y despensa.

Cuando la muchacha se cansó de buscar, volvió a la barca con la sensación de que, pese a mirar, no había visto nada. Desde una casa cercana, el caballero guardián tomó nota de su visita.

84

¿DÓNDE ESTABAS?

El capitán cabalgó de sol a sol durante diecinueve días, relevando caballos y diligencias, para recorrer la distancia que separaba Toledo de Venecia. Fue picando espuelas por Madrid, Zaragoza, Barcelona y los Pirineos nevados e imposibles, que ralentizaron su camino. Se adentró en la perversa Marsella, más tarde en la Génova medieval, luego en la Verona de Shakespeare. Y durante todos y cada uno de los instantes del trayecto le asaltaba el terror de encontrar a Caterina destripada, con el cuello roto o ensartada en una pica. Qué mala amiga es la imaginación del hombre, que en los momentos de crisis siempre actúa para peor. Con el fin de contrarrestar tanto presagio, se decía a sí mismo que si Moisè quisiera haberla matado, lo habría hecho mucho antes. O no.

En la mañana número veinte de su viaje, un campesino le informó de que su caballo estaba pisando Padua. Le recorrió la emoción. En apenas unas horas saldría de dudas. Fue entonces cuando reapareció su problema. Demasiados kilómetros. Su

421

corazón pidió clemencia. Le invadió un sudor frío debajo de la capa negra y pesada. Un trago de la medicina bastaría para calmarle, pero entonces le invadiría el sopor y tendría que detenerse. No. Tenía que aguantar. De nuevo, picó espuelas.

Al llegar a Venecia, a primera hora de la tarde, llamó a la puerta de *madame* Chevalier. Abrió una sirvienta flaca a la que prácticamente no vio, y si supo de su delgadez fue porque le agarró fuerte del brazo.

—¡Llame a su señora, rápido! —ordenó.

—Ya mismo, caballero —contestó la criada con apuro.

«Si *madame* sonríe, es que todo está bien —pensaba el capitán mientras aguardaba en el zaguán—; si no…».

—¡Dichosos los ojos! —exclamó afectuosa la dama envuelta en un vestido malva pálido que resaltaba aún más el color azabache de su pelo—. ¡Qué grata sorpresa! Por Dios que usted era la última persona que esperaba ver hoy en…

—¡Caterina! —le dijo cortante dando un golpe con el puño en la puerta—. ¿Está bien?

—Sí, ¿por qué no habría de estarlo? —preguntó con inquietud.

—Gracias a Dios. Entonces, llámela. Tengo que hablar con ella.

—Capitán, eso no va a ser posible.

—¿Por qué?

—Salió por la mañana temprano en compañía de su padrino Moisè y su sobrino Tommaso para almorzar en la casa de unos conocidos en Mazzorbo, una diminuta isla junto a Burano. Aunque, ahora que lo pienso, ya deberían haber vuelto, es muy tarde.

El capitán sintió que se le iba la vida y se llevó la mano al pecho con un dolor agudo.

—Jesús bendito, está usted más pálido que la nieve. Acompáñeme al salón —dijo cogiéndole del brazo—, le daré a beber un cordial para…

—¡No hay tiempo! —gritó zafándose de su mano—. Moisè es un cazador.

—¡Qué está diciendo...! —preguntó *madame* abandonando su gesto amable por el del sicario que convivía en su interior.

—Creo que es el monstruo que descoyunta a las mujeres.

—¡Dios me maldiga! —exclamó Chevalier— ¡Cómo he podido equivocarme tanto! ¿Y el tercero? ¿Cree que pueda ser el sobrino?

—Señora, no queda espacio en mi alma para albergar la idea de que Caterina esté en el campo con dos monstruos.

—Tranquilícese, mi fiel Armand siempre la sigue a distancia adondequiera que vaya.

—¿De verdad que cree que un ser tullido y deforme será capaz de detenerlos? Por caridad, ayúdeme a encontrarla.

No quedó un pedazo de fango sin recorrer en Mazzorbo. *Madame* Chevalier envió a cuantos oficiales y marineros tripulaban sus barcos mercantes con la orden de buscar a la joven. Casas, parroquias, monasterios, pequeños huertos y hasta el mismísimo campanario de la iglesia de Santa Caterina fueron registrados con la desesperación de un perro de caza, y solo faltó olisquearlos y lamerlos, aunque de eso se ocuparon los hombres de Morelli.

Más lobos que perros, los esbirros del espía acudieron a la súplica del capitán registrando no ya la isla, sino Venecia entera. Cuando Guardi solicitó su ayuda vomitándole a cambio su descubrimiento sobre el macabro club de La Excelencia, la pertenencia de Roberto y Moisè, así como la doble vida de Chevalier —hoy verdugo, ayer víctima—, Morelli no dudó en enviar a sus mejores agentes tras la pista de la muchacha descarada de los ojos violeta.

—Sabía que volvería —dijo el espía—, aunque, por Dios, no esperaba que fuera en estas circunstancias.

—Eso no es cierto —contestó el español—, sabíamos que esto podía pasar.

—Ya le dije una vez que saber no significa poder evitar.

El soldado sintió esas palabras como si una rata le clavara los dientes en el pecho.

—¿Qué me voy a encontrar? —preguntó al espía con angustia.

—No piense, capitán —le contestó—. No piense.

Las horas pasaron y cayó la noche sin rastro de Caterina. El capitán también se lanzó en su búsqueda recorriendo las calles, observando como un demente a cuantas mujeres podían encajar con su altura y complexión. Llamó a la puerta de la Pietà, donde la priora, sobrecogida, dijo desconocer su paradero. Visitó a Vivaldi, quien tampoco supo darle respuesta. Pasó por casualidad junto a la tahona donde una vez comió polenta con ella. Hubiera matado con sus manos a cuantos allí engullían y parloteaban riendo ajenos a su dolor. ¿Cómo podía seguir el mundo adelante sin saber si ella estaba viva o no?

Avanzada ya la noche, roto y vencido, el capitán se acercó en una de las góndolas que tanto odiaba al embarcadero interior del palacio de Caterina con una esperanza absurda. Salió de la barca, despidió al gondolero. Caminó por aquel remanso subterráneo, frío y húmedo, escasamente iluminado por su lámpara. Hierros mohosos y cobrizos, una gran góndola abandonada, olor a quemado. Eso es lo que había. Se apoderó de él la culpa. Si no se hubiera ido a España, si le hubiera dicho que la quería, si… Era una locura, pero comenzó a llamarla a gritos.

Y escuchó unos pasos a su espalda.

—¿Capitán?

El español permaneció inmóvil, paralizado.

—¿Es usted, capitán? —insistió.

Él se volvió sin poder creerlo. Era Caterina. Ahora más que nunca le pareció un gatillo flacucho, tiritando de frío, empapado de agua.

El capitán rompió a llorar como un niño.

—Alfonso, ¿qué hace aquí? —preguntó ella.

Pero el soldado no podía hablar. Y eso que intentaba serenarse cerrando los ojos, apoyando las manos en las rodillas, tomando aire por la boca para poder respirar.

Caterina, por su parte, le miraba conmovida sin entender absolutamente nada. ¿De verdad que él estaba aquí, en Venecia?

Guardi se apoyó en la pared gris y húmeda hasta que por fin reunió algo de aliento para hablarle.

—Fui a buscarte a casa de Chevalier. ¿Dónde demonios estabas?

—Moisè y su sobrino me llevaron a Mazzorbo…

—¿Te hicieron daño?

—No. ¡Pero se volvieron locos! Al llegar a tierra empezaron a discutir y sacaron sus pistolas. Armand, el criado de Chevalier, salió de yo que sé dónde e intentó serenarlos, pero Moisè le disparó. Mi padrino estaba colérico. Salí corriendo y escuché un segundo disparo. ¡Uno de los dos puede estar muerto!

El capitán asintió, pero aquello le traía al pairo. Cualquier muerte le habría dado igual, hasta la propia, con tal de que no hubiera sido la de ella.

—Me lancé al agua para escapar —continuó relatando—. Gracias a Dios que estaba cerca un abate borracho; por un puñado de monedas para licor, me subió a su barca y me trajo hasta aquí. Sucio, a medio reconstruir y destartalado pero este es mi hogar, y me pareció un buen lugar para esconderme.

—Estás calada hasta los huesos, criatura —le dijo acercándose a ella, tomándole las manos, derramando su aliento para calentarlas.

—Capitán, aún no me ha contestado por qué carajo ha vuelto a Venecia —le dijo Caterina firme, luchando por controlar la emoción que le producía el contacto con su piel.

El capitán besó sus manos y las llevó hasta su corazón.

—Caterina, eres mi vida.

La mujer sintió que se apoderaba de su garganta un golpe de llanto y de risa. E indignación. Con ella habría golpeado bien fuerte al soldado en la mandíbula. En vez de eso, le hizo una pregunta.

—¿Y por qué no me lo ha dicho antes, capitán del demonio?

—Seguramente porque soy idiota.

Y no esperó más. Caterina le cogió de la nuca y besó sus labios sin pedir permiso. El caballero cerró los ojos. «Alfonso, la vida te está dando la oportunidad de dejar el carro de culpa que arrastras», recordó. Abrió sus parpados y entonces fue él quien la besó con fuerza bebiéndose sus labios, saboreando su lengua, perdiéndose en su boca. Caterina pudo sentir los latidos del capitán, la fuerza de sus brazos, el olor de su sudor mezclado con menta. Sus miradas se cruzaron un instante. Estaban de acuerdo. Llevaban mucho tiempo, probablemente desde otra vida, esperando este momento. El soldado levantó el cuerpo menudo de Caterina sin esfuerzo, la estrechó contra su pecho y la condujo en brazos hasta la vieja góndola amarrada en la esquina del sótano. Su cabina, amueblada con un gran banco de terciopelo azul les sirvió de apasionada alcoba. Fue la primera de sus muchas noches de amor.

85

Había que ser muy joven, estar muy loco o sentirse muy enamorado para navegar por placer aquella mañana gélida sobre la laguna. Caterina y el capitán se ajustaban a los tres requerimientos con creces, por eso allí estaban, en medio de la niebla blanca e intensa que flotaba sobre las aguas para ver su primer amanecer juntos. Del sol solo se intuía el reflejo; la estrella parecía haber olvidado su obligación de dar calor al mundo, o al menos a esa isla de barro, y en verdad que nadie podía hablar aquel día en Venecia sin que se le helaran las palabras.

Se deslizaban a bordo de una góndola envueltos en abrazos, cubiertos con una manta de piel de cordero, perdiéndose el uno en el otro con miradas bobas mientras un gondolero pícaro los conducía hasta Rialto susurrándoles canciones de amor.

Durante el trayecto, el capitán puso nombre al cazador.

—Moisè.

—¡*Dai*, Alfonso, te has bebido el juicio! —le dijo Caterina abandonando el «usted» por la nueva intimidad que les recorría la piel—. Pero si he crecido a su lado. ¿Cómo habría escondido tan perfectamente su alma de monstruo durante estos años?

—¿No dices que disparó al criado lisiado de Chevalier?

—Eso es una cosa y despellejar niñas, otra.

—Nadie sabe lo que lleva un hombre en su pecho. ¿Recuerdas cómo llegó a tu vida?

—Siempre estuvo allí. Cuando mi madre falleció, él nos prestó su ayuda. Era un militar condecorado, culto, cariñoso y siempre le tuve por buen hombre. Pasábamos algunos periodos sin verle, cuando tenía que acudir a la batalla, hasta que se retiró. Fue a partir de su herida en el brazo. Mi padre luchó por salvarlo, pero no pudo conservarle la movilidad.

—¿Hace seis años?

—Puede ser, si...

—Esa herida se la hice yo cuando intentaba acabar con mi rey. Le di por muerto. Debería haberme asegurado.

—¡Válgame Dios y maldiga mis ojos ciegos! —exclamó Caterina revolviéndose en el asiento—. ¿Hablas en serio? ¿Crees que ha podido matar a su pobre sobrino Tommaso?

—No lo sé, pero también ignoro cuánto de pobre es ese mozo porque desconozco la naturaleza de su alma.

—Blanca, capitán, blanca y noble.

El español supo entender más de lo que ella quiso decir.

—¿Te importa mucho ese joven?

—Es... un caballero y ha sido un ángel para mí cuando tú no estabas.

—Entonces yo también ruego porque siga con vida —le dijo besando su mano.

Cuando la góndola llegó al palacio de Chevalier, la dama, vestida hoy con brocado de seda púrpura, apartó a los sirvientes de su embarcadero con modales de estibador y se precipitó a abrazar a Caterina.

—¡Pequeña, gracias a Dios! Cuando tu capitán nos envió aviso de que habías aparecido creí morir de felicidad. Mi fiel Armand no ha sido tan afortunado y ha resultado herido aunque de forma leve.

—Sí, he tenido suerte, *madame*.

—Este hombre es tu suerte —le dijo en tono confidencial señalando al capitán mientras tomaba a la joven del brazo para subir las escaleras hacia el jardín—. ¿Sabías que cabalgó de sol a sol desde España para venir a prevenirte?

—*Madame* exagera —comentó el capitán, que sí la había escuchado.

—Caballero, a veces peca tanto de soso o de modesto que de haber sido Jesucristo le habría quitado mérito al milagro de los panes y los peces afirmando que, total, solo preparó un canapé.

—No es ningún soso, *madame* —dijo Caterina entre risas.

La dama miró entonces a sus ojos violeta y se llevó las manos a la boca, comprendiendo.

—¡Oh, Caterina querida, ahora sí que eres una auténtica veneciana!

Dentro de palacio, Morelli les aguardaba en el salón oriental.

—Señorita, no imagina cuánto me alegro de que esté sana y salva —afirmó con una sentida reverencia.

—Eso es decir mucho viniendo de un agente despiadado de la República veneciana —apostilló Chevalier.

—No menos despiadado que usted, *madame* —le lanzó certero—. Y me refiero, claro, a sus transacciones comerciales.

—¿A qué si no iba a referirse? —respondió la señora sellando así un acuerdo de silencio entre ambos.

—Gracias, Morelli —añadió Caterina—. Yo también me alegro de verle. ¿Se ha sabido algo más de mi padrino o de su sobrino?

—Lamento decirle que hemos encontrado el cuerpo sin vida del joven Tommaso en el bosque.

Caterina apretó los labios, herida.

—Moisè, maldito seas…

—Ya no hay duda de sus intenciones —afirmó el capitán—. ¿Lo saben las autoridades?

—Sí, el Consejo ha dado orden de busca y captura —anunció Morelli—. La denuncia la ha hecho su propia esposa, en realidad, la tía carnal del muchacho. Ya he enviado a mis hombres en su búsqueda.

El capitán salió a despedir al espía a la puerta. No fue por cortesía.

—Morelli, ¿por qué nos sigue ayudando?

—Teníamos un trato. Y aunque estamos cerca, ninguno de los dos lo hemos cumplido totalmente.

—¿Desde cuándo el diablo cumple sus acuerdos?

—Ah, ¿que el diablo soy yo? Bien —contestó sonriendo—, en ese caso le diré que una cosa es ser malvado y otra no ser honorable.

—¿Y después? ¿Cuando todo esto termine?

—Después yo veré lo que hago y usted también verá lo que hace. Ahora voy a tomarme un chocolate caliente y usted debería hacer lo mismo, capitán. La tarde se ha puesto especialmente fría.

Morelli se subió las solapas de su levita gris y se perdió entre la bruma que comenzaba a invadir las calles.

86

El teatro Sant'Angelo fue construido en 1676 por Francesco Santorini para colmar los deseos de los venecianos, enloquecidos por la ópera. Hasta seis coliseos llegaron a existir dedicados a los gorgoritos: San Cassiano —el primer teatro de ópera del mundo—, San Giovanni, San Paolo, San Moisè, San Giovanni Grisostomo y este, dedicado al ángel custodio, donde iba a debutar Caterina. Los dueños eran nobles o grupos de nobles que emprendían la aventura teatral casi por filantropía. Aquellos negocios eran ruinosos y a duras penas podían cubrirse los gastos. Los sueldos exigidos por los seis o siete cantantes principales de las compañías eran altísimos. Esto obligaba a los empresarios a estrujarse el seso eligiendo las mejores obras y acompañarlas de maquinarias mágicas y decorados sorprendentes que llamaran la atención. Pero nada de esto necesitaba el astuto Vivaldi, pues, teniendo en su elenco a «la voz de Venecia» la expectación estaba asegurada.

Serían las cinco de la tarde cuando el capitán ofreció galante el brazo a Caterina para acompañarla a sus ensayos en Sant'Angelo. Estaba bellísima, con el abrigo verde pardo que había pertenecido a su padre y que Chevalier había transformado en una capa vistosa. Era la primera vez que salía a caminar oficialmente con el hombre que amaba. En el breve trayecto que la separaba del teatro, Venecia le pareció llena de magia. El olor a quemado de las chimeneas de la Riva del Carbón, las risas de los mocosos que correteaban junto a la parroquia de San Beneto, los cantos de los gondoleros que intentaban seducir a las muchachas que cruzaban el puente de Ca' Pesaro, el crepúsculo azul violáceo —como sus ojos— que teñía el horizonte. Si hasta el hedor del agua estancada de algunos canales se le antojaba perfume...

—No pienso separarme de ti ni un centímetro —susurró el capitán en el cuello de Caterina.

—No consentiría otra cosa —contestó ella.

Cuando llegaron a Sant'Angelo—, Vivaldi salió a recibirla hasta el pórtico de entrada, colorado, con las sibilancias de su pecho acostumbradas y toda la velocidad que le permitieron sus piernas.

—¡Caterina querida! —proclamó arrebatándola de las manos del capitán—. Te estábamos esperando. Ven, acompáñame.

La joven apenas se movió con la mirada puesta en Guardi. El maestro comprendió que aquel caballero era el motivo por el que su cantante se empeñaba en ser estatua.

—Adiós, señor —le dijo el cura rojo sin contemplaciones—, vuelva a por ella en dos horas.

—Se equivoca —contestó el soldado dirigiéndose hacia los asientos del público—. Me voy a quedar aquí —afirmó sentándose en una butaca que se le hizo ridícula y estrecha dada su corpulencia.

—Pero los otros dos caballeros que la traían...

—Él no es «otro» —afirmó Caterina.

—Oh —dijo Vivaldi recogiendo velas—. Entiendo. En ese caso, disfrute del ensayo.

Comenzaron por la escena cuarta del primer acto.

Annibale Pio Fabri, el apuesto tenor de veinte años que daba vida al protagonista Dario, cantó con la contralto Anna Maria Fabbri, que representaba a Argene, la hermana de Statira, es decir, de Caterina.

—*De Ciro el gran monarca*
ante la mayor de sus herederas se inclina —cantó Dario.

—*¡Qué semblante divino!* —exclamó Argene….

La hija del médico tenía aquí una intervención muy pequeña, así que el soldado se distrajo observando el interior del teatro. Había cuatro niveles de palcos además de la planta baja, con un total de ciento sesenta y tres asientos, algunos de ellos ocupados en ese momento por personal del teatro, amigos de los nobles dueños o simplemente curiosos con el ingenio suficiente como para haberse ganado el acceso. Se entraba a la platea por dos puertas, una situada en el centro del hemiciclo y la otra en la mitad de uno de los sectores laterales. En el techo brillaban gigantescas lámparas de cristal. En los asientos, terciopelo verde.

Un grito de Caterina le despertó de su repaso visual. Estaba plantada en el medio del escenario señalando al frente.

—¡Capitán, la mujer del cuadro!

El soldado giró la cabeza. La encontró cerca de él. La dama se levantó de su asiento intentando huir, pero el capitán la derribó contra el suelo de un zarpazo.

—¿Quién eres y qué pretendes? —preguntó Guardi amarrándole los brazos a la espalda.

—¡No quiero hacer ningún mal! —gritó—. Tengo que dar un mensaje a la joven.

—¿Qué mensaje?

—Solo puedo decírselo a ella.

—Capitán, déjela hablar —pidió Caterina acudiendo a su lado—. Llevo mucho tiempo buscándola.

—Está bien —pronunció el soldado—. Adelante.

—¡No! —exclamó mirando al capitán, a Vivaldi y a todo el elenco de cantantes que la observaban rabiando de curiosidad—. Solo te lo diré a ti. No puedo confiar en nadie.

—¿Y yo sí puedo confiar en una asesina? —preguntó la hija del médico.

Hartos de la palabrería, los hombres de Morelli, siempre vigilantes, salieron de su escondite. Sin dar opciones, cogieron a la dama de manos del capitán para llevarla a la cárcel. Mientras se alejaba entre pataleos, la mujer gritó un aviso.

—¡Ten cuidado, Caterina! ¡Van a por ti!

Cuando acabó el ensayo, ya avanzada la noche, el soldado y la muchacha regresaron sin hablar, con las palabras de la dama del cuadro retumbándoles en el cráneo. Ahora tenían miedo de cada rincón, de cada bocacalle, de cada puente.

—Capitán —preguntó antes de entrar en el palacio de Chevalier—, ¿quién viene a por mí?

—Moisè.

—No, ella habló en plural. ¿Quién más me quiere muerta?

—¡Nadie!, ¿me oyes? —contestó tajante tomándola de los brazos—. No lo voy a permitir.

Las hojas del suelo del jardín crujieron. Se oyeron unos pasos. Un hombre salió de las sombras.

—Caterina…

Sin mediar palabra, el capitán sacó un puñal de su chaleco y empujó al individuo hacia la pared, clavándole la punta del arma bajo la mandíbula.

—¡Piedad, caballero, solo quería hablar con la señorita!

—¡Suéltalo, yo le conozco —gritó la joven aporreando la espalda del capitán con los nudillos—, es Vincenzo!

El pescador no sabía qué le aterraba más, si el cuchillo que comenzaba a hacerle sangrar el pescuezo o la expresión de fiera que dibujaba la cara del soldado.

El capitán apartó el arma que sostenía con una mano y con la otra arremetió un empellón al pillastre que casi le deja sin sentido.

—¡Él no te ha hecho nada! —vociferó Caterina.

—¡Ya lo sé! —contestó Guardi furioso, en realidad, invadido por el miedo.

—Discúlpale, Vincenzo —pidió la joven—. Acabamos de tener un desencuentro con la mujer de la casa de la playa.

—¡Bendito sea! —indicó el muchacho— ¡Yo la daba por muerta!

—Así es como debería estar —añadió el capitán rabioso.

—Con todo respeto, caballero, mi alma me dice que esa mujer no es mala. La tenían presa. ¡En el nombre de mi padre muerto que la he visto sufrir!

Alfonso miró de arriba abajo al joven.

—Yo te he visto a ti antes. En las Prisiones Nuevas.

El pescador no contestó. Solo parpadeaba.

—Fuiste a pedir la ropa del cadáver de tu padre. Dijiste que tu madre estaba a punto de dar a luz, pero te echaron de allí a palos.

—Así fue. En cuanto a mi madre, falleció después del parto, por eso tuve que dejar a mi hermano en la Pietà, y por eso he venido a buscar a la joven. Ella prometió ayudarme a buscar a mi hermano.

—Caterina, este muchacho es el hijo del pescador al que acusaron de la muerte de Angelica. Él me llevó hasta ti.

—Es una buena señal —afirmó la joven—. Vamos cerrando el círculo.

—Y más que lo vamos a cerrar —dijo Guardi—. Mozo, ¿puedes rescatar de tu memoria lo que vio tu padre antes de morir?

—Señor —dijo acompañando sus palabras de un fuerte rugido de estómago—, yo estoy dispuesto a recordar, si usted está dispuesto a darme de comer.

87

Me va a tragar está condenada laguna.

Esto pensó el capitán en medio de la plaza de San Marcos cuando la vio inundada por obra de la marea. *«Acqua alta»*, la llamaban todos; *«acqua di merda»*, le decían en voz baja algunos. Una combinación de vientos del Adriático e influjo de la luna la provocaban de octubre a enero. Y varias veces. Las autoridades llenaban los pasos principales con pasarelas de madera para permitir el discurrir normal de la ciudad. Los venecianos taponaban cuantas puertas y ventanas bajas tenían sus casas y locales con maderas, hierros y demás artilugios ingeniosos. Lo hacían sin prisa, sin alarmas, con la parsimonia del que está habituado a padecer lo mismo una y otra vez.

Pero qué pelleja se ponía la laguna cada vez que jugaba a ser océano.

El español, que iba de camino a las prisiones, tuvo que sumergir sus pies y parte de la pantorrilla en el agua. El avance era costoso. Eso sí, a ver cómo quedaban las botas después de la corrosión de la sal. Pero no había más remedio que mojarse si quería atravesar la inmensa piscina que separaba las Procuradorías Viejas de las Nuevas. Las primeras, en el lado norte de la plaza, en pie desde el siglo IX para albergar oficinas y viviendas de los procuradores —los cargos de mayor importancia después del *dux*—, se le presentaron como un colosal edificio blanco y grisáceo de dos plantas con más de ciento cincuenta metros de largo y un pórtico de cincuenta arcadas —que las fue contando una por una—. Las segundas, en el lado sur de la plaza, construidas entre los siglos XVI y XVII, se le antojaron similares a las primeras.

Y entre unas y otras, a la vez que sus pies rompían lo que parecía ser un inmenso espejo de agua en el que se reflejaba la ciudad, el capitán recordó el testimonio que el joven pescador les regaló el día anterior en el salón azul de *madame* Chevalier. Sobre una mesa de madera lacada en negro, el truhan devoraba medio pollo con polenta.

—Mi padre regresaba de faenar en la madrugada cuando oyó el sonido de dos trompas de caza —relató—. Levantó la cabeza y vio dos góndolas, una de ellas llena de pequeñas luces. Por si eran contrabandistas, decidió amarrar su barca a la orilla, apagar su lámpara y esconderse bajo las redes fingiendo que la nave estaba vacía. Al instante apareció una tercera góndola con un hombre enmascarado, cosa nada extraña en Venecia. Lo sorprendente fue cuando sacó caballete y pinturas, y se puso a dibujar cuanto allí vio en un lienzo. Lo hizo muy rápido, en no más de cinco minutos.

—El retratista —apuntó certera la Chevalier mientras tomaba una copa de vino blanco caminando arriba y abajo nerviosa, vestida con un *quipao* color teja sin cerrar que, con el movimiento, mostraba sus rodillas.

—Después el pintor se marchó —continuó relatando el pescador sin poder dejar de mirar las piernas a la dama—. El hombre de la primera góndola sacó un arma y descerrajó varios tiros sobre la barca para hundirla. Cuando vio que empezaba a entrar el agua y que las luces también comenzaban a apagarse, se marchó.

—Vincenzo, no lo entiendo —replicó Caterina sentada junto al muchacho, con los codos apoyados sobre la mesa—. El *dottore* y yo vimos esa barca flotando.

—Ese fue el prodigio, señorita. Según mi padre, el espíritu de Venecia no estaba dispuesto a ocultar la muerte de la criatura. Por eso, con sus manos de madre, reflotó la góndola y la llevó hasta la orilla, junto a mi padre, donde encalló.

—Déjate de fantasmas, muchacho. No seas ingenuo —protestó el capitán—. Si la barca salió a flote fue por las corrientes.

—Señor, no niegue el mundo de las criaturas invisibles solo porque no estén a su alcance. Muchas están ahí para ayudarnos.

Con el convencimiento de que tanto sufrimiento había vuelto loco al joven pescador, el capitán llegó a las prisiones. Aquel lugar infecto de cadáveres vivientes y olor a podredumbre siempre lograba impresionarle. Subió hasta la segunda planta por obra y gracia del salvoconducto de Morelli. Levantó la rodilla y pisó un charco, mejor no saber de qué. Pasó cuatro, cinco celdas. Tras una de ellas, un loco que se creía un jarrón pedía a gritos que le echaran agua mientras sus compañeros se burlaban humillando el mal estado de sus flores. Hasta el humor se volvía allí tóxico. Por fin, un portón de madera. Tres cerrojos. En el fondo de la oscuridad aguardaba la dama del cuadro.

—No se entretenga con zarandajas —le espetó un guarda cheposo y maloliente, tanto o más que el entorno.

«Estaré lo que me dé la gana», pensó el capitán.

El guarda se marchó. Él y la dama permanecieron unos minutos en silencio, uno acomodándose a la poca luz, y la otra, a su exceso. Cuando consiguió verla con claridad, le recorrió un escalofrío. Demonio de mujer, de verdad que se parecía a Caterina. Y, ciertamente, para llevar un día en aquel infierno no tenía mal aspecto. Ella rompió el hielo.

—¿Qué quiere de mí?

—Información.

—Ya le dije que solo hablaré con Caterina.

—Ella no pisará esta cárcel.

—Entonces está perdiendo el tiempo.

—Necesito saber por qué está en peligro.

—Y yo por qué se lo pregunta.

El capitán resopló. ¿A esta loca caníbal tenía que abrir su corazón? Pues claro que sí, qué caramba. Por Caterina haría cualquier cosa.

—Porque esa joven… me importa.

La dama dio unos pasos hacia adelante para observar bien la cara del capitán, para ella, un muchacho. Vio una torre que aguantaba el tipo, enamorado, inundado por la emoción a pesar de la apariencia. Sintió una ternura infinita al recordarle lo que ella misma había contemplado hace muchos años en el rostro del hombre que la amaba. Se decidió a abrir la boca.

—Caballero, Caterina es mi hija. Ella no lo sabe porque cuando nació, mi marido me apartó de ella y me recluyó en una casa que convirtió en mi prisión.

—¿Por qué hizo tal cosa?

—Porque intenté devorarla.

Se hizo un rotundo silencio. Ni en el peor de los sueños el capitán podía esperar esa respuesta.

—Comprendo —le dijo.

—No, usted no comprende nada porque esto no se puede comprender. Yo sé que estoy loca, aunque a veces tengo momentos de lucidez, como ahora. Y entonces sufro y me deshago por dentro al ver el dolor que causo.

La mujer se derrumbó.

—Las crisis comienzan con un cansancio infinito; y siempre llego a la misma conclusión, necesito sangre, sangre humana. Mi marido prefirió encerrarme él a que lo hicieran los guardias en las prisiones. Primero venía cada semana a verme y a traerme comida, libros, ropa y cuanto pudiera necesitar. Yo estaba de acuerdo con mi reclusión porque no quería herir a mi hija. Y no piense que no intentó curarme con su ciencia. Probó todo tipo de brebajes y drogas y, cuando no se le ocurrió nada más, buscó ayuda en otros médicos que intentaron sanarme a cambio de ingentes cantidades de dinero. Siempre sin éxito porque mi sed no cesaba. Al poco tiempo, mi marido entabló amistad con un noble respetable, Moisè, que comenzó a sustituirle en sus visitas para traerme libros y víveres. Era amable y educado. Yo pasaba todo el tiempo sola y encerrada, así que no le costó ganarse mi confianza. Un buen día, o quizá muy malo, según quien cuente la historia, me propuso un trato para dejarme salir.

—¿Qué tipo de trato?

—Deplorable. Yo engañaba a mujeres para llevarlas a sus brazos y él a cambio me dejaba beber su sangre cuando las mataba. ¡Pero juro que jamás le quité la vida a ninguna! Él pertenece a un club terrible…

—Lo sé, La Excelencia.

—Entonces sabrá que cuando reciben un pigmento deben cazar a la presa o los cazados serán ellos. Hace más de dos semanas alguien entregó un pigmento amarillo a Moisè con dos notas. En una le informaban de que debía producirse un desempate, y en la otra aparecía el nombre de mi hija y una fecha que no pude ver porque el muy bastardo la arrugó con premura. Por eso escapé, para avisarla. Caballero, tiene que ayudar a Caterina.

—Así lo haré, señora. ¿Y usted? ¿Qué suerte correrá aquí?

—No se inquiete por mi. Nunca salgo de casa sin llaves —afirmó con media sonrisa mientras acariciaba un par de perlas escondidas bajo su pelo negro.

88

D uermes? —preguntó el capitán a Caterina.

—No, estoy demasiado nerviosa con el estreno de mañana. Ven —le dijo en camisón, echándole los brazos desde su inmensa cama de la habitación salmón que compartían con el permiso de la Chevalier, que para los temas de alcoba era muy liberal, pero sobre todo, muy práctica.

El capitán acudió al lado de la joven, se sentó apoyando la espalda sobre los almohadones que descansaban en el cabecero de madera decorado con rosas y la trajo junto a su cuerpo, abrazándola. Se quedó mirando al frente, a la nada, mientras acariciaba su pelo.

—No me gusta —dijo ella.

El soldado hizo un mohín de extrañeza.

—No me gusta tu sombra. Llevas una en los ojos y en los labios —le dijo pasando los dedos por su boca—. ¿Has averiguado algo de la mujer del cuadro?

—Poca cosa.

—Mientes muy mal. ¿Qué quería decirme?

—Lo que ya sabemos.

—Y algo más…

—Quizá… —le costaba decirlo—, quizá haya más cazadores.

Caterina se incorporó con la espalda tensa como cuerda de guitarra.

—Lo imaginaba… Alfonso, nunca más me tomes por boba.

—Pero no debes temer —dijo cogiéndole las manos— porque no voy a permitir que te pase nada. ¿Está claro?

La hija del médico se sintió conmovida por la expresión de angustia del soldado y le besó en los labios con una sonrisa.

—Sí, sí, capitán pánfilo. Además —añadió intentando quitar hierro—, quizá no todo sea tan terrible. Al fin y al cabo, ¿por qué habría que hacer caso al aviso de una demente?

El capitán calló la verdad.

—De cualquier modo —añadió el español—, creo que no deberías salir de esta casa hasta que yo encuentre, al menos, a Moisè.

Las palabras del capitán no sentaron bien a Caterina.

—¿Has perdido el juicio? —dijo la muchacha separándose de él—. ¡Mañana es el estreno en Sant'Angelo! Estará allí toda Venecia, dicen que hasta el mismísimo *dux*. Tengo que cantar, ¡es mi oportunidad!

—Caterina, no puedes exponerte de esa forma —dijo arrastrando, amasando las palabras.

—¡Por supuesto que puedo. Y lo voy a hacer! —grito saliendo de la cama—. Necesito recuperar la vida que me arrebataron, ¿no lo entiendes? Yo me acosté una noche teniendo un padre, un techo donde dormir y una anatomía que estudiar, y al día siguiente no tenía absolutamente nada.

—Ahora me tienes a mí, y te tienes a ti, Caterina, y tú eres…

—¡Rematadamente pobre! Y tengo la ocasión de cambiarlo.

Alfonso acudió a su lado y la cogió con suavidad de los hombros, casi paternal.

—Pero ¿no ves que es muy peligroso?

La muchacha, que no estaba para paternalismos, se zafó de sus manos con un movimiento brusco.

—¿Y si mañana no aparece ningún asesino? ¿Y si tampoco lo hacen al día siguiente ni al otro? ¿Qué haré mientras? ¿Quedarme aquí, recluida, como la dama del cuadro? Capitán —le dijo apuntándole con el dedo en el pecho—, mañana voy a ir a ese concierto. Y si me pasa algo, como dijo Giovanna, habrá valido la pena. Tú eres soldado y lo sabes. No se puede huir eternamente.

El capitán entornó los ojos a la vez que ella regresaba a la cama con determinación.

Derrotado en la batalla doméstica, el soldado fue hasta la ventana de la alcoba para ver otra cosa que no fuera la testarudez de la joven. Una góndola iluminada por tres pequeñas luces surcó en ese momento el Gran Canal. El asesino podría estar escondido en la cabina —se dijo—. O quizá pudiera ser el gondolero. Demonio, podría ser cualquiera...

Cerró las contraventanas de la alcoba. Echó las cortinas. Aseguró la puerta por dentro. ¿Qué debía hacer ahora? ¿Pasarse la vida en ese cuarto apostado en la puerta con un mosquete? Si esto era una guerra, que lo era, solo tenía una posibilidad, adelantarse.

Comprobó que Caterina estaba dormida y después, con todo el sigilo que pudo, desplegó cuantas notas, dibujos y pruebas guardaba en su bolsa. Acercó una pequeña vela y volvió a repasarlas una a una buscando algún dato que hubiera pasado por alto. Deslizó su mano por un trozo de cristal de la botella en la que encerraron el cadáver de Giovanna; a continuación sobre el dibujo de Giulietta vestida de bruja; más tarde por los retazos de hojas encontrados en las bocas de las víctimas, cada una de una especie diferente. Y se detuvo.

89

UN FAVOR MÁS

El charlatán dueño de la fábrica de vidrio abrió la puerta en camisón, palmatoria en mano. Su sorpresa fue considerable al contemplar al capitán en plena madrugada.

—Caballero —le soltó bravucón—, ya le dije que la fábrica no se hace responsable de los posibles desperfectos que haya podido sufrir su lámpara en el viaje.

—¡Déjese de lámparas! —dijo el capitán entrando en el recinto.

En vez de iluminar las lámparas y demás joyas de vidrio, el español acercó su candil a toda la serie de osamentas de animales cazados que poblaban las paredes del recibidor.

—¿Todas las piezas son suyas? —preguntó al vidriero.

«¿Y ahora esa pregunta absurda?», pensó el gran Carlo. Una buena patada en el culo le habría dado para echarlo. Pero vio tanta determinación y necesidad en los ojos del soldado que no le quedó más remedio que aceptar la situación y contestar.

—Sí, lo son.

El español sacó de su bolsillo una bolsa plana de cuero oscuro. Soltó el cordón que la ataba y lo extendió sobre una mesa alta de caoba, mostrando al vidriero tres diminutos fardos de hojas y ramas atados por cordeles rojo, verde y azul, pertenecientes a las muchachas asesinadas.

—Cada uno ha aparecido en el interior de la boca de una pieza de caza —relató sin querer descubrir la verdadera naturaleza de su pregunta—. ¿Tiene algún sentido para un cazador?

El charlatán tomó aire, arrugó el hocico y sacudió la cabeza afirmativamente.

—Es el último bocado —contestó erudito—. Cuando se caza un animal en el centro de Europa, se busca entre las especies vegetales la más noble del lugar; se le corta un pedazo y se pone en la boca del animal abatido. De vuelta a la casa, se rinde homenaje al valor de las piezas en lo que llamamos «cuadro de caza», donde se interpretan himnos con trompas para cada una de las especies, que lucirán, por supuesto, su correspondiente bocado. Espero que esto haya satisfecho su interés, y ahora si no tiene inconveniente —dijo señalándole la puerta—, le ruego salga de mi casa porque mi esposa...

Si antes lo dice... Una anciana seca y fea se plantó en la sala con los ojos fruncidos, cubierta por un paño que sujetaba con una mano, mientras que con la otra sostenía un palo de madera. Furiosa.

—¿Qué hace este hombre aquí? ¿Otra vez tus dichosas deudas de juego?

—No, amor mío —contestó el vidriero acobardado y solícito—. Ha venido a buscar mis conocimientos de caza.

—¿Y no tiene este sinvergüenza otra hora?

—No, señora —contestó el capitán haciendo a la dama una reverencia—, y discúlpeme si la he molestado.

La esposa se sintió turbada por el atractivo soldado y aminoró su rabia. Bajó la estaca y hasta se atusó el pelo.

—Solo le pido un favor más a su esposo. Como veneciano, seguro que puede ayudarme a identificar la especie y el lugar de procedencia de dos tipos de ramas.

El charlatán miró al soldado inclinando la cabeza.

—Espero que todo esto sea por una mujer —le dijo.

—Así es —contestó el capitán.

—Trae, que tú de esto no entiendes nada —dijo la vieja arrebatando la palmatoria de la mano del esposo para acercarla a los restos de hierbajos.

Se fijó primero en el fardillo atado con hilo azul, perteneciente a la muchacha crucificada.

—Es una campanilla de arena —aseguró sin titubeo—, una planta trepadora con grandes flores solitarias en color rosa pálido que se cierran enroscándose sobre sí mismas al atardecer, como para protegerse de los peligros de la noche.

—¿Y esto? —preguntó mostrando los restos hallados en la boca de Giovanna.

—Son las hojas de la campanilla, suelen ser de color verde oscuro y brillante. ¿Esta muestra es más reciente, verdad?

—Así es —contestó el capitán.

—Claro, obtener una flor ahora en enero sería imposible, esta planta solo florece de mayo a octubre. Y es realmente hermosa. Un regalo que emerge de la mano de Dios entre las dunas desafiando los antipáticos suelos salinos de la laguna veneciana.

—¿De toda la laguna? —quiso puntualizar el capitán.

—Bueno, donde haya una playa recóndita y caprichosa de las que el tiempo se encarga de crear y él mismo termina haciendo desaparecer, pero esta en concreto… —dijo apretando los labios mientras iluminaba mejor los restos de la flor seca con la luz de su palmatoria— tiene un tono más amoratado del habitual. ¿Dónde he visto esto yo antes…? ¡Ah, claro! Junto a la huerta de tu hermano Cristóforo —dijo golpeando el brazo de su esposo, como si fuera él a quien le hubiera costado caer en la cuenta—, en el suroeste de la isla de Sant'Erasmo. No sé por qué, ahí estas flores tienen un aire ligeramente más..., más azulón.

Caray con la vieja, qué claro lo tenía.

—¿Y esta otra? —preguntó el capitán mostrándole las hojas encontradas en la boca de Giulietta.

—¡Ay muchacho, están muy deterioradas! —protestó friccionándolas con sus dedos—, pero yo diría que es un *ravastrello*, una planta silvestre con flores violáceas muy pequeñas. Suele haber muchas al principio de las dunas de...

—Torcello —afirmó el capitán, que ya sabía el lugar donde tenía Moisè su guarida, aunque esta información le vino muy bien para confirmar su teoría.

—Y ahora, joven —dijo la anciana iluminando la cara del capitán—, ¿hará el favor de decirme qué es eso tan importante que le hace venir de madrugada a la casa de unos vidrieros a preguntar por unas hierbas secas?

El capitán tomó aire buscando las palabras para hablar.

—¡*Dai*, mujer, no seas pesada! Ya ha dicho antes que era por una dama.

—Su vida está en peligro —afirmó el capitán.

—Mmm..., entonces también está en peligro la suya —farfulló con preocupación la señora—. Sus ojos me dicen que llegará hasta el final por defenderla. Pero debe tener cuidado. Sé, por vieja, que algunas mujeres hermosas conducen a una hermosa perdición.

Con la ayuda del amanecer, el capitán localizó las dunas pobladas con campanillas de arena moradas de Sant'Erasmo. Más hacia el interior de la playa, pero en un lugar próximo, se levantaba una pequeña propiedad. Una casa blanca de un solo piso, algo desconchada por la humedad, que hacía traslucir el rojizo de viejos ladrillos bajo el encalado. Tenía tres ventanas estrechas y alargadas de aire bizantino, con sus correspondientes contraventanas, cerradas, perfectamente pintadas en verde claro. Los toldos, también rojizos, aunque recogidos, se movían por efecto de la brisa del mar cercano. Las plantas que había alrededor revelaban un cuidado y mimo continuo. Parecía el lugar de residencia de una anciana amable.

Se dejó de elucubraciones y llamó a la puerta. No le respondieron. Echó un vistazo alrededor. No, no había otra casa cercana y la más próxima se retiraba mucho de la hierba requerida. Pero no podía marcharse de allí con las manos vacías. Rodeó la casa y encontró otra puerta de madera, más pequeña y desgastada por la corrosión del mar. El cerrojo cedió sin dificultad al primer empellón. El aspecto interior era tan cordial como el externo. Muebles sencillos indicados para una residencia de verano, cuadros de amables campiñas; sillones ligeros tapizados en rosa. Recorrió tres estancias decoradas a semejanza de la sala principal con idéntico resultado. Nada. Empezaba a sentirse absurdo por seguir la corazonada de los hierbajos cuando una ráfaga de viento procedente del mar movió el aire del interior de la casa provocando que un olor conocido penetrara en su pituitaria. «¿Dónde? —se preguntó—, ¿dónde antes?». Le venía a la cabeza mezclado con otro aroma, a quemado... ¡Sí! En el *inferno*, en la sala de autopsias del palacio de Caterina. Era un intenso efluvio a alcohol, el de los líquidos conservantes que tenía el viejo médico. Pero ¿en una humilde casa de playa?

El capitán se quitó la bolsa que acompañaba su hombro y se entregó frenético a buscar hendiduras en el suelo y dobles fondos dentro de los armarios y en las paredes. No tardó en dar con una puerta ingeniosamente camuflada tras un espejo. Abrió rápidamente el cerrojo con su daga. Oscura y enrarecida, apareció ante él una escalera que le llevó a la habitación secreta de la bestia. Encontró los utensilios propios de un encuadernador: prensa, mesa de trabajo, bastidor para secar la piel, recortes de esta en cestas, cajas con hierros aldinos, antiquísimos manuales de curtidos... Pero en el centro había una tabla con rastros de sangre seca y cinchas de cuero a la altura de cuello, manos y pies. A su lado, toda una colección de cuchillos y pinzas de variado tamaño y condición.. Alrededor, varias estanterías con lo que, imaginó, serían trofeos de caza; un útero flotando en un frasco de cristal, ojos humanos, el cuero cabelludo y la melena de una dama... Y un grupo de libros. Tomó en sus manos uno especialmente llamativo, con la cubierta decorada en azul intenso y una bellísima filigrana dorada en las esquinas. Buscó el título en el lomo. Angelica. El corazón le dio un vuelco y a punto estuvo de caérsele de las manos. Era la prueba del sadismo del cazador. En otro lado de la sala apareció un armario con cartas de navegación, una buena bolsa con ducados y varios pliegos de mapas escritos en turco. Aquello no podía pertenecer a una anciana, a no ser que fuera la madre del demonio. Y en medio de toda aquella locura, sobre una estantería, había un sobrecillo blanco del que se desprendía el polvo de un pigmento en un fascinante color azul.

90

E se día la bestia se despertó soñando con los ojos de Caterina. Pero su concepto de admiración pasaba por su extracción, lo cual quitaba bastante encanto al planteamiento. Los imaginó en un tarro tallado junto al resto de los trofeos que guardaba en su casa escondida y —creía— secreta. No podía descuidarse, había otro cazador al acecho, además de una cantidad de dinero brutal en juego. Y por supuesto, la vanidad. Todo aquello le pareció absolutamente excitante. Se puso su gran máscara dorada, una capa de paño negro de calidad y salió a la calle rumbo al teatro Sant'Angelo, como casi media Venecia.

Así, mientras la fiera caminaba paso a paso con sus garras embutidas en lujosos zapatos color corinto, lentamente, por las aceras falsas de la Serenísima, el capitán Alfonso Guardi corría como alma que llevaba el diablo para lograr que los ojos que más amaba se quedaran exactamente en su lugar original.

—¡Caterina, ayúdame a pensar! —le pidió el capitán cuando la encontró en los pasillos del teatro, caminando a toda prisa entre un universo de bambalinas secretas donde se mezclaba la estridencia de los últimos ensayos de los músicos, los gritos de los utileros preparando los decorados y una riada de coristas protestones que deambulaban a medio maquillar.

—¿Y tiene que ser ahora? Capitán, mi gaznate debe ponerse a dar gritos en treinta minutos —dijo sin perder el paso rápido.

Madame Chevalier, elegante y hasta discreta, pero armada hasta los dientes bajo la ropa y mirando a todos lados por si se le ocurría acercarse a algún enemigo, corroboró la respuesta.

—Ciertamente, capitán, no es el momento.

—He encontrado la casa donde el cazador torturó a Angelica y Giovanna —afirmó.

—Válgame Dios, entonces sí que lo es.

Las dos mujeres se detuvieron.

—Ni en el peor tribunal de la Inquisición se hallarán instrumentos de tortura como los que almacena ese individuo en su alcoba —relató el español.

Caterina exhaló el aliento y reanudó el paso.

—Resulta tranquilizador saber que, si me atrapa, al menos estaré en manos de todo un profesional —respondió con ironía.

—Continúe, soldado. ¿Qué más? —apremió Chevalier.

—Un collar enfilado con dientes, ojos encerrados en…

—Suficiente —masculló la comerciante. Dio varias bocanadas de aire. Cerró los puños—. Revéleme su identidad y me encargaré de que esta noche duerma en el infierno.

—No puedo. No hallé rastro de su nombre, pero…

—¡*Signorina*! El maestro Vivaldi le ruega que me siga —gritó el joven pescador Vincenzo que les salió al paso de no se sabe dónde, con una túnica blanca en el brazo.

El capitán lo miró con tanta rabia que se podía tocar.

—¡Dios le guarde, capitán! —exclamó el muchacho, un poco por cortesía y un mucho por salvar la vida que esa mirada ponía en peligro.

—¿Qué hace este aquí? —escupió el soldado.

—Desde ayer forma parte de la servidumbre de mi casa —afirmó Chevalier—. Este mozo ha visto mucho y nos puede venir bien.

Alfonso Guardi apartó al muchacho de una brazada.

—Caterina, atiéndeme. No sé el nombre del asesino, pero estoy seguro de que si analizamos juntos sus acciones, podremos descubrir de quién se trata.

La hija del *dottore* iba a contestar cuando un nuevo individuo, esta vez pelirrojo, detuvo su propósito.

—¡Deliciosa Caterina! Acompáñame, ya vamos tarde.

Ahora era Vivaldi quien estaba dispuesto a complicar los esfuerzos del capitán. El *prete rosso* lo hizo como siempre, tomando de la mano a la muchacha para llevársela. Pero esta vez no. El capitán estaba al límite, así que abrió su chaqueta, agarró el arma por su empuñadura y amenazó al maestro acorralándole contra un muro.

—Esta mujer no se mueve de aquí.

—¡Por la Virgen Santísima! —suplicó Vivaldi asustado—. Yo solo pretendía prepararla para la actuación. Comprenda que me juego mucho y solo restan quince minutos para que comience la obra.

—La obra empezará cuando yo lo diga. ¡Pronto! Una sala donde pueda hablar con tranquilidad.

—Aquí mismo, caballero…

El maestro abrió la puerta de un pequeño trastero donde se almacenaban utillajes propios de teatro con cabezas de gigantes de inmensas bocas abiertas, columnas griegas de papel y algunos rollos de paisajes muy verdes que funcionaban como fondos de decorado en las representaciones.

Caterina y el capitán pasaron dentro. Cesó el sonido ensordecedor del pasillo. Por fin. Unos instantes de calma. La hija del *dottore* no pudo evitar besar al capitán en los labios.

—No hay tiempo —le dijo él con pesar.

La condujo junto a un ventanuco para ver con más luz. Sobre lo que parecía ser la maqueta de un templo hecho en cartón piedra, desplegó las notas, dibujos y hierbajos que llevaba en su bolsa, además del libro forrado con la piel de Angelica.

—Buscamos a un ser que sabe mentir —recordó el español—. Con dos caras, una amable y encantadora, como la fachada de la casa que encontré en la playa, y otra sádica…

—… que solo muestra al final a sus víctimas —añadió Caterina.

—Un sujeto que lleva años asesinando, probablemente mucho antes de entrar en el club por la cantidad y antigüedad de los trofeos humanos que encontré en la casa.

—Entonces ¿por qué se asocia con otros cazadores?

—Para tener un reto. La competición le excita. Y también, quizá, consigue una tapadera y un apoyo de personajes tan crueles como él.

—Y espectadores —añadió Caterina—, debe de gustarle el reconocimiento. Bien, capitán. ¿Qué más?

—Sabemos que mantiene una íntima relación con la Pietà y que visita la institución los domingos, seguramente porque es miembro del Consejo o profesor; es minucioso, inteligente, caprichoso y con los recursos suficientes como para comprar cantidades ingentes de un inaccesible pigmento de Siria llamado «azul Venecia» para tintar la botella de Giovanna o forrar el libro de Angelica.

Al decir esto, volcó sobre la mano de Caterina los granos de óxido de cobalto encontrados en la casa de los horrores. Un color que, realmente, tenía mucho que ver con el azul de su mirada.

—Y se creerá un artista… —dijo la joven casi masticando con rabia sus palabras—. ¿Y por qué azul y no otro color?

—Imagino que esa tonalidad ha marcado su vida. Si supiéramos la causa…

Caterina tomó el libro encuadernado con la piel de Angelica en sus manos, lo acarició con ternura y lo apretó contra su pecho, como si estuviera abrazándola a ella también.

—Amiga querida —le susurró—, nadie nos presentó y, sin embargo, nos conocemos tanto… Mi padre dio la vida por ti, por hacerte justicia. No permitas que su muerte haya sido en vano y ayuda a mi embrutecida sesera a saber quién te hizo esto.

Movida por un aliento invisible, Caterina sintió el impulso de cerrar los párpados y pasar las yemas de sus dedos por la cubierta del libro. «No mires con los ojos, hazlo con las manos», pensó recordando las palabras de su padre. Recorrió poco a poco las huellas doradas marcadas sobre la piel por los hierros aldinos. Hojas. Cadenas. Flores. A continuación se desplazó por las guardas satinadas y sintió que sus dedos eran patinadores sobre una superficie lisa como un espejo. Nada extraordinario llamó su atención. Entonces se fijó en el lomo. Ahí figuraba el nombre de la muchacha, pero no había rastro del autor ni del editor como era costumbre. Decidió deslizar su mano izquierda por el borde. Y por fin lo sintió. Contuvo el aliento. Ahí estaban los surcos de un grupo de diminutas líneas paralelas justo en el centro.

—¡Aquí está! ¿Lo ves? —gritó al capitán.

—Lo intento —contestó el español.

—¡Trae!

Caterina arrebató un carboncillo de la bolsa de Guardi y lo pasó por encima. Ante la expectación de ambos, emergió una figura negruzca de un centímetro parecida a un trébol de tres hojas formado por las pequeñas rectas marcadas en paralelo. Contaron hasta cinco en el lomo.

—¡Maldita sea! —dijo la hija del médico volviendo a sacar a pasear su peor lengua—. ¿Dónde he visto yo esto antes?

Alfonso Guardi sonrió.

—En tus ojos. Cada vez que miras el mar o el cielo. Caterina, esas rayas simbolizan el «azur», azul en heráldica. Aparece cientos de veces en emblemas y escudos. Pero aquí no tiene mucho sentido. ¿Por qué decorar con un hierro azurado algo que él mismo ya ha pintado de azul?

«Condenado español, qué pregunta». Caterina arañó el libro. Procesó unos instantes y sonrió. Tenía la respuesta.

—Porque no ve el azul. ¡Ese bastardo no ve el jodido color azul! —gritó la hija del médico.

—¡Sí, eso es! —corroboró el capitán—. Marca sus trofeos con la huella azur para verlos con las manos. Aun así, no se resigna, por eso lo persigue incesantemente entre los pigmentos más puros.

—Y no dudará en buscarlo en Siria o en el mismísimo orto del diablo si tiene la esperanza de encontrar un pigmento que pueda ser captado por sus ojos —continuó Caterina.

—Entonces le tenemos. Es un Stampa —afirmó el capitán rotundo—. Hace días que Andrea me refirió en su propia casa el defecto visual que impedía distinguir el color azul a algunos varones de la familia. Pero ¿cuál de ellos? ¿Andrea o Rambaldo?

Se abrió la puerta de aquel trastero. *Madame* Chevalier, túnica en mano, acababa de escuchar la revelación sobrecogida.

—¿Están seguros de eso? —preguntó la dama.

Caterina asintió con la cabeza.

—¡Hija de Satanás!, ¿cómo ha podido hacernos esto? —escupió *madame*.

—Señora, ¿a qué mujer se refiere? —quiso saber el capitán.

—No, todo a su tiempo, primero he de estar segura. Y ahora soldado, salga de aquí con la misma cara de consternación con la que entró. Que nadie pueda intuir sus sospechas.

Yo, mientras, transformaré a Caterina en la hija de un rey para la actuación.

De vuelta al pasillo desconchado, el capitán comprobó que la confusión y el tumulto habían desaparecido prácticamente. Estaba a punto de iniciarse el primer acto. Morelli le aguardaba y, a escasos metros, el joven pescador Vincenzo. Le habló el primero.

—Capitán, tal y como acordamos, tengo a mis mejores hombres repartidos por las cuatro gradas, junto a los accesos al escenario y en cada puerta de entrada.

—Entonces ha llegado el momento de que yo termine mi parte del trato.

Abrió su bolsa y de ella sacó un par de pequeños libros y un mapa doblado en cuatro partes encontrado en la casa de los horrores de la playa.

—Pertenecen al hombre que usted busca. Son sustanciosos libros de contabilidad que prueban sus acuerdos con los piratas berberiscos, mejor dicho, las mordidas que ha estado pagando a los hombres del sultán Ahmed III para que sus filibusteros le dejaran paso libre. En cuanto al mapa, marca la ruta más segura donde le protegieron en uno de sus viajes a través del Mediterráneo.

—Esto es… —dijo observándolos con asombro— prodigioso.

—Encontrará más mapas y libros como este tras el doble fondo de un espejo en esta dirección —afirmó poniendo una nota en su mano.

—¡Diablo de capitán español! —exclamó eufórico—. Sabía que podía confiar en usted.

—Le pido a Dios que yo pueda decir lo mismo.

A Morelli le cambió el gesto.

—Capitán, usted y yo hemos llegado a un nivel de amistad, dentro de la desconfianza lógica y hasta yo diría sana que deben tener un espía de un gobierno y un militar de otro, que me obliga a decirle la verdad. Esa verdad que se le dice a los que te importan. Caballero, será harto difícil proteger a esa muchacha si no sé de quién tengo que hacerlo.

—Es un Stampa.

Morelli afirmó con la cabeza lentamente, saboreando la información.

—¿Cuál de ellos?

—No lo sé.

—¡Tres minutos para el comienzo! —gritó una voz al fondo del pasillo.

—Andrea es un hombre atractivo y confiable —le dijo el capitán—, elementos clave para hacer perder la cabeza a cualquier jovencita y conseguir que le siga hasta la perdición. Podría ser perfectamente el lobo con piel de cordero que buscamos.

—¿Y por qué no su hermano Rambaldo? —preguntó Caterina saliendo de la sala perfectamente caracterizada de princesa persa, con túnica de vaporosa seda blanca—. Se muestra como un hombre afeminado —continuó diciendo—, pero yo sé cómo intentó arrastrarme hacia su cuerpo en la fiesta organizada por su hermano; no eran las formas de un caballero y menos las de un varón a quien le disgusten las mujeres.

—Desde luego esa podría ser una máscara perfecta —añadió Morelli— y confío un cien por cien en la opinión de esta joven.

—Pero Andrea es el gran comerciante —señaló el capitán.

—Lo que no excluye a su hermano Rambaldo de tener acceso al pigmento —indicó Chevalier.

—Aprese ahora mismo a los dos —ordenó el capitán al espía.

—Soldado, usted ya sabrá que a personajes tan poderosos solo es posible detenerlos en el momento del delito.

—¿Se está oyendo, Morelli? Lo que dice es demencial.

—Sí, pero cierto.

—¡Señora! —reclamó un joven asistente a Caterina—. El maestro Vivaldi implora que acuda al escenario y ruega al capitán que no se altere, pero le pide que entienda que no podemos comenzar sin la protagonista.

Alfonso Guardi miró a los ojos de Caterina. Demonio, habría querido decirle tantas cosas a aquella muchacha flaca… Revelarle que la amaba aun sin conocerla, desde el sueño en el que la vio junto a las fauces de un monstruo navegando en una barca; confesarle que era el primer pensamiento cuando se levantaba al alba y que, sin duda, sería su último recuerdo antes de partir; agradecerle que le hubiera devuelto el amor por la vida. Como no había tiempo, envolvió sus emociones en un beso que depositó en la palma de su mano. Ella comprendió todo eso y llevó la mano a su corazón. Desapareció por el pasillo con *madame*.

91

Instantes antes del comienzo de la actuación, Caterina aprovechó una pequeña abertura entre las maderas de las bambalinas para intentar localizar a sus posibles cazadores. Disparó su mirada a los palcos y pronto encontró el de los hermanos Stampa. Sus cortinas estaban bordadas con el escudo de la familia, un castillo amarillo bajo un águila sobre fondo, cómo no, azul. No tenía pérdida. Sus dueños sí que parecían perdidos, al menos sus butacas estaban vacías.

Turno ahora de Moisè.

«Mi querido padrino, ¿de verdad que puedes llegar a ser tan vil?», se preguntó buscándolo entre la gente.

Un grito de verdulera la sacó de su rastreo. Venía de la primera planta, la de las prostitutas. Hasta allí llevó sus ojos para descubrir a una meretriz poco sofisticada negociando ferozmente con un caballero el precio de su encuentro posterior. Parece ser que estaba en lid la turgencia de sus pechos. Pese al grito inicial —o quizá por él—, llegaron a un acuerdo y todos quedaron felices y turgentes. Felices también le parecieron los venecianos más humildes que solían ocupar la platea y la última planta, el gallinero. «Aunque esta gente no verá mucho», pensó Caterina observando a los primeros, sentados sobre sillas móviles de tijera con las cejas a la misma altura que la orquesta. «Claro que los de arriba tampoco estarán mejor», consideró al verlos asfixiados en un espacio reducidísimo, sucio y tan alto que seguramente oirían la voz de Dios antes que la de los cantantes.

En aquel teatro, como en otros muchos lugares de la tierra, la gloria estaba reservada a los ricos. Los mejores asientos se repartían entre los casi cincuenta palcos de las plantas intermedias. Quien dice palcos, dice apartamentos, porque así eran considerados por sus propietarios. Los decoraban con cuadros, muebles y telas como si fueran una salita más de casa, cuya puerta —en este caso cortina— cerraban cuando les venía en gana. Bien es cierto que durante las representaciones estaba prohibido enclaustrarse, pero, ya se sabía lo larga que era la pértiga con la que Venecia se saltaba las reglas. Ocultaban así la imagen de cuanto allí sucedía, pero no el sonido. Si voces bajas, conspiraciones políticas. Si voces altas, riñas de juego. Si susurros, suspiros y traqueteos…

Todo aquel jolgorio que llegaba hasta Caterina como corrientes sin cauce, fue ensordecido de golpe por el vozarrón de dos espectadores de la planta baja. Acababan de recibir una lluvia de escupitajos y mondas de naranja en la cabeza, cortesía de unos amigos del gallinero.

—¿De verdad que esta gente tiene algún interés en escucharme? —se preguntó Caterina, y debió de hacerlo en voz alta porque Annibale Fabri, el joven tenor que daba vida al rey Dario, le respondió.

—Por supuesto, y no se te ocurra irte de tono ni una vez. Hasta el más mezquino de los aquí presentes está capacitado para decir si tienes o no talento. Este es el país de la música, muchacha, y si lo haces mal, mañana estarás en las bocas, y aún peor, en las burlas de toda Venecia.

A Caterina todo aquello le pareció muy cómico y no pudo por menos que reírse. Los acordes iniciales de la ópera la devolvieron a la realidad y agradeció el espectáculo ofrecido por los espectadores, al menos durante unos minutos le habían hecho olvidar el riesgo que corría su vida. Después, volvió a mirar el palco de los Stampa. Ahora sí, estaba abierto. Allí se encontraban los dos hermanos.

El primer acto de *L'incoronazione di Dario* comenzaba con el fantasma del difunto rey Ciro pidiendo en sueños a su hija Statira —en realidad Caterina— y su criada Argene que cesaran de llorar por él. Caterina no pudo por menos que pensar que su padre le enviaba aquel mensaje desde el otro mundo.

Figlie tergete i lumi, assai di pianto
in sul rogo versaste: un sospir breve,
un gemito, un singulto
nei casi rei, segno è di mente umana,
ma la doglia ch'eccede, è doglia insana…

Hijas, enjugaos las lágrimas
que todavía queda mucho llanto:
un breve suspiro, un gemido, un grito de asombro,
son propios de la mente humana en estas situaciones,
pero el dolor que provocan es un dolor de locura…

Con el eco de la misma melodía, el capitán apoyó los codos en la pared de un pasillo desde donde podía vigilar el escenario, maldiciéndose por no haber detenido ya a los asesinos. Vigilar a dos hombres en aquel lugar tan lleno de gente, de tanto palco y recoveco, de tanto alboroto, era complicado. Controlar a un tercero que ni sabía dónde podía estar, una proeza. En esto estaba cuando el joven Vincenzo, que llevaba un buen rato en el mismo lugar, sin haber querido intervenir, se acercó con cautela. Se había quitado la gorra en señal de respeto y la estrujaba nervioso.

—Señor, comprendo su angustia y le juro por la vida de mi hermano que siento no haberle sido de más utilidad.

El capitán suspiró.

—Amigo, si tuviéramos algún tipo de ingenio que nos permitiera viajar en el tiempo y así meternos en la góndola del malnacido asesino... Pero me juego el cuello a que tu padre tuvo que advertir algo —le dijo volviéndose a él ansioso—, por eso le mataron. ¡Vamos, Vincenzo! ¡Intenta hacer memoria! Trasládate a las últimas palabras de tu padre en la cárcel. Un hombre que ve venir la muerte no se puede ir al otro mundo con ese peso.

—¡Por Dios le juro que le conté cuanto me dijo! —se lamentó el chiquillo—. No hubo nada más, excepto... algo que a usted no puede interesarle. Me pidió que pusiera un nombre al hermano que venía en camino. A mí no me gustaba, porque nadie en la familia se llama así, pero él me aseguró que su compañero de celda se lo había pedido, y que yo lo entendería con el tiempo.

El capitán tensó la espalda.

—¿Y qué nombre te dio tu padre, muchacho?

—Andrea, señor...

92

Caterina vio caer frente a sus ojos el manto del telón. Fin de *L'incoronazione di Dario.* Éxito rotundo. Los aplausos y alabanzas de los espectadores desde palcos, platea y gallinero así lo mostraban. Enturbiado con la grasa quemada de las velas, con la mezcla de perfumes orientales, con los efluvios de las botellas de licor que rodaban por el suelo y los vapores del sobaco del mismísimo diablo, le llegó el aroma del primer triunfo a Caterina. El recuerdo de aquel perfume la acompañaría toda la vida.

¿Y ahora?

Aceptar el reconocimiento. El maestro Vivaldi le puso una capa blanca por los hombros para ocultar el descaro de la clámide, le entregó un antifaz plateado y la tomó de la mano para salir a saludar. El pelirrojo estaba exultante. Transcurrieron varios minutos sobre el escenario, inclinando cabeza y cuerpo, en los que Caterina no perdió de vista a los hermanos Stampa. Cuando se levantaron para salir del palco, la muchacha sintió que era el momento de marcharse ella también.

Alertados por la identidad del culpable que inocentemente dio el pescador, el capitán y Morelli centraron su atención en Andrea Stampa y se dispusieron a seguirle con discreción desde las diferentes plantas del teatro. El espía y sus hombres arriba, desde los balcones; el español, en platea, abajo.

Tras despedirse de su hermano, el todopoderoso Andrea, menudo y elegante, inconfundible con su capa negra y antifaz de oro, avanzó por los pasadizos interiores que comunicaban los palcos deslizándose con rapidez entre la riada de espectadores hasta que, inexplicablemente, se detuvo. Sería su olfato que los descubrió, la casualidad o el aviso de alguien, el caso es que viró el rumbo y en vez de dirigirse a la salida entró de nuevo en otro palco desapareciendo ante los ojos de sus perseguidores. Cuando los agentes entraron en el cubículo, no había nadie. Durante unos segundos, cundió la desesperación. ¿Dónde demonios estaba Andrea Stampa? El capitán por fin volvió a ver su capa negra y su máscara dorada en la planta baja, a punto de meterse en el pasadizo que conducía a la zona de bastidores. Allí estaría Caterina. A una señal del español, Morelli envió a sus esbirros a seguir el rastro del cazador. El mismo espía se encaminaba hacia su búsqueda cuando le detuvo una palmada en el hombro. Era el honorable Christiano Galbo.

—Ven, tenemos que hablar…

Al mismo tiempo Guardi subió al escenario de dos zancadas atropellando a cuantos cantantes, músicos y tramoyistas encontró en el camino, pero no halló rastro de Caterina.

La dama de la capa blanca y la máscara plateada estaba pisando bien fuerte, con sus altos chapines, sobre el suelo de un largo pasadizo interior, vacío y oscuro, donde un par de antorchas a punto de extinguir quitaban más luz que ponían. Se dirigía con premura a la salida. Hasta que ocurrió.

Vio a Andrea frente a ella. Ambos se detuvieron. Escrutándose. Oliéndose. Eran gato y ratón. Sobraban las presentaciones. ¿Cuál de los dos daba el primer paso en la cacería? «Lo haré yo —pensó la mujer— me corresponde ese ambiguo privilegio por ser la víctima».

Respiró hondo, mandó los zapatos al cuerno y salió corriendo con toda la velocidad que le permitieron sus piernas. El caballero la siguió sin tregua. Un par de miradas hacia atrás le confirmaron que su verdugo era demasiado rápido, la atraparía. Se imponía buscar otra solución. La Providencia se presentó en forma de escalera practicada en la pared, construida hacia el piso superior. La mujer izó su clámide con las manos para no pisársela y subió los escalones de dos en dos. El individuo aceleró aún más el paso.

En el piso de arriba, sin embargo, esperaba una desagradable sorpresa. Era un almacén de maquinaria sin salida. Allí se guardaban caballos de cartón flotantes, nubes de paja, así como parte de los inventos diseñados para elevar a los intérpretes en el escenario. Lástima que no funcionaran para sacarla de allí al vuelo.

El monstruo de la capa negra fue arrinconándola contra la pared, poco a poco, saboreando el instante. Cuando la tuvo a dos palmos de distancia, cuando podía oler su sudor y sentir su respiración agitada, sacó un puñal de debajo de su capa. Entonces, inesperadamente para él, la mujer también sacó un arma. Una pequeña pistola de chispa. Descerrajó un tiro en el pecho de su atacante. Él cayó al suelo como una hoja.

Al escuchar el disparo, el capitán creyó perder el juicio.

—¡Caterina! —gritó subiendo las escaleras que conducían al trastero.

El soldado llegó en el momento en que la mujer se despojaba de su antifaz plateado. Era *madame* Chevalier.

—Calma, capitán, no iba a dejar que nada malo ocurriese a mi protegida.

Ahí no acabó el juego de apariencias. Al quitar la máscara al individuo que yacía en el suelo, comprobaron que tampoco se trataba de Andrea. Era demasiado astuto para dejarse atrapar. Suplantaba su identidad la priora Agustina.

—Hija de mala madre —reclamó Chevalier dando un puntapié a la muerta—. Y yo que te tenía por nuestra confidente en la Pietà… Lo has dado todo por Andrea y ni siquiera fuiste lo suficientemente importante como para que te despellejase.

Minutos después, el capitán bajaba las escaleras. Morelli aguardaba en el pasillo.

—¿Y? —preguntó el espía.

—Arriba tiene usted el cadáver de la directora del Ospedale —dijo el soldado—. Su pistola se disparó… accidentalmente. Encontrará a su lado a *madame* Chevalier, dedicándole unas, digamos, oraciones.

—Ya —contestó el espía sin creer ni una sola palabra, pero también sin pedir más explicación.

—En cuanto a Andrea —continuó el español— nos engañó a todos y…

—Lo sé, ha huido. Acaban de comunicármelo. Y no lo ha hecho solo. La República ha considerado que lo mejor es que se ausente de Venecia durante un tiempo.

—¡Por el amor de Dios, Morelli! ¿Qué me está diciendo? —inquirió el capitán enrabiado—. Después de las pruebas que le entregué, que evidencian sus asesinatos, ¿el Estado no le colgará o, al menos, le meterá en prisión para que se le investigue?

—¡No, Guardi, no, maldita sea! ¿Se cree usted que no me pesa? —estalló con indignación—. Ya le dije que las atrocidades del *signore* Stampa le dan igual a la República. Si querían saber con qué piratas negociaba, no era para detener el trato, sino para quedarse con él.

Guardi dio una patada en la pared.

—¡Señor, qué ciudad de almas podridas es esta!

—Calma, capitán, también hay luz en el país de la noche. Piense en Caterina.

—Dígale que ya puede salir.

—Capitán, será una broma. Yo no tengo a Caterina.

Guardi sintió esas palabras como si le deslizaran un sable por la espalda.

—¡Así se condenen en el infierno usted y sus hombres por incompetentes! —gritó el capitán, cual perro rabioso.

Un agente anodino, experto en confundirse con el gentío como los camaleones, llegó exhausto hasta el espía. Con cara de consternación, reveló algo al oído de su jefe. Morelli empalideció.

—Mis hombres no han perdido a su dama —dijo al capitán—. Ha sido ella quien se ha ido por voluntad propia dándoles esquinazo.

—No… —rogó el soldado—. ¡No habrá sido capaz!

Espía y soldado corrieron hacia la calle. Vieron incrédulos cómo Caterina se alejaba en una barca junto a Moisè, el segundo cazador que andaba a su acecho, doblando una esquina del canal junto a la desembocadura del río de Ca' Foscari. El capitán, furioso y destrozado, gritó a pleno pulmón frente al canal.

—¡Maldita cabezota descerebrada!

93

La ira se apoderó del anciano Moisè haciéndole dirigir su pequeña barca frenético rumbo a la isla de San Clemente, condenada durante años por la peste, hoy su guarida.

—¡*Dai*, padrino, soy yo, tu Caterina! —le imploró intentando detenerle.

—¡No! ¡Eres la traición! —contestó empujándola al suelo con el brazo—. Y quédate ahí, arrastrada, que es donde deben estar las de tu calaña.

Esta era la moneda con la que Moisè pagaba el abrazo que fue a darle la muchacha en el teatro.

Cuando el espíritu de Venecia lo supo, se revolvió desde lo más profundo del lago. Comenzó a sacudir las aguas y desató en el cielo una tormenta negra. Llamó a los rayos para crujir su mástil y envió a los vientos para hacer zozobrar la nave en un intento desesperado por detenerle. Para que no muriera otra mujer en manos de una bestia, a manos de un monstruo que la creía objeto de caza, un animal de su posesión. Lejos de deponer su actitud, el anciano apremió a sus remeros jugándose el naufragio.

—¡Tenías que haberme hecho caso! —gritó Moisè mojando su rabia con la lluvia que resbalaba sobre su cabeza—. ¡Yo te ofrecí mi casa y mi vida! Pero, no, tu preferiste quedarte primero en esa jaula de la Pietà, y después en la casa de la furcia Chevalier. ¿Ves lo que ocurre por desobedecerme? Que ahora tengo que acabar con tu vida.

Los sesos de Caterina no eran capaces de asimilar lo que oía. ¿Él? ¿De verdad que estaba hablando él?

—Moisè, tú me tenías afecto… —le dijo en un sollozo.

—Afecto no, ¡yo te amaba! Por eso te salvé la vida en el incendio de tu palacio. Pero te has vuelto una perra que duerme con el primer capitán que le levanta la falda.

—¿Cómo puedes desear ahora mi muerte?

—Caterina, ¿cuándo vas a entender que, en esta vida, los opuestos son posibles?

Las olas les entraban en la barca a zarpazos. Un gris borroso lo rodeó todo. El frío y la lluvia calaron a Caterina hasta los huesos. Aún iba vestida con la túnica y la capa blancas de la actuación. Tras ellos, todavía a gran distancia y a bordo de la barca tripulada por el joven Vincenzo, navegaban el capitán Guardi, Morelli y el agente anodino.

Eunice, la nereida que seguía al pescador como una sombra, le ofreció su ayuda una vez más.

—No —le contestó el muchacho—, apártate. Ese hombre es una fiera y puede matarte.

—Bienvenida será la muerte si me lleva por cumplir mi misión.

Y llamó a sus hermanas, criaturas mágicas del mar, tan blancas y desnudas como ella, que se repartieron entre las dos naves. Unas acudieron bajo la barca del pescador empleando toda su fuerza para lograr el avance. Otras, las más arriesgadas, bucearon hasta Moisè asiéndose hasta con las uñas en la quilla para detenerle. Ahí estaba Eunice.

—¡Un banco de peces nos frena, mi señor! —anunció un remero del anciano, ajeno a la verdadera naturaleza del problema.

—¡Disparad! —ordenó Moisè a sus marineros.

Se organizó un tiroteo en el que él mismo descargó su pistola con tal suerte que acertó en el pecho de la ninfa.

—¡Eunice! —gritó el pescador.

Venecia silenció la tormenta y detuvo sus aguas.

Una mancha de sangre se extendió lentamente sobre la espuma. La angustia se apoderó de Vincenzo al tiempo que veía a la nereida hundirse con su largo cabello suelto y su piel lechosa, despacio, con una dulce sonrisa, hacia la profundidad. Sus hermanas acudieron a su lado consternadas y solemnes, para acompañarla en su viaje hacia el otro mundo. Pareció que la tierra detuviera su giro y por unos instantes se escuchó el arrullo que tantas veces cantó Eunice.

Capitán y espía contemplaron en silencio el prodigio. Cuántas veces tomaron por locos a los que defendían la existencia de las criaturas mágicas del mar. Cuántas veces volvería aquel día a su memoria.

—No te dejaré sola —susurró el pescador.

Se quitó la mitad del escapulario que llevaba atado al cuello y lo depositó en la mano del capitán.

—Cójalo, señor. Si no regreso, llévelo a la Pietà. Con él le darán a mi hermano. Búsquele una buena madre.

Vincenzo se lanzó a la laguna para reunirse con Eunice sin que el capitán pudiera hacer nada por detenerle.

Dos disparos procedentes de la barca de Moisè hirieron a Morelli y a su remero. Brazo y pierna. Lo suficiente para reducir sus fuerzas.

—A este paso no me va a poder matar usted a mí ni yo a usted —le dijo el espía untando de humor el balazo.

—¡Morelli, déjese de zarandajas y aguante! —suplicó el capitán.

Un amarre viejo y hundido recibió el impacto de la proa de la nave de Moisè y Caterina. Habían llegado a San Clemente. Con la complicidad de sus hombres, el anciano sacó a la joven del barco tirando de su brazo y la llevó por un camino de arbustos y ortigas que arañó sus tobillos e incluso le arrancó un trozo de túnica. Llegaron al refugio, una diminuta casa huérfana de mobiliario. Le aguardaba un ataúd abierto, lleno de bellísimas plumas de cisne teñidas de azul. Del color de sus ojos. Esa sería la puesta en escena para su cadáver.

—Lo haré rápido. Apenas sentirás dolor —le dijo Moisè con una mezcla de rabia y llanto—. Y ahora, entra ahí. Será más fácil para ambos.

—¡Aguarda! —suplicó—. ¡Te he querido como a un padre!

—¡Que entres, te digo! —repitió empujándola.

El rostro de Caterina dibujó resignación. Entonces fingió apoyarse en las manos del anciano para entrar y, tal y como había planeado, se revolvió contra él clavándole en la mano un cristal tiznado en curare, un potente veneno traído del Nuevo Mundo. Su entrega al enemigo cobró sentido. La trampa surtió efecto y, rápidamente, Moisè notó que perdía la consciencia.

—¿Qué me has hecho?

—Envenenarte —contestó ella entre lágrimas.

—Eres...

—¡Un monstruo! Como tú me has enseñado. ¿Qué pensabas? ¿Que iba a ser siempre una niña? ¿Que me iba a pasar toda la vida obedeciendo y padeciendo a los demás? ¿Que no iba a ser capaz de tomar mis propias decisiones? Ahora yo también actúo, padrino. Y esto es lo que va a sucederte. El veneno se repartirá en tu organismo y te irás paralizando poco a poco. Tu corazón bombeará cada vez más despacio, te arderá el pecho y llegará el momento en que te asfixies.

—Zorra malnacida…

—Sí, pero esta zorra aún puede salvarte. Tengo un frasco con antídoto. Será tuyo si me dices quién mató a mi padre.

—¿Te crees muy lista, verdad? —pronunció burlón, tambaleándose—. ¡Fui yo, yo lo maté, iba a descubrirme! Y a ti, pobre idiota, no debí perdonarte la vida.

La naturaleza de hierro de Moisè le permitió revolverse y aun agarrar del cuello a su ahijada pasando por alto conseguir el contraveneno. Solo pensaba en matarla. Ella intentó resistirse. Era inútil. Entonces alguien disparó al aire. El capitán español acababa de entrar en la choza. Con la fuerza de un titán se precipitó hacia el cazador asiéndole por los hombros y le lanzó contra la pared, apartándole de ella.

—Caterina, tienes mucho que explicar —le dijo conteniéndose.

Después se volvió a Moisè, agarró su cabeza con las dos manos y la golpeó contra la pared. Le clavó la rodilla en el estómago. Cuando lo tuvo en el suelo, rendido, le aplastó la cabeza con su bota.

—Hijo de puta —le dijo— no volverás a mirarla.

—Tú tampoco, capitán —contestó Moisè con una mueca— no vivirás para hacerlo.

Y de golpe el español sintió que le faltaba el aire. Se le nubló la vista. El suelo se movía bajo sus pies. Notó un pinchazo en la pierna. Alargó hasta allí la mano creyendo que encontraría un puñal. Se equivocaba. Recogió el mismo cristal punzante que antes habían clavado a Moisè.

—¡No, el veneno tú, no! —gritó Caterina.

El capitán se dejó caer en la pared. Las voces e imágenes que le rodeaban se le antojaron estruendosas y deformes. Un dolor agudo le golpeó el pecho. Se ahogaba. Su corazón cansado no soportaba el efecto del veneno. Se derrumbó sobre el pavimento. Casi paralizado, solo podía ver desde el suelo a

Caterina. La hija del médico fue hacia él como un rayo con el antídoto, pero Moisè consiguió reunir el último coraje para incorporarse y caer sobre su espalda aplastándola con todo el peso de su cuerpo. Le puso sus manos gigantescas alrededor del cuello, pero ya no se conformaba con descoyuntarla, firma de la casa. Ahora quería sentir cómo se le escapaba la vida.

Caterina sintió el saludo de la muerte. Las lágrimas le resbalaron por la cara mirando al capitán, recordando la primera vez que sintió sus brazos cuando la sostuvo en la capilla de la Pietà, la profunda melodía de violín que sonaba en una casa cercana la tarde que fue a verle, su primera noche de amor en la góndola vieja y ruinosa que a ella le pareció palacio de reyes.

¿Qué había hecho? ¿De verdad había merecido la pena poner todo eso en juego? Ya no era la misma Cattuccina que acompañaba a su padre en mitad de la noche para descifrar asesinatos de viejas, desde luego, pero ¿tanto había cambiado su alma? Aún más, ¿este era el alma que quería tener?

No se le ocurrió otra cosa que implorar ayuda a los muertos. Invocó al alma de la enloquecida Giovanna, que tanto la hizo reír con sus frivolidades; la de Isabella y su incomprendida destreza con los retratos a pastel; la de la dulcísima Angelica desprendida de su pellejo para gloria de un libro absurdo. Y cómo no, pidió el auxilio del *dottore*.

Tras unos instantes en los que no ocurrió nada, Caterina cerró los ojos para despedirse de la vida por tercera vez desde que murió su padre. Entonces Moisè se quedó inmóvil. Cesó la fuerza de sus manos. Y la joven lo vio caer a su lado con un puñal clavado en la espalda. Casualidad o no, lo hizo sobre el ataúd preparado por él mismo para ella.

Entre golpes de tos, la muchacha volvió a respirar y miró hacia atrás para descubrir al autor. Entonces vio a la dama del cuadro. La que vivía encerrada en la pequeña casa de Torcello. La que se alimentaba de sangre.

—Vamos Caterina, no dejes morir a tu capitán —le dijo.

La hija del médico asintió. Fue hasta él, le hizo beber el líquido sanador y, poco a poco, el soldado fue recuperando el color y el resuello. Le besó una y mil veces. Después se dirigió a la dama.

—Gracias, señora, pero ¿por qué me ha salvado la vida? —preguntó, aunque en realidad sabía la respuesta desde hacía mucho tiempo.

La mujer contestó acariciando su cara y su pelo con devoción. Y después se marchó. Nunca más volvió a verla.

94

D ías más tarde, lejos de Venecia, un grupo de hombres
y mujeres bienintencionados se afanaban por socorrer
en la playa a los supervivientes de un naufragio. El más terrible
de los ocurridos en los últimos diez años en el Mediterráneo.
A bordo de un pequeño bote, solo tres almas habían conseguido vivir para contarlo. Con la piel abrasada por el sol, medio
desnudos y deshidratados, aparecieron en la costa.

—Alabado sea Dios —exclamó un anciano en lengua extranjera—. ¿Qué puedo hacer por ustedes?

—Agua —pidió el único que supo entender el idioma.

—Aquí tiene —dijo ofreciéndole el líquido—. ¿Quiénes
son? No parecen militares, ¿comerciantes quizá?

—Desconozco el oficio de mis compañeros —dijo el
hombre incorporándose para beber—. Yo soy encuadernador.

—¿De verdad? ¡Alabado sea Dios doblemente! Teníamos
un artesano experto que murió hace unos días, si usted se quisiera
quedar…, aunque seguro que su intención será llegar a su destino.

El náufrago pensó durante unos instantes antes de contestar.

—Digamos que estoy abierto a nuevas posibilidades...

Pero, en ese momento, el encuadernador recibió el aliento ardiente del siroco en el cuello. Se le erizó la piel. El viento había llegado hasta allí para recordarle las últimas palabras de Angelica: «Si me matas, mi madre vendrá a por ti». Y supo entonces que tarde o temprano, por mucho que se ocultase, por muy lejos que pudiese ir, caería sobre él la venganza del agua, del espíritu de la laguna, de la madre Venecia.

Mientras, en la perla del Adriático, la primavera trajo nuevos aires de calor y esperanza a cuantos rodeaban a Caterina.

El capitán, cumpliendo los deseos del joven pescador, entregó la mitad del escapulario a una buena madre. Y así, *madame* Chevalier dio tregua a su labor de sicario para acudir al Ospedale con la mitad del colgante reclamando al niño. Le preguntaron hora, día y fecha del abandono, y claro está que sabía todo aquello, pues realmente había sido ella quien dejó allí a la criatura prometiéndole regreso, envuelto en el chal blanco que llevaba la noche que le vio por primera vez en el torno de piedra. La mentira terminó de hacerse verdad cuando el infante se acurrucó en sus brazos como si siempre hubiera sido ese su lugar.

Y en los archivos de la Pietà quedó constancia escrita de uno de los pocos casos en los que madre e hijo se reencontraron con éxito.

Del joven pescador y su nereida, poco más se supo. Dijeron que el muchacho fue un loco que se lanzó al mar por un amor perdido. Pero cuentan algunos que, en las noches de luna llena, es posible verle navegar cerca de Burano, pescando con su bella Eunice, quien le canta desde el fondo del lago.

El mismo lago en el que apareció, pocos días después, el cadáver de un pintor. No era un gran artista, tan solo tenía habilidad para retratar rápido —dijeron los que le conocían—. En realidad, nadie le echó en falta, mucho menos el «número uno» del atroz club de La Excelencia que le disparó a quemarropa. Nunca dejaba testigos. No podía arriesgarse. Después de liquidarlo, el padre del círculo de asesinos que operaba en la región consideró oportuno cambiar de aires. Sin dejar la máscara que tan buen resultado le había dado, partió hacia otro lugar donde encontrar hombres tan adinerados y faltos de escrúpulos como él. Esos, nunca faltan en el mundo.

En cuanto al soldado español, su corazón volvió a latir con fuerza. Su sangre encontró un nuevo camino para fluir cuando él se permitió ser feliz alejando el dolor y la culpa. Así pudo vivir con pasión cómo Caterina consolidaba su carrera de contralto. Los compositores venecianos escribían sus libretos pensando en ella y los teatros se la disputaban como intérprete. Ya no era una niña asustada que dependía de su padre. Ahora era una artista que cantaba por la mañana y una anatomista que estudiaba medicina por la noche. Porque esos eran exactamente sus deseos.

Los dos devoraban esa felicidad raramente posible del amor correspondido y temían que en cualquier momento el rey reclamara el regreso del capitán. Lo que ocurrió la segunda semana del mes de abril de 1717.

Su majestad Felipe V envió orden de regreso al soldado. Le necesitaba para preparar la expedición española que zarparía del puerto de Barcelona el 24 de julio, rumbo a la conquista de Cerdeña, a las órdenes del marqués de Marí. Le requería como consejero y como amigo. No podía negarse. Era un guardia de corps, la guardia preferida del rey.

El capitán sabía que no quería vivir sin ella, así que le ofreció marchar con él a España, como su esposa. Caterina masticó aquellas palabras de sabor dulce y a la vez amargo con verdadero vértigo.

—Pero ¿cómo?..., ¿dejar Venecia?

—Sí, para venir conmigo a Madrid.

—Pero Alfonso, ¿allí podré cantar?, ¿cuántos teatros dedicados a la ópera hay en Madrid?

—No necesitas un teatro. Cantarás solo para el rey. Sabes que le entusiasma la ópera y, bueno, quizá tu voz alivie su melancolía.

—Ya… —dijo mordiéndose los labios—. ¿Y qué ocurrirá con mis estudios de medicina? En la vecina Padua me permiten cursarlos gracias a la comprensión de viejos profesores amigos de mi padre.

—Eso será más difícil, pero puedo traer de vez en cuando a algún amigo doctor para que charle contigo en el cigarral.

—El cigarral…

—Sí, es una gran finca de recreo que heredé de mi padre, el marqués de Lunablanca. Está rodeada de tierras de labor y árboles frutales en Toledo, a orillas del río Tajo. Es un río bravo y caudaloso aunque, claro, no tanto como la laguna veneciana.

—Claro, no tanto —contestó forzando un gesto de comprensión.

El capitán miró los ojos que tan bien conocía.

—No te gusta nada de lo que te cuento, ¿verdad?

—Pero me gustas tú —le dijo abrazándose a él sobre la arena del Lido donde paseaban—. Iré a donde tu vayas.

El caballero la besó y apretó entre sus brazos, sintiendo que apresaba un pajarillo para meterlo en una jaula.

—Debo partir en tres días —expuso el capitán.

—Lo tendré todo preparado para entonces.

—Caterina, ¿crees que Venecia podrá vivir sin ti?

Y la joven sonrió sabiendo que la verdadera pregunta era otra.

Llegó el día de zarpar. Conforme a lo previsto, Caterina había dispuesto su equipaje en el *bacino* de San Marcos, para subir a una nave que los llevaría hasta Siracusa, donde los aguardaba un barco del ejército español. Un día antes había ido a despedirse de sus compañeras de la Pietà. De la pequeña Beatrice, doblemente huérfana, con su noche eterna en los ojos; de la elegante y brava Francesca y, por supuesto, de su hermana Doralice, entregada en cuerpo y alma al cuidado de su amada Giulietta. Dijo adiós también a la desdentada Morattina, que abrazó a la muchacha hasta casi hacerle daño intentando demostrar cuánto podía quererla.

De *madame* Chevalier, la nueva madre radiante, no se despidió porque la dama no quiso. No le gustaban los momentos de separación. «Eso de la distancia es un cuento —le dijo—. En mi corazón siempre estarás conmigo».

Por último, desde el puerto, echó un último vistazo a Venecia, al bullicio de los que paseaban por la plaza de San Marcos ajenos a su despedida; a las tiendas de mil colores sembradas por los comerciantes; al dorado rabioso de las cúpulas de la basílica; al altísimo Campanile, al que subía de niña de la mano de su padre para comprender el mundo desde la distancia; al Palacio Ducal, del que salían y entraban magistrados justos o no; a los humildes pescadores que pasaban delante de ella y que mañana volverían a pasar sin que ella estuviera por esa ciudad que flotaba milagrosamente en los anocheceres azules. Porque todo eso era Caterina.

Las campanas de los Moros tocaron la hora tercia, establecida por el capitán para buscarla y zarpar, pero nadie apareció. Pasados unos minutos, que a la mujer le parecieron siglos, un hombre se situó a su lado en silencio, mirando como ella al frente, a la laguna. Era Morelli.

—No espere más, *signorina,* el capitán zarpó de madrugada.

—Pero ¿por qué no me avisó?

—Usted lo sabe. Quiere que cumpla sus sueños. Ese español es un gran hombre. Nos hemos hecho buenos amigos. Me ha pedido que le informe de sus éxitos y que le entregue esto…

El caballero puso en sus manos la bandolera galoneada de plata del uniforme de Alfonso Guardi. Ella la apretó contra su vientre. Sus ojos se humedecieron. Cuánto amaba al capitán. Y cuánto la amaba él.

—No llore, Caterina, no tiene motivo. Tengo entendido que donde un guardia de corps deja su bandolera, deja también su corazón. Sospecho que volverá.

—Condenado Morelli…, ¿y cómo puede saberlo?

—Porque saber es mi oficio, señora. Al fin y al cabo, soy un espía.

NO SIN VOSOTROS

Si una sola de las personas que voy a relatar no me hubiera ayudado con su ciencia, con su tiempo o con su fe, no podría haber escrito esta novela. A lo mejor no se habría perdido gran cosa, o a lo mejor sí. El caso es que me siento en deuda con todos los que me han ayudado en estos dos años de camino. Estos son mis agradecimientos:

A mis principales cómplices, Rafa padre y Rafa hijo, los hombres de mi vida. Esta historia de amor comenzó con otra igual, cuando hace veinte años viajé con mi recién estrenado marido, por primera vez, a Venecia. Imposible resistirse a la magia de su cielo azul y sus canales. Rafa, gracias por creer en mi, por impulsarme a hacer el viaje y comandar nuestra nave para que yo pudiera dedicarme a escribir. Rafa hijo, gracias por tus abrazos y tus besos, por tu risa escandalosa, por ser, desde que naciste, mi sorpresa continua, mi regalo de vida.

A Christian Gálvez, amigo leal, amigo con mayúsculas, que me llevó ante su editor, Gonzalo Albert.

A Gonzalo, porque creíste en mi historia y pronunciaste las palabras mágicas: sí, la publico.

A Iñaki Nieva, por tu ayuda imprescindible en la edición de ésta novela.

A Alberto Pérez Negrete, historiador e investigador de raza. Gracias por tantos viajes a archivos, fotocopias, mapas y cuantas endemoniadas preguntas has tenido a bien contestarme desde Venecia. Impagable tu generosidad y tu tiempo.

A Giuseppe Gullino, profesor de la Universidad de Padua y autor de referencia sobre la historia de Venecia, por responder a todas mis preguntas.

Al Hotel Metropole por facilitarme diferentes planos y permitirme recorrer su mágica escalera de caracol en mi afán por reconstruir el antiguo Ospedale della Pietà, hoy incorporado a su edificio.

A Giuseppe Ellero, entrañable archivero de la Pietá que me mostró cada rincón de la iglesia actual, ayudándome a ver y sentir cómo era la vida de las hijas del coro. En éste sentido, gracias también a la gentileza de Micky White, experta en Vivaldi, y a Deborah Pase, del Istituto Provinciale per l'infanzia «Santa Maria della Pietà».

A Víctor Águeda, arquitecto, por dibujar una fantástica maqueta —hasta donde yo se, pionera— de la capilla original y la sala de música del Ospedalle.

A Concha Juárez Valero, de la Real Fábrica de Cristales de La Granja, por todos tus detalladísimos informes, vídeos y archivos sonoros sobre la elaboración del vidrio. Con qué cariño me has ayudado siempre.

A Juan Luis Blanco Mozo, profesor de Arte y Arquitectura de la Edad Moderna en la UAM, por tu impagable recreación del antiguo Palacio del Buen Retiro de Madrid en 1716. Gracias de corazón.

Al historiador Ángel Rodríguez Rebollo por alumbrarme con tus conocimientos sobre el Palacio de El Pardo.

A la historiadora del arte Mercedes Simal, del Museo Nacional del Prado, por tu orientación y numerosos artículos.

A Javier Verdejo, por tu experta ayuda con la joyería española del siglo XVIII.

Al cardiólogo Antonio Fuertes, por tus libros sobre Historia de la Medicina, tu entusiasmo y tus consejos de buen amigo.

Al profesor Luis Montiel Llorente, catedrático de Historia de la Medicina en la UCM, por tu ciencia y animo continuos en la difícil tarea del rigor histórico. Gracias por entenderme y soportarme.

Al profesor Javier Ladrón de Guevara Guerrero, del departamento de Medicina Legal, Psiquiatría y Patología de la UCM, por ilustrarme con tus conocimientos forenses y por tus brillantes sugerencias.

Al Brigada Miguel Ángel Pérez Rubio, por tu ayuda entusiasta a través de decenas de artículos y bibliografía indispensables para la reconstrucción de la vida de un Guardia de Corps, «la guardia preferida del rey». Gracias también al Teniente Coronel Emilio Galindo López, que con amabilidad extraordinaria puso a mi disposición cuanta documentación o referencias personales pudiera necesitar para construir con verosimilitud mi personaje.

Al Comandante Germán Segura García, historiador y escritor, por llevarme de la mano en la reconstrucción de la batalla de Almenar así como en otras cuestiones clave de contextualización de la novela. Gracias por tu generosidad.

A Antonio Carpallo Bautista, Vicedecano de Organización Académica e Investigación de la Facultad de Ciencias de la Documentación de la UCM, por tu ayuda con cuanta información te solicité sobre la encuadernación en el siglo XVIII.

A los expertos en encuadernación artesanal Raquel Casas Sierra y Diego Martínez, por compartir con tanto cariño vuestros conocimientos y por proporcionarme la bibliografía necesaria.

A Juan José Alonso Martín, director del Archivo General del Palacio Real y a tu equipo, por vuestra orientación y ayuda.

A Salvador Bruno, por tus traducciones.

A Marcos Marín Martín, por tus mapas de Venecia.

A las librerías Polifemo, Vallrovira y Gaudí.

Y cómo no, al verdadero Morelli. Su aparición en la última fase de esta novela ha sido una bendición. Gracias por iluminar estas páginas con tu sentido común, tu humor, tu ayuda veinticinco horas al día, tu energía, siempre con una inquebrantable fe en la historia —esto te lo tienes que hacer mirar—. Yo le llamo Morelli pero otros le dicen Ferran Marín. *Moltes gràcies, amic.*

He tenido, además, una serie de cómplices sentimentales a los que también hago extensiva mi gratitud:

A mi padre, gracias por tu ternura, por enseñarme a amar la música, por sentirte orgulloso de mi. Por quererme incondicionalmente.

A mi madre, por tu amor infinito. Gracias por llevarme hasta tu Villanueva de la Reina y mostrarme el valor del atardecer entre olivos. Gracias por tu risa.

A Marina y Miguel, Anica Polo, Paco y Paquito, Clemente, Vicente y Amparo, Manolo y Maruja; mis ángeles.

A mi familia de Carenas (Zaragoza): los patriarcas Concha y Pepito —cuánto amor os debo—, José, Pilar, Josele y Juan. A mi hermana Conchi por cuidar siempre de todos, a Nacho, Conchi y Pablo.

A Teresa, Javi e Isabel, ahijados de mi corazón.

A mi hermana Carolina, por tu apoyo continuo, tus consejos y tus plegarias a la Milagrosa.

A Teté y Felipe por su aliento; a Andrés y tus wasap de «¿cómo estás, tía?».

A mi hermano Jesús, incondicional, y su familia.

A mis amigas del alma Gabriela, Martha y Laura. A la mágica Eva. A mis primas Almudena y Ana. Todas mujeres con garra, valientes.

A los Carrillo de Albornoz-Aparicio por tantos momentos de risa y cariño. A los Cotarelo-Durán. A Isabel Hernández, Ana Vélez y Ana Botella. A Isidro Gómez.

A Carmen Giménez-Cuenca, maestra, inspiradora, amiga.

A Isabel y Pedro. A Clari y Belén, por querer a quien tanto quiero.

Al Hermano Efrén, por su cariño, su confianza y sus oraciones.

A Dina por cuidar de mi familia como solo ella sabe hacerlo.

A todos ellos dedico estas páginas, pero también quiero brindar esta historia a las mujeres valientes que deciden despertar para cumplir sus sueños.

Este libro se imprimió
en el mes de mayo de 2019

megustaleer

Esperamos que
hayas disfrutado de
la lectura de este libro
y nos gustaría poder
sugerirte nuevas lecturas
de nuestro catálogo.

Si quieres formar parte de nuestra
comunidad, regístrate en
www.megustaleer.club y recibirás
recomendaciones de lecturas
personalizadas.

Te esperamos.